郭晨 作品
下

台海交锋六十年全景纪实

华夏出版社
天地出版社

图书在版编目（CIP）数据

统一大业 / 郭晨著. —成都：天地出版社，
2016.1（2016年6月重印）
　ISBN 978-7-5455-1738-5

　Ⅰ. ①统… Ⅱ. ①郭… Ⅲ. ①纪实文学－中国－当代
Ⅳ. ① I25

中国版本图书馆 CIP 数据核字 (2015) 第 292249 号

出品策划： 华夏盛轩

网　　址　http://www.huaxiabooks.com

统一大业

著　　者	郭　晨
责任编辑	杨永龙　李建波
封面设计	蒋宏工作室
责任印制	李　昆

出版发行	天地出版社 （成都市三洞桥路12号　邮政编码：610031） 华夏出版社 （北京东直门外香河园北里4号　邮政编码：100028）
网　　址	http://www.tiandiph.com http://www.天地出版社.com
电子邮箱	tiandicbs@vip.163.com
经　　销	新华文轩出版传媒股份有限公司

印　　刷	三河市华业印务有限公司
版　　次	2016年2月第1版
印　　次	2016年6月第3次印刷
成品尺寸	170mm×240mm　1/16
印　　张	62.5
字　　数	858千字
定　　价	88.00元
书　　号	ISBN 978-7-5455-1738-5

版权所有◆违者必究

咨询电话：（028）87734639（总编室）
购书热线：（010）67692522（市场部）

本版图书凡印刷、装订错误，可及时向我社发行部调换

第16章

第三次秘密接触

■ 给蒋介石捎去高低两件礼物

打归打，谈归谈。金门炮战之后，北京始终没有放弃通过各种渠道开展对台工作，悄悄地下着和棋。

在中南海菊香书屋，毛泽东对周恩来、张治中说："打炮也好，不打炮也好，都是为了支持蒋介石。我们不能够让美国人把台湾拿去，不管它是单独拿，还是用联合国托管的方法，把台湾拿去，都不行。"

张治中说："在美国和台湾领导人的印象里，中国大陆炮击金门，是跟苏联人商量好了的。"

毛泽东摇手说："没有的事。赫鲁晓夫在7月底8月初到中国来的时候，根本没有谈什么金门问题。如果说了一句话也就算谈了，但是一句话也没有谈到。"

和战从来交替无常，一阵猛烈炮击之后，毛泽东又悄悄打出一张和牌。

章士钊被请进中南海，他在毛泽东书房坐下后说："主席，总理，我借'避寒'为名，想飞去香港，再次与台湾方面人士接触。请你们告诉我最高与最低条件。"

毛泽东说："行老，你去香港，给蒋委员长捎去高低两个礼物。低的礼物就是我们的最低的谈判条件嘛，是暂时什么都不谈，双方先作有限度的接触，诸如互相访问，官方的私人的团体的都行，逐步实行通邮通电通航。"

周恩来接着说："最高条件是我方同意给台湾以类似当年陕甘宁边区的

第16章
第三次秘密接触

地位，可拥有自己的军队、政府、党组织，经费不足部分也可由中央政府支援，只要求台湾方面承认是中华人民共和国的一部分。"

毛泽东说："请行老写信与蒋介石联络，劝蒋顶住美国的压力，决不能从金门、马祖撤军。"

心里有底的章士钊高兴地说："好，我胸中有数了，两张牌看火候灵活打。"

9月29日，显然是接到了章士钊老先生的信，愿意与北京共同坚持"一个中国"立场的蒋介石公开表示：台湾将决心固守金门、马祖，"不容为了考虑盟部态度如何，而瞻顾徘徊"，若至紧急关头，台湾将独力作战。

美国总统艾森豪威尔得知蒋介石这一讲话，即于10月1日发表讲话，声称："金门、马祖并不是极为重要的，把很多军队驻在这里不是一件好事情。"再次重申："美国赞成国民党军队从这里撤出。解决台湾海峡的危机应避免使用武力，停火可以提供一个谈判机会。"再次向蒋介石施加压力。

同日，蒋介石对美国记者发表讲话："在中共继续炮击的情况下，根本不能放弃金门、马祖。我政府坚决反对减少外岛驻军，更没有接受停火的义务。"公开对抗艾森豪威尔。

中共中央军委根据毛泽东的决定，确定对金门、马祖的新的战略，即"打而不登，封而不死"。

此时毛泽东与身边工作人员谈论的话题，已经是：现在我们不拿台湾，可能十年、二十年、四十年都不去拿台湾。向金门打炮也不是为了解放金门。

10月11日夜，毛泽东伏案给周恩来写便信："曹聚仁到，冷他几天，不要立即谈。我是否见他，待酌……这是给另一边（蒋介石）看的。"

第二天，毛泽东又改变了主意，对周恩来说："我还是想明天接见曹聚仁。"

周恩来说："主席不是说冷他几天吗？我对他10月5日擅自将停止炮击金门、马祖的独家新闻卖给《南洋商报》也很生气，我曾要香港《大公报》社

515

长费彝民转告他，我三年之内，不会见他了。"

毛泽东说："我说冷他几天，也是对他此举不满。但他毕竟是个特殊人物，跟那边有直接关系，还得见他。"

周恩来说："主席见他后，我要找他谈一次，告诫他，不能以新闻记者的自由态度，来做严肃的对台工作。"

10月13日，毛泽东在书房会见被"冷"了两天的曹聚仁，作陪的有周恩来、李济深、张治中、程潜、章士钊。

毛泽东一再会见曹聚仁是有背景的。50年代末，在实行专制统治的国民党的眼皮下，出现了一种从未见过的情况：台湾有些人，包括国民党内部一些人，也打出了民主选举的旗号，要竞选"总统"。原来，这背后有美国人的阴谋。美国人见蒋介石对美国搞"两个中国"不配合，就打算把蒋介石换掉，让另外一个更听美国话的人来当"总统"。

在美国人的活动下，台湾政坛上出现了推举"总统"候选人的活动。有人推举陈诚，也有人推举胡适。胡适是个亲美派，但他是个文人，没有从政经验，被选上"总统"的可能性不大。于是，美国人就倾全力支持陈诚。美国人支持陈诚竞选，是为了让陈诚当选后，在政治上实现一种过渡，让蒋介石放弃权力，他们也就便于挟持陈诚搞"两个中国"了。蒋介石对美国人搞的这一套阴谋很清楚。他表面上说同意搞民主竞选，但实际上从来就不打算放弃权力。

正当此时，毛泽东表示了这样的态度：在台湾，还是蒋介石当"总统"好。他在一次接见外宾时说了这样的话："台湾是蒋介石当总统好还是胡适好、还是陈诚好，我看还是蒋介石好。但

蒋介石与陈诚在会议上（历史图片）

第16章
第三次秘密接触

凡在国际活动场合，有他我们不去。至于当总统还是他好……十年、二十年会起变化，给他饭吃，可以给他一点兵，让他去搞特务，搞三民主义。历史上凡是不应当否定的，都要作恰当的估计，不能否定一切。"

在这次会见时，毛泽东对曹聚仁说："只要蒋氏父子能抵制美国，我们可以同他合作。我们赞成蒋介石当总统，赞成蒋介石保住金门、马祖的方针，如蒋撤退金、马，大势已去，人心动摇，很可能垮。只要不同美国搞在一起，台、澎、金、马都可由蒋管，可管多少年，但要让通航，不要来大陆搞特务活动。台、澎、金、马要整个回来，金、马部队不要起义。"

周恩来说："美国企图以金门、马祖换台湾、澎湖，我们根本不同他谈。台湾抗美就是立功。希望台湾的'小三角'蒋介石、陈诚、蒋经国团结起来，最好一个当'总统'，一个'行政院长'，一个将来当'副院长'。"

看着忙于记录的曹聚仁，毛泽东又说："我们的方针是孤立美国。他只有走路一条，不走只有被动。要告诉台湾，我们在华沙根本不谈台湾问题，只谈要美国人走路。蒋不要怕我们同美国人一起整他。"

曹聚仁说："蒋氏父子对此还是有顾虑的。"

毛泽东说："他们同美国的连理枝解散，同大陆连起来，枝连起来，根还是你的，可以活下去，可以搞你的一套。"

章士钊插话："这样，蒋介石的美援会断绝的。"

毛泽东说："我们全部供应。他的军队可以保存，我不压迫他裁兵，不要他简政，让他搞三民主义，反共在他那里反，但不要派飞机、派特务来捣乱。他不来白色特务，我也不去红色特务。"

曹聚仁关心地问："台湾有人问生活方式怎样？"

毛泽东说，还照他们自己的生活方式过。

10月15日和17日，周恩来总理又两次接见曹聚仁，托他带话给蒋经国。

台北士林官邸，蒋经国进来向父亲请安，并问："章士钊从香港捎来中共关于和谈的最高最低条件，父亲可曾考虑？"

蒋介石说:"我们不上中共统战诡计的当,管它什么最高最低条件,中常会要通过《粉碎中共和谈阴谋实施计划要点》,这就是我对他们的答复!"

蒋经国说:"我看他们也自顾不暇,在跟苏联闹别扭呢。"

蒋介石敏感地问:"跟苏联闹什么别扭?有准确情报吗?"

蒋经国说:"据说赫鲁晓夫想跟中共搞什么联合舰队,被毛泽东顶了回去,两人大吵了一架。"

蒋介石亢奋地说:"好!国军一旦开始反攻,三五年内底定全国!"

章士钊从香港回来,坐下后向毛泽东、周恩来汇报说:"停止炮击金门,蒋介石松了一口气,又叫喊起反共复国,我是空手而归。"

毛泽东说:"我跟赫鲁晓夫吵架,蒋介石以为有什么空子钻,又翘尾巴了。不要紧,既然我们的对台方针已从'武装解放台湾,消灭蒋介石卖国集团',调整为'实现第三次国共合作,争取和平解放台湾'的方针,就要有耐心。这壶不开就提那壶。"

章士钊惊讶:"毛先生还有一壶?"

毛泽东笑道:"我有好几壶呢!"

周恩来点破说,程思远先生就要来北京了。

■ 国共联手挫败"划峡而治"

华盛顿害怕承担为国民党军队护航的任务,害怕随时可能与中国发生直接冲突,后果无法收拾,并担心大批战舰滞留台湾海峡对其全球战略不利。为换取强硬的中国政府同意"停火",华盛顿准备金蝉脱壳,强迫蒋介石从金、马撤军。

华盛顿误读了北京继续停止炮击金门、马祖两周的信息,认为北京默认了美国在中美大使级会谈中提出的"停火协定草案",于是借口金、马两地

第16章
第三次秘密接触

已经停火,再次压蒋介石后撤。被骂得狗血喷头的国务卿杜勒斯准备硬着头皮亲赴台湾,逼蒋介石就范。美台之间的矛盾因此进一步激化。

北京中南海丰泽园毛泽东住所书房,周恩来报告说:"10月19日,美国第七舰队派出四艘军舰,进入金门海域,为国民党运输船队护航,试探我们的暂时停火会不会变成永久性停火,以此作为即将访台的杜勒斯压蒋从金、马撤军送给蒋的'礼物'。"

毛泽东对周恩来、彭德怀说:"这次杜勒斯到台湾去,是要逼蒋介石从金门、马祖撤兵,以换取我承诺不解放台湾,让美国完全把台湾掌握在自己手中。我们不答应,蒋介石也不会答应。我们开炮吧,给蒋介石增加点筹码!帮他个忙。"

彭德怀当然赞成:"好,再次炮轰金门!"

杜勒斯此次去台湾的原意,是压蒋介石放弃沿海岛屿,造成"划峡而治"的既成事实。对此,目光敏锐的毛泽东决定恢复炮击,于20日下午5时30分杜勒斯访台的前一天,实施了第五次大规模炮击金门。福建前线两小时内,共射出炮弹一万一千余发。

台北蒋介石官邸,掌灯时分,蒋经国送来金门当日战报说:"阿爸,这是金门今天的战报,共军又恢复了炮击,小有伤亡。"

蒋介石浏览一下,鼻子里"哼"一声,随手放在一边,轻松地对蒋经国说:"金门打炮也好,不打炮也好,毛泽东都是为了反对美国人用这种形式或那种形式吞并台湾。他是要我守住金门,他不会登陆金门的,台湾更没事。让他打去吧。"

蒋经国说:"毛泽东也够厉害的,欺负到美国人头上。胡琏司令请示,明天他是否要强有力地报复炮击?"

蒋介石摆摆手说:"明天即将与杜勒斯会谈,本来很难谈,毛泽东这顿炮火,反而好谈多了,他杜勒斯毕竟亲自闻到了炮火硝烟。告诉胡长官,不可盲动。"

毛泽东有意安排的恢复炮击，给了有点心虚的蒋介石坚守金、马一个顺理成章的借口。

金门炮声使准备启程访台的杜勒斯惊慌失措，忙打电话给正在美国西部科罗拉多州的丹佛，把准备前往西海岸作竞选旅行的总统艾森豪威尔从睡梦中叫醒，谈了十分钟话。同时，美国务院和艾森豪威尔之间，杜勒斯和刚刚到达台北的助理国务卿罗伯逊之间，进行了多次长途电话商谈。艾森豪威尔指示杜勒斯继续前往台北。随后，杜勒斯和艾森豪威尔的新闻秘书哈格蒂分别就此事发表了声明。杜勒斯以无可奈何的腔调在声明中承认：由于中共恢复对金门蒋军的炮击，预定即将举行的他和蒋介石之间的会谈"不可能具有在停火情况下本来可能具有的那种范围和性质"，他在美蒋会谈中的原定计划被打乱了。

事后，毛泽东与他的国际问题秘书林克闲谈，他对林克说，我们现成的方针是援蒋抗美，坚决反对"两个中国"的阴谋。杜勒斯到台湾，如果我们不炮击金门，那实际上是联美压蒋。我们炮击金门，打乱了美国的阴谋，打乱了他的计划。

面临美国紧逼的蒋介石，得知金门的炮声改变了杜勒斯访台所讨论的问题的性质和范围，心中大喜，他私下对陈诚说，毛泽东是有原则的，这次他可帮了我们的大忙。

硬着头皮飞赴台湾的杜勒斯，在飞机座舱内对助手交代说："这次访台是闪电式的。蒋介石对他的那个地位非常坚持，甚至坚决准备把他的地位留给他的长子，这和我们的想法背道而驰。好在他活在人世间的日子不多了，更重要的是别在这个时候出乱子，我们一方面假装不知其事，一方面抓紧推行'两个中国'。"

助手说："这个题目，对我们有利无弊，但对北京和台北来说，双方都在反对'两个中国'，这是他们的共同点。"

杜勒斯说："因此要小心他们在这个共同点上联手。此外尽可能地在各

第16章
第三次秘密接触

方面培植地方势力。如何对付蒋介石,大体上就是这样了。"

在台北阳明山官邸书房,宋美龄在劝说闹脾气的丈夫:"达令,陈诚院长来了几次电话,请你亲自到机场去迎接杜勒斯,要给他面子,以示中美亲善,不给中共话柄。"

蒋介石梗着脖子,连连摆手:"不去,不去,就不去!他陈院长去怎么就不算给面子?同洋人打交道,不能未见面先自贬,你矮三分,他就高一丈。"

挺有个性的蒋介石拿起架子来,硬是不去接杜勒斯,只在官邸客厅等候。

他等得不耐烦,不断地抬腕看表。宋美龄说:"这个杜勒斯先生,也太不守时了,等了他半天,到现在连影子都不见。"

蒋介石在室内踱着,脸色难看,问道:"怎么叫杜勒斯'雷管先生'?"

宋美龄解释说:"杜勒斯在参加日内瓦会议前做过一次癌症手术,医生在他胃里专门安置了一支'镭管',用作放射性治疗,以控制病灶的扩散。因此,人们都叫他'雷管先生',意思是他随时都会爆炸,是个危险的人。四年过去了,他并没有爆炸,还满世界跑。他对我们不危险,因为他反共坚决。"

正在他们夫妇议论时,门卫一声通报:"美国国务卿杜勒斯先生到!"

蒋介石立即换成笑脸,将杜勒斯迎到上座。

鼻梁上架着眼镜、身材不高的"雷管先生",脸色苍白疲倦,落座后解释说:"让你们久等了。这次造访,也没有什么特别重要的事情,只是美国远东使节在这里开会,本人前来主持,顺便请问蒋总统一下,从朝鲜撤出的北京武装部队,究竟撤到了哪里?情报说已经全部转移到台湾海峡对岸,不知是否属实。如果属实,是否意味着对这里要进行攻击?"

蒋介石对此话题蛮感兴趣,兴奋地说:"根据情报,他们是撤到对岸来了,至于会不会马上进攻,目前尚无迹象。"

杜勒斯进入正题:"阁下有没有重新考虑过,将金门、马祖等岛驻军撤回本岛,以节省军费,又便守卫?"

又是这个话题,蒋介石脸色陡变:"自从那次研究过后,我越来越感觉到有驻军外岛的必要！"

杜勒斯干笑笑，将一份早已准备好的文件交与蒋介石，说："这份文件很长，对台湾的要求概括起来就是六条：一是表示出愿意停火的意愿；二是再次强调不以武力打回大陆；三是避免空袭和飞临大陆；四是不以外岛来封锁厦门、福州，不使外岛成为进攻大陆的踏板；五是接受除把外岛交给共产党之外的任何解决办法；六是外岛兵力将换装成更加机动化。"

蒋介石越听越恼火，说："除了第六条能接受外，其余都令我头痛。"

杜勒斯劝说道："蒋总统，我们是老朋友了。还是听我的话，从金门、马祖撤回驻军，其他的事由我们来做。"

憋了一肚子气的蒋介石"呼"地站起来，强硬地发泄说："在我活着的时候，决不会撤军！"

深知蒋介石个性的杜勒斯不再强逼，改口说："好吧，有的地方可考虑作适当修改。"

蒋介石余怒未消地说："毛泽东现在还在炮击，你也亲耳听到了炮声，在这种情况下我们宣布撤退，等于示弱，助长共党气焰，阁下以为如何？"

既听了中共炮声，又挨了台湾当局臭骂的杜勒斯被噎住了，改变话题说："军事方面既无特殊问题，政治经济方面不知有什么特别事件需要讨论的？"

蒋介石立即说："那倒有！贵国军援数目有减无增，军援情况更是每况愈下，不知贵国对自由中国的援助情形是否已有变动，为什么敝国政府却一点不知？"

杜勒斯吞吞吐吐搪塞说："这个这个，本人离开美国时并未听说有何变动，待我回去之后，再找有关部门问问。"

蒋介石瞪了一眼说瞎话的杜勒斯，发泄着不满："这种失常情况，已经有一年以上了！关于日本对自由中国的邦交问题，是否已有变化？贵国是否主张日本与北京建立邦交，而与自由中国一拍两散呢？"

杜勒斯诧异道："那怎么可以？阁下是否有什么发现？"

第 16 章
第三次秘密接触

蒋介石有被戏弄的感觉，气咻咻说："难道贵国一点不知？东京、北京之间，近来一再公然签订贸易协定，无视自由中国的尊严，又允许北京的所谓代表团，在日本来来往往，并且高挂他们的旗帜。他们这样的做法，如不是获得贵国谅解，我想他们没有这个胆子。"

杜勒斯慢条斯理解释："蒋总统，要日本朝野与中共大陆没有贸易，没有来往，那是不可能的，他们要对付生意人啊。"

到了吃饭时间，蒋介石从会谈室出来，走到会议室走廊，满头是汗，不断用手帕揩拭。他本要去餐厅，却反方向往洗手间走。

卫士问他："先生要去洗手间吗？"

蒋介石回答："不，去餐厅！"

卫士说："餐厅在那边。"

蒋介石尴尬地掉转头去。

蒋介石招待杜勒斯吃晚饭。席间，杜勒斯说："我相信蒋总统一定也有能够让美国总统感到满意的礼物吧？"

杜勒斯既然放了他一马，蒋介石也知趣，与他干杯后说："我将适当减少金、马驻军，承诺不再以武力反攻大陆。"

杜勒斯高兴地与他干杯："OK！"

蒋介石挽留道："国务卿先生，我再次恳请你在这里多住一天！"

杜勒斯摇手说："呶呶，非走不可了！反正在高空睡觉也一样。"

蒋介石乘着酒兴问道："大陆政治黑暗之至，民不聊生，贵国可曾考虑过及时动手？"

杜勒斯皱起眉头说："大陆政治是好是糟，贵我双方确实关心。但今天已是1958年，没听说大陆出了什么乱子。我们对于消灭共产党或者抵制共产党，是乐观的！而且我们相信用不了像等待苏联那样久，再过十年，中国大陆必然大变。等他们的第二代执政后，无数的赫鲁晓夫就会出来推翻毛泽东的路线，一如赫鲁晓夫对斯大林！"

"那就好，那就好！"蒋介石一脸高兴，端起杯子连喝了几口白开水。

杜勒斯飞抵台北的时候，蒋介石开始接待很冷淡，炮声始终不断。杜勒斯在台北与蒋介石晤谈数次，会谈中，杜勒斯仍坚持要蒋撤退在金门、马祖的驻军，并停止对大陆使用武力，造成两岸事实上的停火与隔离。美国这样做是害怕卷入中国内战。没料到蒋介石恼怒地说，在他活着的时候，不会撤军！并要求美国承担共同防御金、马的义务。

最后双方妥协，互有让步，美方保证协助台湾军队防守金门等岛屿，不致使其丧失，但要求台湾方面必须收缩其对大陆的"报复"行为，包括暂停派飞机至大陆空投和侦察照相工作。未经台美双方协议不得对大陆军事基地作过激的报复等，甚至不许台湾再提"武力光复大陆"的口号。蒋介石则答应"减少金、马驻军"，不再对大陆使用武力。

台美之间的争执，这才算平息。

10月23日，美台双方发表了所谓的《中美联合公报》。经过双方讨价还价，杜勒斯同意《中美联合公报》第二条的措辞，即："双方佥认在当前情况下，金门、马祖与台湾、澎湖在防御上有密切之关联。"而蒋介石接受了公报中第六款的限制，即："中华民国政府认为恢复大陆人民之自由乃其神圣使命"，然而，这一使命的"基础"在于"人心"，"达成此一使命之主要途径，为实现孙中山先生之三民主义，而并非凭借武力"。

在中南海丰泽园，周恩来拿着公报对毛泽东说："这是杜勒斯与蒋介石的会谈公报，看来蒋介石还有点骨气。"

毛泽东说："我看过了。在宣传上我们说蒋介石是卖国贼，但客观看，他毕竟跟历史上的秦桧、吴三桂、慈禧太后还有不同嘛，只要他还有起码的爱国情感和民族意识，我们就要团结、争取。他同美国闹独立性，不管大闹小闹，我们都要支持。"

他用红铅笔在公报的"非凭借武力"处画上横杠，吩咐道，告各位常委，研究一下。

第 17 章
和战从来交替无常

■ 政治仗就得这样打

在丰泽园召开的政治局常委会上,毛泽东右手食指与中指夹着烟说:"我们有些同志还没有看到敌人内部在发生变化。美蒋关系存在矛盾,美国人力图把蒋的'中华民国'变成附庸国甚至托管地。蒋介石拼死也要保持自己的半独立性,这就要吵架。蒋介石和他儿子蒋经国还有一点反美的积极性。美国逼得急了,他们还是要反抗的。过去他大骂胡适,罢免吴国桢、孙立人,就是例证。因为他们捣乱的后台是美国。美国在台湾的驻军,蒋介石只同意派出团一级的单位兵力,不同意美国派出师一级单位的兵力。"

周恩来说:"炮打金门开始后,蒋介石只同意美国增加海军陆战队三千多人,而且驻在台南。"

毛泽东说:"我前一次说过,我们跟蒋介石有一些共同点。这次杜勒斯跑到台湾去,是要蒋介石从金、马撤兵,以换取我承诺不解放台湾,让美国把台湾完全掌握在自己手里。蒋介石不答应,反而要美国承诺共同防御金、马的义务,两人吵了一架,结果各说各的,不欢而散。说明我们可以在一定意义上联蒋抗美。我们暂不解放台湾,让蒋介石放心地跟美国人闹独立去。"

他右手夹着的烟头由长变短,又由短变长,烟灰缸中的烟屁股堆得冒尖。

彭德怀说:"我们不登金门、马祖,但又不答应美国人的所谓停火,这更可以使美蒋吵个没完。"

第 17 章
和战从来交替无常

毛泽东说:"我们的方针仍然是打而不登,断而不死,断而不死可以更放宽些,这更可以使美蒋吵起架来,以利于支持蒋介石抗美嘛!"

周恩来说:"断和打是相关的,既然断要放宽些,那么打也得放松。"

毛泽东说:"我们索性宣布,只是单日打炮,双日不打炮,而且单日只打码头、机场,不打岛上工事、民房。打也是小打小闹,甚至连小打也不一定打。从军事上看,这似乎是开玩笑,中外战史上从未有过。但这是政治仗,政治仗就得这样打。"

刘少奇说:"是不是发表一个声明,宣布单日不打,双日打。"

邓小平说:"我赞成。"

毛泽东说:"恐怕有这个必要。宣传要抓时机,要讲策略。在蒋、杜会谈中,蒋介石吃了一点亏。"

周恩来说:"要不是我们的炮击金门帮助了他,他还要吃更大的亏。"

毛泽东笑了:"我下令恢复炮轰,就是想帮助老对手守稳金门、马祖嘛。可惜他还不领情,在宣传中还骂我们'侵略'。"

周恩来说:"等他觉悟过来,会领情的。"

10月25日,毛泽东起草的《再告台湾同胞书》,根据若明若暗若即若离的台美关系,提出了一种奇特的战争方式:

> 美国的政治掮客杜勒斯,爱管闲事,想从国共两党的历史纠纷这件事情中间插进一只手来,命令中国人做这样,做那样,损害中国人的利益,适合美国人的利益。同胞们,我劝你们当心一点儿。我劝你们不要过于寄人篱下,让人家把一切权柄都拿了去。我们两党的事情很好办。我已命令福建前线,逢双日不打金门的飞机场、料罗湾的码头、海滩和船只,使大金门、小金门、大担、二担大小岛屿上的军民同胞都得到充分的供应,包括粮食、蔬菜、食油、燃料和军事装备在内,以利你们长期固守。如有不足,只要你们开

口，我们可以供应，化敌为友，此其时矣……

为配合这个声明，张治中在广播电台发表对台讲话："……现在和平解决的可能性越来越大。你们离开祖国多年了，人寿几何，经得起几回沧桑巨变？鸟倦尚且知还，人情谁不思乡？你们回来吧，家人亲友在盼望你们，祖国人民在召唤你们！"

1958年11月15日，周恩来在人民大会堂同部分驻华使节侃侃而谈："不仅新中国不承认'两个中国'，就是蒋介石也不承认'两个中国'。为什么蒋介石不承认呢？因为他如果承认台湾是独立小国，那么，他要代表全中国的幻想就破灭了，跟随他从大陆去的军队和其他人就要散伙了，只会剩下一小撮他的追随者。美国就可能随便找个人取代他，或是胡适、李宗仁，或是其他人……美国怕蒋介石反攻大陆，把它拖下水。如果新中国默认了'两个中国'，美国就可以向蒋介石说：'新中国都承认了，你还不承认？'如果蒋介石那时还不接受，美国就要换掉他。"

使节们恍然大悟，听得津津有味，张大眼睛望着周恩来。

周恩来朝椅背上一靠，话锋一转说："我们可以同蒋介石的代表或同他本人坐在一起会谈，或者是他派人到北京，或者是我们派人到台北去，这是我们国内的事。但是在国际场合中不能出现'两个中国'的情况，我们应当向在座的亲爱的朋友们说清楚，我们愿尽一切力量为国际和平和合作而努力，甚至我们也不拒绝和美国代表坐在一起会谈。"

使节们情绪活跃，交头接耳起来。

周恩来轻咳一声，继续说："另外，我还要强调一句，新中国坚持反对制造'两个中国'，而美国则向蒋介石施加越来越大的压力，要蒋介石承认'两个中国'，这将有助于把蒋介石推回到祖国来，这个情况是很微妙的。"

是很微妙。国共两党从不同立场出发，无形中结成的统一战线，使美国

第17章
和战从来交替无常

"划峡而治"、制造"两个中国"的企图再次受挫。

■ "蒋介石做'总统'比较好"

美国总统艾森豪威尔在强大的国际压力下，对中共呼吁恢复谈判的声明，不得不作出积极反应。1959年4月26日，杜勒斯发表讲话，表示将与北京就停火举行会谈。同日，北京对杜勒斯的讲话也作出反应：中国人民解放军对金门、马祖的炮击立即减少，至5月中旬炮击完全停止。

这一局面使台湾当局顿生猜疑，惶恐不安，"外交部长"叶公超忿然对美国记者发表谈话："如果美国背着台湾进行'停火'安排，台湾将不再视美国为盟友！"

紧接着台湾"行政院长"俞鸿钧对美国记者又发表谈话："台湾保卫金门、马祖的计划不会改变，不会因为外国的意见就放弃了这几个岛屿。"并否认台湾曾与美国就与大陆和谈问题达成谅解。

美国迫使蒋介石放弃沿海岛屿，制造"划峡而治"的企图由于海峡两岸双方坚决反击而失败，于是再借中华人民共和国恢复联合国席位问题，在联合国内外策划、炮制各种分裂大陆和台湾的计划和活动。

1959年9月1日，应美国参议院外交委员会的要求，康隆协会发表一份研究报告，赞成新中国加入联合国并为常任理事国，台湾则为普通会员；成立"台湾共和国"，台湾军队撤出金、马等。

这是一份完整的"一中一台"方案。

10月16日，台湾"外交部"发言人沈剑虹宣称：《开罗宣言》早已明文规定台湾归还中国，自1945年起即无所谓有台湾的法律地位问题。

11月14日，沈剑虹指责"康隆报告"提出了一种不切实的幻想，并不能换来远东地区的暂时和平，而是适得其反。

至此，台湾与美国的裂隙公诸于世。

华盛顿见蒋介石不听美国摆布，使美国隔绝两岸的如意算盘落空，弄得十分尴尬。鉴于蒋介石在大陆时领导的政府政治腐败，经济瘫痪，军事一败再败，威望一落千丈，华盛顿立即密谋"换马"，另觅有利于美国的新代理人。当"换马"风潮暗涌之际，已知美国意图的蒋介石立即想到与美国渊源非同一般的孙立人。孙立人是蒋介石退台后的"陆军总司令"，早年留学美国，是曾到华调停的马歇尔将军的校友。蒋介石认为他是美国欣赏的人选，即采取断然措施将孙立人的亲信郭廷亮逮捕，罪名是策动兵变，企图拥戴孙立人为"台湾元首"，孙立人被控为兵变后台，因此而遭长期软禁。接着为防不测，蒋介石把美国政府欣赏的另一位人物、时任"台湾省主席"的吴国桢驱逐出台湾。

华盛顿对蒋介石所采取的种种预防措施，表面上以容忍的姿态未加可否，但暗地里"倒蒋"的活动并未停止。

毛泽东从祖国统一着眼，迅速抓住这一时机，向台湾当局发起和平攻势。5月31日，周恩来总理在第一届全国人大常委会第十五次扩大会议上郑重而明确地宣告："解放台湾有两种可能的方式，即战争的方式和和平的方式。我们愿意在可能的条件下，争取用和平的方式解放台湾。"这标志着中国共产党对台政策进入以武力方式为主、以和平争取工作为辅的新阶段。

世界各大报纸以醒目的通栏标题，报道"中国共产党对台湾的政策发生了重大转变"，引起了全世界的震动。

6月2日，周恩来在北京接见印度尼西亚记者时再次表示："中国同美国的关系是国际问题。而中华人民共和国同蒋介石集团的问题则是内政问题，决不能把两个问题混为一谈。中国人民一定要解放台湾，此为内政问题，不容他国干涉。中国愿意在可能的条件下和平解放台湾。中国愿意和美国谈判，欢迎其他关心此事的国家出来斡旋。中美间没有战争，不存在停火的问题，更不能以停火为和谈的先决条件。"

第17章
和战从来交替无常

无疑，这些信息很快就传到台湾去了。

英国驻华代办纪维康、印度驻联合国代表梅农分别专程访华，英国、印度愿意充当中美间的调停人。尽管台湾当局多次发表声明，坚决反对中美会谈，美国仍不予理睬，通过英国与北京商定，在日内瓦恢复中美大使级会谈。中国代表仍为中国驻波兰大使王炳南。

与此同时，周恩来在全国人大一届二次会议上重申对台湾问题的立场："大陆与台湾之间是内政问题。在中国人民解放军解放大陆和沿海岛屿的过程中，不乏和平解放的先例，如果可能的话，中国政府愿意和台湾地方的负责当局商谈和平解放台湾的具体步骤。"

稍后不久，周恩来再次呼吁："希望台湾当局在其认为适当时机派代表到北京或其他地点，同我们协商和平解放台湾的步骤和条件。"

1959年2月2日，毛泽东对省市委书记们说："你们都是省委书记，我要讲讲台湾问题。对台湾嘛，给他饭吃，给一点兵，让他去搞特务，搞三民主义。"

台下一片笑声。

毛泽东接着说："台湾是要胡适、陈诚，还是要蒋介石？在这个中间选择，我看还是选蒋介石。陈诚、胡适跟美国联系得比较多，还是蒋介石当'总统'好，因为他在'一个中国'问题上的立场是不含糊的……国际上，联合国假如通过要我们去，有他我们就不去，运动会有他我们就不去，至于总统，那还是你好……可以十年、二十年不去进行改革，还是三民主义，搞特务，反共，尽他去反，只要你这个葫芦是挂在我的腰上，不挂在美国的腰上……历史上不管中国外国，凡是不应该否定的……要做恰当的估计。"

毛泽东又说："民族立场很重要。我们对蒋介石还留有余地，就是因为他在民族问题上对美帝国主义还闹点别扭，他也反对'托管'，反对'两个中国'。"

1959年9月15日，毛泽东会见民主党派负责人时，谈笑风生而又漫无边际地再次总结金门炮战。

他语出惊人:"蒋介石没有从金门撤走,这是他为中华民族立下的一个功劳!"

停停,他又说:"金门打炮每一个环节都是我跟总理搞的,如何打法等等。那么一个严重局面,美国十二艘航空母舰来了六艘,第七舰队是他最大的舰队,搞边缘政策,护航。"

他摆了两个茶杯,指着说:"这个地方是美国军舰,这个地方是国民党军舰,相隔这么一点。他这里铺起美国国旗也不动,他也不打我们,我们也不打他,我们专打国民党。这个事情不能粗枝大叶,要很准确,很有纪律,后头转到双日不打单日打,以后又搞什么告台湾同胞书这套东西。"

他又举起新华社编的《大参考》资料说:"每天两大本,你才了解情况,才知道动向,不然怎么决策?开头我们不是在这里报告了吗?那个时候,我们跟张文白,还有许多朋友,都是一致的,要把金门、马祖搞回来。"他指指张治中说:"后头一到武昌,我不是跟你一道吗?形势不对了,金门、马祖还是留给蒋委员长比较好,金、马、台、澎都给他。因为美国就是以金、马换台、澎这么一个方针,如果我们只搞回金、马来,恰好我们变成执行杜勒斯的路线了。所以,10月间回到北京的时候就改变了,金、马、台、澎是一起的,现在统统归蒋介石管,将来要解放一起解放,中国之大,何必急于搞金、马?这样,我们就不会变成杜勒斯的部下了,不然他就是我们的领导者,就是以金、马换台、澎,蒋介石不做总统。蒋介石不做总统,这个我们也不赞成的。美国人压迫他,不要他做总统,要陈诚做,讲好了的,蒋介石答应了的,陈诚也答应了的。后头我们这个消息使他知道了,他就有劲了,共产党支持嘛。"

会场发出一阵哄笑。

毛泽东更加语出惊人:"他现在决定做'总统'了,是蒋介石做'总统'比较好,还是别人做'总统'比较好?在目前看,还是蒋介石比较好。

第 17 章
和战从来交替无常

他这个人是亲美派,但是亲美亲到要把他那点东西搞垮,他就不赞成。"

■ 历史地看炮击金门

为了教训蒋介石反攻大陆的叫嚣,有时也为了"欺负"一下老欺负中国的美国,帮助蒋介石有限度地反对美国,此后,炮击金门一直是打打停停,半打半停,要打就打,要停就停,在认为需要的时候,就来真格的。1960年艾森豪威尔访问台湾,解放军就搞了一次"万炮轰瘟神"。但在平时,炮击不打蒋军阵地和居民点,只打到海滩上,逢年过节都停炮三天,以后炮弹里又装上宣传品,不装火药。金门方面也照此办理。

这种世界战争史上的特殊炮战,自从1959年以后,象征性地持续了二十年之久。这种独特的炮击,表面上看起来是对着蒋介石的,实质上是朝鲜战争以来同美国之间的一场包含军事、政治、外交的重要较量,已经演变成中国、美国以及台湾地区之间一种特殊的对话方式,一种不在谈判桌上的谈判。

谈判桌上的谈判仍在华沙进行。苏联帮助中国代表团架设了北京—华沙的直通电话线。王炳南和周恩来的联系更方便了。周恩来常亲自打电话,及时发指示,或提醒王炳南。

人民解放军对金、马双日停炮后,一次会谈正值双日。

美方代表雅各·姆很高兴,说:"OK!双日停止打炮,希望你们永远停止炮击。"

中国代表王炳南笑说:"打炮与不打炮,是我们单方面的行动,与中美会谈无关。会谈应该议论的是美国从台湾撤军问题。"

雅各·姆板着脸说:"中国政府应该停止对金门、马祖的军事活动。"

王炳南说:"美国政府应该停止侵犯中国的主权和在台湾海峡进行的军

事活动。缓和与消除台湾地区的紧张局势，是中美会谈的关键，是考验有无谈判诚意的试金石。"

雅各·姆无奈地摊摊手。

王炳南慷慨激昂："大使先生，你应该知道，玩火者必自焚。现在是你们认真考虑把美国的一切武装力量撤出台湾和台湾海峡的时候了。迟考虑不如早考虑，迟走不如早走。早考虑，早走，你们可以早得到解脱。"

雅各·姆有些尴尬地说："我对大使先生的发言很失望。"

在金门事件中，最感到失望和焦虑的是大洋彼岸的艾森豪威尔。

1958年元旦的夜晚，美国白宫总统办公室。艾森豪威尔对女秘书怀特曼感慨说："新年的钟声响了，我的心情却很凄凉。"

怀特曼惊讶地说："凄凉？总统先生，为什么呢？"

艾森豪威尔说："1958年是我一生最倒霉的一年。不知为什么，以'8'结尾的年份，总是我倒霉的年份。"

怀特曼疑惑地问："嗯，是吗？"

艾森豪威尔回忆道："你看，1918年，我错过了第一次世界大战；1928年，我在巴黎写了一本书，使我有一种在事业上停顿不前的感觉；1938年，是我在菲律宾的最后一年，与傲慢的麦克阿瑟发生了许多不愉快的事，并且担心我永远不能离开这个岛屿和这个讨厌的人；1948年，我从军队退休，到哥伦比亚大学当校长，我在那里感到失意，很不惬意。"

怀特曼接上说："1958年的事我知道了，中共炮击金门；您心脏病发作；您经常与对外政策顾问以及国会意见不合，经受了一系列国际危机和一次经济衰退。"

艾森豪威尔叹口气说："看起来，我该退休了，回到农庄过田园生活。"

他不得不退休了，而且连累到共和党跟他一起退休，轮到民主党上台了。

在中南海丰泽园毛泽东书房，毛泽东、周恩来正在交谈。

周恩来说："美国共和党、民主党举行总统大选，肯尼迪与尼克松辩论

第 17 章
和战从来交替无常

时，都提到金门、马祖问题。"

毛泽东幽默地说："艾森豪威尔的共和党失败了，民主党赢得了多数。我们无代价地做了义务劳动，帮了民主党的忙。炮击金门这件事情，闹得全世界都心神不安，特别是闹得美国心神不安。美国人历来是欺负我们的，这回算我们扎扎实实地欺负了美国人一次。"

在炮击金门的过程中，蒋介石也有不少感悟，学到不少东西。

在台北慈湖蒋介石官邸，看着"中央社"编的《参考消息》，蒋介石突然对蒋经国说："对国共之战的宣传，我们犯了一项重大错误，跟着美国佬把共产党骂为'侵略者''武力扩张领土'，这等于是跟着人家承认"两个中国"。"

蒋经国："父亲所见极是！"

蒋介石下令："今后不能再跟着美国佬乱说！还有，以后不再称对方为'红色中国'，改称为中共政权。我们自称'中华民国'。"

蒋经国："我跟宣传部门打招呼。"

由于杜勒斯到达台湾前一天的炮击及时帮助了蒋介石，使其获得拒绝从

虽然金门岛沿海布防严密，但显得荒凉而惨淡。（历史图片）

金、马撤兵的口实,所以炮战后,蒋介石对毛泽东反对"两个中国"或"一中一台"的立场心领神会。1959年3月,蒋介石集团"外交部"特别规定,今后对外提及大陆时,不再用"红色中国"或"共党中国"等语,而称"中共政权";提到他们自己时,不再用"自由中国",而称"中华民国",以避免"两个中国"的嫌疑。

中国围绕台湾问题的外交斗争,堪称"高屋建瓴,势如破竹";而美国"划峡而治"和"两个中国"的蓄谋却遭到彻底失败。

后来,毛泽东又几次在中央会议上提到炮击金门,他把话说透了:"炮击金门,就是要帮助蒋介石守好金门。"

炮打金门是毛泽东的大手笔,把整个世界都调动了,不但把美国而且把全世界的舆论,从中东调动到中国台湾海峡来了,美国的舰队也从中东调动到台湾来了。毛泽东的目的达到了,打炮也好,不打炮也好,都是为了支持蒋介石。

中共领导人不能够让美国人把台湾拿去,不管它是单独拿,还是用联合国托管的方法,把台湾拿去,都不行。那时美国人已经确定对大陆以和平演变为主,就是说不用武力侵略了。蒋介石也懂得不能用武力来"反攻大陆"了,毛泽东也不采用、也不大可能用武力去统一台湾。在这种情况下,毛泽东与蒋介石有两个共同点:第一中国必须独立,第二中国必须统一。蒋介石也懂得,金门打炮也好,不打炮也好,都是为了反对美国人用这种形式或那种形式吞并台湾。

金门炮击不仅仅是一场军事斗争,实质上是一场政治斗争和外交斗争,是两岸间一种不在谈判桌上,不直接接触和交谈的谈判与对话。

毛泽东通过炮击金门,收到多方面的好处:

1.支援了中东革命,缓解中东国家的压力;

2.打击了蒋介石集团的嚣张气焰,同时通过炮击的形式,表示"内战"没有停止,多了一种中国对台湾问题的发言方式;

3.试探美蒋条约的底线,这个也许是最大的收获。只要涉及美国自身利益,要冒和我军发生直接冲突的危险,它就不干了。

中央文献研究室编著的《毛泽东传》,对炮击金门事件作了如下评价:

> 炮击金门,是毛泽东纯熟地运用政治斗争、军事斗争、外交斗争和舆论宣传攻势,并将它们交融于一体的一次重大行动,尽管炮击金门未能也不可能从根本上解决台湾问题和中美关系问题,但对于蒋介石反攻大陆的嚣张气焰,特别是对于美国搞"两个中国"的企图,都是一个沉重打击。在这场斗争中,迫使美国不能不继续保持中美大使级会谈这一外交对话渠道。事实证明,这场斗争对确保国家主权和国家安全,具有重要意义。

对任何历史事件的评价都不会是一种角度,都不会是一种结论。据美国罗斯·特里尔著的《毛泽东传》所说,毛泽东后来认为他在台湾海峡的举动可能是轻率的。他在1958年12月的一次会谈上说:"如果我们过于冲动,在国际问题上就可能犯错误。"这也许是他对金门炮击事件的一种反思。

■ 蒋介石不愿意把台湾挂在苏联人腰上

1968年,炮击金门那段时间发生了另外一件事情,台湾差点要挂在苏联人的腰上。蒋介石撤退到台湾以后,不甘心失败,做梦都想反攻大陆。但是台湾地方小,军队少,没有实力,所以蒋介石最初50年代、60年代是把反攻大陆的希望寄托在美国人身上。蒋介石希望美国人出钱、出枪、出先进武器来帮助国民党反攻大陆。但是试过几次,蒋介石发现美国人没有这个愿望。一个新的美国总统上任了,蒋介石就写信说明他要反攻大陆,需要美国人支持他，但都石沉大海。所以蒋介石悟出一个大道理，美国人并不是想帮助国民党，美国人是想把国民党当成一个看门狗，帮助美国看稳西太平洋的大门。

蒋介石对美国的援助失望了，就在这个时候，中共和苏共"两兄弟"吵起来了，中共批判苏联修正主义，批判苏联是社会帝国主义。两党交恶影响到了两个国家的关系。在这个时候，苏联派了一个记者去台湾试探。这个记者叫维克多·路易斯，他的公开身份是英国《伦敦晚报》的记者，真实的身份是苏联的特务，克格勃人员。路易斯在1968年从日本到了台湾，找了在苏联留过学的蒋经国。他说，你们是不是想反攻大陆啊？你们是不是缺钱呢？要是缺钱的话，我们苏联给钱。你们是不是缺武器呢？你开个武器清单，你要什么我们给什么。你们想利用我们苏联在中国边疆的那些基地也行，你提出来，你要用我们哪一个基地都可以。也就是说，苏联方面肯把钱、把武器、把基地提供给国民党，帮助国民党实现反攻大陆的愿望。

真是天上掉下馅饼了！双方开始在台湾谈，后来一直谈到欧洲的维也纳。蒋介石开始很高兴，觉得美国人不帮我，现在苏联朋友帮我了。但是，他毕竟是个民族主义者，跟苏联也打过交道并留下不好印象。到了1969年，蒋介石想来想去，他觉得不妥，苏联的援助不能够要。这个问题他在日记里记过两次，一次说苏联援助我国民党，一定想侵略中国，我可要记住，"吴三桂和洪承畴的教训"，不能够重蹈他们的覆辙。蒋介石不愿意当吴三桂、洪承畴，不能够把苏联人引进中国来。1969年下半年，苏联在中国的北方边界屯兵百万，毛泽东提出来"深挖洞，广积粮"，提出备战、备粮，提出要准备打仗。跟谁打？准备跟苏联打，准备防范苏联从北方来进攻中国。

就在这个时候，蒋介石又在日记里写了一段话，我决不在这个时候反攻大陆。他说，我在这个时候反攻大陆，苏联就可能趁机侵略我们的华北。尽管蒋介石和中共势不两立，蒋介石做梦也想反攻大陆，但是他还是有民族立场的，他不愿意当吴三桂，给苏联人当汉奸。

第 18 章

第二波"反攻大陆"

蒋介石一再叫嚣"反攻大陆",然而无论是国际形势还是海峡两边的力量对比,都决定了"反攻大陆"只能停留在嘴巴上。他屈居岛上十年过去了,台湾完全没有"反攻"的动静。

蒋介石原来每到"国庆"、元旦,还不时从嘴里冒出个"反攻大陆"时间表,在后来的相当一段时间里,他再也不敢说那个时间表了。眼看就要到"十年生聚,十年教训"的期限,相当多的人已对蒋介石的"反攻"神话抱有怀疑态度,如果不重新明定"反攻"时间表,蒋介石的"反攻"计划就将成为泡影。在这种情形下,蒋介石于1959年5月19日在中国国民党八届三中全会上,作了《掌握中兴复国的机运》的讲话,宣称:客观的"中兴复国"的机运,自然要有主观的"中兴复国"的新精神和新气象来掌握。他转而痛心地说,我们的日常生活行动,并没有一些可以开创"中兴复国"的新精神新气象,还谈什么"反攻复国"?再过十年,超过"十年生聚,十年教训"的期限,还不能"反攻复国"的话,那就任何希望都要破灭了。

这一年,他真的行动起来了。

■ 蒋介石动了真格

1959年的国庆期间,由于蒋介石又有了"反攻大陆"的行动,台海局势一度紧张起来。

第18章
第二波"反攻大陆"

1959年初的1月至3月间，台湾国民党空军利用美国提供的RB-57D高空侦察机，多次侵入大陆上空纵深地区，进行高空战略侦察活动，其飞行路线遍及福建、上海、江苏、湖北、河北、山东等十三个省市。

RB-57D为亚音速、双发喷气式单翼高空侦察机，飞行高度可达1.8万至2万米，其续行时间为8—9.5小时，最大航程6800公里，机上配有四部航空照相机，于1.85万米的高空可实施航空拍摄长约4000公里、宽70公里地幅的地面目标。由于该机具有重量轻、升限高、载油量大、续行能力强等特点，所以放肆地多次侵入大陆上空从事隐蔽侦察活动，却一直没有碰过钉子。

美国从全球战略出发，开始向台湾提供U-2高空侦察机。台湾空军由此组建了"第三十五中队"，隶属空军总部情报署。U-2型机最大飞行速度800公里/小时，最大航程7000公里，续航时间高达九个小时，实用升限22870米，机上装备侦察、夜航、电子对抗、电磁波探测等先进系统，可在20000米高空拍摄照片，可供判读的横向范围达150里。

国民党空军将U-2机对大陆的纵深飞行侦察称为"穿幕"行动，要穿破"大陆铁幕"。

这年的6月间，RB-57D高空侦察机又两次飞临北京上空。

中国人民解放军的空防部队进入了一级战备状态。调入北京周围地区的精锐的米格-19歼击机群、口径85毫米的高射炮群和刚刚进行改装训练仅四个月的地空导弹部队，均已奉命做好了一切战斗准备。9月初，五个地空导弹营奉命进入北京周围地区实施环形设防，三十个导弹发射架直耸蓝天，雷达开机已织成天网。

10月7日上午10时03分，雷达报告，一架美制蒋机从浙江温岭窜入大陆，高度18000米，正向北京飞来。北京地空导弹部队的制导雷达开机。11时50分，当敌机距离北京115公里的时候，制导雷达捕捉了目标。12时04分，"轰"的一声巨响，一发地空导弹喷射着火焰直射蓝天，紧接着第二发、第三发导弹腾空而起。

在中南海，接到报告的周恩来向毛泽东打去电话："报告主席，美蒋的高空侦察机在通县被我们打下来了！"

毛泽东在菊香书屋听了电话很高兴，对着电话机说："好嘛！一石三鸟，这一下蒋介石要哭鼻子了，美国人会头痛的，赫鲁晓夫也要困不着觉哩！"

1960年，蒋介石的政治生涯又走到了十字路口。依国民党奉行的"《中华民国宪法》"有关"总统"的任期规定："总统"任期为六年，可以连选连任一次，故"总统"最多只能当十二年。蒋介石1948年出任"总统"，1954年连任，到1960年任期届满。是顺势依"法"退下来，还是恋栈高位违"法"继续干下去？蒋介石面临抉择，台湾的有关法律制度也面临挑战，需重新调适整合。

蒋介石是不会轻易退位的，他在台湾统治多年，造成了一统天下的局面，国民党内也没有可以撼动他地位的人。

为达到三次"连任总统"的目的，蒋介石和国民党早已设计好了"变通办法"，以使蒋介石能"违宪"，第三次任"总统"。

1960年3月12日，国民党中央临时全体会议推举"总裁"蒋介石、"副总裁"陈诚分别为"中华民国第三任总统、副总统"候选人。蒋介石在次日故作姿态地表示，他对被推为候选人"心中感到格外沉重"。

3月21日，"国民大会"正式投票选举"总统"。是日，有1509人参加投票。结果，蒋介石以1481高票赞成当选。消息传出，有意避出的蒋介石正在台湾南部某海军营地与海军军官学校毕业生会餐。他接受了热烈的掌声和欢呼声，心情不再沉重，而是"面显笑容，在热烈欢呼声中很欣慰地答礼辞去"。沿途，又受到数万人的夹道欢呼。

次日，陈诚以1381票当选为"副总统"。

"总统"又当上了，好事逢双，60年代初的国际形势演变又为蒋介石提供了"反攻大陆"的客观条件，他又摩拳擦掌、跃跃欲试起来。

第18章
第二波"反攻大陆"

1961年,国民党曾秘密对利用部署于金门岛的M-115型203毫米榴弹炮发射核炮弹,对攻击对岸解放军的可行性进行评估。这可能是台湾国民党军队有史以来唯一一次对使用核武器进行研究的案例。

1961年4月4日,当时的台湾"参谋总长"彭孟缉突然指示,调查外岛(指台湾岛以外,现由台湾所辖的岛屿)现有可使用核武器的火炮,"一旦盟方以核子武器支持外岛,外岛是否有此阵地可供射击使用,应作检讨研究"。至于阵地位置,国民党拟选择大金门。4月7日,在台湾"国防部"副总长办公室召开的"国防部情报室""作战次长室""通信局"与美军协防司令部、顾问团联合座谈会中,台湾方面就提出希望美军能协助指导驻扎金门地区的国民党军,利用现有装备使用核武器。当时金门国民党军的陆军装备,仅有1958年从美军驻日本冲绳基地援助过来的M-115型203毫米榴弹炮可发射核武器,但因国民党军过去没有使用核武器的经验,对阵地选择、弹药运输及储存、目标分析及安全等因素,均请美国顾问团和协防部给予指导及协助,希望能切实完成准备,以便随时使用。

对台湾当局的要求,美军协防部代表史泰登上校表示:"这是一个微妙的政治问题……需要美国最高当局才能决定;即使要实施核报复,应该有较使用203毫米榴弹炮更妥当的手段。"

"金门防卫部"曾拟定甲、乙、丙等三个M-115型榴弹炮配备核炮弹后的部署方案,优先选择对金门守军最具威胁或最为脆弱的目标,分为以下三类:第一类为解放军集结点,包括集结部队、船舶与港湾设施;第二类为解放军运动中的船队;第三类为解放军炮兵。除上述三类目标外,凡支援这些目标的后勤设施及重要指挥所等,也是极具价值的战术核攻击目标。

这些"纸上谈兵"的部署和计划,却终因美国没有承诺对台提供核武器而使报告束之高阁,国民党军对解放军使用核武器的计划也泡了汤。

1961年8月23日,中共中央准备在庐山召开工作会议。临近开会前十天才下达通知,因西藏比较远,中央办公厅只好电话通知他们做准备。没料到这个消息很快被台湾特务机关窃听了，在国际上大放厥词，说"中共要在庐山召开会议"，公然叫嚣"反攻大陆，直捣庐山"。这将影响庐山会议的安全，怎么办？周恩来跟毛泽东商量，毛泽东笑说："我就去杭州亮亮相，把他们的目光引开。"

1961年8月17日，《人民日报》在头版头条发表了一则消息：

> 新华社8月16日讯：今天下午，毛主席会见并宴请加纳共和国恩克鲁玛总统。会见时，国务院总理周恩来、外交部副部长黄镇、浙江省省长周建人和中国驻加纳大使黄华在座。晚间，毛主席和周总理一行回访加纳总统恩克鲁玛等贵宾。

毛泽东接见外宾的"疑兵阵"一摆，台湾当局又猜测毛泽东是在杭州休养呢，还是准备在沿海搞什么新的威慑？就在台湾捕风捉影的猜测、"反攻大陆"的犹豫中，毛泽东在第二次庐山会议召开前夕，8月22日再上庐山，按事前的安排准时召开了庐山会议。

这个细节说明，台湾当局当时"反攻大陆"的确已是箭在弦上了，因为当时形势对他们有利。

60年代初，国际间两大阵营冷战的局势更加严峻，1962年的"古巴导弹危机"，使得美苏两国剑拔弩张，已走到战争边缘。在远东，美国更加重视台湾在其全球战略中的地位，高级将领频频访台，并带去不少的军事援助。中国大陆的形势，则可以用"乌云压城""困难重重"来形容：中苏两党的破裂已公开化，苏联撕毁合同，撤走了全部在华技术人员，大陆的工业顿受挫折；与印度的边界战争，一定程度上影响了中国大陆与有些国家的双边关系；连年的自然灾害及中国共产党某些政策的失误，使粮食大面积减产，饥饿笼罩着大地，一些灾民冲出海关逃到香港。而此时的台湾则相对风调雨顺，政局稳定，经济发展。

第18章
第二波"反攻大陆"

访美归来的陈诚,在蒋介石官邸对蒋介石说:"在我访美期间,美国国务院将1955年以来的中美会谈纪要都给我看了,企图拉拢我。中共拒绝美国的一切建议,而坚持美舰队及武装力量退出台湾的立场。不受奸诈,不图近利,是泱泱大国风度啊。"

蒋介石说:"不是一个政权,但是一个中国,这一点我跟毛泽东是一致的。现在他那个政权岌岌可危了,又到了反攻大陆的绝好机会。"

陈诚一怔,试探地问:"总统对大陆形势的估计,有根据吗?"

蒋介石说:"有根据,有根据,经国搞来好多情报。最主要的是,大陆公社失败,工业倒闭,俄援不继,灾荒饥饿,真是天灾人祸,交相煎迫。"

陈诚说:"哦,我从美国人士嘴里听到的,好像没有那么严重。"

蒋介石一愣:"是吗?还有关键一条,中共军队的效忠精神大不如前,因为中共政权不能以比老百姓较多的粮食配给军队,军队吃不饱。"

"这倒是重要的,建议总统再派人调查调查。"陈诚不信这些,话不投机,他说了句"总统保重",就告辞了。

在三年困难时期,中共是内忧重重又添外患。中苏两党对国际共产主义运动的严重分歧,由大论战导致决裂,印度趁机挑起中印边界争端,终于爆发了中印边界反击战。

自金门炮战后一直不敢轻举妄动的蒋介石,以为"大陆的危机,就是台湾的机遇",又跃跃欲试起来。

他又一身戎装,神气活现地站在大地图前,眼睛发光地凝视着大陆广袤的土地,说:"今年是'讨毛救国'的决定年,胜利年!"

宋美龄坐在沙发上,充满兴趣地看着张扬的丈夫。

宋美龄问:"达令,美国人同意我们派出游击队,深入大陆开展游击战争,这套方案究竟做没做?如果顺利,岂不甚好?"

蒋介石说:"早在做了,只是兹事体大,万分机密,因此知道的人很少。他们在荒僻的地方受训,由中美专家训练,相信比登陆东山岛还麻烦,而且也没经验。"

过了几天，蒋介石在阳明山官邸召见陈诚。他对坐在面前的陈诚说："反攻大陆，我决定了！反攻行动委员会，我当主任，你当副主任。马上就下达征兵动员令，提前征兵，现役军人要无限期地延长服役。"

陈诚不安地问："美国政府态度怎么样？"

蒋介石说："我们要逼他上路嘛！他对老朋友总不能袖手旁观吧？只要把它的第七舰队再拖下水，事情就好办了。"

陈诚担心地说："我总觉得美国人有点靠不住，金门一战，中共舰艇就在他鼻子底下，他就是视而不见，转身溜了，像是一只怕老鼠的猫。"

蒋介石兴奋地说："现在的国际形势会使它不怕老鼠了。中苏两个共产集团闹分裂，有利于反攻复国。你想呀，在赫鲁晓夫或是毛泽东任何一人被除掉之前，没有弥缝的可能。我们反攻，美国就会帮忙，苏联就会看热闹。"

陈诚说："总统要我先做什么呢？"

蒋介石说："你赶快研究一个作战方案，送给我看看。要抓住良机哟！"

"好吧。"陈诚答应一声转身走了。

蒋介石认为"反攻复国"的时机已到，必须制定相应的政策来保证这一目标的实现。于是他命令国民党中常会起草一项"光复大陆指导纲领"，交由1962年11月召开的国民党八届五中全会通过，"作为国民党从政党员在反攻大陆前和光复大陆后的政治措施的指导方针"。

国民党八届五中全会在11月12日召开，蒋介石在开幕式上阐述了会议的三项任务：

"第一，要为反攻复国开路，确实贯彻本党时代的使命和革命任务。第二，要为本党第九届全国代表大会做好准备工作，并于明年完成这个任务。第三，要集中全党的人才，也集结全国的人才，一齐贡献全民族的智能，共同来复国建国。"

第18章
第二波"反攻大陆"

蒋介石指出国民党在"反攻"中的作用是："我们党一方面作为军队的前锋，一方面作为国民的后卫，来争取反攻复国战争的胜利。"

国民党八届五中全会的主题是"反攻复国"，除例行地听取陈诚代表中常会作的"政治报告"，以及"五院院长""参谋总长""外交部长"的工作报告外，主要是通过了"光复大陆指导纲领"。

将"光复大陆指导纲领"与蒋介石以往关于"反攻大陆"的讲话加以比较，不难发现有两处较为明显的不同：第一，是追求"反共军事"与大陆"内乱"的里应外合；第二，是要"团结国内、国外、敌前、敌后一切反共力量，共同努力"。强调要更多地注意"大陆敌后工作"。这是蒋介石根据单凭台湾力量不足以"反攻大陆"的基本估计，及对大陆内外形势的估计而作的相应变化。陈诚在提交会议的"政治报告"中强调了蒋介石的"四项原则"和"约法十章"，并设计了"日后里应外合，消灭共匪"的三种模式。不像过去只强调台湾一方面的"反攻努力"。

国民党八届五中全会通过的《光复大陆指导纲领》，在蒋介石"反攻"理论体系中，具有重要地位。

蒋介石不仅抓理论建树，还在积极地推进行动实施。

1961年底至1962年春，蒋介石取得美国默契，准备乘大陆困难时期，动用十万兵力进犯东南沿海。他们准备了十万双草鞋，计划在温州、台州或浙闽接合部登陆，然后从平阳县（今苍南县）下关至炎亭一带撤退，以制造国民党军"光复"大陆得逞的舆论。

中国人民解放军总参谋长罗瑞卿大将根据中央指示，拟在浙南地区拉开一个"口袋"，先把蒋军放进来，让他钻进我"口袋"，然后收紧袋口，围而歼之。

时值毛泽东在杭州，中共浙江省委领导一面加紧战备，一面向党中央建言：敌人很可能是来沿海突袭骚扰一下，造点声势，很快撤退，不入我口袋。再则，如果有意放他进来，让他向纵深推进，然后围歼，恐负面影响太大。省委意见，如蒋介石真的要派兵冒犯，就要迎头痛击，消灭在滩头和前沿阵地，使之有来无回。

后来，党中央、毛泽东决定先发制人，于1962年6月23日，用"新华社电讯"宣称我已做好充分准备，定能全歼妄图进犯大陆之敌。

为了迷惑敌人，浙江省公安厅搞了许多真真假假、虚虚实实的情报，先后分几次几个渠道通报给台湾。这些情报的大意是：沪杭、浙赣线军队南调紧张，转业军人重返部队，基于民兵配发枪支弹药，进入战备状态，温州有大批操北方口音的军队到达，舟山海军部分南移，温福公路军车昼夜疾驰等等。军队也做了夜间调防的阵势，以"佐证"上述"情报"的可靠性。

蒋介石得知大陆做了充分的准备，"光复大陆"的调子放低，军事袭扰也就鸣锣收兵了。

■ "国光计划"

蒋介石拟订的反攻计划，先叫"国光计划"，后又改为"旭光作战计划"。

"国光计划"是蒋介石密令三军"副总参谋长"执行官唐守治中将担任召集人，精选优秀军官，配合参谋本部若干人员成立的一个作业中心制订的。

1961年4月1日，台湾军方在偏僻的台北县山峡地区成立了"国光"作业室，动员三军二百零七位精英秘密研拟对大陆进行军事反攻的作战计划，由朱元琮担任主任，历经十年，完成了二十六项作战计划。

"国光计划"之前，曾经搞过规模较小的"班超计划""凯旋计划""中兴计划"，这些都不如"国光计划"具体而范围广泛。

这个"国光"作业室搞得特神秘，不但要对大陆保密，还要对美国人保密。为了掩护"国光计划"，台军方另外在台北县新店碧潭成立"巨光"计

第18章
第二波"反攻大陆"

划室，研拟与美军进行联盟反攻作战，放出烟幕，借以向美方隐瞒台湾预备进攻大陆的军事意图。

"国光"作业室里架屋叠床，下辖陆光（陆军）、光明（海军）、擎天（空军）三个作业室。陆光下辖光华（登陆作战）、成功（华南作战）两作业室，光明下辖启明（63特遣队）、曙明（64特遣队）两作业室，擎天下辖九霄（作战司令部）、大勇（空降特遣）两作业室。

"国光计划"包罗万象，含敌前登陆、敌后特战、敌前袭击、乘势反攻、应援抗暴等五类二十六项作战计划。所有计划都策划到师的任务层级。

有意思的是，"国光计划"居然是想通过挑衅大陆开战揭开序幕。而这个主意是老谋深算的蒋介石出的。

1963年5月2日，蒋介石提出开战指导，亲自指示参谋研拟如何炮击大陆三天到四天后，诱发大陆进行炮战。蒋介石说，这样我们就向全世界宣布大陆挑衅，然后我空军进行反制作战，数日后展开登陆战。

但更有意思的是，蒋介石的指示在当年5月30日被"国防部"参谋推翻。经常被人评为独断专行的蒋介石，这次却采纳了参谋的意见。

刚开始的时候，蒋介石悄悄地干，不敢声张，生怕美国主子知道。虎年一到，蒋介石以为时机已到，就不断向美国访客强调：反攻大陆的日子来临了，只要"国军"部队登陆大陆沿海，大陆同胞一定会闻风起义。

后来，美国政府得悉台湾当局瞒着他们搞"国光计划"后，勃然大怒，台湾当局得罪不起，只好请美国人也来参与，"国光计划"也随之易名为"旭光作战计划"。该项作战计划设想是国民党军先在闽南、粤东地区登陆，迎后续部队到达，攻占福州、海丰等地，建立攻势基地，形成先期有利声势再向内地发展。

当时美国国务院中负责情报及研究的希斯曼说，国民党政府"通过官方和非官方、公开与私下的管道，一直向华府施压，而且日甚一日"。他在《推动一个国家——肯尼迪政府外交政策中的政治策略》里透露，肯尼迪政府面对来自亲台北者的巨大压力,内部引发了两种不同主张的激辩。一派主张支持国民党军反攻,认为国民党军的先头部队在沿海建立滩头阵地后,可能造成星火燎原之势,已经和中国分手的苏联,不可能出兵助战;持反对立场的人则表示,国民党军打算先行在沿海登陆一两个师的目的,乃是企图引诱美国介入,并导致美国与中共发生大战。他们担心国民党军登陆后,大陆同胞并未揭竿而起,中共亦未垮台,则岂非要重演一年前(1961年)古巴猪湾事件的惨剧?而且后果可能更糟。

这倒使主管情报研究机构的希斯曼大为苦恼。他虽然尽全力搜集中国大陆方面的情报,但连他自己也不相信手无寸铁的中国老百姓会起来对抗大陆政府。在大陆的中国人是不是真的不满新中国,这种"不满"会不会升华到"集体抗暴",他心中无数,于是想找人讨论一下国民党当局反攻大陆的问题。

1962年3月初,美国在马尼拉举行驻亚太使节会议,远东事务助理国务卿哈里曼嘱希斯曼专程赴台了解国民党当局的反攻意图。希斯曼于3月8日下午飞抵台北松山军用机场,上了迎接的轿车即直奔蒋经国办公室。

蒋经国秉承父意,引用大量"敌后情报",向希斯曼说明"反攻大陆"的理由。蒋经国多次重复蒋介石近些时候的讲话,如"面对当前反共斗争的新形势,真是报国救民千载一时的机会","今日反共形势,我们已由掌握复国之钥,进而要打开铁幕之门的时候了",等等。

归纳地讲,蒋氏父子对1962年"反攻大陆"充满信心,其依据是:

第一,蒋介石将大陆看得一片漆黑。蒋介石宣称:中共"现在是处于公社失败,工业倒闭,俄援不继,灾荒饥饿,空前未有的毁灭恐怖的当口;亦就是天灾人祸,交相煎迫的当口";"陷于全民的反饥饿、反控制、反镇压的大潮大浪之中"。"中共部队的效忠精神业已愈来愈糟,理由之一,是中共政权无法以较人民为多的食粮配合供应他们的部队"。大陆民众"所遭受的迫害,已达到不可忍受的程度","大多数中国人民,均热切盼望我反攻大陆,推翻中共政权"。

第18章
第二波"反攻大陆"

第二，蒋介石企图利用中苏之间的意见分歧，把"反攻"宣传变成行动。蒋介石在回答记者提问时宣称："这两个共党集团间的分裂，在赫鲁晓夫或是毛泽东任何一人被清除之前，没有弥缝的机会"。中共与苏俄间"争执激烈。如果中华民国军队反攻，苏俄将不会援助中共……中共与苏俄之间的分裂，已为中华民国光复大陆造成一适当机会"。"今日世界反共形势中最主要的一点，就是赫、毛斗争加剧以后，自由国家如何把握利用这一局势的问题"。

第三，蒋介石还是他的老主意，就是在台海造势，拖住美国。这一时期，美国人为了从台湾海峡脱身，重新考虑对华政策，企图松动同中国大陆的关系。特别是肯尼迪入主白宫前后，曾发表言论称，他坚信美国必须保卫台湾，但应划一条清楚的防线。他一直认为金门、马祖对防守台湾并非不可缺，美国防线应仅仅划在台湾本岛周围。肯尼迪的主张，遭到了蒋介石与台"外交部"不点名的批评。肯尼迪上台后，虽然在改变对华政策方面迈出的步子不大，但已令蒋介石忧心忡忡。他之所以在两度"海峡危机"之后，再度点起海峡战火，其目的就是企图通过台海局势出现一定程度的紧张，牢牢拖住美国，同时借机试探一下美国对台"反攻大陆"的真实立场究竟如何。

当然，这一条蒋经国不会跟希斯曼讲。希斯曼听着前面两条理由，无动于衷。

蒋经国最后问："希斯曼先生，我刚才引用了大量敌后情报，充分说明了必须立即反攻大陆的理由。不知美国政府怎么看？"

希斯曼说："我受国务院远东事务助理国务卿哈里曼先生委托，专程访台，向你们了解反攻大陆的有关情况。听了您的介绍，我想提出三个问题请你们注意。"

蒋经国说："请讲。"

希斯曼说："第一，在大陆的中国人是否会欢迎国民党？即使他们反对中共，是不是会欢迎过去已失掉民心的国民党政权？何况国民党已离开大陆十三年了。"

蒋经国拍胸脯说："这是没有问题的。经过十三年的比较，大陆人民现在认为还是国民党好。"

在阳明山蒋介石官邸，蒋氏夫妇也在谈论这个问题，他们的口气是相当没底，不像蒋经国这样敢拍胸脯。

宋美龄说："根据我们的敌后情报，大陆不稳之极，没吃没穿，既没有一个像样的工厂，又没有人种田，总之是一塌糊涂。如果国军反攻，他们会出来欢迎我们的。如果游击队去，他们会设法掩护，乃至供应食宿。既然有这么好的条件，就该快点动手嘛。"

蒋介石略显忧虑说："我当然相信这些情报，这是他们出生入死弄来的。但是美国人不信，要不他们干什么派人来探底。不过，我们也不能全信情报。可以设想一下，既然大陆一塌糊涂，为什么还能打败美国兵，将他们钉在三八线上？为什么还有东西出口？我们骂他们是饥饿输出，可是老百姓总不能天天饿肚子，那会不打自乱的。"

宋美龄吃惊道："你认为大陆没那么糟？"

蒋介石说："有些美国人和其他西方人，他们地位很高，跟我谈起大陆，好像认为大陆的真相不是如此，他们有的还去过大陆。"

宋庆龄说："那就要经国把大陆的情况搞清楚嘛。"

蒋介石说："他也搞了不少情况，现在不正在跟美国人谈吗？"

在蒋经国办公室，希斯曼提出了第二个问题："中国人对中共不满，固然是事实，但仅凭不满是不够的；军人对政府不满，并不足以造成政府的垮台，何况是老百姓。古巴军队只有百分之二十效忠卡斯特罗，这百分之二十却足够使卡斯特罗政权久立不坠。民众的不满是否能衍化成抗暴起义，仍是最难预测的。"

蒋经国稍显不悦说："我刚才说的那些反攻大陆的理由，已经回答了这个问题。"

第18章
第二波"反攻大陆"

希斯曼自顾自说下去："尽管国府列举了各种理由，美方仍认为证据不足。美方确信国府反攻大陆的热情只是一厢情愿，台湾提出的理由仍建立在一大堆假设上。这就是我提出的第三个问题。"

蒋经国不愿意听了，看看表说："不谈了，不谈了，我请你吃饭！"

尽管谈得不愉快，蒋经国还是尽了地主之谊，热情宴请了希斯曼，并教他划拳。

蒋经国纠正他的姿势说："要这样划，出手要快，对！嘿，您又输了，罚酒！"

希斯曼老吃败仗，被罚无数杯绍兴酒，醉意醺醺地说："在酒席上，你的'反攻'胜利了！"

蒋经国激他："你赞成反攻啦？"

希斯曼连忙摇手："NO！NO！"

希斯曼走后，蒋经国向蒋介石和陈诚汇报说："美国国务院情报研究主管希斯曼，听了我反攻大陆的理由后，向我提了三个问题，好像美国人对我们'反攻大陆'疑虑重重。"

蒋介石身披海虎绒大氅，内穿笔挺军服，脸色凝重，挥挥手说："不管它！还是要赶着鸭子上架。马上下达征兵动员令，马上征收国防临时特别捐，在政工干校里开设战地政务班，准备在沿海登陆后建立政权的党政干部。"

蒋介石就是这么一块"硬石头"，他不肯罢休，继续向华盛顿施加压力，而且认定1962年至1963年是他"反攻"的决胜年，不能错过机会。

为了不错过机会，蒋介石在台湾新竹召集国民党军队将领开会，具体商讨"反攻"部署。在会上，他像模像样地制定了具体措施与步骤：

第一，征收"国防临时特别捐"，筹措"反攻"经费。1962年4月27日，台湾"立法院"根据蒋介石的旨意，通过了"国防临时特别捐征收条例"。该条例规定，为完成"反攻圣战"，征税金额为：各类货物税30%，娱乐税50%，地价税40%，铁路、公路票价的30%，电报电话价的30%。4月30日，蒋介石明令公布此一条例。5月1日起该条例生效。

尽管台湾各界人士对征收此捐那税表示不满，并且根本不相信蒋介石的"反攻"神话，但都怕被扣上一顶红帽子吃官司，故被迫上交。据台报统计：十四个月内共征收六千多万美元的"国防临时特别捐"。

第二，设立"反攻"机构，全力进行"反攻"准备。1962年初，国民党当局成立了以蒋介石、陈诚为首的"最高五人小组"（又称反攻行动委员会），作为"反攻"大陆的决策机构。

1963年11月，蒋介石在国民党召开"九大"之际，大力鼓吹"反攻大陆"，提议筹组"中华民国反共建国联盟"。他在大会上叫喊：

"本党中央前后筹组反共联盟及拟订反共建国共同行动纲领之议。当以审虑未周，延未施行，现一切反攻准备，既已新近就绪，而在复国建国整个过程中，尤复经纬万端，非举国意志更加集中，才智更加发挥，行动更加一致，不足以迅赴事功，加速胜利。九全大会，允应掌握时机，恢宏襟袍，以兴海内外仁人志士才智俊贤，推诚合作。中正盱衡全局，深觉此时筹组并召开反共联盟，实为符合全国愿望之举措。"

蒋介石提交的议案无人敢违，自然为大会所通过，并决议"遵照总裁指令积极贯彻"。

翌年4月30日，"行政院"成立"反共建国联盟"筹委会，由一生反共的谷正纲挂头牌，其他成员均多为蒋介石的准嫡系与忠臣。

第三，纠集军队、特务准备窜犯大陆。在筹集"反攻"经费与建立"反攻"组织的同时，蒋介石还下达了"征兵动员令"，提前开始下半年的"现役征集"。蒋介石还下令各部门将台湾的各类轮船、渔船和车辆，纳入"船舶、车辆动员编组"。为了吸取在大陆失败的教训，蒋介石在"反攻"前不断对部下进行"反攻"政治教育，开设战地政务班，为未来登上大陆培训党政干部。

美国中央情报局驻台湾头子克莱恩为蒋经国的酒友，他火上浇油，建议

第18章
第二波"反攻大陆"

国民党军队采取"秘密"方式大规模登陆大陆沿海，其手法等于是大型的古巴猪湾登陆。

但这不符合美国政府的意图。美国对蒋介石的一意孤行越来越不安。他们认为对大陆采取大规模的战争过于冒险，可能会使中苏重归于好，甚至引发第三次世界大战。美国从切身利益考虑当然要求台湾不要轻举妄动，肯尼迪总统警告蒋介石："台湾如对大陆采取军事行动，无异于自杀。""台湾如出兵大陆，将违背'台美协防条约'。"

美国国务院主管远东情报的希斯曼再次奉命访问台北，这次他直接走进了蒋介石的"总统府"，强硬地说："总统先生，我是受美国总统肯尼迪和国务卿鲁斯克的委托，来转告美国政府对国府反攻大陆的态度。"

蒋介石说："好，好。今日世界反共形势中最主要的一点，就是赫鲁晓夫与毛泽东的斗争加剧，正是自由国家把握利用这一机遇的时候。"

"南辕北辙！"希斯曼摇头说，"不！我受委托明确告诉您，反攻大陆不可行！肯尼迪总统认为是闹剧，等于是自杀！"

蒋介石抗辩说："我从贵国中央情报局驻台湾主管克莱恩那里了解的情况，与你传达的意见相反。他建议国军采取秘密方式大规模登陆大陆沿海，就像古巴猪湾登陆一样。"

希斯曼说："国务卿鲁斯克听了克莱恩的胡说八道，大为恼火，骂他是胡闹！"

"是吗？可惜，可惜！"蒋介石一屁股坐到沙发上，双目一闭，不吭声了。

希斯曼走了以后，蒋介石在客厅撕报纸骂人："这个肯尼迪，年轻轻的也害恐共病！"

宋美龄夺过报纸，拼着碎片，勉强念着："肯尼迪总统礼貌地通知蒋总统，时机不成熟，美国的无限支持不是唾手可得的。现在如对大陆采取军事行动，那等于自杀。"

蒋介石像泄了气的皮球，抱怨道："我们本来已经掌握了复国的钥匙，就要打开铁幕的大门了，他却把钥匙折断了，唉！"

宋美龄劝蒋介石："也许美国的情报分析认为，大陆还没有烂到我们可以进攻的时候，你不要偏信那些小特务的虚假情报。"

蒋介石余怒未息："又派人来警告，又登报纸，美国人简直是为中共张目！"

在一旁的陈诚建议："鉴于美国的态度，是不是先派小股部队袭扰大陆，反攻还是反攻，只是规模缩小点？"

蒋介石一看后台老板真急了，只好强按下心头之怒，在凤山一次军事会议上，以美国不赞同和信守《台美协防条约》作为借口，宣布暂缓军事反攻，改由情报机构派遣特工人员偷袭大陆。

美国扯后腿，蒋介石自知无力"全面反攻"，只能加派小股武装游击队到大陆沿海地区进行骚扰。同时募捐资助到香港的大陆灾民，并接其中的少部分去台湾，以资宣传。

■ "反攻还是反攻，只是规模小些"

1962年至1963年，蒋介石"反攻大陆"的叫嚣已不再仅仅停留在口头上，而是部分地付诸实施了。

1962年4月，大批中国大陆难民涌入香港，发生了史无前例的难民潮。据统计，仅4月份难民人数就从二百人增至一千五百人；5月2日一天之内，难民即达千人；5月14日有四千难民；5月19日又增至五千。

蒋介石得此报告，兴奋得不得了，认为这是天赐良机，把"反攻"的锣鼓敲得更响了。他不顾自己已是七十多岁的老翁，亲自出马，连日在阳明山和凤山基地召开高级军事会议，调集得力干将，布置制订了庞大、周密的反

第18章
第二波"反攻大陆"

攻计划。

在一次会议上,他询问在座的将领:此次"反攻大陆"有无确胜的把握?

有什么狗屁的确胜把握。但谁也不敢吭声,不知道是说实话好还是说假话好,怕说不对蒋介石心思会遭殃。

于是蒋介石瞪大了眼睛搜寻着发言者。他的目光划过谁的脸上,谁的心里都在打鼓。他第一个选中了自己的黄埔学生、现任"陆军总司令"的罗列。

罗列在大陆与共产党军队直接交过手,吃过亏。他不敢隐瞒自己的观点,照直说道:"我看没有把握。"

蒋介石刚要敲起"反攻大陆"的锣鼓,当头就被浇了冷水,立刻声嘶力竭地训斥一顿,当即撤了罗列的职务,改由刘安祺担任。

刘安祺滑头,为迎合蒋介石的意图,大言不惭地说:"一切准备就绪,反攻圣战绝无问题。"

正中下怀,蒋介石顿时满脸堆笑,下令三军在高雄附近基地集结,准备从高雄港登船出发。许多士兵都被逼写好了遗书,随时准备"殉死"。

刘安祺日后记述这段历史时说:

"我在陆总的头一两年,经常和老先生(蒋介石)在东埔的山沟里进行登陆作业、研究登陆地点。那里原来是'行政院'的一个疏散地,很少人知道,只有老先生、我和几个重要幕僚常去……那时一鼓作气可能就上去了,美国人就怕我们拖他下水。那时大陆正在闹难民潮,是很好的机会……"

蒋介石要刘安祺担任"反攻联军总司令"。

刘安祺又回忆说:"我们还根据沙盘作业在南部地区,包括嘉义、台南、高雄举行'昆阳演习',包括海、陆、空三军,以陆军为主,是历年来规模最大的演习。我在演习中担任反攻联军总司令……当时计划主力在金门对岸的围头登陆,此外,潮汕、青岛都是登陆点。演习的时候在林边附近的海岸设了一个登陆发起站。"

刘安祺还说："因为美国人盯得很紧，我们也怕消息泄露出去，所以行动相当隐秘。"

"光复大陆指导纲领"制定前后，台湾当局派遣了一些武装游击队到大陆沿海地区进行骚扰，伺机进行爆炸、破坏，并企图建立便于长期潜伏的基地，幻想由此引发大陆人民的"响应"。

为达到骚扰破坏大陆的目的，国民党当局早在50年代中期就建立了秘密训练基地，训练特工人员。训练工作由国民党中常委、"国防会议"副秘书长、长期主管台湾特务工作的蒋经国一手负责。该基地以美国特种部队的操典严格训练特务，武器装备也来自美国，"每年可训练三个班次约二百人"。

1961年11月，蒋介石视察金门国军第九十三师。左二为陆军总司令刘安祺，右二为金防部司令官王多年，右一为第九十三师师部团长。（历史图片）

进入1963年，蒋介石的"反攻"叫喊得更凶，宣称"反攻已揭开序幕"，并授意各部门做好全方位"反攻开始"甚至"反攻成功"的准备。

"行政院副院长"王云五在答复"立法委员"咨询时称，"反攻"所需的军事、财政、粮食均已做了充分准备。"副总统兼行政院长"陈诚更宣称："反攻复国是中央政府各部门施政的同一目标，五十三年（1964年）度

第18章
第二波"反攻大陆"

中央政府总预算都是直接间接朝向反攻复国之途迈进。"他还透露:"光复大陆后各项政策及其措施,现已由国防会议及国防部所属战地政务机构研究设计中。"

经蒋介石批准,特务头子、国民党中央委员会第二组主任兼"国防部情报局"局长叶翔之,受命具体部署代号为"海威""班超"等的派遣任务,将大批武装特务驱往大陆沿海,企图配合大陆所谓"抗暴"运动,扰乱社会秩序,颠覆人民政权。

在阳明山蒋介石官邸,蒋介石挠着光头,似乎在按摩和镇静。情报局长叶翔之和情报局督察室主任谷正文走了进来,见"总统"脸色难看,默默地站在那里,不敢吱声。

蒋介石慢慢地睁开眼说:"坐。大陆有新情况吗?"

叶翔之汇报说:"共军调动频繁,从城市到农村都在备战。这里有几份文件,请总统过目。"

"好吧,先放在这里。"蒋介石把视线移向温文尔雅、目光凶狠的谷正文,"你说说,在反攻救国方面有何想法?"

谷正文是个有点成色的特工头目,自幼酷爱读书,兴趣庞杂,涉猎范围极广。1931年"九一八"事变时,谷正文正在北京大学读书,投身爱国学生运动,成为中共北平学生运动委员会的书记。抗战前夕,谷正文在一次执行任务时被捕,经戴笠等人的策反,谷正文抛弃了共产主义信仰,正式参加军统。抗战时期,他潜伏在沦陷区的北平,干过不少漂亮事,多次获得戴笠的嘉奖。解放战争时期,他任军统北平站侦讯组组长。

谷正文毕恭毕敬坐下来,正要说话,蒋介石又问得更具体点:"除我正规军渡海登陆之外,还有没有更好的办法?"

谷正文说:"报告总统,我正要说,反攻行动短期内不会有军事上的进展……"

蒋介石不悦地打断:"那你说有什么办法反攻?"

谷正文胸有成竹地说:"我们一直在策划小股行动计划,登陆建立反共救国军游击基地,破坏中共重要军事、经济目标,鼓动百姓造反,骚扰得中共不得安宁。"

"这不就是政治登陆吗?"蒋介石的倒挂眉又竖了起来,高兴地说。

宋美龄却冷冷地说:"政治登陆有什么用?狗皮膏药!军队上不去,大陆还是共产党的。"

谷正文振振有词:"夫人,只要有特务人员不断踏上大陆土地,大陆人民就会发现,原来蒋总统领导的国民政府还在,这会对不得人心的共产党政权造成严重威胁。"

"是咯,是咯。"蒋介石赞许道,"小股部队作战方案你拿我看看,我看这个有点名堂。要点是什么?"

谷正文汇报说:"就是出动两千多名警特,从朝鲜半岛到南海北部湾,在万里海疆上,组织'武装渗透''两栖突击''海上袭击队'几十股小武装,向大陆沿海骚扰。"

蒋介石说:"好好,带个有作为的游击队长我见见。"

第二天,蒋经国、谷正文领着"游击队长"周娜英走进来。蒋经国说:"阿爸,阿姆,这是要派往大陆的游击队周队长。"

蒋介石劈头就问:"游击队如果大批出发,时机是否成熟?"

周娜英胸有成竹说:"报告总统,绝对成熟,先去的都成功了。"

蒋介石打断道:"也被捉去不少。"

周娜英信心十足:"我们花了这么大的工夫,又赶上大陆天怒人怨,民不聊生,他们正在'南望王师又一年'哩。国军反攻,正是时机!"

蒋介石皱眉道:"东山岛突击之前,你们的情报说对方不堪一击,结果是你们不堪一击。今天找你来,就是问你一声,如果我们的游击队出发大陆,究竟有无希望?"

周娜英说:"有希望!肯定有希望。"

第18章
第二波"反攻大陆"

蒋介石又问周娜英："根据是什么？"

周娜英信口胡诌："根据大陆反共情况，毛泽东早给他们反掉了，生死存亡都不知道，目前只能用替身露面！"

蒋介石讥讽说："又是这一套。毛泽东用替身这个情报，是中美专家先从东京播发出来，再传到外面去的。你司职情报，把这个消息当真？我对你提供的情报材料，多少有些怀疑。"

"这这……"周娜英被"总统"当面揭短，显得十分尴尬。

蒋介石严厉的口气缓和下来："如果乘第七舰队的军舰出海，到广东沿岸换乘橡皮艇，能否被发现？"

周娜英又有了把握："广东海岸线很长，他们发现不了。"

蒋介石又问："登陆之时，会不会受到冷枪射击？"

周娜英回答："不会，不会，他们绝不可能沿海统统驻兵。"

蒋介石盯住她的眼睛："确有把握？"

周娜英挺挺胸："报告总统，由于计划周详，准备充分，经过特殊训练的游击队分批登陆后，绝无可能被发现。而后深入山区，民众定会望风来归，迅速建立起游击基地。而国军到达之时，无论什么地方，都会受到热烈欢迎。他们等的就是这一天啊！"

在座的宋美龄插话了："大陆民众盼的是国军开到，可现在去的是零星游击队，他们会失望吧？"

周娜英胡诌得有声有色："尊敬的夫人，不会失望。我们在金门、马祖前线放出去的心战气球，下面挂了不少总统的照片，好多大陆居民接到后，就拿回家珍藏，还有的在夜里拿出来挂呢。"

蒋介石高兴地说："我限你十天之内，给我草拟一个游击登陆方案，登陆地点不少于二十处。这个方案我要拿给美国人看。"

周游击队长走后，宋美龄说："看这个家伙，也是吹牛皮的。"她看一眼蒋经国，"派遣小股特务到大陆，我怀疑用处有多大。前一段派的都被人

561

家捉去了。要反攻大陆，必须有大规模的军事行动。"

蒋介石说："这就要看美国啦！他们总统老换，新上台的肯尼迪不知肚子里打的什么算盘。"

宋美龄说："应该把子文请来，他最善于分析美国人的意向。"

"哼，他呀。"蒋介石最讨厌宋子文，无奈地说，"他肯来吗？"

宋美龄说："可以试试嘛。"

当时的台湾报纸连篇累牍地宣传反共游击队在大陆的活动，夸大其"战果"，整个台湾都沉浸在"反攻即将成功"的气氛之中。蒋经国曾喜不自胜地对外国记者说："1963年给了我们反攻大陆的最好机会，我们正尽种种努力，以造成并利用这一反攻机会。我们不能采取相反的态度，坐待良机的丧失。"

蒋介石在这一片"反攻"声中，多次发表讲话，推波助澜。其讲话的内容主要有下列几个方面：

一、鼓吹"反攻"时机已经来临，要人们立即投入"反攻"。蒋介石十分乐观地宣称，目前"反攻大陆"的形势是1949年以来最有利的，这种有利局面"可能在若干月或若干年内不会重现的。我们必须善用此等有利因素，使之充分发挥效用"。

他在1963年的"元旦文告"中说："今后每一分钟，亦就将是我们雪国耻、报家仇的时机！所以我们全国上下，都要积极准备反攻复国的工作，随时随地响应反共抗暴的行动，切勿错过这千载一时难得的机会。今日我要郑重地号召自由地区、台澎金马所有的同胞和青年们，时时以拯救大陆同胞、收复已失疆土为己任，每个人都要有投身反攻复国实际战斗的准备！要有重建三民主义新中国的志节！一齐向战时生活、战时生产、战时服务动员！保持旺盛的革命精神！团结成为坚强的战斗组合！把所有血汗、力量、资源投入于反攻复国的圣战之中。"

也是在1963年元旦，台湾有关当局为配合蒋介石的"反攻"号召，显示其"反攻"的决心与实力,正式向外界透露了派武装游击队骚扰大陆的事,称这些部队"秘密进入广东沿海地区,领导反共游击队的活动,有若干地区已建立了秘密基地,并与台湾保持秘密的联络"。

二、强调派遣游击队到大陆的必要,要台湾青年为之卖命。蒋介石在年初会见美国《华盛顿每日新闻》记者傅瑞登柏时说,"反攻大陆"有三个相关的先决条件:军事准备、大陆情况及世界局势。派遣游击队到大陆骚扰破坏,正是加速大陆形势向有利于"反攻"的方向转化。依照蒋介石的"如意算盘",台湾的武装骚扰活动会引起大陆内部的极端不稳,为台湾的"军事反攻"制造机会。他告诉美国记者,派往大陆的武装特务们的中心工作就是"加速促成一次抗暴起义",而在大陆进行破坏活动,是"至为理想的反攻准备"。

三、寻求美国的谅解和支持。蒋介石大量派武装游击队到大陆的举动,引起美国的关注。美国希望维持海峡两岸的"对峙"现状,不愿被蒋介石拖入一场与大陆的战争。1963年1月9日,美国国务院发言人即声明,要求台湾"在对大陆作任何军事进攻之前,应顾及中国与美国之间的一项协议",即台美《共同防御条约》。该条约规定,"一切军事行动均需双方磋商",而台湾派游击队时并未与美方商讨。这无疑是给蒋介石的"反攻热情"浇了一瓢冷水。《联合报》曾以《反攻大陆关键在于消除美国疑虑》为题发表社论。为"消除美方疑虑",蒋介石频频接见外国记者,进行解释。

首先,他想绕开《共同防御条约》。台湾官员称,"在大陆进行游击战,是一个政治的决定,在今天来说,已不是受不受中美共同防御条约约束的法律问题了"。蒋介石对美国记者平克莱说,鉴于已经改变或正在改变的情势,美国应面对现实"重新检讨"美台"共同防御条约",若美国反对台湾"反攻",则"中国人必将责难美国"。

其次,他申明台湾的"反攻",不会引起苏联干涉,不会引发第三次世界大战。蒋介石会见《意大利日报》发行人时说:"反攻大陆非但不能引起世界大战，而且大陆光复后，还有助于阻止大战的发生……我们的确不想要美国介入，以免使苏俄有所借口。另一方面，莫斯科也不至敢冒这种危险。这是与苏俄的政策不合的！莫斯科一向都避免卷入在它国境以外的战争。"

最后，蒋介石一再保证"反攻"不需要美国直接出兵介入。他说，实施"反攻"时，"首先，我们希望而且需要美国的精神与道义支持，这是最必要的。从此项基础上，将出现为我们所需要的其他实力与支持。第二，我们需要美国继续给予军品方式的援助。我们并不希望或需要美军部队"。

在蒋介石的大力鼓噪之下，台湾对大陆的武装骚扰活动在1963年内达到高潮。仅据见诸报端的不完全统计，1963年间台湾至少有三十五支反共游击队骚扰大陆。不仅规模较大，而且密度也有所加强。《联合报》对1962年与1963年的登陆骚扰活动进行了比较："去年均采取小组形式，每组约数人；今年则较为增加，最少也是一小组在十数人以上，而且在时间上的间隔，事实上是密接的。"

关于派遣武装游击队来大陆骚扰的作用，主持该项工作的蒋经国7月在美国说："台湾此项计划的优点，是在于我们使用相当小的武力去困扰从宁波以迄海南岛沿海的中共军队。我们正发动零星而却经常的突击，从而使沿整个海岸的中共军队不得不昼夜戒备。他们不知道游击式的袭击，下一次将于什么时候在什么地方发生，他们将在什么地方遭受打击。这迫使他们丧失安全感，并且使他们在心理上处于劣势。"

据台湾情报机构公开发表的数字，自1962年3月至12月之间，共有873名游击人员自台湾派往大陆，他们中绝大部分是自秘密训练基地乘船出发的。其到达区域多为广东、福建、山东等沿海省份，还有少数用飞机空投至广西十万大山，甘肃宁夏等边远地区。台湾特务到大陆后，杀人放火，无恶不作，破坏的目标"从金矿到渔船包罗一切，可详细分为二十三类，其中包括铁道、造船所、电力公司及粮仓等"。

第18章 第二波"反攻大陆"

■ "反攻"的动作越搞越大

在阳明山蒋介石官邸，蒋经国报告说，多股游击队已经出发。按照父亲的指示，"国防部"正在大量购买新式武器；改装了飞机，增加装油量，使之能来回于台湾和大陆；还从日本购买了大量血浆。

蒋介石说："马上宣布士兵一律不准离开营房，随时待命！"

蒋经国："是！我命令在全体兵士的鞋上、皮带上都刻上'反攻大陆'字样。"

蒋介石赞许道："好，好！"

这种小打小闹偷偷摸摸的"反攻"动向，早已引起北京方面的注意。

这一天，在北京中南海西花厅，周恩来对彭德怀说："蒋介石派小股武装特务袭扰，要引起各级注意，提高警惕，研究国民党军队的新花招，制定我们的新对策。"

彭德怀说："总参和军区研究的对策，是尽量放进来打，打敌运输船，打回头船，使其有来无回。海军司令部参谋长张学思带着班子，亲自到东海、南海召开作战会议，总结了一套打海上小股敌特窜犯的经验，叫'海上猫捉老鼠法'。"

周恩来饶有兴味地问："有意思，海上的'猫'怎么捉海上的'老鼠'呢？"

彭德怀说："就是'以小对小，以快制快，把握战机，预先展开，翼侧出击，由外向里，一域多艇，两艇一队，夜战近战，速战速决，主动歼敌'。"

周恩来高兴地说："还一套一套的，好！这样机灵的'猫'，准叫海上'老鼠'有去无回。"

周恩来又说："国民党搞了个'班超计划'，企图掀起小股窜犯大陆的高潮。福建沿海已经破获几股。他们登陆钻进来，在大山密林荒无人烟的地方伪装成各种角色，建立'反共游击基地'，开展破坏活动。虽然成不了气候，但也给当地带来很大麻烦。"

彭德怀说："反小股武装作战，在某些方面比正规作战还麻烦。刚开始的时候，把沿海部队搞得很紧张，天天准备他们来，又不知道他们何时在何地出现，往往备而不战，战而不备。现在好了，有经验了。平时引而不发，战艇分散在战区若干待机点上，形成有利态势，敌动我出。"

在东南海面上，正在演出一幕"敌动我出"的活剧。

这一天，在担杆岛东南三十海里外，从东沙方向开来一艘特务输送船，里面有二十多名武装特务，为首的是蒋介石亲自召见过的女特务周娜英。

她脸色阴沉，挥着手枪，在甲板上对垂头丧气的特务们鼓气说："弟兄们，打起精神来！我们一上岸就会有游击队来接应，我们是广东反共先锋队，个个都是英雄！反攻大陆成功之日，你们个个都会成为将军或百万富翁。"

在岛上待命的我军艇队，分成三组出发。

当敌特的船靠近赤溪本岛约8海里时，我艇队立即出击，在外海形成封锁线，断敌退路。有两艇像两把钢刀，插进敌船抛锚海域。

敌船一看不好，周娜英大喊："快！把锚砍断！"

一个特务冲上去，抡起板斧，"咚"一声劈断了锚链，特务船转舵就逃。

可是晚了，我外海炮艇已在海路上守着，冲上来的两艇已包围了敌船。

周娜英全身颤抖，嗓子发颤地喊："开火！开火哇！"匪特们拼命反击。

我艇"轰轰"开了几炮，敌船便起火爆炸、沉没。特务们死的死，跳海的跳海，当俘虏的当俘虏。活着的周娜英跳进了大海，在海中扑腾着。

台北近郊，谷正文办公处。青山绿水深处的"求实斋"，是谷正文搞反攻大陆的秘密总部。

逃回的周娜英垂头丧气地站在谷正文面前。

谷正文问："全军覆没了？"

周娜英说："覆没倒没有，我不是站在你面前吗？还回来几个兄弟。"

第18章
第二波"反攻大陆"

谷正文怀疑地问:"怎么证明你们真的到了大陆?"

周娜英辩解说:"登陆是成功的,我们真的到了大陆沿海城市,不信,我们有大陆电影院的电影票。"她从兜里掏出几张电影票给谷正文验看。

谷正文接过翻来覆去辨认,怀疑地看了一眼周娜英。

周娜英说:"那是真的,我们是看了几场电影,被共党的人盯上了,赶紧逃了回来。"

谷正文想想不由一笑,说:"我安排蒋总统明天接见你们,你们带着大陆的电影票,哄老先生开开心。"

周娜英得意地说:"我们还搞到了大陆的粮票、糖票、烟票哩!"

谷正文生气地说:"这票那票都是纸,出师遭挫,这让我怎么向蒋总统交代?"

周娜英出主意说:"仓库里有以前缴获的共军武器,扛几箱让老先生看看,就说是这次缴获的,不就交代了?"

谷正文无奈地点头。

谷正文、周娜英让人扛着几箱"战利品",走进"总统"官邸,打开在蒋介石面前,不过是以前特务缴获大陆边防民兵的几支步枪,几份谈不上机密的文件,几乎没有什么价值。

谷正文打肿脸充胖子说:"总统,这是周队长他们这次登陆的战利品!有共军的枪支,还有共党的秘密文件。"

蒋介石兴致勃勃地观赏着,"呵呵"咧着嘴笑,说:"收获蛮大,蛮大!"

周娜英说大话不脸红:"这只是一小部分,请总统过过目而已。"

蒋介石被蒙了,痛快地说:"你们尽管去干,不用担心钱的事。"

谷正文、周娜英不露痕迹地交换了一下得意的目光。

在北京中南海西花厅,彭德怀汇报说:"在一年多的时间里,台湾派出了二十多股匪特,多数在海上就被歼灭了。"

周恩来笑说:"被海上的'猫'捉住了!"

彭德怀说:"有几只'老鼠'钻上了大陆,也是短命鬼,被严阵以待的当地军民活捉了。"

周恩来说:"美国不支持蒋介石军事反攻大陆,他就搞政治登陆。虽然不成功,但是成本不大,他还会搞的。"

彭德怀说:"我们的海上'猫'更厉害了,来再多老鼠也是有来无回!"

那么多"老鼠"有去无回,这不能不令蒋介石起疑心。

蒋介石把谷正文找来,问道:"中共为什么对我们的行动一清二楚,会不会有内奸?"

谷正文说:"内奸倒没有。关键是共军的海防雷达距离我岛屿太近,我目标一举一动,都难逃过雷达监视。"

蒋介石问:"有什么办法使大陆雷达发现不了呢?"

谷正文说:"我们作过专题研究,美国顾问也参加了,都认为必须改变战术,不在近距离偷渡,而要远距离两次乘船登陆,多次改变路线和船型,才能甩开中共的雷达跟踪,同时要伪装成别国船只,使中共难以辨认。"

"这还靠谱。"蒋介石点点头,说,"就要这样布迷魂阵嘛!"

"老鼠"怎样布迷魂阵,也难迷住大陆的"猫"。

这一天晚上,解放军"衡阳"号军舰,咬住了一艘可疑船只,发出了识别信号,那艘船不予回答。

我舰长说:"这艘船可疑,也不回答我们的询问。鸣炮警告!"

我舰"轰轰"地鸣炮。

信号兵对舰长说:"舰长,对方回答是日本渔船。"

舰长命令:"靠上去,用探照灯照射!"

探照灯照射在对方船上,明晃晃地圈住了船舷"庆盛丸"三个字。

举着望远镜的舰长说:"假日本货!那个'丸'字很明显是用油漆刚刷上的,船头那面太阳旗,也是红油漆刚刷上的。"

第18章
第二波"反攻大陆"

他拿起喇叭筒展开了政治攻势:"蒋军弟兄们!你们伪装是没有用的,我们早就在这里等你们了!你们不是日本渔船,是'庆盛号'特务船。你们回不去了,投降吧!"

敌船不予理睬,一个劲往外海开。

我舰向敌船开炮,"咣咣"几炮,敌船立即起火爆炸。

烟尘消散后,敌船的驾驶台内伸出了竹竿,上面拴着白布条,表示要投降。

"老鼠"们老是有去无回,再也蒙不住蒋介石了,他已经对谷正文、叶翔之很不满意,把他们叫到办公室,却不说话,把他们晾得胆战心惊。

叶翔之唯唯诺诺说:"我们……我们……实在是共军太狡猾,雷达也太先进,比千里眼都厉害。"

"也因为你们实在太笨!太无能!"蒋介石生气地说道,"什么'班超''海威''长风''太武''神斧''曙光'等行动,都有去无回,你们还有什么话说?"

谷正文忐忑不安地说:"报告总统,我们又搞了个突击行动计划,这回有把握了。"

叶翔之说:"我们已制造和购买了一批海狼艇、自杀艇,还有阻击艇、塑料舟,目标更小,速度更快,火力更猛,能突如其来地给中共炮艇打击。谷主任抓的海狼艇队,更有海上突击威力。"他向谷正文使个眼色。

蒋介石的目光移到谷正文脸上,冷峻的脸色缓和了:"正文,海狼队是你在抓?"

谷正文挺挺胸说:"是的。海狼艇队主要放在金门、马祖一线,只要夜间中共炮艇、武装船出来,我们就打,打得他们不敢夜间出来,为我们渗透和登陆杀出一条海上通道。"

蒋介石的倒挂眉又扬开了,用手摸摸下巴,两眼放光地说:"正文,你在台湾指挥不太便当吧?我看你还是到金门、马祖督战去!"

谷正文立正说:"是,总统!谢谢您的一再信任!"

叶翔之马上说:"谷主任尽管放心在前线督战,对谷主任家属子女,我们一定会照顾好!"

蒋介石点头说:"好,就是要同心协力。我们过去的失败,都是因为内部钩心斗角造成的。"

1963年11月4日,中华人民共和国公安部发表公报,指出自1962年10月1日至1963年10月24日,共歼灭国民党武装特务二十四股324人。从1963年7月29日至10月23日,台湾还派出六股武装特务从越南北方登陆,妄图潜入广西山区,被越南民主共和国歼灭。

从1962年至1966年,中国人民解放军海军共击沉小股国民党敌特武装船只三十五艘,俘获二十六艘,彻底粉碎了蒋介石一手导演的"政治登陆"图谋。谷正文身败名裂,引退养老,情报局长叶翔之被解职。

1963年11月5日,《人民日报》为此发了社论:《祝再次全歼美蒋武装特务的重大胜利》。文中说道:"窃据台湾一隅的蒋介石集团,在凶恶的美帝国主义的支持下,一再动员它的特务机构,拼凑特务武装,和美国驻台湾的特务机构共同策划,从去年10月到今年10月的一年时间内,除了派遣六股武装特务,在越南沿海地区偷渡登陆以外,还先后派遣了二十四股武装特务,连续在我广东、福建、浙江、江苏、山东沿海地区偷渡登陆和空中降落。最后,他们竟变本加厉,进一步同南越和南朝鲜的美国傀儡集团互相勾结,利用南越和南朝鲜的岛屿作为跳板,妄图扩大对我沿海地区的小股武装骚扰活动。这是美帝国主义及其走狗对我国人民的严重挑衅。但是,美帝国主义和蒋介石集团的这一系列罪恶活动,在我强大的英勇军民高度警惕和坚决打击下,都彻底失败了,二十四股武装特务先后被全部歼灭了。他们再一次派遣来的美制U-2间谍飞机,窜扰我华东地区上空,也被我人民解放军空军部队击落……"

在杭州西湖侧畔的刘庄,毛泽东读到这些消息,又以他特有的思维和语

第18章
第二波"反攻大陆"

言对身边工作人员张景芳和吴旭君说:"蒋介石总是和我们配合得很默契,他来我往,一家人打架,外人是不好插手的。"

吴旭君笑了,问:"蒋介石向大陆空投特务,主席怎么还说是同我们配合呢?他这是成心破坏我们的社会主义建设。"

"就是!"张景芳也说,"他来多少,我们就消灭他多少,管叫他们一个个有来无回。"

"这你们就不晓得了。"毛泽东笑了,说,"还是要故意放一些人回去的,回去也好给我们的老朋友报个信嘛!再说,蒋介石也晓得他这只是做做样子,蚍蜉撼树,哪里撼得动嘛!"

吴旭君问:"那他为什么还要派特务来呢?那不是故意来找死吗?"

毛泽东解释说:"如果他不派人来,他还怎样在台湾待下去呀?他派人来,是向世界证明一个事实,那就是台湾和大陆都是中国的领土;他和我

毛泽东在杭州刘庄宾馆内,正与工作人员进行交谈。(钱嗣杰摄)

们之间,你打我,我打你,只是国民党和共产党之间的互相争斗罢了。这样一个道理,我身边的人应该晓得的。"

张景芳和吴旭君都说:"听主席这么一说,我们就更明白了。"

大陆三年经济困难时期,国内外形势都骤然紧张起来。印度在中印边界对中国领土进行武装蚕食,苏联策动新疆伊犁塔城事件,蒋介石兴奋起来,

不满足那些小打小闹的"政治登陆"了,企图对大陆东南沿海的福建省和闽粤、闽浙接合部地区,进行一次空前的军事冒险。蒋介石成立了以他和陈诚为首的"最高五人小组",发出"征兵动员令",将台湾的民用船舶、车辆动员编组,施行战时经济动员,通过所谓"国防特别预算",并任命"反攻联军总司令",还在美军参与下,在台湾南部举行了名为"昆阳"的军事演习。

1962年5月29日,毛泽东就东南沿海战备问题在上海紧急召见解放军总参谋长罗瑞卿。

罗瑞卿在上海的毛泽东住处听取了毛泽东关于全军加强战备的指示后,返回锦江饭店,指示总参作战部和二部负责人立即回北京,向主持军委工作的林彪和周恩来总理汇报毛泽东的指示。5月30日,在北京召开了由刘伯承、徐向前元帅任正副组长的军委战略小组会议,研究了东南沿海地区的作战问题。会后,作战部通过保密电话向罗瑞卿报告了会议概况。当晚,罗瑞卿本来想让作战部研究处处长谭旌樵去向毛泽东汇报,但凌晨1时,已到杭州的毛泽东打来电话,要罗瑞卿亲自去汇报。

第二天下午,听了罗瑞卿的汇报之后,毛泽东对他说:"要准备蒋介石集团四十万人秋后登陆,不要为西面把我们的注意力吸引过去。"

"我们的战略方向还是东面,这是我们的要害。敌人一突上来对我们很不利。今年他要来不让他上来,从连云港到香港,统统不让他上来。还是准备第二手,防止敌人突破,防止敌人空降,在我中心地区占领一个城市。"

毛泽东指示罗瑞卿:"根据目前情况必须准备。准备好了,国民党军不来也没有坏处。因为我们还没有准备好,至于明年让不让他上来,看情况再说。"毛泽东边说边用手在空中用力一挥,强调说:"要对敌人进行政治攻势,警告他反攻大陆是幻想。"

毛泽东让罗瑞卿立即回上海,向正在那里召开的华东局地委书记以上干部会议作一次关于备战问题的报告,要大家准备打仗。毛泽东又说:"有点敌人捣乱比较好。孟子说：'生于忧患，死于安乐。''无敌国外患者，国恒亡。'还有一说：'多难兴邦。'"

此前，作为军事上的应急准备工作早在5月中旬就已经开始。5月下旬，东南沿海地区的部队进入紧急战备状态。6月10日，根据中央军委的命令，各军区入闽部队向东南沿海地区秘密开进。为避免暴露，各部队从驻地出发都是在夜间，出发后驻地电台仍然工作，而运动中的入闽部队则保持无线电静默状态。乘火车的部队只准坐闷罐车厢，无论进站还是临时停车，严禁任何人开门或下车。部队吃喝拉撒都在车上。到7月初，步兵和特种兵部队全部按时开进到指定地区并部署完毕。在不到一个月的时间里，神不知鬼不觉，风不吹草不动，东南沿海地区的陆海空三军已经严阵以待。

■ "八六"海战

1964年8月4日，贺龙和罗瑞卿随周恩来到中南海的游泳池，会见毛泽东。

周恩来说："主席，贺老总和罗总长今天来，是要向你汇报海军的一些情况。"

毛泽东问罗瑞卿："海上有事吗？"

罗瑞卿简要汇报说："最近蒋介石经常派军舰到大陆的近海来活动，海军的同志们想打一下。"

毛泽东继续问："敌人来的是哪些舰呀？"

罗瑞卿说："主要是大型猎潜舰'剑门'号和小型猎潜舰'章江'号。"

周恩来补充说："这两艘敌舰经常到我广东、福建沿海的渔场活动，严重影响了我们渔民在那里的捕鱼作业。"

毛泽东问："带地图来了吗？"

"带了。"罗瑞卿说罢起身，从一个黑色手提包里取出了一张近海图，放在会客厅的一张桌子上摊开来，请毛泽东观看。

毛泽东手上拿了个带柄的放大镜，在罗瑞卿的指点下，认真看起了标有敌舰活动海域的地图。他几次伏下身躯低头细看，对贺龙、罗瑞卿说："以小舰打大舰，我们还是有一些经验的。两个月前，不是命名了'海上先锋艇'吗，这次可以派上用场了。"

周恩来说："海军已经有了一个作战方案。"

毛泽东坐回到沙发上说："我还是那句话，叫作'你打你的，我打我的'。这次海战，首先要隐蔽出航，选择有利海域设伏待机，然后突然出击，打他一个措手不及。"

周恩来笑了，说："主席的决策同海军的作战方案，可以说是'英雄所见略同'啊！"

罗瑞卿说："海军的同志决心发扬我军近战、夜战的优良传统，发扬敢打敢拼、英勇顽强的战斗作风，下决心打沉'剑门'号和'章江'号。"

毛泽东吸口烟说："打沉'章江'号我相信，可要打沉'剑门'号，恐怕没那么容易吧？要多考虑一些困难。"

罗瑞卿继续汇报说："海军的同志已经分析研究过了，'剑门'号原是美国'海衞'级舰队的扫雷舰，排水量1250吨，装有76毫米口径火炮两门，40口径炮四门，20口径的快速炮四门，还有一座反潜鱼雷发射管，一座24管的反潜刺猬炮，去年改造成了猎潜舰。比较而言它虽然算是大舰，但活动起来不如我们的快艇灵活，有它的固有弱点。"

"打！"毛泽东下定决心说，"来而不往非礼也，一条也不让它回去！"

罗瑞卿起身向毛泽东保证："是！一条舰也不让它回去。"

8月5日夜间9时24分，停泊在汕头五号码头的"海上先锋艇"，在艇长石天定的指挥下，奉命紧急出航，静悄悄地驶向了夜色笼罩下的浩瀚海疆。紧随其后的，是601、598、611号三艘快速铁甲护卫艇。在同一时间，另有几艘

第18章
第二波"反攻大陆"

鱼雷快艇也悄然驶向了同一海域。

在"海上先锋艇"上，临出航时上来了汕头水警区的副司令员孔照年和他带来的四名作战参谋。孔照年等人的上艇，给艇上的指战员发出了一个不是命令的信号：这次出航非同以往，肯定是有"重要任务"，真的是要打了。

四艘舰艇劈波斩浪，在上级指挥所的命令下，急速驶向了夜海茫茫的南澳岛云澳湾。此次海上作战方案，预定在南澳岛以东、东山岛以南，或南澳岛以南、南澎岛以西海域，先打大舰"剑门"号，后打小舰"章江"号。按照上级指挥部传达的来自最高指挥部的作战意图，整个行动采取隐蔽接敌，靠拢近战；高速护卫艇先开炮，穿插分隔，掩护鱼雷艇的突然袭击。

8月6日，新华社广州电讯：

> 中国人民解放军海军担任护航任务的舰艇部队，今天在东南沿海前线，击沉了美制蒋帮军舰。
>
> 最近以来，美制蒋帮海盗舰艇，连续在我东南沿海进行骚扰活动，破坏我渔业生产，炮击和扣留我渔船，抓捕和打伤我渔民，严重地威胁着我渔民海上生产的安全。
>
> 今天凌晨，美制蒋帮大型猎潜舰"剑门"号和小型猎潜舰"章江"号，又窜入我广东省南澳岛和福建省东山岛附近渔场，进行破坏活动。经我多次警告无效，我担任护渔任务的海军舰艇部队，在忍无可忍的情况下，对蒋舰发动了攻击，当即将两艘蒋帮军舰击沉于波涛汹涌的大海之中。

当天，罗瑞卿向毛泽东打电话报捷：报告主席，"剑门"号和"章江"号一举被我们击沉了！

打得好！毛泽东在电话上对罗瑞卿说，给参战部队庆功！同时要认真总结经验，认真找出不足，以利再战！

周恩来又给毛泽东打来电话，通报了美国总统约翰逊宣布继续增派5万名美国军人进入越南南方的消息。毛泽东告诉周恩来，中国要进一步做好支援越南的各项工作，同时自己也要做好可能同美国人再进行一次直接较量的准备。

8月17日，毛泽东、刘少奇、周恩来、邓小平、董必武、彭真、贺龙、李先念、谭震林、薄一波、杨尚昆等党和国家领导人，在人民大会堂亲切接见了解放军海军击沉美制蒋军"剑门"号和"章江"号的有功单位和有功人员代表孔照年、徐寿祺等人，并同他们一一握手，合影留念。

接见结束后，毛泽东又嘱托周恩来、贺龙和罗瑞卿留下来，再同立了战功的海军官兵们好好地谈一谈。

周恩来、贺龙和罗瑞卿留了下来，再一次接见了"八六"海战有功单位、有功人员代表孔照年、徐寿祺等。

代表们向中央首长详细汇报了击沉敌舰的战斗经过。

周恩来、贺龙和罗瑞卿听了都十分高兴。周恩来说他代表党中央、中央军委和国务院向参战人员表示亲切慰问，并赞扬他们说，大家打得好啊！打得坚决，发扬了我军英勇顽强的革命精神！

陪同接见的海军首长们纷纷向周恩来、贺龙和罗瑞卿表示，海军一定继续发扬好的作风，争取更大的胜利。

这次接见不久，国防部、海军和广州军区分别颁发了嘉奖令，奖励参加"八六"海战的有功部队和个人；嘉奖令同时要求大家"认真总结战斗经验，戒骄戒躁，争取更大胜利"。

对于"八六"海战的胜利，毛泽东满怀激情地赞誉说："这就是我们的海军，这就是我们人民的海军啊！"

第18章
第二波"反攻大陆"

■ 通过美国来扬汤止沸

毛泽东躺在菊香书屋的藤椅上翻着《大参考》,周恩来走进来说:"蒋介石反攻大陆的锣鼓,还真敲起来了。"

毛泽东放下《大参考》说:"是呀,派出一架架侦察机窜犯大陆,一队队舰艇编队在沿海挑衅,接二连三的军事小组来往美国、英国购买新式武器,好像他真要回到南京城的宝座上来了。"

周恩来说:"根据您的指示,中央军委已经向全军发出了紧急战备通知,中共中央也发出了准备粉碎国民党军队窜犯东南沿海地区的指示,海军由一百多艘舰艇、几百架飞机,组成了参战部队,成立了前线指挥部。"

毛泽东嘲讽地说:"蒋介石一直在做反攻大陆的美梦,只是这次做得甜一点,可悲的是他总要看美国主子的眼色。将这些动向向民主党派的朋友们通通气吧。"

在北京钓鱼台国宾馆,周恩来请张治中、傅作义、屈武吃饭。

席间,周恩来说:"台湾那边,蒋介石正在打主意,想利用我们的暂时困难,蠢蠢欲动。希望诸位能写信给台湾当局,劝诫他们不要轻举妄动。"

屈武说:"我给岳父于右任写信。"

傅作义说:"我给张群写信。"

张治中说:"我与宜生兄联名给蒋经国、陈诚写信,传达总理的意思。"

民主党派的朋友们很踊跃,纷纷表态要给台湾的老朋友老同事写信劝诫。周恩来说:"好,美国是不会支持他们的,肯尼迪自顾不暇。我找王炳南谈谈,要下一盘美国棋。"

1962年5月底的一天,周恩来在中南海西花厅约见在国内休假的驻波兰大使王炳南。

周恩来说:"蒋介石认为现在是进犯大陆的好时机,在外中共与苏联不和,在内有严重的自然灾害,真是千载难逢。"

王炳南报告说："总理，我方代表团在华沙得到的情报是严重的，蒋介石正在大量购进武器，并改装了飞机，增加装油量，使之能来回于台湾和大陆。他还宣布延长士兵服役时间，士兵一律不准离开营房，随时待命，士兵的鞋子和皮带上都刻有'光复大陆'的字样，据说他们还从日本买了大量血浆。蒋介石是下决心要大干一场了吗？"

周恩来说："看来他是要大干一场。有关台湾海峡的军事情况，你去找罗瑞卿谈谈。"

过了几天，周恩来紧急召见休假的王炳南，说："炳南，你要立即结束休假，返回华沙。"

王炳南说："呵，我遵命。发生了什么事吗？"

周恩来说："经中央认真研究，蒋介石反攻大陆的决心很大，动作不小。"

王炳南说："罗瑞卿总参谋长也跟我说，现在不是打不打的问题，而是怎样打的问题，是拒敌于大陆之外，还是诱敌深入。"

周恩来说："但蒋介石还存在一些困难，现在的关键问题要看美国的态度如何，美国是支持还是不支持？要争取让美国制止蒋介石'反攻大陆'的行动。"

王炳南坐不住了："那我立即返回华沙！"

周恩来说："要尽快通过会谈，找机会了解美国的态度。要注意态度和策略，多采用非正式场合。"

王炳南说："知道，毛主席1958年专门教过我，要多用劝说的口气。"

在台北阳明山蒋介石官邸，蒋介石戴着雪白的鹿皮珍珠毛手套，背着手在屋内来回踱步。墙上德国双马腾跃的大型壁钟，正往10点奔。宽大锃亮的办公桌上，放着一叠水印素心的花笺，一支鹅毛型蘸水笔插在墨筒里。身穿英国麦尔登细呢西服、系粉红金丝领带的蒋经国坐在沙发上，沙发上铺着美国彩花尼龙坐垫。他的身后墙上是巨幅蒋介石佩带军刀的戎装像。

第18章
第二波"反攻大陆"

蒋介石停住脚步，转过身来问蒋经国："经国，反攻复国的'国光计划'研究得怎样了？"

蒋经国报告说："进展顺利，很有成果。"

蒋介石摆出一副好久没摆的统帅架势，杀气腾腾地说："要他们考虑，如何炮击大陆三天到四天后，诱发大陆进行炮战，我们就向全世界宣布大陆挑衅，然后我空军进行反制作战，数日后展开登陆战。"

蒋经国："好！我去向他们传达。"

蒋介石："子文就要回台湾了，我想打他这张美国牌，你也多跟他谈谈。"

蒋经国："听说舅舅已遁入空门，不问红尘事。"

蒋介石："他还没有出家嘛。他这样的人进得了空门吗？"

宋子文与夫人张乐怡接受蒋氏夫妇的邀请，从美国来到台北。他们与蒋氏夫妇坐游艇游玩日月潭。

蒋介石直奔主题问："子文，美国对我们收复大陆改变主意没有？现在的国防部长麦克纳马拉是你的好朋友，你应该知道一点内幕吧？"

经过岁月的磨砺和长久的失落，宋子文已经变得平和超脱了，懒洋洋地坐在海绵垫上，顾左右而言他："人与佛皆难得超脱，空门所寄都是凡人，烧香磕头的皆是俗夫，真人何觅？难得有这样一个清闲去处，难怪有那么多人遁入空门，虽无情可寄，却有身可托，这便是真人乎？"

笃信基督教的蒋介石也顾不得尊重别人的信仰，把头上的太阳帽一掀，极不耐烦地说："我是要你来分析国际形势的，不是要你来敲木鱼念经的。"

张乐怡忙解释："TV（宋子文英文名首字母）已多年不问政治，他这次来台湾只是为了探亲访友。他虽没有出家，也算半个洋和尚了。"说完冲蒋介石一笑，让发作的蒋介石也无可奈何了。

宋子文却轻描淡写冒出一句："肯尼迪自己的经都念不过来，还顾得了别人？"

宋美龄说:"算了,算了,陪哥、嫂痛快玩玩吧!"

蒋介石兴趣索然地把太阳帽遮住了老脸。

蒋介石的美国牌没打成,大陆的美国牌却打出去了。

1962年5月的一天,王炳南请新任美国谈判代表卡伯特到大使官邸来喝茶,随便聊聊。

卡伯特这个美国佬很有个性,他不拘礼节,举止随便,不在乎外交礼仪,爱开玩笑,一副毫不在乎的神态,有说有笑,边进茶点边说笑。

卡伯特笑呵呵说:"你们中共应该感谢我们美国。"

王炳南问:"为什么?"

卡伯特幽默地说:"你看你们胜利后检阅军队,不是有很多美式装备吗?这些装备是蒋介石先生供给你们的。所以你们称蒋介石为'运输大队长',他送我们的武器给你们,连张收条都不要。"

"是没要收条。"王炳南哈哈大笑,"不过,我很不理解的是,你们美国怎么还干这种得不偿失的事呢,又要起用蒋介石这个'运输大队长'?"

卡伯特忙摇手:"NO,NO!"

王炳南严肃地说:"中国政府对东南亚局势的发展感到担心。今年以来,美国增兵越南,出兵泰国,干涉老挝,东南亚局势已经发展到可能引发大规模国际冲突的边缘。中国政府的态度一向是克制的,始终没有放弃争取在不干涉有关国家内政的基础上,使印度支那和整个东南亚局势缓和下来。但是,局势能不能缓和,关键并不掌握在中国手里。"

卡伯特一改那副不在乎的神态,认真地听着。

王炳南又说:"大使先生,中国政府还要提请美国政府注意台湾海峡的紧张局势。"

卡伯特的神情严肃起来。

王炳南强调地说:"现在蒋介石又在当'运输大队长'了。美国政府完全清楚,蒋介石集团准备窜犯大陆沿海地区的情况,这种准备工作正是在美

第18章
第二波"反攻大陆"

国政府的支持、鼓励和配合下进行的。"

卡伯特大摇其手:"NO! NO! "

王炳南继续讲下去:"为了给蒋介石进犯大陆打气叫好,美国政府增加了对蒋介石的'军事援助'和'经济援助'。美国的如意算盘显然是支持和鼓励蒋介石进行军事冒险,收到进一步控制台湾的实利。"

卡伯特听得有点紧张,几次要插话。

王炳南继续说下去:"中国人民同蒋介石打过几十年交道,完全懂得怎样对付他。中国政府必须指出,美国政府是在玩火。蒋介石一旦向大陆挑起战争,美国政府必须对他的冒险行动和由此产生的一切后果,负完全的责任。"

话说得这么沉甸甸,卡伯特坐不住了,插话说:"我很欣赏大使先生的坦率精神,我将尽快把大使先生所谈的情况电告美国政府。"

王炳南用警告口吻说:"可以断定,蒋介石窜犯大陆之日,就是中国人民解放台湾之时!"

听到这里,卡伯特爽快地说:"在目前情况下,美国决不会支持蒋介石发动对中国大陆的进攻。蒋介石对美国承担了义务,未经美国同意,蒋介石不得对中国大陆发动进攻。"

要套话的王炳南专注地听着。

卡伯特喝口茶,又说:"我向贵大使保证,我们绝不要一场世界大战,我们要尽一切努力来防止这种事情。"

王炳南脸上露出一丝笑意说:"那就好,那就好!"

"感谢大使先生的好茶!"说完,卡伯特站了起来。

王炳南也站起来,客气地说:"感谢大使先生赏光,你过去在中国很长时间,既了解中国茶更了解中国人。"

王炳南把他送到门口。

"OK,OK! "卡伯特转过身笑说,"如果蒋介石要行动,我们两家联合起来制止他。"

王炳南笑说:"好好,我还请你喝中国茶!"

周恩来拿着王炳南的电报走进毛泽东的客厅。

周恩来说:"王炳南摸到了美国政府的底。"

毛泽东接过电报边看边满意地说:"好啊,这对我们的决策是及时雨啊!福建前线的战略部署可以定下来了!"

美国不支持蒋介石"反攻大陆",蒋介石就没什么戏。美国虽然在武器装备上还在支持台湾当局,但同时又在军事、政治上束缚蒋介石"反攻大陆"的手脚,台海局势这锅滚烫的水,通过美国政府就扬汤止沸了。

不过,这中间也有起伏波折。1964年春,台湾空军从美国引进了更新技术的侦察机,美国同时帮助台湾在太平洋上空使用遥感通信卫星,但技术全由美国控制,这一点令台湾很反感,但也仅是反感而已。

中国成功试验原子弹后,基于对中国核武器技术发展进程的掌握,对华持敌对态度的美国总统肯尼迪,在任内曾授权情报和军事单位研究各种扼杀中国核武器计划的草案,包括与台湾联手空袭或派遣突击队。1964年美国政府曾认真考虑过要轰炸中国,以阻止中国核技术的发展,还想联合已同中国关系破裂的苏联,共同实施轰炸计划。但苏联拒绝与美国合作。1964年10月16日,中国宣布完成首次原子弹试爆后,蒋介石震惊中再三要求美国,在中国取得投射原子弹技术前,对大陆采取军事行动。但此时,肯尼迪已遇刺身亡,继任的约翰逊总统和国务卿腊斯克等担心中国卷入逐渐升级的越南战争,犹豫未决,并最终打消了这种念头。

1965年,正当大陆处于特别困难时期,"国光计划"也鼓噪到了高潮,同时也就跌落低谷。6月17日,蒋介石在台湾陆军军官学校召集军方基层以上干部,以官校历史检讨会为名义进行精神讲话,叫喊预备反攻大陆,煞有介事地要求所有干部都要预留遗嘱,军方同时选择了最后登陆战发起的日期。

然而计划好做,实施起来却难。1965年6月24日,国民党军队在左营桃

第18章
第二波"反攻大陆"

子园外海实施模拟登陆演习，五辆两栖登陆战车被风浪打翻，造成数十人死亡。同年8月6日，国民党海军"剑门""章江"军舰执行"海啸一号"任务，遭大陆鱼雷艇伏击沉没，殉难官兵近二百人。11月14日，国民党一艘海军"永"字号舰艇在乌丘被击沉。

接连惨败的海战，让蒋介石头脑清醒了一点，意识到制海优势已经丧失，美国又在掣肘，"国光计划"遂至暗淡。"国光计划"逐年缩减，作业室于1972年7月20日裁撤并入"国防部"作战次长室。至此，反攻大陆的"国光计划"寿终正寝。

在20世纪五六十年代，台湾U-2飞机对中国大陆的入侵侦察一直没有间断。但从1962年到1967年的五年间，中国空军打下了五架U-2飞机，数量创世界之最。U-2飞机自诞生以来，三十四年间在全世界被击落了七架，中国空军在短短的五年间就击落了五架。曾经历时五年的美国和台湾空军的U-2飞机和"黑猫中队"的所谓"穿幕"行动，也因"中国不断增长的跟踪和捕捉U-2的能力"，以及越战的深入而变得越来越微弱，到1970年完全销声匿迹。

第 19 章
做足特赦战犯的文章

经过1950年、1955年和1958年的三次"台湾海峡危机",毛泽东已经将对台方针从"武装解放台湾,消灭蒋介石卖国集团",调整为"实现第三次国共合作,争取和平解放台湾"的方针。

20世纪50年代中共确定的方针是,第一步先让蒋介石稳住台湾,并维持"一个中国"的共识,不让美国过深介入制造"两个中国"或"一中一台",为此让金门、马祖仍留在国民党手中而不取,第二步再争取同国民党和谈,以政治方式解决台湾问题。

多事之秋的20世纪50年代末60年代初,蒋介石训练了一批又一批的特务,准备派往大陆,而毛泽东却反其道而行之,在考虑释放关押的国民党高级战犯。

新中国民立之初,昆明、抚顺、北京等地,关押了大量国民党战犯。对他们怎么处置,颇有讲究。

经过广泛而深入地磋商,中共中央确定了对待国民党战犯的总方针是:一个不杀,分批释放。先把他们关在牢里实行改造。

到了1956年的1月30日,周恩来在政协的一个工作报告中提出:为争取和平解放台湾,实现祖国的完全统一而奋斗。当天,周恩来在陆定一起草的《为配合周恩来同志在政协所作的政治报告的意见》上批示:政协会后,可放十几个战犯看看。

这是中央准备特赦战犯的重要信息。

中共中央非常重视周恩来的意见。中央政治局就这个问题进行了专题讨

第19章
做足特赦战犯的文章

论,并对各方面情况做了分析和研究,认为已经初步具备了释放一批战犯的条件。当时,国内生产资料私有制的社会主义改造已获得了决定性的胜利;第一个五年计划已提前完成,政治、经济出现空前稳定。从战犯本身的情况看,他们过去虽有过重大罪恶,但一般高高在上,同人民群众接触较少,不像直接压迫人民群众的恶霸地主那样,不杀掉一批不足以平民愤;再说,经过几年的关押改造,他们之中的多数已经有了不同程度的悔改表现。在这种情况下,如果释放一批战犯,将有助于孤立、动摇、瓦解境内外反动分子,同时有助于人民民主统一战线的进一步巩固和扩大。另外一个重要因素是,当时,根据周恩来阐明的对台方针和中央的部署,政府宣布,国民党去台人员只要回到大陆,不管什么人都将一律既往不咎。在这种时候,释放一批战犯,将有示范作用,会有利于加强台湾与大陆的联系。

为了更好地处理战犯问题,中共中央在向党、政、军、群等系统征求意见的同时,也向各民主党派和无党派人士征求意见,进行政治协商。1956年3月14日,在北京召开了政协常委二届十九次扩大会议,着重讨论周恩来关于释放战犯的提议。会上,公安部部长罗瑞卿和最高人民检察院副检察长谭政文作了关于战犯问题的专题报告。周恩来根据毛泽东对国内战犯"一个不杀"的主张作了发言,具体说明这一重大决策的目的、方针和步骤。

周恩来说:"对于国内战犯的处理,也可以有两种设想,一种是判刑,甚至判死刑,当然也要按其罪行来判,这是他们罪有应得,是合理的。但这只是一个方面,我们若设想一下,大陆上的战争结束已经六年到七年了,国内人民过上了和平的生活,战犯的罪行已经成为过去,又经过六年到七年监狱生活的改造,他们也已经起了变化,这时就可以考虑到底是不是要杀他们。杀他们是容易的,杀了他们,他们就不能再起积极作用,只能起消极作用。对台湾产生消极影响,使他们觉得战犯的下场总是要杀的,增加了恐慌,这不符合我们的政策。"

会议对这个问题展开了激烈的讨论,一种意见认为应该立即全部释放,另一种意见认为应该逐步释放。

周恩来赞同后一种意见，他说："虽然前一种意见处理起来简便，但工作不完满，收获也不大。一下子轰动一时，过去后就没有下文可做了。我们要影响台湾，还是一步一步地来做好。所以照罗瑞卿部长提出的办法，先放少数的试一试，看看有效没有，放出后的工作也要循序渐进，急不得。"

对战犯释放后的安排，周恩来也提出了具体意见。他说："第一步先集中到北京，然后到各地去参观，允许亲友看他们。等这些人对新生活适应后，对祖国的形势有所了解后，再做第二步工作，即同他们一起讨论如何开展对台湾的工作。"他认为都去台湾的意见是不现实的。

周恩来想到在台湾的蒋介石，说话的口气带着幽默："在押的国内战犯总数是926人，你如果都送去台湾，台湾是不会接受的，很可能有一部分人还要被蒋介石杀掉。这批人中，将官有460位之多，现在在台湾，连孙连仲都开饭馆子，我们送去那么多的高级将领，蒋介石哪里能养得起？蒋介石消受不了！相反的，蒋介石越是穷途末路，他狐疑鬼猜的事就特别多，他会想我们送一个人去都是有鬼的。他什么都怀疑，送去那么多的人会送死的，我们让他们去送死，也不对。因此，我们对国内战犯的处理要分步骤进行，要研究让他们怎样去影响台湾。"

周恩来还说："台湾的工作是要做的，至于如何做，可以跟这些将军谈谈。"他表示："如果我不是总理，倒愿意跟这些人多谈谈。毛主席曾指示应跟他们讲清楚，放他们出去，允许他们来去自由，愿意去台湾的可以去台湾，愿意去香港的可以去香港；可以骂我们，连海外的人在内，骂我们的有那么多人，这几百人数目很少，如果你们骂完了，又想回来，我们照样欢迎。会不会回来再把你们抓起来？不！我们保证。我们不跟你们绝交。"

周恩来强调："这个话，我们说了算数，我们都赞成这样做。今天大家都在场，这个话我们说了，就算数，来去自由，言论自由，骂完了我们，高兴回来，我们仍欢迎。这是有言在先，我们说了这个话，不光这一代，下一

第19章
做足特赦战犯的文章

代也算!"

释放战犯要达到影响台湾的目的,做起来就有很大的讲究,连毛泽东在此事上都很慎重。1956年4月25日,他在中央政治局会议上作《论十大关系》的报告时,曾就宽大战犯的政策作了说明。毛泽东指出,党的政策总的精神是化消极因素为积极因素,杀了这些人,一不能增加生产,二不能提高科学水平,三对我们除四害没有帮助,四不能强大国防,五不能收复台湾。如果不杀或许对台湾还会产生影响。

毛泽东考虑再三,在5月2日的一次会议上又说道:目前马上释放,时机尚不成熟,其理由是:"放早了,老百姓不那么清楚,我们也不好向老百姓说明,还要过几年,老百姓的生活更加过得好了,我们再来放……不讲清楚这个道理,一下子把他们放掉了,人家就不了解,也没有这个必要。"

也是在1956年,毛泽东宣布对集中被俘的国民党高级党、政、军、特战犯进行加速改造。于是公安部门到全国各地监狱、劳改单位挑选被俘战犯中武官军长一级、文官省长一级、特务将官级共二百多名,集中到北京战犯管理处,即通常所说的功德林。

功德林在北京城西德胜门外,原是一座庙宇,清朝末年被改造成监狱,北洋军阀时代,这里是著名的全国第二模范监狱。新中国成立后,公安部接管了这座监狱,改名为北京战犯管理处。

又过了三年,释放战犯问题被紧锣密鼓地提上了议事日程。1959年9月14日,毛泽东代表中共中央向全国人大常委会建议:中国共产党中央委员会认为,在庆祝伟大的中华人民共和国成立十周年的时候,对于一批确实已经改恶从善的战争罪犯、反革命罪犯和普通刑事罪犯,宣布实行特赦是适宜的。

9月17日,全国人大二届九次会议讨论并同意毛泽东主席的建议,作出了《关于特赦确实改恶从善的罪犯的决定》。同日,中华人民共和国主席刘少奇发布特赦令。

这个消息一公布,立即引起了人们的极大关注,特别是在功德林一号关押的战犯，他们欣喜若狂，无比激动。10月2日，他们给毛泽东主席写了一封信，表达他们的兴奋和感激之情。

10月4日，最高法院和最高检察院召开的在押战犯参加的特赦释放大会上，宣布了特赦释放的战犯名单，发放特赦通知书。在特赦大会上，被特赦的战犯表示，非常感谢共产党和人民政府使他们改邪归正，从此获得新生，并决心继续改造思想，为社会主义建设贡献一份力量。未被特赦的战犯代表表示要加速改造，争取早日获得特赦。

这次宣布的首批特赦战犯共三十三名，其中国民党军队战犯三十名。在功德林一号战犯管理所的有十名，他们是：杜聿明、王耀武、曾扩情、宋希濂、陈长捷、杨伯涛、郑庭笈、邱行湘、周振强、卢浚泉。

会后，根据周恩来的指示，将这十个人和从抚顺战犯管理所释放的末代皇帝溥仪专门组成一个小组，集中住在北京崇文门内的一家旅馆，由周恩来总理办公室的同志负责他们的学习和生活。

走出功德林，意味着新生活的开始，下一步应该如何走，是他们不能不考虑的问题。这个问题也同样受到了周恩来总理的关注。

12月14日，杜聿明、王耀武、曾扩情、溥仪等十一人乘专车驶进中南海西花厅。工作人员和蔼地告诉他们，这里就是周恩来的家。

周恩来，这是他们非常熟悉的名字。这十名国民党将军中，除陈长捷、卢浚泉外，都是黄埔军校的毕业生。今天，能够见到多年前的黄埔老师，他们心情格外惊喜，也感到十分的惭愧。

有人后来回忆说："想起自己在黄埔军校毕业之后，走了一段漫长的反革命道路，成为罪行累累的战犯，真不知该说什么好，喜悦和羞愧之情顿时交织在一起。"

周恩来在陈毅副总理、习仲勋副总理以及张治中、邵力子、章士钊等人的陪同下，满面春风地走进了客厅。大家同时站了起来，目不转睛地注视着这位过去的老师——当年的黄埔军校政治部主任。

第19章
做足特赦战犯的文章

周恩来示意大家坐下。他亲切地同大家交谈起来，逐一问起每个人的身体情况和家庭状况。他对曾扩情说，我在黄埔军校时的年龄还不到三十岁，当时感到压力特别大。

曾扩情说："我那时已三十开外了。我这个学生比老师还大几岁哩！"当时，曾扩情在黄埔军校政治部任少校科员。

周恩来又转向杜聿明，询问他的一些情况。杜聿明惭愧地低下头说："学生对不起老师，没有听老师的话。"周恩来的回答是："这不怪你们，怪我这个当老师的没有教好。"

张治中指着郑庭笈向周恩来介绍说："这是郑介民的堂弟。郑介民在1946年时任国民党政府军事委员会军令部第二厅厅长，是北平军调处执行部国民党政府方面的代表。"

周恩来说："我知道。"接着，他问到郑庭笈的家庭情况。

郑庭笈告诉周恩来，他原来的妻子叫冯莉娟，自己1948年被俘后，朋友为冯莉娟准备好了去台湾的船票，但是，当她听到郑被俘后在哈尔滨发表的一篇讲话，就决定留下来，在海南岛等候。1954年，她回到北京。因战犯的妻子不能安排工作，无法解决家庭生活问题，她决定和郑庭笈离婚。

周恩来听后沉思片刻，转过去对张治中说："那你们应该动员他俩复婚嘛！"

周恩来看到坐在一旁沉默不语的末代皇帝溥仪，就同他谈起了满族的风俗礼节。陈毅在旁边风趣地插话说："我当年在北京读书时，还是你的臣民呢。你当时出来时，我们还想看看你这个皇帝呢！"

在轻松风趣、和谐亲切的气氛中，周恩来把话转入了正题。他勉励大家通过加强思想改造，站稳民族立场和劳动人民的立场，学习毛主席的著作，学习马列主义，培养劳动观点、集体观点，加强群众观点，要认罪伏法，重新做人。关于前途问题，要走社会主义、共产主义道路，做新人，有奔头。希望他们相信党和国家，特赦后会信任他们，用上他们的力量。要回家或接眷属来都可以。两个月后再考虑安排工作。他还说，你们当中与台湾有联系的人，可做点工作，慢慢做，不着急，个人写信靠得住些。

周恩来讲完话后，当年也是黄埔军校教官的张治中说："你们过去都是黄埔学生，你们没有听周主任的话走错了路。现在周主任释放了你们，要好好跟周主任走。"

周恩来笑着调侃张治中的讲话是老一套。

傅作义激动地说："我同你们一样，过去也曾是一名战犯，只不过比你们早觉悟一些时候，也是被迫改造的。"

周恩来说："是啊，应该承认，对你们是一种特殊环境中的强迫改造，你们应该想想如何从强迫改造进入自觉改造。"

1960年11月中旬的一天，秘书叶子龙笑着问毛泽东："主席，我们又要释放战犯了？"

"再放一批。"毛泽东说，"该放的就放，这不仅是个影响问题，也是让这些人自食其力，出来以后为新中国的建设贡献一份力量嘛。"

叶子龙再问："他们有的人要是跑到台湾去怎么办？"

"让他去嘛！"毛泽东坦然地说，"就是蒋介石现在过来，我毛泽东也会热烈欢迎的！"

陆续释放几批后，554名国民党战犯全部获得了新生，他们在社会主义建设中发挥了别人难以替代的作用，对祖国的和平统一产生了重要而深远的影响。

这些人被释放安置后，都由各级统战部门负责管理。他们各有所得，各有所依，凡家在大陆的都与家人团聚了，有一些人还安排了重要职务。杜聿明、王耀武、宋希濂、范汉杰、沈醉、廖耀湘、郑庭笈、杨伯涛、周振强、李仙洲、罗历戎、李以劻、董益三、方靖、黄维、文强等，先后担任了全国政协委员和常委。还有一批人被安排为地方政协委员、常委。他们参政议政，发挥了积极作用。其余绝大多数人担任了各级政协文史专员、秘书专员、工作

第19章
做足特赦战犯的文章

员、资料员和参事,也有极少数在农村和工厂。他们都过着幸福的晚年生活。许多人还以严肃的态度写回忆录,"前事不忘,后事之师",以求后代有所借鉴。不少特赦人员通过书信、广播、撰写回忆录等各种方式为祖国统一大业积极工作,对沟通两岸关系、和平统一祖国产生了重要而深远的影响。

1984年,郑庭笈到香港探亲,与在台湾的老部下通电话。对方听到他的声音又惊又喜。这位老部下告诉他,许多战犯在台湾的亲朋好友都入了教会,每天到教堂祈祷,请求神灵保佑他们在大陆的亲人平安。当得知他们不仅获释而且得到良好的待遇时,深受感动,希望台湾当局能做出相应的表示。

1985年,侨居美国而赶回国参加政协会议的宋希濂说:"几十年过去了,许多事都淡忘了,唯有与周恩来会面的情景仍记忆犹新。周恩来生前最关心台湾问题,希望我们发挥作用,我要尽最大的努力去实现他的遗愿。"

1975年特赦最后一批战犯时,有十名原国民党高级将领申请去台湾与家人团聚。他们的申请很快得到大陆方面的批准,政府有关部门还帮他们办理启程和赴港的手续,并再次向他们重申党的政策:到了香港后自行办理回台的手续,打电话、发电报、找亲友、见记者,均听其自便。发表谈话、对各方表态由他们自定。发给他们来往香港的双程通行证,发给适合香港情况的新做的服装和足够的费用,指定香港的中国旅行社负责照料他们的生活。

但是,台湾当局却认为这是中共的"统战阴谋",认为这十人是"共谍""统战分子",拒不接纳这十人回台,而且声明"决不上当"。由于台湾当局的极端恐惧和百般阻挠,申请回台的这十个人终究没能与台湾的家人团聚,最后有四人去美国,两人留香港,三人返回大陆,一人自杀身亡。

为进一步缓和同台湾的关系,中共中央从1959年起开始特赦国民党战犯,到1975年,先后分七批,总计特赦国民党战犯554名,其中国民党高级将领二百余名。中共中央的这一重大举措是史无前例的。由于采取了正确的方针政策,对缓和两岸局势,增进海峡两岸的交流与了解,产生了重大而深远的积极影响。

第 20 章

第四次秘密接触

海峡两岸国共之间第四次秘密接触，是从1960年开始的。

由于炮击金门激化了美蒋之间的矛盾，使得大陆与台湾在维护"一个中国"的立场上重新找到了共同点。中共中央在政治上支持台湾对抗美国的同时，决定把金、马留在蒋介石手里，保留了祖国大陆与台湾之间的一个接触点。根据毛泽东的命令，福建前线炮击金门形成规律，单日打，双日不打，使蒋军运输补给获得了一定保障。蒋介石逐渐明白了中共的意图，谨慎小心地逐步作出回应。

1961年4月18日，台湾当局宣称无论如何将维持对任何"两个中国"政策的不妥协立场，如果中共加入联合国，台湾将退出。5月，台湾官方报纸乘美国副总统约翰逊访台之机，连篇累牍发表《美国对华政策之批评》的文章，集中攻击"两个中国"的各种方案，要求美国政府施加影响，停止美国国内关于"两个中国"的讨论，停止对"台独"活动的支持。6月13日，蒋介石称，"两个中国"及"中立主义"的幻想，不明事实，不明道义，不负责任，美国不应对此事加以考虑。"两个中国"会使台湾当局的"神圣使命"失去基础。

毛泽东立即抓住海峡两岸出现的这一转机，不失时机地向台湾当局发出信息，提出了一系列跟台湾和谈的原则。毛泽东表示：台湾如果回归祖国，照他们（指蒋介石等）自己的生活方式生活。他专门请人转告台方："蒋不要怕我们同美国人一起整他。""他们同美国的连理枝解散，同大陆连起来，枝连起来，根还是你的，可以活下去，可以搞你的一套。"关于军

第20章
第四次秘密接触

队,毛泽东说:"可以保存,我不压迫他裁兵,不要他简政,让他搞三民主义。"在此基础上,1960年,国共进行了第四次秘密接触。在这次接触中,周恩来把毛泽东的上述原则归纳为"一纲四目"。

■ "四可""四不可"

1960年9月,李宗仁的夫人郭德洁女士受丈夫委托,秘密地从美国飞到了香港。

郭德洁对程思远说:"德邻已经下定决心,一定要回到大陆去。他总是在重复着那句话:树高千尺,叶落归根。这一次回来,他一定要我把一些珍贵的文物交给你,要你务必转给祖国。"

文物从纽约运到香港后,程思远立刻报告了周恩来。周恩来马上安排有关部门派人去香港,将这批文物运到北京。

在北京中南海西花厅,周恩来与办公室正、副主任童小鹏、罗青长在商谈。

罗青长汇报说:"中央调查部派人取回李宗仁的这批古董,种类很多,除有徐悲鸿、齐白石、黄宾虹这些近代名家的字画外,还有文徵明、郑板桥、何绍基等历代名人书画。遵照你的指示,召集故宫博物院专家进行了鉴定,大部分是赝品,仅值三千美元。"

周恩来听了很感意外,说:"赝品?李宗仁给程思远的信上说,这些文物,是他花了十一万多美元购买的。"

李宗仁在北平的确搜集了不少字画,有假也有真。他是抗战时期的第五战区司令长官,抗战之后,出任北平行辕主任,手握重兵数十万,治下直辖五省一市,真是威风八面,一人之下,万人之上。他要附庸风雅,自然应和者众。李宗仁在中南海怀仁堂一带的帝王故宫之内,三日一小宴,五日一大宴，一时斯文翰墨，都被他网罗殆尽。

有一次，李宗仁特备一席盛筵，把当时名满东亚、身居故都的"中国十大名画家"邀拢一桌。应约而来的有徐悲鸿、齐白石、傅抱石、溥儒，可能张大千也在其内，真是集中国艺坛一时之盛。众名家酒酣耳热之余，主人乃着人取来画具，由十大名家即席联合挥毫，完成两巨幅松石花卉的中堂，呈献李宗仁将军和郭德洁夫人以为纪念。

这十大名家轮流执笔，何人画松，何人画石，分工明确，各施其技。齐白石是最后执笔之人，他把全画端详了一会儿之后，忽然提起笔来，在一朵花卉上加了一只蝴蝶。笔头只稍稍"点"了几下，为时不过数秒钟。郭德洁也是学画之人，她在客人离去之后，把这两幅画仔细看了一下。她嫌齐白石那只蝴蝶翅膀稍微短了一点，乃调墨润笔，把齐白石蝴蝶的翅膀加长了一些，使它飞起来更为有劲。有人认为她这是狗尾续貂，但不管她续得如何，这十大名家的联作，也将因郭德洁的"加工"而更有情调、更具诗意，也更有市场价值。只可惜这幅画不在李宗仁的献画之列，因为经济拮据，李宗仁把这两幅中堂属于他的那一幅，在纽约以三百元美金卖掉了。

这属话外，当时童小鹏说，那可能是他受骗了，三千美元跟十一万美元可天差地别。

周恩来说："那我们给他三万美元吧。"

童小鹏吃一惊："是字画价值的十倍呀。太大方了。"

周恩来说："我请示主席看看。"

周恩来立即打电话："主席，李宗仁那批字画……"

毛泽东拿着电话哈哈大笑，慷慨地说："噢噢……哈哈哈，恩来呀，我们做统战工作要讲策略……他说十一万多，就给他十二万美元！这叫投石问路嘛。"

电话里周恩来问："这笔钱从哪里出？"

毛泽东对着电话说："国家的事嘛，我让财政部长李先念从国库里提出

第20章
第四次秘密接触

十二万美元现金。"

周恩来挂上电话，得意地对童、罗说："怎么样？主席在我的数目上翻了四番。"

童小鹏不能不佩服："还是主席、总理慷慨大方，站得高。"

这天夜晚，在中南海紫光阁，周恩来再次接见在北京的程思远和刘仲容。周恩来说："经毛主席同意，政府给李先生这批藏画十二万美元的补偿。"

刘仲容吃惊地说："给那么多！"

周恩来又说："李先生的藏画，有些是真的，大部分是赝品。但政府体念李先生的爱国热忱，将送他一笔赴欧洲的旅费，以壮行色。"

程思远感动地说："政府太宽大为怀了，我将告诉李先生。"

周恩来对刘仲容说："仲容兄，请你设法将十二万美元现钞交到李先生手中，不要经过银行，也不要经过外人，要直接。"

刘仲容答应："我一定办妥！"

程思远说："我女儿林黛回来对我说，李先生很不习惯美国的生活方式，总想早点回国。"

周恩来说："对李先生我们有'四可'原则，你可转告他。"

程思远问，哪"四可"？

周恩来说："一，李先生可以回来在祖国定居，他决心回来，我们表示欢迎；二，可以回国后再去美国；三，可以在欧洲暂住一段时间，再定行止；四，回来后可以再出去，如果还愿意回来，仍可以

李宗仁将军（历史图片）

再回来，一句话，来去自由。"

程思远从东北访问回来，周恩来再次在中南海紫光阁宴请他。作陪的有张治中、邵力子、章士钊、童小鹏、罗青长等。

席间，周恩来问程思远："这次去东北参观，有什么感受？"

程思远激动地说："不到东北，就不知道祖国的伟大。了不起！在建国之后这么短短的十年时间，取得这样大的成就，实在是很伟大的。"

周恩来笑着摇手："现在，还不能说那么伟大，只不过是一个伟大事业的开始。你可要多提意见哟！"

程思远却说："总理，李宗仁想回来，心情越来越迫切。"

周恩来想想说："李先生要回来，我们是欢迎的。但是，现在时机还不成熟。适当的时候，李宗仁先生可以到欧洲去走走。你去见一见李先生，把你在大陆见到的一切，都好好谈一谈。到欧洲有地方去吗？"

程思远回答："有，可以到瑞士的苏黎世。李夫人郭德洁女士的弟弟郭德风在那里开饭馆。"

周恩来笑说："那好么，瑞士有这么个开饭馆的亲戚，李德邻去时可就近照顾一切。"

程思远说："我将照总理的指示，尽快去见德邻，转告一切。"

周恩来强调说："他的欧洲之行，最要紧的是按时回到美国去！"

程思远不解："为什么呢？"

周恩来浅浅一笑："将来他会明白的。"他忽然轻松地问程思远："你有个女儿叫林黛，在亚洲影展中得了奖，是吧？"

程思远一愣，说："是的，1957年是《金莲花》，1958年是《千娇百媚》。"

周恩来笑说："二连冠呀，是个才女。"

章士钊说："是影后。这是我告诉总理的。"

程思远说："我女儿在哥伦比亚大学读书时，每个周末都要去李宗仁家

第20章
第四次秘密接触

做客，对李家情况很了解，是她告诉我李先生在美国住不惯，很寂寞，总想回国。"

章士钊说："我建议争取你的女儿回大陆来发挥。"

张治中插话说："总理，你不知道，思远早已同林黛的母亲离婚了。女儿通常总是听妈妈的话，思远怎么可能对林黛施加影响呢？"

程思远笑而不答。

周恩来笑道："嘿！文白先生，你同思远都是'三青团'的，当年都当过国民党'三青团'的处长，所以你帮他说话哩。"

大家哈哈大笑。

周恩来说："思远，你明天同我去游览密云水库吧。我接待完日本朋友松村谦三，要与你深入谈谈。"

他们一直谈到东方欲晓。临别，周恩来十分客气地送程思远到门外汽车旁，依依惜别，殷殷嘱托，令程思远十分感动。

第二天，周恩来、程思远乘汽车来到密云水库，下车登堤。放眼四望，大坝耸立，群山环抱着万顷碧波，举目尽收，令人心旷神怡。

周恩来指着库区说，9月16日，毛主席曾在这里游泳。

程思远说："听说毛主席游技很高，横渡过长江。"

"是的，他游长江胜似闲庭信步呢。"周恩来点头说，"我们上游艇吧！"

程思远边跟周恩来往坝下走边歉意说："总理，十分惭愧，你1956年对我说的话，我做得非常不够。"

周恩来体谅地说："不要这么说，水到渠成嘛！"

周恩来邀程思远等登上白色的游艇，观赏景色。

在湖光山色中，他们继续昨天的国共合作话题。

周恩来说："李宗仁先生回来，我们欢迎。思远先生回来，我们也欢迎。这一条适合所有的海外人士。昨天我已经说过，爱国一家，爱国不分先后。在这个问题上,李先生是会相信我们共产党言而有信的。他可以回来定居,也可以回来又走,可以住在欧洲,也可以回到美国去。"

程思远说:"总理曾概括为'四可'呢!"

周恩来说:"噢?就是'四可',你背下来了吗?"

程思远说:"背下来了!"

周恩来说:"总之,是来去自由。还有'四不可'呢?"

程思远回答说:"要李先生不可介入中美关系,不可介入美台关系,不可介入国共关系,不可介入第三势力。"

周恩来说:"好,都记住了!李先生回来后的工作、生活和旅游,我都为他设想好了。"

程思远犹豫着说:"有件事不知能否问总理?"

周恩来说:"问吧,你还有顾虑?"

程思远说:"听说总理对台湾蒋介石方面也做了联络,不知有无进展?"

周恩来坦率地说:"有所接触,反反复复。我和毛主席商讨认为,对蒋介石我们可以等待,解放台湾的任务不一定我们这一代完成,可以留给下一代去做。要蒋介石现在回来也有困难,问题是要有这个想法,逐步地创造一些条件,一旦时机成熟就好办了。"

程思远瞭望着辽阔水面,沉思着颔首。

在美国新泽西州李宗仁住宅,看完程思远的信后,李宗仁得意地说,共产党不简单,是识货的。

郭德洁笑说:"是识你这'老货',并不是你那些宝贝。"

李宗仁说:"夫人要尽快去香港会见思远,以探亲的名义,去接收这笔美元。自从思远在北京公开露面后,他的行踪已经引起国民党特务的注意,他跟我的信函也不时中断。你要小心!"

在香港街上,程思远夫人石泓驾着汽车,以游玩的样子向市郊开去。驰至一拐弯处,看见躲在树下的来香港晤面的郭德洁,忙停了下来,迅速把郭

第20章
第四次秘密接触

德洁拽进车里。郭德洁正待说话,程思远忙以手捂嘴示意,并小声说,等车开起来。

程思远在飞奔的汽车后座上,对郭德洁说,"那边汇来十二万美元,你取走吧。"

郭德洁说:"这么多,还是共产党识货!"

程思远说:"什么呀,字画大部分是假的,这是人家对李先生的援助。"

郭德洁感慨说:"政府想得周到,太感谢了。"

程思远说:"关于李先生的事,更有周到的安排……"

程思远见迎面驰来一辆可疑汽车,便停止了谈话。等迎面汽车驶过去,他接着说:"约定在瑞士的苏黎世会面,李先生以旅游的名义前往,不会引人注意;我以参观古罗马名义飞往罗马,然后转道瑞士……"

在美国新泽西州李宗仁住宅客厅,李宗仁正与从香港回来的夫人闲聊。患有气管炎的他抽口烟,咳嗽起来,郭德洁忙给他捶背,又拿片洋参让他含在嘴里。

李宗仁说:"夫人,你自从到香港与程思远见面回来,好像换了个人,对我的身体格外关心了,体贴入微。"

郭德洁说:"德邻,香港有个算命先生说我是正宫娘娘的八字呢。"

李宗仁笑说:"可能他认识你吧,拍你的马屁。"

郭德洁抱屈地说:"不认识呀,我报的是假名字。"她忽然指着窗台说,"看,铁树都开花啦!你是不是要东山再起呀?"

李宗仁口气沧桑地说:"德洁,莫胡思乱想了,我再不要做官了。做了几十年早够了,不能老是坐轿子,应当抬抬别人了。"

郭德洁故意问:"抬谁?毛泽东还是蒋介石?"

李宗仁说:"当然是毛泽东、周恩来他们喽,蒋介石我早看透了他。"

郭德洁说:"听说你写了信给新上任的肯尼迪总统,周恩来还托程思远传了话给你?"

李宗仁敬慕地说:"周恩来聪明绝顶啊。我写信给肯尼迪是劝他改变对华政策,承认中华人民共和国政府。周恩来劝我不要对肯尼迪寄予幻想,肯尼迪政权困难重重,不可能在他任期里对中国采取新的立场,要我超然一点,这样安全。你看,他想得多周到,多体贴人呀!我佩服他。"

郭德洁说:"你跟了蒋介石几十年,他何曾关心、体贴过你一次!"

李宗仁深沉地说:"莫提起他,提起他我就伤心。德洁,我已经下决心了,树高千尺,叶落归根。我已年逾古稀,再不能和蒋介石一起,背着狼藉的名声载入中国的史册。"

郭德洁:"周先生对你不是有'四可'吗?"

李宗仁坚决地说:"我只要'一可',允许我回去。"

郭德洁说:"不但允许,连路线都设计好了。"

■ 抚慰飘零的忧思

1961年7月17日,周恩来在北戴河别墅接见要再次去香港的章士钊。童小鹏、罗青长在座。

章士钊问:"总理,我要再次去香港,你有什么吩咐?"

周恩来说:"雷啸岑已经回香港,吴铸人可能来港,他们是为台湾当局刺探高级情报的,摸我们对台政策的底牌。如果他们找你谈时,可以将以下意思透露过去:蒋介石目前关键问题是名和利。利的问题,只要把台湾归回祖国,国家是可以补助的。名的问题,当然不只在台湾,而在全国,荣誉职务很多,可以解决的,中共自有善处。既有台湾之实,又有全国之名,不比只做台湾一个小头目而且美国迟早要换掉更好吗?但蒋介石是要等到同美国的矛盾爆发时才选择的。美蒋矛盾迟早要爆发的。"

章士钊问:"是否可以把张群作为一个对象来谈?"

第20章
第四次秘密接触

周恩来说："张岳军对这件事根本还没接触，目前不适宜。"

章士钊又问："他们如果要求中共对台写信呢？"

周恩来说："他们如果有要求的话，可以写，但要经过交通送来商量。"

章士钊到香港后，住在殷夫人的住宅，那是在闹市区一幢楼房的底层，并不太宽敞。

章士钊在客厅与许孝炎谈着什么。许孝炎告辞后，又有一穿长袍马褂的老者走进来，与章士钊互相拱手。

章士钊抓紧时间与香港的故友旧属频繁接触，把北京的意图透露给他们，由他们跟台湾当局去穿针引线。

中南海西花厅，邵力子走进来说："总理呀，我这里得到一首于右任先生的诗，怀念祖国情深意切啊！"

周恩来说："噢，给我看看。"

邵力子说："我念给你听吧！"他拉腔拿调地吟哦起来："破碎河山期再造，凋零师友记同游。中山陵树年年老，扫墓于郎已白头。"

周恩来听了很感动，说："于老怀乡念国之情，力透纸背啊！"

"还有呢！"邵力子又吟哦了两句，"痛心零落南飞雁，不忍哀号过战场……"

周恩来说："邵老，要抚慰于老的心，要勉励在台旧友哟！"

邵力子踊跃地说："正合我意，我就去发表对台演说！"

中央人民广播电台演播室，邵力子在发表对台演讲："于右任老朋友的诗深深地打动了我的心。于老怀念祖国故旧的深情，悲伤老人飘零的忧思，情见乎词矣！"

于右任系国民党元老、原民国监察院院长。

厦门前线播放着邵力子的讲话："我知道，这不只是于老个人的伤感，也代表了在台湾的许多朋友的心情！"

在台北于右任住宅，窗帘都拉严了，屋子黝暗。

于右任垂着头，老手托着腮，在秘密收听广播，老泪流到手掌，滴落地板。

1961年3月中旬，章士钊从香港回到北京，去中南海西花厅见周恩来，周恩来招呼说："行老从香港回来啦。"

章士钊说："总理，刚回来。于右任最近给香港一位朋友写信，心情很凄凉忧伤。"

周恩来说："信中写的是什么内容？"

章士钊说："我都能背出来：'今年是我老伴的八十寿辰，可惜我不在大陆，今年她的生日一定会很冷淡，不会有人睬她的，想到这点我十分伤心。'胡子的这种心情，请总理予以关注。"

周恩来说："嗨，他的女婿屈武怎么疏忽了呢？我立刻通知屈武，以女婿的名义为老人家做八十大寿。"

章士钊高兴地说："能这样就太好了！胡子虽然人在台湾，心早就回大陆了。"

这个信息是在香港经商的国民党人士吴家元告诉章士钊的。

吴家元和于右任交谊很深。1924年，于右任在上海大学时，经济窘困。吴家元慷慨地借给于右任五千元，使其渡过难关。抗战期间，吴家元效命于戴笠手下，国民党败退台湾后，吴家元明里在香港经商，暗里又是国民党中央党部六组（主管情报及对中共事务）的情报人员。

由于吴家元利用香港商人的身份，经常出入大陆和台湾，常为于右任在大陆家乡的家属带信和钱，他深深理解于老对故土和大陆妻女的思念。这一次，章士钊到香港和吴家元见面密谈时，吴家元将于老担心其妻在大陆遭受批判折磨的心思，告诉了章士钊。章士钊也将此事向周恩来总理汇报。

1962年，周总理决定为于右任妻子张仲林在家乡补办八十大寿。

在中南海西花厅，周恩来召见屈武说："你这个女婿当得不合格呀，连丈母娘的生日都忘了。"

第20章
第四次秘密接触

屈武说:"总理,我岳母的生日已经过了一个星期,怪我疏忽了。不过,我打听了,陕西风俗可以补寿。"

周恩来说:"那就赶紧给于夫人补寿!不要为这点小事让于先生在台湾不安嘛!"

屈武说:"总理,这本来是我的失责,惊动你了。我马上飞去陕西给岳母补寿,你放心。"

周恩来说:"我准备了点礼物,在小超那里,你带去。"

屈武感动地说:"谢谢!"

屈武飞到陕西为丈母娘补办大寿,吴家元也应邀参加了。张仲林女士的八十大寿风风光光地举办后,吴家元回到香港,不久又到台湾,当面向于右任通报了这次"大寿"的情况。于右任听后,十分欣慰。

北京邵力子住宅,从陕西回来的屈武来拜访说:"邵老,有件事来请教。"

邵力子说:"你还跟我客气,我跟你岳丈是莫逆,跟你又是1949年北平和平谈判的战友嘛。"

屈武说:"正为于先生的事。我按照总理指示,为于夫人做了补寿,老人家很满意。我决定写封信,把这件事辗转告诉于先生。"

邵力子说:"那就赶快写吧,还等什么?"

屈武说:"我必须告诉他,周总理对他和留在大陆家属的关怀。可要写上总理的名字,又怕被台湾特务发现,对于先生不利,无以为计呢。"

邵力子一拍脑门:"嗨,这还不好办!你在给于先生的信里,把周总理三字,改成'濂溪先生'四字,就行了嘛。"

屈武不解:"濂溪先生?为什么呢?"

邵力子说:"这是我们之间的秘密。抗战时期在重庆的时候,我和于先生在一起,经常谈论历史名人,多次谈到北宋的名儒、理学奠基人周敦颐。他在庐山莲花峰下的小溪筑室讲学,人称濂溪先生。当年我跟你岳丈谈到周总理时，总是称他周先生。他一看到'濂溪先生'，很容易联想是周总理，别人看到就不可能有这种联想。"

屈武高兴地说："太好了！我就照你的指点办，再把补寿照片寄过去。"

孰料，这件好事在台湾引起了一场政治谋杀案。吴家元穿针引线的事，被国民党的情报部门探知。1963年，于右任的老友吴家元在台北街头被刺身亡。

国民党政府不便对于右任这个国民党元老下毒手，又想割断于右任与大陆的联系，便把搭桥的吴家元残忍地刺死了。

于右任得知吴家元被刺死后，十分伤心，称病不上班，非要缉拿凶手不可。

八十七岁的于右任身体日衰，自感于世不久，思乡之心更切，他对家人说："我百年后，愿葬于玉山或阿里山树木多的高处，可以时时望大陆。我的故乡是中国大陆啊！"

于右任喃喃地说："台湾与大陆，合则国家兴，分则民族损呀！"

临终前，他以凄婉哀凉的心绪唱出："葬我于高山之上兮，望我大陆；大陆不可见兮，只有痛哭！葬我于高山之上兮，望我故乡；故乡不可见兮，永不能忘！天苍苍，野茫茫。山之上，国有殇。"

1964年11月10日，国民党原监察部长于右任在台北逝世，遵其遗嘱，葬其遗体于台北大屯山，日夜遥望大陆。

■ "现在真正支持蒋介石的是北京啊！"

在中南海丰泽园毛泽东书房，周恩来说："主席，和平统一台湾问题，我们做了很多工作，一时难以解决，要从长计议，但已经达到了'促蒋拒美划峡而治'和'联蒋抗美'的目的。"

第20章
第四次秘密接触

毛泽东说:"这就了不起了。解决台湾问题要靠实力派,就是蒋氏父子和陈诚。他们之间矛盾重重,我们做了些化解工作。蒋介石第三次连任总统,我们都捎了话嘛,表示支持,赞成他当。"

周恩来说:"我还要张治中给蒋氏父子和陈诚写了信,归纳为四句话:局促东隅,三位一体,寥廓海天,不归何待。"

毛泽东吟哦着:"寥廓海天,不归何待。好啊!有什么反应?"

周恩来说:"陈诚捎来话,要我们相信他的人格,他也要对历史作交代,不会违背民族大义的。"

毛泽东说:"这一点,我相信他们。要继续促进他们的内部团结。"

在中南海西花厅门口,屈武在门外等待周恩来。

屈武见周恩来同章士钊从外面走进来,立即跑过去报告:"总理,我给于先生写了信,报告补寿的事。他给香港的吴家元先生回信,说他喜出望外,高兴到极点,要我代他向总理表达诚挚的敬意。"

周恩来高兴地说:"只要于先生满意,我们也就心安了。我正要跟行老谈台湾问题,你也进来听听吧。"

屈武跟着周恩来、章士钊进去。

进到室内,周恩来招呼章士钊、屈武坐下,说:"美国邀请陈诚访美,企图在是否从金门、马祖撤军的问题上,离间蒋氏父子与陈诚的关系,扩大他们之间的矛盾,实现搞'两个中国'的目的。我们决定,要以促进他们之间的团结来挫败美国'拉陈抑蒋'的阴谋。"

章士钊感慨:"现在真正支持蒋介石的是北京啊!"

周恩来说:"我们希望蒋氏父子与陈诚团结起来,反对美帝国主义。陈诚还有些民族气节,在台湾威望也高,看来不会被牵着鼻子走。"

屈武说:"据我了解,他不会。"

周恩来说:"要通过渠道提醒他们,要加强内部团结,就是蒋氏父子与陈诚的团结,把军队抓在手里,美国就不敢轻举妄动了。"

609

章士钊说:"总理,我这里是一条渠道。"

屈武说:"我也可以配合。"

周恩来说:"好,你们都很踊跃啊!还有张治中、邵力子他们。提醒蒋氏父子和陈诚,只要他们一天能守住台湾,不使它从中国分裂出去,那么,我们就不改变目前对他们的关系。希望他们不要过这条界。"

这一天,童小鹏请示说:"总理,原来蒋介石的侍从秘书汪日章先生,回到奉化家乡,看望了蒋介石的舅母蒋妙月。她丈夫早死,女儿出嫁,晚景凄凉,鉴于她与蒋介石不同一般的亲戚关系,希望我们给予关照。"

罗青长介绍道,蒋妙月既是蒋介石的舅母,又是他的族姑,对蒋介石有恩。蒋介石对她很有感情。

周恩来当即说:"派人专程去奉化,把蒋妙月接到上海,礼送台湾。"

在台北机场,九十六岁高龄的蒋妙月,被专程护送的女婿王仁揆扶着走下飞机。

蒋介石亲到机场迎接。蒋妙月走下扶梯,蒋介石迎了上去,亲热地喊了声:"舅母,你老人家还这么硬朗呀!"

蒋妙月老泪纵横,扑向蒋介石,哽咽说:"介石,想不到还能见到你!"

蒋介石扶住她说:"舅母,我接你去官邸,奉侍终老!"

蒋妙月随蒋介石步向轿车,喃喃说:"那边政府好啊,挺关照的,挺宽大的……"

"噢噢……"蒋介石只是"噢噢"应付着。他不便附和舅母说共产党的好话,也不便拂舅母的面子。

■ "一纲四目"

在中南海毛泽东书房,毛泽东、周恩来约来张治中、傅作义、邵力子、

第20章
第四次秘密接触

章士钊等谈台湾问题。

毛泽东坐在沙发上，抽着烟说："请我们的大管家，给大家吹吹台湾问题。"

周恩来说："陈诚和平统一的思想在发展，他不再跟随叫嚷'反攻大陆'，我们要抓紧做他的工作。请你们再给他写信，阐明台湾的处境与前途，说明今日反台者并非中共，实为美国。而支持台湾者并非美国，实为中共。中共这样做是为了维护国家主权与领土完整。"

张治中说："总理讲得太深刻了，事实就是这样。我写给他们的信也说了类似的意思，只是没有这样一针见血。"

傅作义问："总理，不知我们的对台政策有什么变化没有？"

周恩来说："要是说有变化，就是变得更具体更宽容了。根据主席的历次指示，概括起来，就是'一纲四目'。"

邵力子问："哪'一纲四目'？"

周恩来说："一纲就是台湾必须归还祖国，其他一切问题悉尊重蒋氏父子与陈诚意见妥善处理。四目是：一是台湾归回祖国后，除外交必须统一于中央外，所有军政大权、人事安排悉由蒋介石与陈诚全权处理；二是所有军政费用不足之数，悉由中央拨付。台湾每年大约八亿赤字……"

毛泽东插话："八亿美元，我们可以给。"

周恩来又说："三是台湾之社会改革可以从缓，必视条件成熟并尊重他们的意见协商决定而后进行；四是双方互约不派人进行破坏对方团结之事。"

毛泽东笑说："他不派'白色特务'，我不派'红色特务'。"

邵力子说："好好，这样一概括，'一纲四目'，我就记住了。"

张治中、傅作义非常踊跃，几乎同时表态："我们马上给蒋氏父子和辞修写信。"

章士钊说："我也通过香港的渠道传递过去。"

周恩来说:"可以暗示他们,信虽是你们个人写的,但得到政府支持。我们个人在政府中担负的职务可以变更,但政府的对台政策是不会改变的。"

毛泽东说:"只要他们一天守住台湾,不使台湾从中国分裂出去,我们就一天不改变对台政策。"

张治中、傅作义、邵力子、章士钊欣喜地与毛泽东、周恩来握手告辞。

周恩来留下,对毛泽东说:"主席,台湾又派人来了,要求见我们。"

毛泽东说:"那就见吧。蒋介石派人来是要摸我们的底。"

周恩来说:"是的,这些人带来各种消息,真真假假,假假真真,虚虚实实。"

毛泽东说:"是真是假,是虚是实,一时也判断不清,我们心中要有数,以假当真,假戏真做,最后弄假成真,不亦乐乎。"

1963年7月,周恩来又在西花厅约见傅作义、张治中、邵力子、章士钊。

傅作义说:"上次的信,很起作用。辞修他们表示,只要一息尚存,绝不会接受'两个中国'。"

张治中说:"他们还表示,不再派人到大陆进行扰乱公共安宁和破坏地方秩序的事,并说进一步到大陆谈谈是不可避免的事,也是必须的。"

周恩来点头说:"我们获悉陈诚提出辞职,不外乎三个原因,一是美国压力,二是内部矛盾,三是真有病。"

张治中肯定说,病是真的,肝病到了晚期。

周恩来说:"你们再写信劝劝他。不管台湾的形势如何,我们的政策只要'老小合作'。"

章士钊说:"老小合作,就是要保证蒋氏父子掌权喽。"

周恩来说:"是的。国共两党可以在一个中国的前提下,形成统一战线。我们不会因为自己强大而不理台湾,也不会因有困难而拿原则作交易。如果单从我们方面看,台湾归还祖国固然好,即使暂缺那也无损祖国的强大地位。我们是从民族大义,是从祖国统一大业出发。今天祖国的四周边界已

第20章
第四次秘密接触

经解决，唯独东南一隅尚未完满，这个统一大业应该共同来完成。"

1963年底，陈诚辞去"行政院长"职务后，蒋介石鉴于他的健康状况，"再度准假三月，使摒除一切杂务，专心静摄，各项会议及典礼，亦可不必出席"。

至1964年10月，陈诚经检查发现肝癌，静养治疗。蒋介石获悉即命令"不惜一切代价，来挽救他的生命"。他下令在陈诚官邸建立设备完整的临时病室，由中外名医组成"诊疗小组"，日夜照顾。蒋介石还打电报把陈诚两个在"国外"的儿子召回台北，服侍其父。蒋介石夫妇则"每隔些日子到陈氏官邸探视病情"。

1965年3月，陈诚病情恶化，已至不治。蒋氏夫妇于3月4日中午至陈宅探视。病情已相当危急的陈诚得到通知后，"不顾身体的疲惫，坚持要下床坐在椅子上等蒋介石来访"。待蒋介石离开告别时，陈诚以微弱的声音凄凉地说："总裁，我的病恐怕不容易好了。"对蒋介石可谓是鞠躬尽瘁。这便成了蒋陈的临终诀别。

次日下午1时，宋美龄再到陈宅探视弥留中的陈诚。当晚7时，比蒋介石小10岁的陈诚辞世，终年六十八岁。

陈诚所留三条遗言为："一，希望同志们一心一德，在总裁领导之下，完成国民革命大业。二，不要消极，地不分东西南北，人不分男女老幼，全国军民，共此患难。三，党存俱存，务求内部团结，前途大有可为。"

有人对此"遗言"进行研究后指出："其中竟未出现'反共'和'反攻'一类的词句。这是出自偶然，还是陈诚临终有感？殊堪玩味。"

第 21 章

李宗仁渡登彼岸

当过中华民国代总统的李宗仁，流亡海外后思想不断变化、发展，但也有矛盾，甚至反复。幸而，几经周折和斗争，李宗仁终于在1965年7月18日回到祖国。

后来，周恩来赞扬说，公安部和调查部办了两件大事。公安部改造了一个末代皇帝，调查部争取了一个国民党代总统。

■ 叶落归根之途

1963年夏，李宗仁在美国新泽西州住宅，接受意大利米兰《欧洲周报》女记者奥古斯托·玛赛丽的采访。

记者问，李将军，你是一个没有国家的人了，你为什么在谈到红色中国的边界时，称"我们的"？

李宗仁以饱经风霜的深刻说，无论发生过什么事，中国人总归是中国人。一个中国人，即使是他的国家的前总统，一个流亡美国的人，偏偏又是一个资本家，但还是可以说他的敌人的好话，还是可以称赞那些赶走他的人，称赞同他过去的世界相反的社会政治制度。

记者：现在让我们谈谈蒋介石好吗？

李宗仁：我不能谈论蒋介石先生，蒋是我的总司令，我曾经在他手下工作，我说他的坏话是绝对不礼貌的。

第21章
李宗仁渡登彼岸

记者：那么，就说点好话吧。

李宗仁：关于蒋，我只能说史迪威将军常说的话，这就是，他有许多缺点，就我个人来说，我很同情他，因为我们都是失败者。

记者：他为什么会失败呢？

李宗仁的口吻有些挖苦：许多年来，蒋一直是中国的元首，我一直是他的下级，而现在他的举动好像表明他的经验还没有一个村长多。他不懂历史，每年一度他站在金门、马祖海边的悬岩上发表演说，总是重复同样一句话："我们一定要回去。"很难说他本人是否了解这一事实，他回大陆是不可能的了。

记者：蒋先生说你是共产党，你是吗？

李宗仁：他总是把这顶红帽子乱扣。我不是共产党，我甚至不喜欢共产党。但是我不否认今天共产党为中国所做的事情。我宁愿继续做一个诚实的人和可怜的政治家，但我不能不说实话。中国从来没有像现在组织得这样好。中国爆炸了原子弹，而我们搞了几十年，连部像样的单车也造不出来。

记者：你是一个胸怀宽大的失败者。你是怎样想通的？

李宗仁：我像蒋介石和国民党一样，是一个失败者。作为个人来说，我自己无关紧要，我不能妨碍中国的前途和它的进步。我由于自己的失败而感到高兴，因为从我的错误中一个新中国正在诞生。什么时候我们曾经有过像今天这样的一个中国呢！

他越说越激动，越自豪。

记者：你对蒋先生的反攻大陆有什么评价？

台儿庄战役时期的李宗仁（历史图片）

李宗仁：他这是搬起石头砸自己的脚，痴人说梦嘛！

记者：你对世界听众有什么话说？

李宗仁庄重地说，我对美国肯尼迪总统有话说！我劝告美国政府再不要沿着错误的对华政策走下去了，应该仿效戴高乐政府，迅速调整对华政策。

在中南海西花厅，周恩来约见张治中、傅作义、邵力子、黄绍竑、刘仲容、屈武等。

周恩来举着《大参考》问："李宗仁先生发表的对美国总统肯尼迪的信，你们看了吗？"

在座的人都说看过。

周恩来评价说："他的思想变化很大，我们正在进一步做他的工作，会有突发事件的。"

大家都猜不透周恩来话中的弦外之音，惊愕地望着他。

周恩来笑了："当然是好事喽。台湾方面有什么动向？"

傅作义说："上个月陈诚病逝，他留下的遗言中，既没有提'反共'，也没提'反攻'。"

张治中说，他还向蒋先生进言，对中共不能反潮流，不能信任美国，不能受日本愚弄。

周恩来会心地笑着说，台湾的国民党右派，想在陈诚遗言中加上"反共反攻"的内容。陈诚夫人不同意，她找到蒋介石，蒋也同意不修改。

邵力子说，蒋先生的态度耐人寻味哟。

周恩来莫测高深地说，一切都在变化嘛！

在人民大会堂某厅，国务院秘书长周荣鑫、中央统战部部长徐冰、全国政协秘书长平杰三和周总理办公室主任童小鹏接见程思远。

周荣鑫说，毛主席已经批示，欢迎李宗仁先生回国。周总理上午出访非洲十四国，临行前对李宗仁先生回国一事做了具体安排，要我们转告程先生有关的安排意见：第一，政府发给李宗仁先生一笔回国旅费，由程先生带往

第21章
李宗仁渡登彼岸

瑞士面交；第二，同时发给程先生一笔旅费，请你去瑞士把李先生接回；第三，你到苏黎世后，将有负责此事的同志同你联系，帮助你解决有关问题。

程思远点头说，计划很周密，我将立即出发飞往瑞士，开始进行迎接李先生回国的行动。

1963年12月9日，按照周恩来的安排，李宗仁由美国飞往意大利的首都罗马"旅游"。程思远在圣诞前一星期飞抵苏黎世，走进圣彼得饭店前面的咖啡馆，在走廊尽头找到一个僻静座位，与阔别十四年之久的李宗仁重逢，商议回国事项。

相互寒暄后，李宗仁坚定地说，我们不能再像断了线的风筝似的，浮萍浪迹，漂泊西东。我是中国人，当然要回中国去。但是，蒋介石那个中国，是与我无缘的。

程思远把1959年10月周恩来那次谈话，原原本本转达给了他，说，周总理对您的问候，以及你回国的安排，我就传达完了。

李宗仁两鬓斑白，但精神矍铄，他激动得眼睛湿润了，感慨地说，树高千尺，叶落归根。人到晚年，更思念祖国。帝国主义者讽刺中国是一个地理上的名词，一直到中华人民共和国成立后，中国才是一个真正统一的国家。如今国际地位与日俱增，值得我衷心拥护。

程思远说，我要特别强调的是，周总理说的"四可"……

李宗仁打断说，"四可"我早已知道。我只要"一可"，回国定居，安度晚年。

程思远兴奋地说，这"一可"马上就要实现啦！李夫人如何？

李宗仁说，我们这些人，过去也有雄心抱负，立志要干一番事业。不过，这些理想今天看来，是渺小的，因为还没有脱离我们个人的范畴。

又叙了一会儿旧，他们分手了。在圣诞节之前，他们分别返回了美国和香港。

1965年2月3日，毛泽东对国务院呈报中央的一个文件写下批语：欢迎李宗仁回国。

1965年6月13日，程思远在香港收到了李宗仁幼子李志圣从纽约发出的电报：货已启运。

这自然是暗语，程思远明白，李宗仁已从美国出发，飞往瑞士的苏黎世。

程思远立刻把这个消息，报告给此行的总设计师周恩来。

周恩来请程思远立刻飞北京，他要同程思远商量李宗仁从欧洲回国的一些技术性问题，特别要对李宗仁的安全采取一些特别措施。但由于程思远办理手续耽误了时间，周恩来出访非洲了，就改由罗青长等人与他沟通了。

1965年7月12日下午2点钟，瑞士航空公司的一架巨大的道格拉斯客机从苏黎世起飞，经过日内瓦、雅典、贝鲁特和卡拉奇，一直飞往香港。

驾驶舱里，驾驶员已经把飞行帽戴上了头顶，指挥塔上已经发出了准备起飞的信号，地勤人员准备撤掉舷梯的时候，从检票口匆匆走来两男一女三位中国旅客。两个男人都穿着同一颜色的藏青西服，雪白的衬衣，结着深色的领带。走在前面的个头稍微矮一点儿的，年龄在七十开外，这便是李宗仁。他高颧骨，宽额头，一脸沧桑。走在后面的一位五十多岁，身材修长，浓眉，目光炯炯有神，这便是专程前来迎接李宗仁的前国民党中央委员会的常委、李宗仁的亲信和智囊人物程思远。女的五十多岁，脸上的轮廓俊秀，面色显得有些苍白，但依然可以看出当年的丰采。她穿着一套银灰色的西装套裙，体态丰盈，步履却有些艰难，不像两个男人那样轻松有力。这便是李宗仁夫人郭德洁女士。

这三位旅客的送行者除了郭德洁的弟弟郭德风，还有一个身穿咖啡色西服的中国青年，替他们提着沉重的行李。

青年一直把他们送到一等座舱的舷梯旁。他和三位年长者握手告别的时候，又郑重地嘱咐了一句：请注意！在日内瓦和贝鲁特两个机场，千万不要走下飞机！

日内瓦和贝鲁特这两个城市，是世界上著名的特务和情报活动的中心。

第 21 章
李宗仁渡登彼岸

许多神秘的失踪，意外的"车祸"，残暴的绑架，都不时在这里发生。

程思远点点头说，记住了，请放心！

青年向上了舷梯的老人招了招手，大声地祝福，一路平安！

三位旅客回过头来向青年招手，连声说，谢谢！谢谢！

他们转身刚刚跨进客舱，地勤人员便撤掉了舷梯。道格拉斯客机挟风而起，箭一般飞上了蓝天。

送走李宗仁和姐姐郭德洁的郭德风回到住处，一进门吓一跳，两个台湾特务正等候在客厅，他们站起来不阴不阳地说，我们是台湾来的，等候你多时啦！

郭德风故意问，你们等我有事吗？

特务摇晃着白崇禧的电报说，这是白崇禧长官给李宗仁先生的密电，一定要当面交给李先生。

郭德风松口气说，对不起，你们晚了一步，李德邻先生和他的夫人到罗马去了。

特务悻悻地说，那我们就在这里等他回来！

郭德风摊摊手，表示"随便"。

李宗仁一行三人，牢记那位青年的嘱咐，安全地经过了日内瓦和贝鲁特。现在道格拉斯客机以每小时两千多公里的速度正从贝鲁特飞往东方，它将在午夜之后经过卡拉奇。

就在这架道格拉斯客机航行的途中，一封要李宗仁性命的密令从台北飞出，抢先到达了卡拉奇。

蒋介石的安全情治机构命令它在巴基斯坦的特务机构，要在李宗仁、郭德洁和程思远到达卡拉奇时，在候机大厅的楼梯下面，用暗杀手段让他们三人消失。

这份发自台北的密令从台北发出还不到一个小时，中华人民共和国驻巴基斯坦伊斯兰共和国的特命全权大使也收到了从北京发出的急电。国务院的领导指示，要万无一失地保证以李宗仁先生为首的三位国民党人士的安全。

当时针指向1965年7月13日凌晨2点时，敌我两方瞩目的道格拉斯客机在卡拉奇国际机场降落了。

机舱内，松了口气的李宗仁对郭德洁说，终于到了卡拉奇机场，离祖国不远啦！机舱里好闷啊，咱们到外面散散步，呼吸一下新鲜空气。

他们鱼贯走出机舱。

几步之遥的机场大厦楼梯下，台湾国民党当局用重金雇来的两个杀手，兜里正揣着两把手枪，他们一眼不眨地紧盯着停机坪上的飞机舱门口。

突然，一阵凄厉的警车啸叫声，划破了寂静的夜空。

从警车内跳出两个全副武装的警察，急匆匆地走进舱门，向美丽的空姐行了标准的军礼后，用流利的英语问，哪一位是从苏黎世来的程先生？

程思远一怔，随即镇定地回答，我是从苏黎世来的，姓程。

军警指着李宗仁夫妇又问，这两位就是你的同伴了？

程思远说，是的，先生！请问有什么事吗？

军警打量他们一眼，客气地说，请跟我们走！

李宗仁一行莫名其妙地被请进了警车。

警笛鸣叫，警灯闪烁。

坐进车内的李宗仁、程思远很是不安。

欢迎你们，让你们受惊了！坐在司机助手位置上的一位中国人回过头来说，李宗仁先生，郭德洁女士，程思远先生，你们辛苦了！

程思远疑虑地问，你是……

那人回答说，我是中国驻巴基斯坦的大使，奉周总理的指示前来迎接你们。请原谅，因为蒋介石已经在机场大厦布置了暗杀你们的特务，我们才不得不请巴基斯坦政府帮助。为了确保你们的安全，动用了保安部的警车来接你们。这是周总理再三指示的。

李宗仁一把抓住大使的手，激动地说，谢谢周恩来总理！谢谢您！

第 21 章
李宗仁渡登彼岸

李宗仁夫妇和程思远情不自禁地把脸贴近汽车的玻璃窗，又看了一眼那些越来越远的灯火辉煌的大厦，一股暖流涌过了他们的心头，泪水涌出了他们的眼眶。

他们在绿树掩映、花园似的大使馆休息了两天。但是危险并没有过去。台湾的蒋介石得知在卡拉奇机场大厦暗杀李宗仁的阴谋失败之后，暴跳如雷，他发出了第二道命令，要特务机构必须侦察出李宗仁、郭德洁和程思远回国时所乘的专机起飞的时间和航线，或者班机的航次。他准备派出飞机进行拦击。

李宗仁在我驻巴基斯坦大使馆休息的一天晚上，在中南海紫光阁，从非洲访问刚回来的周恩来邀请人大副委员长张治中，国防委员会副主席傅作义，人大常委章士钊，政协常委刘斐、屈武，政协委员黄绍竑、李蒸等十八人聚餐。

周恩来说，跟大家通报一个情况，告诉大家一个想不到的消息，我接到驻巴基斯坦大使馆的报告，1949年派你们来北京谈判的李宗仁先生，就要回国了！

大家听了这突发消息很惊愕，交头接耳小声议论起来。

周恩来又说，李先生就要回来了。

章士钊禁不住问，现在是否最后定了？李是否会转去台湾？

周恩来肯定地说，李先生不会去台湾，但台湾已经发觉了李的行动，我倒担心台湾的特务会整他。美国是不会整他的。美国放李回来，说明美国有很多想法。美国对一些旧人总是胡思乱想的。我们是历史唯物主义者，我们看人，关键是看本人的表现和转变。李德邻先生这次回来是自觉的。过去李就提出要回来，我们怕他回来生活上过不惯，劝他以后回来。主席高瞻远瞩，欢迎他回来，来去自由。

周恩来伸手示意大家入座，继续说，大家边吃边谈。这件事还不到公开的时候，因为在座的诸位是李先生的熟人，或者与他有历史上的关系，所以先给大家通个气。在民主人士中，有些同志不理解国家为什么花这么大的气力来争取李宗仁，因此，提了不同意见。

张治中坦率地说，我就想不通，这样会不会太刺激台湾方面？

周恩来说，刺激一下也好，对蒋介石不刺激一下不行。李德邻回来，我们欢迎。如果有人把台湾送回来，我们更欢迎。

这话引来一阵笑声，张治中也笑了。

周恩来感到意犹未尽，向大家敬了杯酒，又说了下去：李德邻回来与台湾有联系，我和程思远谈过，李必须摆脱四种关系：一是摆脱美国。最近李在瑞士说，他看到美国贫富很悬殊，政治黑暗，李对美国的幻想看来已破灭。二是不插手台湾问题。台湾最注意这一点。李说他没有做对不起人的事，这是真的。美国曾要把他送台湾，他不去。三是不搞第三势力。四是不负中美谈判使命，不作中美间的桥梁。

张治中问，这些台湾知道吗？

周恩来说，我们把以上四点告诉了李德邻，也告诉了台湾。我们对台湾说，不会利用李德邻反蒋。李先生回来，大家要去接。

张治中说，我不想去机场接他。

周恩来边敬酒边说，要去。回国是经过了长时间的酝酿，颇费周折，最后他能决心回国，这是很不容易的。政府准备举行盛大欢迎仪式。文白回来时，我没有去接，因为那时国共在谈判，你先去奉化后才来北平。这次我去接李，文白可能会有意见。

张治中坦荡回答，总理愿去就去，我没有意见，反正我不想去。

周恩来说，这不是个人的问题，也不是愿意不愿意的问题，这是政治问题。我知道大家正准备去北戴河，推迟几天吧，希望在座的都到飞机场参加欢迎仪式。

傅作义、章士钊等说，听总理的！

周恩来披肝沥胆地说，李先生能回来，不容易呀！人重晚节，这是符合历史唯物主义的。一个人的阶级出身并不能影响自己的觉悟，一个出身反动阶级的人，如果能觉悟的话，还是可以为新的阶级服务的。大家不要有"老革命不如晚革命，晚革命不如不革命，不革命不如反革命"的想法，要看到李宗仁归国的作用和影响。

在座者都听得动容动情。

7月17日晚上，驻巴基斯坦大使一阵风似的走了进来，对李宗仁夫妇和程思远先生说，周恩来总理和陈毅副总理已从非洲访问归来，现在都在上海。他们非常关心你们的安全，指示我亲自陪同你们今夜飞回祖国。

李宗仁说了声：那太好了！便从沙发上站起来，准备即刻动身。

大使又请他坐了下来，笑着说，为了避免重演克什米尔公主号的悲剧，必须使我们的行动十分秘密。现在，还要采取一点掩人耳目的措施。

按照大使的安排，在李宗仁夫妇和程思远出发之前，使馆的两辆轿车严严地遮住纱窗，上面坐满了使馆的工作人员，以飞快的速度冲出了大门，然后向左面驶去。早停在街角上的蒋介石特务机构的一辆蓝色小轿车立刻跟踪追去。等到那三辆互相追逐的轿车消失在大街拐角的地方之后，李宗仁夫妇、程思远和大使分乘的两辆轿车才开出大门，向右拐，驶向卡拉奇国际机场。

为不引起人们的注意，又能保守秘密，大使馆把巴基斯坦国际航空公司一架飞往广州的波音707客机的头等舱位全部包了下来。因为头等舱与别的舱位是完全隔离开来的，所以，别的旅客可以照常登机。零点30分，波音707昂然起飞，第二天早晨5点，从云南进入中华人民共和国的国境。

■ 昨日兵戎相见，今日笑脸相迎

为了迎接李宗仁回国，周恩来和陈毅飞到上海，在东湖宾馆住下来。1965年7月18日凌晨，周恩来和陈毅一直守在电话机旁，直接指挥空军及有关部门，密切注意李宗仁所乘飞机的动向，保证安全。

陈毅说，总理，你睡一会吧，我来守电话。

周恩来说，不听到飞机安全进入国境，我怎么睡得着？你困了就在沙发上靠靠吧。

困倦的陈毅头往沙发一靠，就打起了呼噜。周恩来来回踱步，眼睛精神地盯着电话机。

旭日临窗，忽然电话铃响，周恩来迅捷拿起：喂，我是周恩来，航班已安全飞入我国领空？好！

周恩来松了口气，叫醒沙发上的陈毅，说："陈老总，蒋介石大概还在做梦呢，现在该轮到我们睡一会儿了！"

陈毅笑道，代总统安全到，总理、副总理可睡觉。

1965年7月18日晨，李宗仁和郭德洁乘坐的波音707客机，在广州白云机场降落。

走出机舱时，他对陪同他的程思远感慨说，思远，十六年前，我飞离广州时，万想不到会再回来。可是，世事变化常常出人意料，由于祖国的召唤，今天我又回来了。

程思远说，是啊！在白云机场吃过早饭，略事休息，就飞上海。周总理在上海迎接你呢！

李宗仁敬佩地说，没有周总理的巧妙安排，我是回不来的，他主意太高明了！

程思远问，哪个主意？

李宗仁说，就是你两年前转达的，周总理要我在回国前先去欧洲旅游一次，并按期回到美国。我照办了，果然取得了美国华克城移民局的信任，这次才顺利办成出境签证。

程思远说，让我到苏黎世接你，经巴基斯坦回来，也是周总理亲自安排的。

第 21 章
李宗仁渡登彼岸

上海虹桥国际机场，出站口门前。李宗仁一行朝出站口走去。

周恩来满脸笑容地站在出站口门外迎接李宗仁，李宗仁见后快步上前，抱住周恩来，激动不已。

周恩来拍着李宗仁的肩膀，和蔼地说，你回来了，我们欢迎你！

李宗仁声音颤抖地连声说，总理你好，总理你好啊！不禁潸然泪下。

随后，李宗仁同陈毅副总理、叶剑英元帅一一握手、拥抱。

罗青长对李宗仁说，李先生，总理直到今日凌晨接到你一行所乘班机已经飞入国境的电话，才上床休息哩。

李宗仁不住地说，多谢，多谢！

周恩来说：李先生和郭夫人先到锦江饭店休息，晚上我设宴为你接风。

他们纷纷钻进汽车，驰离机场。

18日晚，周恩来在上海文化俱乐部设宴招待李宗仁一行。陈毅、叶剑英等作陪。

入席后，周恩来说，我们赞赏李先生在台湾问题上的态度，中国的问题由中国人自己来解决。

李宗仁谦恭地说，那是我在美国看到了总理在万隆会议上发表的关于台湾问题的讲话，受到影响而表明的态度。

陈毅幽默说，欢迎老军长回来！

李宗仁没听明白：老军长？

陈毅抖"包袱"说，第一次国共合作，国民革命军出师北伐，当时北伐军有八个军长。现在李德邻先生回来，就有四个军长在祖国大陆了。

李宗仁问，噢，都有谁呀？

陈毅说，第四军军长李济深，第六军军长程潜，第八军军长唐生智，你当时是第七军军长。

李宗仁反应过来了：对对，第一军军长是何应钦，在台湾。第二军军长谭延闿、第三军军长朱培德、第五军军长李福林，在抗战前就病故了。

叶剑英说，北伐时，我在第四军叶挺独立团，曾首先进入湖南，跟你指挥的第七军并肩作战过呢。

李宗仁唏嘘说，惭愧，惭愧，我回来太晚了。

周恩来敬他酒：呃，爱国一家，爱国不分先后嘛！来，干！

陈毅说：你这次从海外回来，是具有重大政治意义和深远历史意义的大事。

李宗仁说：在中共英明政策的感召下，我相信会有更多的人，步我后尘，回归祖国。

叶剑英说，蒋介石可恐慌啦！台湾方面到处打听你的消息，可惜所得消息都不准确。

陈毅说：直到昨天，台湾中央通讯社还信誓旦旦发布新闻说，李宗仁先生绝不会飞赴北京，哈哈！

周恩来风趣地说，现在，台湾在到处打听李先生的消息。好在他们打听到的所有消息都是不准确的，错误的。国民党方面一切都落后，情报也落后了。对李先生的安全，我们最担心的是台湾方面。蒋介石是不择手段，不计后果的。

李宗仁欠欠身说，多谢总理安排得周密啊！

周恩来说，美国对李先生纵有胡思乱想，也不至于整李先生。美国是实用主义，千方百计寻找通中国的线索，可能李先生也被作为一条线索。尽管李先生的思想转变了，美国还是要胡思乱想的。但李先生不要怕它。美国不仅对去过美国的人抱有幻想，对大陆也有幻想。

李宗仁说，我不怕它了。台湾除了回归，也不会有别的出路。蒋介石也是坚持一个中国。他尽管反动，这一点不错。

周恩来说，关于蒋介石，我没有李先生熟悉。但我和蒋介石，在过去的几个重要历史时期都有过接触，所以，对他还有所了解。蒋介石虽然不怎么讲信义，但台湾保存在他手里，还是比让别人霸占去强。

李宗仁说，我是衷心地祈祷蒋介石活到百年。

周恩来说，你希望蒋介石活到百年，是出于爱国之心。但是，蒋介石不会相信，他会以为你讲这个话是在取悦他的部下呢。

李宗仁说，是的，美国曾有人要我去台湾搞他的军变呢。

周恩来说，这情报我们及时知道了，他还一直被蒙在鼓里。

陈毅说，美国人一直对他不满，老威逼他，他是有民族意识的。我们帮了他不少忙。

周恩来说，蒋介石已经七十九岁了，余年不多。即使是蒋介石死了，美国全进来，台湾也不乏有民族意识的人重整局面。英雄是时势造成的。

叶剑英说，甘心做历史罪人的只是极少数。祖国的统一事业，是人心所向，众望所归。

李宗仁说，宗仁此次回来，就再也不走了。一定要把有生之年，献给祖国的社会主义事业。

周恩来含笑说，李先生对台湾问题可以不干预。但"四大自由"作为我们的政策，还是要讲的。现在我们还要重申来去自由。来去自由，不光是你的问题，还有你太太，你太太还可以去香港。想回来，又可以回来。去年曾向罗隆基、章伯钧宣布，你们现在想出去，我们欢送，在外边住不惯，还可以回来。

郭德洁转过头来，用感激的目光看着周恩来说，总理，对于我，已经不存在这个问题了。

周恩来看着她的神色，知道她有不治之症，理解地、默默地点点头。

周恩来最后说，好，明天我们就飞首都北京，在那里可以看到你很多老朋友。

在飞往北京的专机舱内，李宗仁拿着一份讲稿对周恩来说，周先生，我在机场发表的声明中会讲到，我一度在海外参加推动所谓第三势力运动，一误再误。

周恩来以不容置疑的口气说，第三势力活动肯定是没有前途的！但是还有一部分人要搞，同时必然依附于一种外力。不论靠美国靠日本，都必然要失败。

李宗仁点头称许：那是，那是。我这份声明稿请你看看。

周恩来接过声明稿看起来。

7月20日上午11时，李宗仁一行的专机到达北京，李宗仁走出机舱，巨大、热烈的欢迎场面使他大吃一惊，深受感动。

李宗仁走到结交五十多年的老友黄绍竑面前，忘情地、失态地喊叫起来："季宽兄，季宽兄！"黄绍竑也扑上去，两人紧紧拥抱。

在首都机场大厅里，当年国民党政府和谈代表团成员邵力子、章士钊、李蒸、刘斐、卢郁文、屈武、刘仲容等纷纷上前与李宗仁握手、拥抱。只是没有张治中。

李宗仁激动得热泪盈眶，喃喃说："我追随你们回来了！"

邵力子说："殊途同归，殊途同归！"

李宗仁发现没有张治中，小声问程思远：怎么不见文白先生？

程思远说，文白有病到北戴河休养去了，详情晚上告诉你。

在挂着"全世界人民大团结万岁"的标语下，在毛泽东半身塑像前，李宗仁宣读了声明：

"我以待罪之身，感于我国在中国共产党和毛主席英明领导之下，国家蒸蒸日上，尤其两颗原子弹爆炸成功，凡是在海外的中国人，都深为此感到荣幸。我本人更为兴奋，毅然从海外回到祖国……我深望海外侨胞和各方面人士也应该坚决走反帝爱国的道路。1949年我未能接受和谈协议，至今犹感歉疚。经此教训，自愿作为中国人，目前只有两条道路可循：一就是与中国广大人民站在一起，参加社会主义革命与建设，一就是与反动派沆瀣一气，同为时代所背弃，另外没有别的出路。""我希望留在台湾的国民党人，凛于民族大义，毅然回到祖国怀抱，为完成国家最后统一作出有益的贡献。"

"如果蒋介石回来，我们更欢迎"

当周恩来回到中南海，向毛泽东汇报他迎接李宗仁夫妇归来的详细情况时，毛泽东说，回来了就好。如果蒋介石现在能回来，我一定到机场去迎接他。十六年了，当初他本不该走的。

周恩来说，李宗仁先生也很后悔。

毛泽东再次说，回来了就好，我们要见一见。

周恩来说，好的。

7月27日下午，在周恩来的陪同下，李宗仁、郭德洁、程思远、刘仲容乘车从新华门驰入中南海。

毛泽东在游泳池旁等待他们。

李宗仁正沿着游泳池往前走，毛泽东热情地迎上来，同李宗仁和郭德洁亲切握手说，你们回来了，很好，欢迎你们！

李宗仁说，这一次回到祖国怀抱，受到政府和人民的热烈欢迎，首先应对主席表示衷心感谢。

毛泽东又与程思远紧紧握手说，久闻大名，如雷贯耳。

程思远闻听此言，惊诧得不知如何应对。

李宗仁又说，中国共产党和国家领导人不咎既往，这种宽大精神使我感动。

请坐，请坐！毛泽东招呼客人在池边藤椅上坐下。

李宗仁一行刚刚坐定，毛泽东就说，回来了就好，落叶都要归根，何况人呢。有人不高兴，连白崇禧都在骂你。我看他骂你，一是没办法，二是无可奈何，三是表示遗憾。他是留有后路的，你回来也给他们开了一条路。

李宗仁心情沉重地说，他有难言之隐。

李宗仁显得有点拘谨，加上天气炎热，他头上冒汗了，不时掏手绢擦拭。

毛泽东体谅他的心情，平和地说，台湾通过美国阻止你回来，但是没有搞清楚你是怎么回来的。他不无兴奋地注视着李宗仁。

李宗仁说，在海外的许多人士都怀念祖国。他们渴望回到祖国来，他们的心是向着祖国的。

毛泽东挥了挥手，马上表示：跑到海外的，凡是愿意回来的我们都欢迎。他们回来，我们都以礼相待。蒋介石比你高一级，你是他的部下，他回来我们更欢迎。

周恩来说，毛主席说了，如果"蒋委员长"现在回来，他是要亲自去迎接的！

李宗仁情不自禁地点头赞许说，我想他蒋先生在台湾的日子也不好过，但他也不会捂着老脸主动回来的。

毛泽东说，不要捂着脸嘛！大大方方地回来，堂堂正正地做人。我们欢迎他，欢迎每一位从台湾、从海外归来的国民党朋友！

周恩来也说，如果他真的想回来同我们一道共事，现在也不晚嘛！我可以去香港，甚至去台湾迎接他！

李宗仁感慨道，我想现在他在台湾的处境也很尴尬，恐怕是"有心归宋无力还"啊。

毛泽东却风趣地说，我看是"至今思项羽，不肯过江东"吧。

李宗仁首先笑了，毛泽东和周恩来也一起大笑起来。

毛泽东问，这几天看了看，印象怎么样？

李宗仁说，我们在北京郊区参观访问，亲眼看到祖国社会主义建设的伟大成就，感触很深。我们为祖国的日益强大而感到十分高兴。

毛泽东说，祖国比过去强大了一些，但还不很强大。我们至少要再建设二三十年，才能真正强大起来。

李宗仁说，主席谦虚了。海外的许多人都怀念伟大的社会主义祖国，都渴望回到祖国来。

毛泽东说，他们回来，我们都以礼相待。

第21章
李宗仁渡登彼岸

李宗仁说：我会把主席的意思，通过一些渠道转达给海外同胞。

李先生可以到全国各地去看看，就更有发言权了。毛泽东邀李宗仁说，李先生，玩玩水，凉快凉快，怎么样？

李宗仁摇手说，不会，不能奉陪。

毛泽东对刘仲容说，程先生是喜欢游水的，仲容老乡，你还能游水吗？

刘仲容说，可以。

毛泽东说，我们好久没有见面了，你很有进步了嘛。

刘仲容说，全靠主席的多次教诲。

毛泽东笑着说，现在我也当你的学生了呢。你是院长，你的教师章含之在我这里教我学英文。只是我的水平不高，进步不大。

刘仲容笑了，说，我经常对学生们讲，毛主席上了年纪，管理国家大事那么忙，还挤时间学英语，以此鼓励他们！

警卫员拿来了游泳裤，给程思远、刘仲容去换。

毛泽东于是拉着程思远下了水。

毛泽东风趣地说，我把你拉下水啦！

李宗仁偕郭德洁到中南海各处散步去了。

在一池碧波中，毛泽东时而仰泳，时而侧泳，时而"站桩"，从容不迫，胜似闲庭信步。

程思远游到他身边，毛泽东鼓励说，你游得不错嘛！

程思远说，哪里，哪里，跟不上主席啊。

毛泽东笑道，我们上岸去吧，不能把李代总统老晾在岸上呀。他率先上岸去。

当程思远上岸准备更衣时，毛泽东的卫士对他说，毛主席请你去。

在游泳池会客室里，毛泽东先问了程思远的学历和工作经历，然后谈了美国的一些情况。程思远说，美国总统肯尼迪生前在他的办公桌上总摆着一部《毛泽东选集》，看来他是要手下人研究中国。近来还有一位国民党的朋友告诉说，肯尼迪也用毛泽东思想办事，肯尼迪把毛泽东思想概括成两句话：调查不够不决策，条件不备不行动。

毛泽东吸着烟笑了。他问程思远：你知道我是靠什么吃饭的吗？

靠什么吃饭？一下把程思远问住了。

毛泽东徐徐说，我是靠总结经验吃饭的。以前我们人民解放军打仗，每个战役后，总来一次总结，发扬优点，克服缺点，然后轻装上阵，乘胜前进，终于建立了中华人民共和国。而蒋介石总是吃亏，他可能是不总结经验的。

这样新颖的话题，程思远听得入迷了。

在毛泽东住处书房，毛泽东以闲谈方式与李宗仁、程思远继续晤谈，邵力子、章士钊也被邀请来陪坐。

毛泽东的客厅里到处摆着线装书，甚至摆到了窗台上。

毛泽东看着章士钊，嚷着说，行严先生，我没有书看了，从你那里搬些来吧？

章士钊说，主席想看什么，尽管开书单来。

李宗仁说，宗仁一生后悔与蒋先生长期合作，上了他的当，耽误了好多事，尤其国共合作的大事，自感惭愧！

毛泽东忽然幽默地开玩笑说，嘿！嘿！德邻先生，你这一次归国，是误上贼船了。台湾当局口口声声叫我们"匪"，还叫祖国大陆是"匪"区。你不是误上贼船是什么呢？

李宗仁一怔，不知如何回答。程思远反应快，忙说，主席，德邻与蒋介石合作，才是误上贼船。如今，我们已经搭上慈航渡登彼岸啦！

听了程思远机智的回答，毛泽东亲切地看看他。章士钊、邵力子都会心地笑了。

李宗仁忙接上：是的，是的，渡登彼岸了！

章士钊说，我们是早登彼岸，在此等待德邻呢！

邵力子说，十五年前，我们就料到，德邻会回来的。

李宗仁又从容应对了：还有不少人还在岸那边，执迷不悟呢！主席，德邻深以台湾问题久悬未决而忧虑呀，很想做点这方面的工作。

毛泽东悠然地抽着烟，不紧不慢说，你的心情可以理解，也欢迎你做点工作。

李宗仁说，我同美国国务院中国科长克拉伯经常接触，我曾经向他说，美国同台湾签订《共同防御条约》，中国人民怎么能接受呢？如果有一个国家同你们的夏威夷也签订这样的条约，你们美国能接受吗？克拉伯不能回答我。我说，如果台湾当局要废除这个条约你们怎么办？难道你们能派兵去打台湾吗？克拉伯说，不能打，打，一定会遭到全世界反对的。我说，台湾不是个碟子、花瓶，你又拿不去，你们还不如撤走。

毛泽东说，关键是在台湾呀。德邻先生，你不要急，台湾总有一天会回到祖国来的，这是不可逆转的历史潮流。

李宗仁赞同说，主席讲得对。

毛泽东旁征博引：德邻先生，你做过三军统帅，现在称三军，过去是六军。

李宗仁疑惑地问，六军？

不信，你的本家李商隐有诗为证。毛泽东说着，念起一首唐代诗人李商隐的《马嵬》诗："海外徒闻更九州，他生未卜此生休。空闻虎旅传宵柝，无复鸡人报晓筹。此日六军同驻马，当时七夕笑牵牛……"毛泽东打了个顿，又背诵下去，"如何四纪为天子，不及卢家有莫愁。"

程思远赞叹说，我早就知道，毛主席对中国古典诗词是烂熟于胸，张口成诵。

毛泽东忽然问，你的名字为什么叫思远呀？

程思远回答得巧：因为对自己的前程总要想得远一点，所以才能回来跟毛主席、共产党。

毛泽东满意地笑了，又问，你有别字吗？

程思远：没有。

毛泽东马上说，那好，我来给你取个别字。中国古代有位大散文家叫韩愈，字退之。你叫近之吧？远近的近，之乎者也的之。之者，共产党也。近之，从今往后靠拢共产党，如何？

李宗仁先表态：这个别字好，别有用意。

程思远：这是主席给我的最大光荣。

毛泽东站起说，我请你们先照相，再吃顿饭，总理已经通知你们的夫人了，一会就到。还有德邻先生的老部下，"和平老人""和平将军"们。

李宗仁感动地说，主席想得真周到！

毛泽东说，我们有周总理嘛，周到的"大管家"。

说得李宗仁、程思远都笑了。

这是个丰盛的宴会，有各色各样的京津名菜。

参加宴会的除李宗仁及夫人郭德洁、周恩来及夫人邓颖超，还有陈毅及夫人张茜，傅作义及夫人刘芸生，程思远及夫人石泓，以及邵力子、章士

毛泽东接见李宗仁夫妇（历史图片）

钊、刘斐、黄绍竑，还有罗青长等。

宴会已经不拘形式地开始了。

邵力子说，德邻先生，你刚到北京，毛主席就接见你、宴请你，这是你的殊荣啊！

这是我没有料到的殊荣！李宗仁边吃边感叹。

大家听了很感动。毛泽东笑问，你的老朋友、老对头蒋先生，不知是何心情？

蒋介石是何心情呢？他首先是特别关注。

蒋介石命匠人在台北桃镇溪湖畔栽了许多树木花草，仿奉化故乡样式兴建了一排排平房，为纪念母亲王氏，命名"慈湖"。

在慈湖休闲的蒋介石拿着曹聚仁拍摄的他家乡的照片，对照着眼前景物对蒋经国说，经儿，你看看这一片风光像不像家乡？

蒋经国瞅眼照片，瞅瞅眼前景物，说，像，像极了！阿爸，又想家乡了吧？

"故国不堪回首月明中，"蒋介石叹息地说，"唉，国家国家，有国才有家呀！李德邻先回去了，要密切注意他的动向！"

蒋经国说，我给中央社的《参考消息》打了招呼，大陆有关李宗仁的报道，不放过一字一句！

嗯嗯。蒋介石点点头。

在北京中南海丰泽园的宴席仍旧进行着。

李宗仁说，我相信留在台湾和海外的国民党人，都有同样的感触，包括蒋先生。

周恩来说，李先生的回来，为台湾国民党人指出了一条光明的前途，祖国的大门对台湾当局是敞开的！

陈毅、叶剑英端酒杯过来向李宗仁敬酒。李宗仁添酒回敬，一饮而尽。

毛泽东笑说，你们过去是打过仗的啊，现在言和了，互相敬酒，天下没有铁板一块的事嘛！

陈毅说，主席说得好，昨日兵刃相见，今日笑脸相迎！

毛泽东满面笑容地给坐在身边的李宗仁、郭德洁夹菜，周恩来、陈毅、叶剑英则就近给张治中及夫人洪希厚、邵力子、章士钊等夹菜。

已经吃到下午5时了，程思远靠近李德邻，咬着他耳朵提醒：德公，现在可以向主席道谢了吧？

李宗仁"唔唔"地正要说话，毛泽东听见了，用目光盯着程思远说，急什么，少壮派！语气好像很严厉，其意十分慈祥。

李宗仁微有醉意，但意犹未尽地说，我对海外同胞说，天下大势已定，国民党人和海外爱国人士，应该本着服输的胸怀，让中国共产党和毛主席来领导建国，国家搞好了，我们大家都有份儿。

毛泽东高兴地说，德邻先生讲得好，我只纠正你一点，就是我一再跟文白等先生说的，是我们大家一起来搞，国家的担子共同挑。

李宗仁说，还是我在茶话会上对海外同胞说的，深望我这一行动能引起台湾军政人员和海外爱国人士同声响应，相率来归，促成国家最后统一。耿耿此心，天地可表！

周恩来说，你这篇热情洋溢的讲话报道出去后，引起了台湾的强烈反应呢！

傍晚，台北蒋介石官邸餐厅。蒋介石和宋美龄正在吃晚餐，一旁侍立的卫士长给他读"中央通讯社"的《参考消息》。读到李宗仁在北京欢迎他回来的茶话会上的讲话："……我后来觉得与其坐而言何如起而行，所以决定身先回国，深望此一行动能引起台湾军政人员和海外爱国人士同声响应，相率来归，促成国家的最后统一。耿耿此心，想为海内外所共谅……"

蒋介石把筷子一甩，吼一声：我不能原谅他！

宋美龄劝慰道，达令，你俩早就分道扬镳了，士各有志，你何必生气呢？

蒋介石对卫士长说，去叫经国来！

第21章
李宗仁渡登彼岸

是！卫士长答应一声出去了。

傍晚，北京中南海丰泽园宴会。周恩来端着酒杯走到程思远夫人石泓面前说，石泓女士，我敬你一杯！你为国家做了很多工作。

石泓激动地站起说，谢谢总理！

周到的周恩来举杯对全体夫人说，我们和在座各位先生经常见面，但同他们的夫人欢宴一堂并不常有，就我个人的记忆，这是建国以来第一次。我提议为党和毛主席所建立的统一战线日益扩大和发展干杯！

举座活跃，一片干杯声。

周恩来走到毛泽东面前，小声说，主席，这顿饭吃了四个小时，是不是该画个句号啦？

是啊，天下没有不散的宴席嘛。毛泽东端着酒杯站起来说，今天很尽兴啊！我们在座的，打也打过，谈也谈过，打打谈谈，谈谈打打，最后不也坐到了一起吃饭！

好下棋的邵力子说，天下事一盘棋，和棋，和棋！

毛泽东说，邵老喜欢下和棋，我打麻将也喜欢和牌，让我们为和平干杯！

举座站起，与毛泽东碰杯，互相干杯，一片热烈融洽气氛。

宴席散后，各自走到丰泽园门外上车离去。

周恩来站在车旁，叫过罗青长，对他小声吩咐：青长，通过有关渠道，把李宗仁回来的三个条件……

罗青长接话：是不是"四可""四不可""过五关"？

周恩来点头：通知蒋介石！打个招呼。

罗青长心领神会：是！

1969年1月30日，归国四年的李宗仁因病在北京逝世。

在病危时刻，他对床边照顾他的尹冰彦说，我的日子不会有多久了。我能够回来死在自己的国家里，这是了了我一件最大的心愿。

他气喘吁吁，说话困难：回来以后，本想在台湾回归问题上做点工作，我的一些想法还没来得及对周总理提出，就发生了"文化大革命"。现在什么都来不及了。台湾总是要统一的，可惜我看不到了，这是我没有了却的一桩心事。

李宗仁说话时，一滴滴老泪滴在枕头上。他继续说，家里那几瓶跟随我几十年的好酒，送给毛主席、周总理，我口述一封信给他们。

临终弥留之际，李宗仁口述给毛、周一封短信。

中央人民广播电台报道了这封信："我在1965年毅然从海外回到祖国，所走的这一条路是走对了。

"在这个伟大的时代，我深深地感到能成为中国人民的一分子是一个无比的光荣。

"在我快要离开人世的最后一刻，我还深以留在台湾和海外的国民党人和一切爱国的知识分子的前途为念。他们目前只有一条路，就是同我一样回到祖国怀抱。"

从八宝山李宗仁灵堂出来，周恩来对刘仲容、程思远等人说，李宗仁先生临终前写的那封信，是一个历史文件！他遗留的和平统一台湾的心愿，我们要把它实现！

刘仲容、程思远说，总理，这也是我们最大的心愿！

周恩来说，是的，是一代人的心愿！我们这一代人实现不了，下一代人也要接过去实现它！

第 22 章
第五次秘密接触

李宗仁寻祖归根回到中国，当时的影响是很大的，直接震撼了顽固的蒋介石。

在台北蒋介石官邸餐室，蒋介石对蒋经国说："让李德邻先走了一步，共产党比我高一等……经儿，曹聚仁是不是在香港？"

蒋经国说："是的，他还在香港。阿爸，是不是要跟他联系？"

蒋介石老态龙钟地站起来，蒋经国去扶他。蒋介石说："他是跟两边有瓜葛的人，你亲自去一趟，把他接到台湾来。"

蒋经国说："是！我明天就出发。"

蒋介石叮嘱："要秘密，你不要上岸！"

蒋经国说："是。"

惊叹于"反攻大陆"已毫无希望的蒋介石父子，获悉李宗仁将回归祖国的情报后就立即展开了行动。1965年，经常来往于香港和台北负责联络工作的使者、蒋经国的亲信王济慈，奉命去找曹聚仁。

这一天，曹聚仁正在香港寓所伏案奋笔疾书，国民党派出在香港负责与台北联络的王济慈敲门进来，说："曹先生，经国先生近期将亲临香港，接你去台湾商谈，你千万别离开。"

曹聚仁高兴地说："好好，我等着！"

喜出望外的曹聚仁送走王济慈后，打个"的士"，直奔香港启德机场。他急忙直飞北京，与中共领导人商讨谈判的大纲要目。

周恩来、李维汉、罗青长、童小鹏等人在西花厅接待了曹聚仁。周恩来

第22章
第五次秘密接触

托曹聚仁转交蒋介石一封信,信的内容是"一纲四目"。信中,还附有毛泽东写给蒋介石的一首《临江仙》词,内中的"明月依然在,何日彩云归",表明毛泽东期待蒋介石归来。

周恩来在与曹聚仁的谈话中除了再次强调"一纲四目"的内容外,还强调:"过去我们谈的意见,不是我们个人的,是中国共产党政府的意见,是官方的,请蒋介石放心。"周恩来还提到:"蒋介石有什么条件,有什么意见,可以提,我们一定认真考虑。"

谈得差不多了,周恩来说:"与蒋氏父子和谈的大纲要目,都商谈好了,曹先生是秘密来的,不便露面,请你在家吃顿便饭吧。"

曹聚仁说:"多谢总理,我吃过饭就回香港,等候蒋经国来。"

周恩来拉着他的手说:"好,我们去饭厅吧!"

北京火车站,贵宾室。来为曹聚仁送行的张治中,握着他的手深情地说:"聚仁兄,好自为之!"

曹聚仁感动地说:"聚仁决不考虑个人出处问题。弟只是个海外哨兵,义无反顾,总希望在生前能完成这件不小不大的事。"

张治中说:"这是我们的共同心愿。曹兄现在与两边都能接触,这边的政策你很清楚,正可施展哟!"

曹聚仁说:"这边没有障碍。你知道,弟在蒋家,只能算亲而有信的人。在老人眼中,弟只是他的子侄辈,肯与我畅谈,已经是纡尊。"

张治中关切地问:"蒋先生我是太了解了,他还是那么顽固吗?"

曹聚仁点头:"人老了,更顽固了。他多次表示,生前要他做'李后主'是不可能的了。且看最近这一幕怎么演下去吧!"

张治中说,多与经国兄谈谈,披肝沥胆,多为他着想。

曹聚仁说,难啊!当惯了婆婆的人,要他做媳妇不容易啊。我只是做媒的人,总不能拖人家上轿的。我的任务是拖住那边,不让他们乱动,就问心无愧了!

张治中说，这个作用你已经起到了，周总理对你评价很高。

曹聚仁信心不足地说，我这个灯台守，只是痴汉等婆娘似的，等那边送媚眼来。尽人事以听天命吧！

1965年7月18日，曹聚仁正在寓所午睡，突然响起了门铃声，他急忙开门，王济慈气喘吁吁地进来说，经国来了，不方便上岸，在海上等你。

曹聚仁急忙拎起早已准备好的行李，随王济慈出来，由一辆小车将他们送到码头，然后登上小快艇，再由小快艇将他们送到一艘大轮船边。

曹聚仁登上轮船，立即被人引进一间豪华客舱，一个西装笔挺、打扮成商人模样的人连忙迎上来和他握手，这就是蒋经国。

蒋经国和曹聚仁寒暄叙旧后，便斥退左右随从，关起舱门，进入实质性的交谈。

蒋经国告诉曹聚仁：台湾想和北京方面谈判，但不知北京方面的具体意向，希望曹先生多介绍些北京的情况。

曹聚仁说，中共方面关于谈判的条件是……

王济慈等人在舱门外把守着。

蒋经国说，听了你详细介绍中共的条件，我父亲关于国共谈判的一些想法也告诉你了。希望曹先生将双方情况吃透，以便你与父亲见面谈话时做到时间短，效率高，这样也可以使你秘密赴台不至走漏消息，为外界所洞悉。

曹聚仁说，经国兄，这没问题，我烂熟在胸了。

蒋经国说，好，我们出发吧！

轮船在茫茫大海行驶着。

早晨，轮船秘密地在台湾一个偏僻小港停泊。曹聚仁即随蒋经国上岸登机，飞往台中日月潭蒋介石的官邸。

在日月潭涵碧楼蒋介石官邸，蒋经国向蒋介石报告：阿爸，我已经把曹聚仁接来了。

嗯。蒋介石说，我不急着见他，让他先观赏秀丽的日月潭风景，尽兴

第22章
第五次秘密接触

游玩。

蒋经国陪曹聚仁游赏日月潭。

到了第三天7月20日,也正是李宗仁到达北京的这一天,蒋介石在日月潭涵碧楼,由蒋经国陪同,接见了曹聚仁,在极秘密的状态下开始了商谈。

曹聚仁出示毛泽东给蒋介石的一首《临江仙》词,其中有"明月依然在,何日彩云归"句,道出毛泽东"国共再携手,一笑泯恩仇"的诚意。

蒋介石十分感谢毛泽东的好意,对曹聚仁说了几句勉励的话,蒋经国对曹聚仁说,今后还要仰仗。

曹聚仁对着笔记本说,我带来中共方面的和谈条件,经过这几天与经国兄不断交换意见,归纳了几条主要内容。

蒋介石目示他念下去。

整个商谈自始至终只有他们三个人。开始由曹聚仁介绍中共方面的条件,然后便逐条讨论、商谈,蒋介石父子也不断提出自己的意见,经过几次讨论,很快达成了六项条件。这六条,可以说是国共两党在海峡两岸对峙十六年来历史性的突破。

本来,这些商谈内容属高度机密,蒋、曹当时约定不得泄露一个字。但随着时光的流逝,六条的内容还是渐为世人所知,其大意为:

(一)蒋介石携旧部回到大陆,可以定居在浙江省以外的任何一个省区,仍任国民党总裁。北京建议拨出江西庐山地区为蒋介石居住与办公的汤沐邑。

(二)蒋经国任台湾省长。台湾除交出外交与军事外,北京只坚持农业方面必须耕者有其田,其他政务,完全由台湾省政府全权处理,以二十年为期,期满再行洽商。

(三)台湾不得接受美国任何军事与经济援助。财政上有困难,由北京照美国支援数额照拨补助。

（四）台湾海空军并入北京控制。陆军缩编为四个师，其中一个师驻在厦门和金门地区，三个师驻台湾。

（五）厦门与金门合并为一个自由市，作为北京与台北之间的缓冲与联络地区。该市市长由驻军师长兼任。此师长由台北征求北京同意后任命，其资格应为陆军中将，政治上为北京所接受。

（六）台湾现任文武百官官阶和待遇照旧不变。人民生活保证只可提高，不准降低。

当时蒋介石特别嘱咐，这些内容属高度机密，对外不得泄露一个字！

蒋经国说，这些条件待北京方面认可后，台湾方面将派人赴大陆作最后商定。

曹聚仁说，聚仁一定遵守、照办！

曹聚仁到台北后，向蒋氏父子讲了毛泽东、周恩来要他们提出建议的意见。蒋介石、蒋经国、陈诚等国民党高层领导人经过一番研究，决定提出他们的一些条件。他们的这些条件，有与毛泽东想法一样的，也有与毛泽东的想法不太一样的。曹聚仁带着这些意见，往返于大陆与台湾之间，进行沟通。经过一番努力，双方在一些重要问题上基本达成了一致。

在毛泽东、周恩来的"一纲四目"中没有提到让蒋介石回住庐山的问题，而在1965年7月蒋氏父子商量条件时，却特意把"庐山为蒋介石居住与办公的汤沐邑（即封地）"写入六条之中。这是为什么呢？

原来，蒋介石对庐山情有独钟。他喜欢庐山那美丽的景色和宜人的气候。在大陆时，他曾经有十三年是住在庐山的。他在30年代初期，在庐山办过军官训练团。之后，他经常在庐山办公，在那里接见各方面政客和外国使节，还经常在那里召开有国民党要员参加的小型会议。1933年蒋介石出钱买下了原为英国西伊勋爵的别墅，并且对之进行了改造，增建了别墅西边的联体副房。购买庐山房屋后，蒋介石每年中大部分时间是住在庐山的。1948年8

第22章
第五次秘密接触

月,蒋介石在庐山他的住所一块巨大石碑上题写了"美庐"两个字。蒋介石逃台后,整个庐山上的建筑均为国家没收,包括"美庐",改建成中共中央的招待机关,后来中共中央又经常在这里召开重要会议。

1956年10月,毛泽东在接见曹聚仁时对他说:我知道蒋介石很惦记他的家乡和他在大陆的一些房产,你可以到处走一走,顺便去那些地方看一看。这样,曹聚仁就在当年10月先上了庐山,在庐山住了一个星期,还专门拍摄了"美庐"的照片。他对"美庐"管理得很好表示高兴。之后,曹聚仁又去了蒋介石的老家奉化,看到蒋家祖坟保护得也很好。他回到香港后,给蒋介石写了一封长信,介绍了他到庐山、奉化、萧山、宁波、杭州游历的情况,同时附上了一些照片,其中有三张是"美庐"的。曹聚仁在信中详细介绍了"美庐"受到保护的情况,说:那里面的珍贵物品一样都没有少,都放在原来位置,连宋美龄用过的钢琴也放在原来的位置,餐厅里的银制餐具一样也没有少,蒋介石用过的轿子还摆在原来的房子里。当然,曹聚仁在信中也讲道,现在庐山已经归中共中央庐山管理局所有了,剧院等的名称也改了。曹聚仁怕蒋介石对此不高兴,在信的最后写道:"聚仁私见,认为庐山胜景,与人民共享,也是天下为公之至意。最高方面,当不至有介于怀?"曹聚仁在信中还说:"前年宋庆龄先生上山,曾在庐中小住。近又在整理。这些都是中共方面期待你能回到大陆,到时好请你去游山的意思。那时,你原来的别墅,正好准备你来居住。这个意思,我不能不告诉你。"曹聚仁还给蒋介石出主意说:如果能够实现国共第三次合作,你回大陆的主要居住地应该是庐山。"唯情势未定,留奉化不如留庐山,请仔细酌定。"他还说,这不只是他个人的意思,而是他与中共高层共同的意思。没有想到,蒋介石看了这封信后,不仅没有介怀庐山归中共中央管理局所有,而且十分高兴。他仔细看了三张照片,感慨万千。他让曹聚仁向毛泽东表达他的感激之意。不久,曹聚仁把蒋介石的态度回复给毛泽东、周恩来。毛泽东大方地表示,如果国共第三次合作,蒋介石回大陆,庐山可以作为蒋介石养老的地方。毛泽东把这件事情记在了心里。1959年他上庐山开会时，发现工作人员正欲凿除蒋介石在石碑上写的"美庐"二字，连忙制止，让蒋介石题写的这两个字保留了下来。

蒋介石听到曹聚仁向他转达的毛泽东的这个意思，更加感激毛泽东，同时也把这件事情记住了。在1965年拟定条件时，他特意把庐山要作为自己住所一事写了上去。

这些条件，实际上是蒋介石通过曹聚仁和毛泽东多次交涉后形成的，应该说，对双方都有利。特别是在军队问题上，由于毛泽东过去有过让国民党保留一点军队的意见，双方在这一问题上能达成统一认识，实在是很不容易的。

曹聚仁与蒋氏父子在日月潭谈妥了这六项条件后十分兴奋，他回香港后，就将谈判情况及六项条件报告给中共中央。他想得挺好，只等北京方面同意后，台湾方面将派代表与中共代表作进一步谈判，如此，祖国统一大业指日可待。

然而，人算不如天算，当此事正在缓慢进行之时，1966年，大陆发生了"文化大革命"，这一运动的风浪也波及了台湾，蒋介石对国共重开谈判和中共的统战政策又产生了疑虑并改变了主意。

在台北阳明山官邸，蒋介石对蒋经国说，那边那么乱，也不知道毛泽东又要干什么？那些投靠他们的人都挨了整，恐怕后悔了。

蒋经国问，父亲的意思是……

蒋介石说，国共重开谈判的事先搁下吧，通知曹聚仁，那些条件作废！

蒋经国说，好，我就去办！

蒋氏父子否定了与曹聚仁商妥的六项条件。这样，挺有希望的国共两党重开谈判一事就此又搁浅了！

关于蒋介石父子在涵碧楼接见曹聚仁商定"和平统一中国的六条谈判条款"的惊天秘密，最早曝光于1978年4月21日的香港《七十年代》杂志的《记

第22章
第五次秘密接触

一次中国统一的秘密谈判》。文章的作者是王方,他曾与曹聚仁有交往。他在文章中披露,1965年,蒋经国在极神秘的情况下,派了一条小船,专程来香港迎接曹聚仁前去台湾。曹聚仁登岸以后,立刻坐直升机前往南投日月潭的蒋氏官邸。蒋氏父子听取曹聚仁密访北京报告,经几次商谈,在曹"国共再携手,一笑泯恩仇"的劝说下,达成一个"与中共关于和平统一中国"的六条谈判条款。

王方爆的"猛料",一度十分轰动,但是遭到台湾方面矢口否认。但是台湾日月潭涵碧楼纪念馆里收藏的蒋介石史料,却印证了"关于一次中国统一的秘密谈判"确有其事,真实无虚。

在专门收藏蒋介石史料的纪念馆的说明词中,有这样明白无误的记载:

> 民国五十四年七月二十日,蒋介石、蒋经国父子在涵碧楼,听取曹聚仁密访北京报告,形成一个与中共关系和平统一中国的谈判条款草案,当时称为"六项条件"。其中第一条即为蒋介石仍为中国国民党总裁,可携旧部回大陆,也可以定居在浙江以外的任何一个省区;北京当时建议以江西庐山作为蒋介石的"汤沐邑",意即台湾最高长官在中国内地的起居与办公之地。

热心为两岸谈判搭桥的曹聚仁,再也没有回大陆,但他仍然为海峡两岸的统一而奔波,国民党和共产党都需要他为两党重开谈判而尽力。

台湾对重开国共和谈既不让曹聚仁撒手,也不作具体的表态,这样就拖下来了,一直拖到曹聚仁离世,再没有捡起"和平谈判"的话题。

曹聚仁是在澳门镜湖医院离世的。去世前,他躺在病床上悬腕写家书:"……本来,我应该回国去了,但此事体大。北京和那边都不让我放手。前几年,我把局面拖住,可说是对得起国家了……这两年,我一直向北京请求回国去,但北京为了那件事,非叫我留在香港不可……"

他放下笔，两眼流泪，喃喃说："我有很多话要向毛主席、周总理说啊！"

但他来不及说了，曹聚仁于1972年7月23日在澳门镜湖医院含憾病逝。周恩来亲自安排澳门为其举行公祭，并盖棺论定为"爱国人士"，周恩来亲拟墓碑碑文"爱国人士曹聚仁先生之墓"。1998年7月23日，曹聚仁先生的骨灰安葬于上海青浦福寿园。

曹聚仁奔走于海峡两岸，最终未能促成国共第三次合作，责任不在他，他是尽了心的。当年曾任国务院副秘书长、中央调查部部长的罗青长曾公正地说："台湾当局一方面想摸清共产党的底，另一方面又怕被别人知道。当时不是曹聚仁的原因，而是蒋氏父子不可能让曹聚仁，也不可能让任何人公开插手，不留文字，这种心理状态是可以肯定的，蒋氏父子心胸很狭窄。曹聚仁作为为两岸和平统一奔波的爱国人士，是完全可以肯定的。"

第 23 章

第三波"反攻大陆"

■ "讨毛救国"

1966年五六月间，中国大陆爆发了一场史无前例的政治大运动，这场所谓的"无产阶级文化大革命"，使全国山河一片乱，乱到对台工作的机密档案都没地方放的程度。

这一天，在北京中南海西花厅，周恩来与负责对台工作的童小鹏、罗青长在商量工作。

童小鹏汇报说，总理，对台工作还怎么搞嘛，对台工作领导干部罗瑞卿、杨尚昆被打倒了，徐冰、孔原靠边站，罗青长被造反派挂在孔原的"黑线"挨批斗。

周恩来说，毛主席在天安门城楼上对李宗仁说了，统一战线不能丢，不管怎么困难，也要坚持搞下去。

罗青长说，现在最要紧的是保护对台工作的档案机密，不少地方在打砸抢抄，很危险！

周恩来决断说，对台工作办公室搬进中南海国务院内。童小鹏是中央办公厅副主任了，把部分机密文件和廖承志家的对外机密文件，转到中央办公厅保存。

童小鹏说，徐冰保存的机密文件，统战部造反派抢夺档案时，他的秘书机警地转到了安全地方。

周恩来高兴地说，好！台湾当局最担心我方会把他们传话、传信的机密

第23章
第三波"反攻大陆"

暴露,要想法告诉他们,我们不会泄密的。

在台北阳明山蒋介石官邸客厅,蒋介石与宋美龄、蒋经国在议论大陆"文革"形势。

蒋介石得意地说,这是大陆的内乱,这是中共的崩溃,中共从此休矣!

蒋经国说,我已经下令加强"匪情"研究。

蒋介石说,我在想,大陆既然这么糟,我们应该配合做点事。大陆进不去,香港可以试试,我决定把香港共党各种机关所有头面人物,全部召到台湾来,要他们"个体起义,投奔自由"。

宋美龄微讽地说,就怕像以前一样,情报部门搞来一个半个,骗我们是"要员",一查是共党丢弃的垃圾。

蒋经国听得很尴尬,蒋介石忙说,这回我自己来管,不给情报局他们搞。

宋美龄泼冷水:美国可不这么看,他们的中共问题专家少说上千人,他们并不认为中共会发动搞垮自己的内乱。

蒋介石没有理会宋美龄,对蒋经国说,他们破四旧,毁孔孟,反传统,我们要大修孔庙,提倡复古,利用传统反攻大陆!

蒋经国走后,宋庆龄提醒道,达令,不要忘了上帝!

是是,信仰不能丢。蒋介石乖乖跟夫人走进祈祷室,虔诚地进行基督仪式。

蒋介石向着东方脱帽致礼,先大声高唱"天父,圣哉,圣哉",然后坐下,用毛毯将双膝盖好,闭起双眼,就念念有词做起祷告来。

蒋介石做完祷告出来,蒋经国等在门边,悄声告诉他:阿爸,那边捎话,不会泄露机密。

蒋介石松口气:嗯嗯,好好。他们还能控制?

蒋经国:看来,乱是表面的。

这天中午,蒋介石由蒋经国陪同登上桃园县角板山,在梅台静坐下来,蒋介石神情发呆地望着绵延起伏的山野。

蒋经国问，父亲，你一天闷闷不乐，发生了什么事？

蒋介石痛苦地说，我接到报告，家乡慈庵祖坟被"毛匪"的红卫兵所毁，这是我一生最大的不孝之罪孽呀！希望你与子孙要永记这一仇恨不忘！

蒋介石看着慈庵的照片，泪流满面。

蒋经国哽咽地说，父亲孝心令我感动。掘祖坟是深仇大恨，孩儿永世不忘！

蒋介石叮嘱道，私仇可以不理，大仇不可不理。因私仇者个人之仇，大仇者国族之仇。大丈夫可不计私仇，但不可不报国族之大仇也。

蒋经国唯唯：经国谨记父亲教诲。

在北京中南海西花厅，国务院办公室主任童小鹏汇报说，总理，浙江奉化蒋介石的祖坟遭破坏。

周恩来指示说，给浙江省委书记江华打电话，要说服红卫兵，中国人历来对挖祖坟的事最反感，最不得人心，不能这样做！破坏的部分要修复！修好后拍照寄来。

1949年，蒋介石离开大陆前拜别母亲的坟墓。此后他再也没有回来过。（历史图片）

童小鹏说，我立即打电话！

蒋介石看了特殊渠道从大陆寄来的修复的祖坟照片，更感觉大陆的乱是表面的，毛泽东稳稳地控制着局面。他不希望、不相信乱是表面的，而是希望"文化大革命"的大火越烧越旺，大陆乱得更凶。他幸灾乐祸之余，精神格外振作起来了。等待了十几年的"反攻复国"时机终于到来。于是，他开始修订其反攻大陆的政治策略。

1966年6月16日，蒋介石在凤山陆军军官学校发表了题为《三民主义与共产主义消长成败的形势及其关键》的讲话。在这篇演讲中，他变得聪明起来，缩小打击面，引人注目地将过去"反共"的一贯提法，改成了"反毛"，由跟一个政党为敌变成跟一个人为敌，提出"一切反毛的力量在三民主义的思想与信仰之下联合起来"的口号。他知道共产党搞运动就要整人，共产党要整的人，便是他要"团结"的人。

他说："凡是被毛匪整肃和在整肃边缘上的知识分子，皆是我们三民主义的战友。我们必尽其全力，提前进军，来做你们的后援。我们今日重申'不是敌人，便是同志'的信条。凡是反对毛匪思想，反抗毛匪暴力，不甘心做毛匪奴隶的反毛青年，皆是我们国民革命的同志。"

10月9日，蒋介石又发表了《告中共党人书》。在这篇文告中，他针对"文化大革命"运动中挨整的对象做文章，竭力挑拨大陆知识分子和中国共产党的关系，离间中共党政军干部同毛泽东的关系。说什么"今天很明白的事实，就是毛泽东对于你们这一代，从党政军领导干部到党员团员及其所谓工农兵群众，根本上都不敢相信，认为都已不可靠了"；"文化大革命"的真相是要"对其党政军人员来整风——整党、整政和整军"，"就是要将你们凡是有知识、有思想，过去有功绩、有贡献的共党干部和一般党员团员，借此来整肃清除"。声称"你们大家现在彼此所应该商量的第一件事，我以为莫过于是如何自救以救国的切身大事了"，三民主义"是你们唯一可走的路子，亦是唯一可通的路子"。

在这篇文告中，蒋介石错估形势，以为被整的中共党政军干部就要造反起义了，立即制定拉拢奖励政策，对中共党政军干部发表了三项郑重声明：

"第一，在我们国军大举反攻之际，只要你们不与国军为敌，不加抵抗而接应国军，就可以论功行赏，获得国军的番号，享受国军同等的待遇。

第二，如其你们先行起义……我们就立即承认你们的军事与政治地位，以排、连、营、团、师、军长以及各地区司令委任，并按其功绩晋升官级；同时赋予你们所光复地区行政长官之权，如你们沿海一带军队要请求国军援助，则我们可于六小时之内，立即派到大军驰援，与你们并肩作战。

第三，……只要你们诚信相孚，不与我国民革命军为敌，则你们共产党团员每一个人都是我们的同志，对你们必如过去战友一样，一视同仁，决无彼此厚薄之分。"

蒋介石在遥远的孤岛注视着"文革"动乱事态的发展，他还是有自知之明的，并不认为军事进攻的时机已经成熟，况且当时他还缺乏空军和海军力量。与此相反，他在1967年1月1日的新年致词中宣称，军事进攻现在是次要的，我们真正需要的是加强政治准备，一旦中共因其内部冲突而倒台时，我们就能顺利地取而代之。他历年的新年致词都不像1967年的那样奇特，他在攻击大陆的报纸、电台和公共舆论时咒骂道：

"今天摆在我们面前的重要问题不再是军事反攻大陆如何取得胜利的问题了。因为自从大陆爆发'文化大革命'以来，以及随着'红卫兵'的出现，不仅毛泽东的神经已经崩溃，而且，中共内部也出现了分裂与不和。今天反攻大陆的问题是如何收拾毛泽东留下来的混乱局面，何时反攻大陆以及如何埋葬毛泽东已成为次要问题了。但是，这个所谓的次要问题并不意味着从现在起我们军事反攻大陆的准备可以松弛一下了，并同时坐等毛泽东自取灭亡。还需要指出的是，在当今的反毛斗争中，政治手段显得更为重要了。"

在1967年的这篇"元旦文告"中，他提出了一个新的政治战略口号——"讨毛救国"，并认为这一战略的重要性远远超越军事战略。

一个月以后，国民党"中央新闻社"宣布，为在中共动乱期间进行动员，建立一个新的"国家安全委员会"。这一新机构负责计划防御策略，计划国家建设以及"战区"的政治管理。蒋介石出任这一新的"国家安全委员会主席"。

蒋介石在各种会议上振臂高呼："一切反毛力量，在三民主义的思想和信仰之下联合起来！"

他通过报纸、电台呼吁大陆"反毛"力量组成"讨毛救国军"，扩大

"讨毛救国的青年运动",并保持与台湾国民党的联系。

在1967年11月召开的国民党九届五中全会上,"讨毛救国联合阵线"成为主要议题。会议通过的《建立讨毛救国联合阵线方针案》,确定了基本方针十二条,均以蒋介石的上述思想为基础。蒋介石一再声称推行这一运动的目的,是"本乎'打蛇击头''铲草除根'之旨"。翌年1月23日,"扩大推行讨毛救国运动大会"在台湾召开,严家淦、谷正纲参加大会。大会宣言中声称要响应蒋介石的号召,"把讨毛救国的努力,进一步扩展到全世界去,促使全球自由力量的大联合"。

但这一运动除了停留在空喊口号、空订条例、空开会议之外,几乎没有什么实际的效果,更谈不上将这个阵线扩展到大陆。不久,这一运动便草草收场。

■ "中华文化复兴运动"

1966年11月12日,是孙中山诞辰一百周年纪念日。这一天,坐落于台北阳明山的中山楼建成使用。这是一座占地4510坪的三层重叠楼阁式古典建筑。是日,蒋介石夫妇在中山楼中华文化堂,主持孙中山诞辰纪念与中山楼启用典礼,"副总统"严家淦、"五院院长"、高级官员及各界代表一千五百余人参加了大会。会上,蒋介石发表了《中山楼中华文化堂落成纪念文》。

在这篇文章中,蒋介石针对大陆开展的"文化大革命"运动,提出要弘扬中华传统文化。他称"伦理、民主、科学,乃三民主义思想之本质,亦即为中华民族传统文化之基石也",三民主义思想"不惟为中华民族文化之汇归;而三民主义之国民革命,乃益为中华民族文化之保卫者也;今日复兴基地之台湾省,实为汇集我中华文物精华唯一之宝库;且又为发扬我中华民族文化使民富且寿之式范也"。他宣称要"以此为复兴我中华文化明德新民之契机"。

他针对大陆的"文化大革命"运动对中华传统文化的批判、冲击、砸毁，反其道而行之，大力推行"中华文化复兴运动"。

在12月25日，他就发起"中华文化复兴运动"，并发表了长篇讲话。他指出，"中华文化复兴运动"实际上是"三民主义思想向大陆更积极、更全面的进军"，是"三民主义的实践运动，即要在人本精神的基础上，致力于伦理、民主和科学的现代化国家建设"。这一运动"就是要凭借我们传统的人本精神和伦理观念，来唤醒这一代人的理性与良知，以建立起反共斗争真正坚强和必需的心理基础与精神动力"。他后来又称这个运动是"向大陆共匪展开思想进军和加强政治反攻的有力武器"。

可见，"中华文化复兴运动"是蒋介石"反攻复国"政治的一个重要内容，也是很厉害很有针对性的一招。这一运动的核心，是一次维护"忠、孝、仁、爱、信、义、和、平"八德的思想运动。它是"反毛救国联合阵线"的思想基础。

经过几个月的筹备，1967年7月28日，"中华文化复兴运动推行委员会"在中山楼成立。蒋介石亲自担任会长，孙科、王云五、陈立夫任副会长，钱穆、林语堂、孔德成、张其昀、王世杰、于斌、陈大齐、陈启天、陶希圣、阎振兴、钱思亮、曾宝荪、罗家伦、胡健中、刘季洪、沈刚伯、王世宪、谢东闵等十八人任常委，严家淦、张群、张道藩、谷正纲等七十六人任委员。谷凤翔任秘书长，谢然之、陈裕清、胡一贯任副秘书长。

从此，这个委员会成为推行"中华文化复兴运动"的正式机构。蒋介石还借此号召海内外各地区"都能自动自发地组织推行机构"。

蒋介石推行的"中华文化复兴运动"的主要内容，是将孙中山的三民主义全装进孔孟的儒家思想的大筐里，即所谓"中国文化""三民主义"与"中华民国"三位一体论，一个篮子里装了三种菜。为这种大杂烩的合理

第23章
第三波"反攻大陆"

性,他下工夫论述了一番。他认为"孔孟学说精深博大,以仁爱为中心",而孙中山的三民主义是"以孔孟学说的仁爱精神为精髓,将伦理、民主、科学归纳为仁、义、智","因此,三民主义乃中华民族文化的正统思想,而孔孟学说的阐发,实有助于三民主义的实行"。而共产党在大陆"破坏伦理道德,摧残固有文化……乃五千年中华民族空前的浩劫",因而,"今日倡导中华文化复兴运动,乃继承我五千年悠久光荣历史"。

因此,他称"中华文化复兴运动"是"三民主义的实践运动"。他说:"今日中华文化的复兴,在实质上就是中华民国三民主义思想主流的延续,亦就是北伐、剿匪、抗战三大革命战役所以达成'武力与国民相结合'的精神,而克敌制胜的唯一关键。"

他声称:"中华文化复兴运动更将保证我们国民革命讨毛救国、反攻复国圣战的最后成功。"这个运动已成为"光复大陆"中的主要问题,其"政治性质在目前讨毛战争中,更为重要"。

蒋介石推行"中华文化复兴运动"的另一个内容,是"新生活运动"的继续。他主张"从国家建设、科学建设、民生建设、民主建设各方面来推行中华文化复兴运动",以"提高我们国民品德修养,人格尊严,信仰自由,修明心、物、群、己的关系,增进人民的生活,民族的生存,国民的生计,群众的生命的基本条件"。"其目的,即在培养国民的基本智能,造成互助合作,守法守信,均富安和的社会,发扬至真、至善、至美的优良文化传统。"

为什么蒋介石对"中华文化复兴运动"如此重视,寄予厚望呢?这是因为他看到政治的力量大于军事的力量,民族传统文化强于武力,这又是对手现在的最薄弱环节。尤其是鼓吹了近二十年的"反攻大陆"在军事上已无望,只好寄希望于政治和文化了。他说:"反共斗争在政治战场所招致的失败,已非军事战场赢的胜利所能挽回。""民族文化实比之国民武力更为重大。""所以大家在讨毛救国的战线上,其急要之图,就是要撷取伦理哲学的菁华，共图民族道德的复兴，以期其充实民主制度内在的力量，发挥民主政治实际的功能。我们要在政治战场上克服毛共，才能在军事战场上赢得胜利。"因此，他称这个运动"不是属于一时一地的运动，而实为复兴民族，重建中华，一种长期的运动"。

■ 又敲起"反攻大陆"的锣鼓

中国大陆上由于"文化大革命"造成的混乱状况以及越南战争的扩大，使"反攻复国"计划一直受挫的蒋介石，重新敲起军事"反攻大陆"的锣鼓。他认为"今日复兴之机运，业已再握……反攻行动的发轫，已不容再事拘限"。于是，除了政治攻势外，他在军事上也蠢蠢欲动。

1966年10月30日，蒋介石利用接受西班牙记者采访的机会宣称，如果中共参与越南战争，"我将发动军事反攻"，并说这是"合符逻辑而自然之事，且此项计划及希望吾人已准备了十多年"。

同年12月25日，他在"宪政研讨会"上，再度为"反攻大陆"鼓气。他抨击大陆"是个无法无天，黑暗恐怖的地狱世界……已经濒临最后崩溃的边缘"。他说："审度当前情势，面对大陆反共反毛斗争的继续开展，我反攻行动实有随时发动的可能。""毛贼匪帮鼓动'红卫兵造反'的狂言妄行，必将一语成谶，而促起我们反攻革命战争与大陆反共抗暴运动的结成整体，汇为洪流。"

在随后召开的国民党九届二中全会上，蒋介石公开表示，他准备利用中共目前的动乱局面而予中共一次致命的打击。

他还指示"光复大陆设计委员会"开会，讨论"如何把握大陆动乱局势，从政治、外交、经济、文化、军事各方面发挥总体战的力量，以策进反攻复国行动"的问题。

第23章
第三波"反攻大陆"

这不只是蒋介石一人的心事,台湾当局上上下下拧成了一股绳。从1966年下半年至1968年底,台湾岛内掀起了一股"敦促政府反攻大陆"的潮流。特别是一批"立法委员"纷纷呼吁"利用越南反共战事扩大及毛纵容红卫兵在大陆上横行作乱的当前时机,进行反攻大陆的军事行动;利用此时机反攻大陆,不应再受中美条约的限制";"目前匪帮是挫于外、讧于内,兵法乘势,此其时矣,何不即刻兴师,跨海西征,诛除巨憝,完成戡乱",并坚称"决不可坐失良机"。

同时,"副总统"严家淦表示"反共复国时机与我甚为有利,政府正在各方考虑",但一定要在"能发生效力,及国际与敌人之情况等各方面都有深切之了解后,才能行动"。

蒋经国自称"当前国军的战力与士气,必能肩负得起反攻大陆的重任。更有绝对制胜的把握"。

"国防部副部长"马纪壮则宣称,国民党军队攻下福建后所需的军粮及福建两千万人口的民粮,台湾均已做了准备。

台湾沉浸在一片"反攻大陆"的喧嚣声中。1967年2月9日,台湾《中华日报》以《历史性的春天来了》为题,发表一篇社论,鼓吹这一年是"反攻大陆"决定性的一年。

同年3月7日,严家淦在"立法院"表示:"总统及政府全体同仁,都有同样的信念,认为反攻复国的机运日益接近,目前正在积极进行各项准备工作。""关于把握反攻复国机运问题,虽不能持之过急,但决不放过机会。"

同时,蒋经国也声称"反攻大陆"的准备业已完成。他在"立法院""国防委员会"秘密会议上说:"任何在大陆上反共力量向政府申请支援时,国军可在六小时内到达支援,以歼匪军。"他又宣称:"我们已与大陆上部分的反共反毛力量相结合,大陆上反共反毛运动,唯有与国军的反攻行动相结合才能成功,而我反攻大陆亦必须与大陆上反共起义行动相配合。所以今后的反攻形势一定将发生里应外合的反共大革命。"

5月14日，严家淦在美国发表电视讲话，宣称台湾"准备在任何地方与中共作战"。

翌年5月5日，蒋介石在阳明山中山楼招待国民党高级官员，为其反攻大陆的政策打气。他说："今天国家所处的地位与其所蓄积的力量，和我们十八年前的形势与力量相互比较，我们在形势上已完全扭转了过来，而其力量不啻倍蓰千万。"

同年10月，蒋介石在接见比利时、卢森堡两国记者时，又大造"反攻大陆"的舆论，称台湾的军事反攻在亚洲及世界均有举足轻重的地位。他吹起了国际大牛皮："台湾位居远东防共阵线最前哨，中华民国的强大国军及驻守金马外岛的野战部队，宛如直刺中共心脏的长矛，予以极大威胁，大量匪军被牵制于大陆东南沿海，使之无力对外发动大规模侵略，越战得免迅速扩大，其他邻近国家获得安全，故中华民国事实上更负有维护远东安定局势的使命。拨乱反治之道，不能仅赖'头痛医头，脚痛医脚'的支离割裂的被动式行动，吾人应采之基本对策，须为首先彻底消灭盘踞中国大陆上之祸源。"

除了一系列反攻宣传外，台湾当局也在蒋介石的授意下，加紧了备战工作，并不时对大陆沿海进行骚扰。

在1966年至1968年的三年之中，蒋介石多次亲自主持召开军事会议，部署军事"反攻大陆"。1967年初，驻守金门、马祖的国民党军队已达十万人。外电评论说，"这些部队，如果说用以防卫的话，似乎用不着这样多人"。美国政府曾逼迫蒋介石从金、马撤出一部分军队，但遭到拒绝。同时，台湾也有两个师约三万余人进入一级战备状态，随时准备出击。

国民党军队还在台湾举行各种军事演习，其中每年10月举行的代号为"南昌""南京""光华"的三军联合演习，规模都在10万人以上，出动了各种飞机、各类舰艇、大编队战车群、空降兵和海军陆战队，以模拟陆战、攻坚作战、海战、空战为主要内容。而且每次演习，蒋介石都亲临观摩，为

第23章
第三波"反攻大陆"

国民党军队打气,并希望"反攻复国的每一战斗,皆能像今天一样如示诸掌,也像今天一样动如霄震的胜利成功"。

另外,还以防原子弹为主要目的,举行了"泰岳二号""泰岳三号"联合防空演习。

与此同时,国民党军队也频繁进行小股武装试探。

一是派遣大批武装特务,如"反共救国军"等渗入大陆沿海地区进行骚扰和破坏。1966年10月15日,"海上突击队"在福建闽江口附近海面,袭击了中国人民解放军海军巡防艇。1967年5月29日,一股武装特务在山东沿海登陆,被人民解放军击溃。同年11月19日晚,广东省惠阳县平潭墟空军机场遭到"反共救国军"的袭击,据称一些飞机被毁。

二是派遣大批特工人员潜回闽、粤、桂、滇地区,利用渗入群众组织的办法,以图组织"反毛救国军",并借机煽动群众破坏交通等。

三是国民党空军借机寻衅。1965年8月6日和11月14日两次海战中,国民党海军军舰"剑门""章江"与"永昌"号被击沉,其军事挑衅一度收敛。1967年1月13日,国民党空军同人民解放军空军再度在金门附近发生空战,国民党空军损失F-104型飞机一架,人民解放军空军被击落两架米格-19型飞机。这是自1960年以来,台湾空军第一次占了便宜,于是乎大吹特吹,肆意渲染。蒋介石也于2月3日召见空战人员,大加训勉,要他们"为反攻复国战争开创更光荣的纪录"。

可是,这种"纪录"再也开创不出来了,由于人民解放军的严密戒备与严厉打击,蒋介石乘乱反攻的企图又一次失败。1969年后,这场来势较猛的"反攻大陆"再度偃旗息鼓。

这对台湾来说倒是好事。蒋介石到台湾最初的十多年,没日没夜地制订反攻大陆计划,什么"海龙计划""海狮计划""海礁计划",名目有十多种。一会想在福州登陆,一会想在广州登陆,一会想在雷州半岛登陆。蒋介石纸上谈兵头头是道,甚至反共宣传都想到了写好了,很通俗很简单:"国民党人回来了,你们赶快投诚吧!"但是蒋介石发现这个希望越来越小了,美国人不支持他,苏联人支持但他又不敢,大陆虽然搞"文化大革命"挺乱,但军队还是挺硬。后来他觉得反攻大陆没什么希望了,所以他把精力放在了建设台湾上。大陆在搞武斗的时候,蒋介石在台湾提了八个字的口号,叫"科学第一、教育优先"。蒋介石日记里本来都是打仗、剿共,现在日记里开始出现"开发区""发展电子工业"。并且,在台湾实行免费的九年义务教育制。这为蒋经国开了个好头。后来蒋经国执政时,"反攻大陆"的调子干脆懒得唱了,注意力转到台湾发展的各项重大经济建设上来。他当"行政院长"时就带领一批技术官僚,力排众议,大刀阔斧地完成了十大建设,使台湾经济有了飞速发展,为台湾的经济和民主发展奠定了基石。他当了"总统"以后的20世纪80年代,台湾经济起飞,进入了"亚洲四小龙"的光辉时期。

第 24 章

尼克松打中国牌，毛泽东打美国牌

■ 华盛顿在敲北京的大门

中美两大国对骂了二十年，互相敌视，互不来往，终于到了物极必反的时候。长期互相关闭的中美关系大门，终于打开了！这是在毛泽东、周恩来、尼克松和基辛格这四双巨手的合力下，缓缓打开的。

1969年3月2日上午，苏联军队在中苏东段边界向驻守在黑龙江省虎林县珍宝岛地区的中国人民解放军进攻，开枪开炮，一辆装甲车进入江汊，威胁我岛上巡逻分队侧后，发生了激烈的边界冲突。我岸上炮兵配合步兵予以还击，击毁苏军装甲车、指挥车、汽车各一辆。这场边境武装冲突，使中苏关系严重恶化，两国边防部队由此进入实战状态。

周恩来得到情报，苏联曾派密使路易斯以塔斯社记者身份多次去台湾，种种迹象表明，珍宝岛事件是在苏联与台湾当局秘密勾结背景下发生的。

周恩来对毛泽东说，主席，珍宝岛事件是在苏联与台湾当局秘密勾结背景下发生的，我们不妨把事态预计得严重些。

毛泽东豪气贯天地说，好嘛，我们欢迎他们一起来，这叫"里应外合"，还加上美国、日本等国，再来个"五胡闹中华"。我们的方针是北来北伐，南来南伐，也许还要东征一下子。不过我们的蒋委员长毕竟还是中国人，得先敲敲他的脑袋，要他清醒些。

这时候的中苏关系彻底决裂，双方剑拔弩张。

珍宝岛中苏军事冲突后，苏联调兵遣将，在中苏边境部署了五十五个步兵师、十二个战役火箭师、十个坦克师、四个空军团，总兵力达到一百万。

苏联的动武，美国的总统换届选举，国际形势毕竟出现了重大新动向，需要重量级的人物去研究研究，找出中国置身其中的对策来。

1967年参与所谓"二月逆流"而长期靠边站的四位老帅陈毅、叶剑英、徐向前、聂荣臻，被选为中共九届中央委员，在九届一中全会上，叶剑英还被选为政治局委员。会后，毛泽东交给四位老帅两项任务：一是分别在北京四家工厂"蹲点"；二是共同研究国际形势，由陈毅负责，提出书面意见。

四位老帅不太理解，经毛泽东审定的九大政治报告刚刚发表，其中对国际形势作了详细阐述，为什么还要他们研究呢？如果照抄照搬，算不上研究，也用不着找他们。研究就要提出看法，如果提出某些不同看法，"九大"报告在上，那又谈何容易？即使能够提出新鲜见解，会不会被认为是同"九大"唱反调呢？那可获罪不起。

这是件棘手的任务。不管怎样，他们既然是元帅，就要服从统帅毛泽东的命令，叫研究就好好研究，把它当作一项战斗任务对待。1969年6月7日，四位老帅在中南海武成殿开会，正式开始研究。研究了一个多月，他们拿出了第一份有分量的成果，将四人签署的《对战争形势的初步估计》的书面报告上送周恩来。

在这份内容丰富的报告里，四位老帅全面分析了"中、美、苏三大力量之间的斗争"，振聋发聩地指出"五胡闹中华"那样的反华大战不至轻易发生，他们判定中苏矛盾大于中美矛盾，美苏矛盾大于中苏矛盾，明确提出"苏修扩张是挤美帝的地盘"，"它们的斗争是经常的、尖锐的"，从而勾画出刚刚形成并延续十余年的国际战略格局，为打开中美关系提供了依据。

美国即将当总统的尼克松的确不想参与"五胡闹中华"，而是憋着劲想敲开中国的大门。

以反共著名的尼克松萌生打开中国大门的念头，可以追溯到八年前。早在1961年，尼克松就表示过要弄到去中国访问的签证，表示他有意要敲中国的大门。1967年10月，毛泽东读到了尼克松发表在当年10月号美国《外交季刊》第四期上的一篇题为《越南战争之后的亚洲》的文章。尼克松在文章中表露出对美国多年孤立中国并未奏效的失望，提出与中国对话的设想。在竞选总统时，尼克松大胆地反复强调："在我们这个星球上，不能让七亿有可能成为最能干的人在孤愤的状态中生活。""我们承担不起永远把中国留在国际大家庭之外。""如果没有这个拥有七亿多人民的国家出力量，要建立稳定和持久的国际秩序是不可设想的。"

这些信息在"起于青萍之末"时就被毛泽东捕捉到。毛泽东敏锐地感觉到，如果尼克松上台，美国有可能改变对华政策。他叫周恩来也读读《外交季刊》这篇文章，周恩来读过后，指示外交部门开始注意对美国战略动向的观察和研究。

1968年11月，尼克松在竞选中战胜约翰逊，成为美国第三十七任总统。他就任总统后有两桩心事萦绕心头：一是搞点什么惊人之举使自己不同凡响，足以名垂青史；二是设法连任下届总统。对外关系上，他首先考虑的是主动与中国修好，借助中国从越南脱身和抗衡苏联。

在1969年1月20日的就职演说中，尼克松利用这一全球瞩目的时机，又一次就改善中美关系发出信号。他说："让一切国家知道在本政府当政时期，我们的通话线路是敞开的。我们寻求一个开放的世界——对思想开放，对货物和人员的交流开放。任何一个民族，不管其人口多少，都不能生活在愤怒的孤立状态中。"

毛泽东的护士长吴旭君，因为国际问题秘书林克深入基层搞社会调查去了，毛泽东让她兼做部分国际问题秘书的工作。她正在给毛泽东读尼克松的就职演说。毛泽东听完尼克松的这一段话说，你把这段话好好记住。从1949年起到现在，他们尝到了我们这个愤怒的孤独者给他们的真正滋味。

在中南海游泳池书房，毛泽东正在看尼克松的《六次危机》，周恩来走进来，毛泽东合上书本说，美国当选总统尼克松的《六次危机》，写得不

第 24 章
尼克松打中国牌，毛泽东打美国牌

错，值得一读。

周恩来说，主席对尼克松有兴趣，去年冬天曾看过他的竞选材料，还欣赏在中国的美籍专家柯弗兰写的评价尼克松的文章。

毛泽东说，他那篇文章，让我更了解了尼克松。昨天，我又仔细看了尼克松的就职演说。《人民日报》应该发表他的演说。

周恩来说，我就通知他们发表。

中美关系至此重新成为新中国领袖考虑的重大问题。这也是国内外形势使然。苏联不断威胁中国边境，谁有力量来钳制呢？欧洲各国不可能，日本也不可能。除了苏联的老对手美国外，中国找不到其他强有力的国家来平衡中苏之间的关系。蒋介石更加疯狂的"反攻大陆"的叫嚣，也再次需要美国来扬汤止沸。

继中苏珍宝岛事件之后，1969年5月，中苏又在新疆发生军事冲突，苏联说是中国挑起的，中国说是苏联挑衅的。在"二战"时期入伍，参加过美军对德作战的基辛格，是哈佛大学哲学教授，现在已是尼克松总统的智囊团重要成员，他在审视地图后发现，冲突地点离苏联铁路终点只有几英里，而离中国任何一个铁路终点都是几百英里。基辛格判断说，任何一个国家的指挥者都不会选择这样不利的地点发动进攻。他的判断与美国官方的判断——"中国好战"论相悖。尼克松相信了基辛格，在中苏冲突中有了自己的一杆秤。

尼克松打开中国大门的念头更强烈了，行动上则小心谨慎地跳起了小步舞。

当时的国防部长林彪在中共九大会上的讲话，给尼克松当头泼了盆冷水。林彪的讲话措辞强硬，火药味很浓，显出一副好战的架势。

在华盛顿白宫总统办公室，基辛格拿着一份英文稿对尼克松说，总统先生，在今天的国家安全委员会报告会上，提到出席中国共产党"九大"的代表听取了国防部长林彪的一个重要讲话。讲话内容异乎寻常，充满了火药味，充满了中国人多年来惯用的臭骂美国的术语。

尼克松嘟哝说，那可不是我所期待的。研究一下，林彪讲话是表面文章，还是中共的真实意图。

周恩来通过秘密渠道辗转告诉美国，要他们注意中国国防部长强调中国不会首先进攻别国。另外，美国同苏联一样，对中国造成了军事威胁。但美国并不是中国的头号敌人。

这两点让尼克松受到启发，坚定了建立某种形式的三角关系的信心。第二天，尼克松立即召来基辛格，说，我得到一份分析材料，看来，林彪的讲话并不像字面价值那样糟糕。

嗯，我看看。基辛格接过看了起来。

1969年7月，一份公安部转来的广东省公安厅的急电，摆在了中南海西花厅周恩来那宽大的办公桌上。

急电说，7月16日，在临近香港的海面，抓到了漂进我们领海的两个美国人，请示如何处理。

按常规，这好处理。作为美帝国主义向我国的挑衅靶子，在报纸电台揭露一番，掀起一个反对美帝国主义的小高潮，就行了。但敏锐的周恩来没有按常规处理。他从美国政府的大量反共老调中，听出了细微的变奏。

周恩来吩咐秘书，上午立即召集公安部、外交部的负责人来开会。他要公安部责成广东省公安厅派得力的人去搞清楚两个美国人乘游艇闯入我国领海的真实情况。在没有查清楚之前，不要在报纸上进行宣传，不要随便给戴上"美国中央情报局间谍"的帽子，两个美国人的住所、饮食要妥善安排好。

7月21日，美国国务院宣布放宽对中国的贸易与货物禁运，和到中国旅行的限制。

周恩来从秘密渠道获知友好人士的建议：立即释放那两个驾驶快艇不慎闯入中国领海的人，以此作为对解除货物禁运令的友好反应。这样做效果一定很好。

第 24 章
尼克松打中国牌，毛泽东打美国牌

7月23日，周恩来接到广东省公安厅的报告后，同意立即释放这两名误闯中国领海的美国人。报告说，经调查，这两名美国人是来香港旅游的，因其所乘游艇倾覆而漂到中国领海。

基辛格对尼克松说，在我们环球旅行回国前三天，中华人民共和国释放了那两名驾驶快艇的美国人。

尼克松说，这是对我宣布解除货物禁运令的回应，空气有些松动。

基辛格欢欣鼓舞地说，该举手敲门了！

这就是尼克松上台后，中美之间第一次无声的对话。

苏军在新疆挑起事端后并不善罢甘休，勃列日涅夫和苏联国防部长格列奇科经过密谋，提出了一个对中国进行外科手术式核打击计划。他们企图以中程巡航导弹，携带几百万吨级当量的核弹头，对中国的重要城市进行核打击，以求一劳永逸征服中国。但是，他们有两条拿不准：一是中国遭到核打击后能进行多大规模的核报复；二是美国会不会乘机插手，打一场世界核大战？勃列日涅夫要摸一摸美国的底牌，便指示苏联驻美国大使把这一想法透露给美国。

尼克松获悉了这一惊人情报后，同他的高级官员磋商，认为北京将是美国抗衡苏联的重要战略伙伴，决不能让北京遭受苏联的伤害。"苏联是具有侵略性的一方，如果听任中国在一场中苏战争中被摧毁，那是不符合美国的利益的。"尼克松决定让一家不太显眼的报纸把这个消息捅出去，给北京报警。

8月27日，美国中央情报局局长赫尔姆斯秘密地向少数记者透露，苏联代表向东欧盟国通报了可能对中国核设施进行先发制人的打击情况。

1969年8月28日，美国《华盛顿明星报》突然在醒目位置刊登了一则天字号消息，题目是《苏联欲对中国做外科手术式核打击》。文中说："据可靠消息，苏联欲动用中程弹道导弹，携带几百万吨当量的核弹头，对中国的重要军事基地酒泉、西昌导弹发射基地，罗布泊核试验基地，以及北京、长春、鞍山等重要工业城市进行外科手术式的核打击。"

苏联被美国出卖了，勃列日涅夫气得暴跳如雷。

北京获悉美国发出的警报，毛泽东一眼看穿美国虽是别有用心，但并无恶意。他果断地作出"深挖洞，广积粮，要准备打仗"的决策。

1969年9月16日，英国伦敦《星期日邮报》登载了"苏联自由撰稿记者"维克多·路易斯的文章，称"苏联可能会对中国发动入侵捷克式的干预行动，对中国新疆罗布泊基地实施空中袭击……"。

这个路易斯不同寻常，他有直通苏联高层的本事，多次秘密出使台湾，提前报道了赫鲁晓夫下台，提前报道了苏联入侵捷克。他的消息绝不是空穴来风。

毛泽东获悉这个消息后，立即向中央发出警告："中央领导同志集中在北京不好，一颗原子弹就会死很多人，应该分散些，一些老同志可以疏散到各地。"在浓烈的战争气氛下，北京及全国许多大城市在疏散人口，大挖防空洞。

面对苏联的核威胁，存在一个要不要举行国庆集会的头痛问题。毛泽东说，我们也放两颗原子弹吓唬吓唬他们，让他们也紧张两天，等明白过来我们的节日也过完了。1969年9月28日和29日，美国地震监测站、苏联地震监测中心以及两国的卫星，同时收到了能量巨大的震动信号。他们不约而同地作出判断：中国成功地进行了一次地下核试验和高爆核试验。

远在大洋彼岸的尼克松几乎与毛泽东同时阅读了路易斯的文章。中苏两国战争升级的报告，使美国总统尼克松惊恐不安。他感觉到一旦核战争爆发，规模和程度就难以控制。苏联的核打击如果不能奏效，而让中国数目有限的核武器扔出去，科学家所预测的"核冬天"就可能变为现实。届时美国也是受害国。他连夜把基辛格召到总统府进行密谋，作出了一个大胆而惊人的决定：马上通过热线电话告诉苏联，明确表明美国反对动用核武器的强硬态度，如果苏联对中国发射核导弹，即表明第三次世界大战开始，美国将采

第 24 章
尼克松打中国牌，毛泽东打美国牌

取报复措施。

继而，尼克松果断地采取了制止这场可能爆发的核大战的三部曲：第一步是通过驻波兰的大使沃尔特·斯托塞尔向中国领导人再次报警；第二步加快与中国改善关系的步伐；第三步是用苏联已被美国破译的密码，发出美国向苏联本土134个城市、军事设施、重工业基地实行核打击的总统指令。

美国政府的虚张声势，让苏联政府感到紧张了。1969年9月11日，苏联部长会议主席柯西金从越南河内参加胡志明主席的葬礼后飞抵北京，在首都机场同周恩来就中苏关系中的紧迫问题，尤其是缓和边界冲突问题进行了坦率的会晤。

由于中国坚决反击的决心和充分的战争准备，加上美国强大的压力，苏联不得不放弃对中国核打击的计划，回到谈判桌上来，于1969年10月20日在北京举行中苏边界谈判。

由珍宝岛事件引发的中苏紧张对峙局势开始缓和，20世纪中国最后一次核危机随之灰飞烟灭。

核战争是避免了，常规战争的威胁依然存在。毛泽东给中央领导人具体决定了疏散的时间是10月20日，即中苏两国在北京举行边界谈判之日以前。说完，他便离开了北京，前往武汉。陈毅去了石家庄，叶剑英去了长沙，徐向前去了开封，聂荣臻去了邯郸。

四位老帅在被疏散之前，对新近发生的这些重大新事件又进行了十次研究，于9月17日写出了《对目前局势的看法》，由陈毅定稿，报送周总理。

报告中首先指出："国际阶级斗争错综复杂，中心是中、美、苏三大力量的斗争。目前压倒一切的问题是苏修会不会大举进攻我国。正当苏修剑拔弩张，美帝推波助澜，我国加紧备战的时候，柯西金突然绕道来京，向我表示希望缓和边境局势，改善两国关系。其意何居，值得研究。"他们提出了四条研究结论：

第一，"苏修确有发动侵华战争的打算"；第二，"苏修虽有发动侵华战争的打算，并且作出了相应的军事部署，但它下不了政治决心"，因"对华作战是有关生死存亡的大问题，苏修感到并无把握"；第三，柯西金的北京之行，是"基于反革命实用主义的需要，试图改变对我国的战争边缘政策，打出和谈旗帜，借此摆脱内外困境"，并"探询我方意图，作为苏修决策的依据"；第四，"周总理会见柯西金的消息，轰动了全世界，使美帝、苏修和各国反动派的战略思想发生混乱"。"我们坚持打倒美帝、苏修，柯西金反而亲来北京讲和，尼克松反而急于同我们对话，这都是中国的伟大胜利。"

在这个语言风格上带有"文革"色彩的报告定稿后，陈毅提出了他对缓和中美关系的设想。他对"协助"研究的熊向晖说，这个报告，主要分析柯西金来华意图和苏修会不会大举进攻我国的问题，对恢复华沙中美大使级会谈没有多讲，只从战略意义上点了一笔。关于打开中美关系，我考虑了很久，华沙会谈谈了十几年，毫无结果，现在即使恢复，也不会有什么突破……现在情况发生变化，尼克松出于对付苏修的战略考虑，急于拉中国。我们要从战略上利用美、苏矛盾，有必要打开中美关系，这就必须采取相应的策略。我有一些"不合常规"的想法。

他的"不合常规"的想法有三条：

第一，在华沙会谈恢复时，我们主动重新提出举行中美部长级或更高级的会谈，协商解决中美之间的根本性问题和有关问题。我们只提会谈的级别和讨论的题目，不以美国接受我们的主张为前提。我估计美国会乐于接受。如果我们不提，我估计美国也会向我们提出类似的建议。如果这样，我们应该接受。

第二，只要举行高级会谈，本身就是一个战略行动。我们不提先决条件，并不是说我们在台湾问题上改变立场。台湾问题可以在高级会谈中逐步谋求解决，还可以商谈其他带战略性的问题，这不是大使级会谈所能做到的。

第三，恢复华沙会谈不必使用波兰政府提供的场所，可以在中国大使馆

第24章
尼克松打中国牌，毛泽东打美国牌

里谈，以利保密。

陈毅说，他决定将这些"不合常规"的想法，向周总理口头汇报。在"文革"这种极"左"气氛下，陈毅敢于提出这样"不合常规"的设想，是需要胆略和灼见的。

由上可见，打开中美关系大门虽然是毛泽东的重大战略决策，它的前奏却是1969年在陈毅主持下，四位老帅对国际形势的研判和建议。毕竟姜是老的辣，还是老帅们厉害！

尼克松上任不久，就出访了法国，向戴高乐请教对华政策问题。

戴高乐劝尼克松说，我对他们的意识形态不抱任何幻想，但是我认为，我们应该力图了解中国，同它接触，对它产生影响。你现在承认中国，总比将来中国强大后被迫这样做来得好。

尼克松深有同感地说，在和苏联人对话的同时，我也可能需要在中国问题上为自己找个可以依靠的有利地位。中美两国对骂了二十多年，相互敌视，互不来往，我想结束这种状况，无论困难多么大，都要同中国进行对话。再过十年，当中国在核技术方面取得了显著进展时，我们就将没有别的选择了。

访问法国后，尼克松加快了改善中美关系的步伐。

1969年2月1日，尼克松入主白宫第二十一天，就给他新上任的国家安全事务助理亨利·基辛格写了一个备忘录。他把时年不到四十岁的基辛格召到办公室，当面将备忘录郑重其事地交给他说，亨利，这是我上任第二十一天，写给上任第一天的国家安全事务助理的备忘录。

尼克松的这番话，很有分量地强调了这份备忘录的特殊重要性。

基辛格郑重接过，念道："我认为，我们应该对下述一种态度给予一切鼓励，即本政府正在试探重新与中国人接触的可能性。"

基辛格点头赞同说，我会根据总统的这个指示，召集国家安全事务联席会议，全面研究对华政策。

基辛格上任之初，最关心的是越南问题，而不是中国问题，因为美国陷进越南的泥淖时间太长，陷得太深，付出的代价太大，引起朝野的严重不安。读了总统的这个备忘录，他立即调整"航向"。

基辛格努力跟上总统的步伐，开始进行一次对华政策的审查。他召集了各机构间的联席会议，专门研究对华政策。有关部门被要求研究和回答这样几个问题：1. 美国同共产党中国和"中华民国"关系的现状；2. 中国共产主义对亚洲的威胁和意图的性质；3. 美国和其他有关大国对华政策的相互关系；4. 改变美国对华政策的方案及其代价的危险。

法新社记者汉斯·赫费尔从华盛顿发出一则电讯，世界大报在头版突出刊载。电讯内容在当时是触目惊心的："美国政府想要恢复同北京的接触，如果可能的话，还希望把这种接触扩大为同这个共产党巨人的对话。"

"有极秘密的消息说，美国国家安全委员会已接到一项关于华盛顿—北京的一切方面的全面研究报告。华盛顿在敲北京的大门！"

在白宫总统办公室，基辛格拿着报纸对尼克松说，这个记者很敏感，比狗鼻子还灵。

尼克松关切地问，亨利，对共产党中国有什么新的研究成果？

基辛格说，从春天开始，我特别关心中苏关系，初夏，中苏军队在中国新疆边境发生了冲突。你看。他摊开一幅地图，冲突发生的地点，离开苏联一方的铁路终点不过几英里，而距离任何一个中国的铁路终点都有几百英里之遥。

尼克松与基辛格（历史图片）

尼克松：你的判断是苏联挑

第 24 章
尼克松打中国牌，毛泽东打美国牌

起的？

基辛格得意地说，中国的军事领导人不会选择这样不利的地点发动进攻，他们不是蠢人。

尼克松高兴地说，好，我们在对华政策上终于合拍了！我们应该有些姿态，比如已经宣布放宽对中美之间人员来往和货物禁运，还应宣布美国反对苏联提出的"亚洲集体安全体系"及其旨在孤立中国的行动，下令第七舰队在台湾海峡的巡逻由定期改为不定期，等等。

基辛格问，什么理由呢？

尼克松说，就说美国经济困难，已承担不起庞大舰队巡逻的经费。

基辛格提醒说，还要给有关国家吹吹风。

尼克松决定说，这个月，我们作一次环球旅行吧，顺便寻求与中国联系的渠道。

1969年8月，尼克松和基辛格作环球旅行回来，在白宫交谈。

尼克松说，此行的重要收获就是摸着了门，建立了"巴基斯坦渠道"。我在会见叶海亚·汗总统时，请他向中国领导人传递这样一个口信：美国不参加孤立中国的任何安排。

基辛格说，你向他说过后，他就安排空军元帅谢尔·阿里·汗向我介绍中国的情况。我们又飞到罗马尼亚，请齐奥赛斯库总统向中国领导人传递同一个口信。

尼克松思考着说，我担心的是，相互隔绝了二十年，只凭这样一个口信，实在显得轻描淡写，需要加深他们的印象。

基辛格问，我想想办法。您似乎还有其他渠道？

尼克松笑而不答。

这一年，美国通过多种渠道向中国抛出试探气球，极尽暗送秋波之能事。

美国至少通过五个渠道向北京传话，除了巴黎戴高乐渠道外，又开辟了巴基斯坦、罗马尼亚甚至挪威渠道，其中巴基斯坦和罗马尼亚渠道最为著名。

罗马尼亚渠道

尼克松首先找到的是罗马尼亚渠道。

1969年8月3日，尼克松访问布加勒斯特。因为与苏联闹了别扭，又对西方实行开放政策，齐奥塞斯库在国际上很受尊敬。所以，尼克松访问罗马尼亚的目的十分明确，就是为了对抗苏联，同时，他还想通过齐奥塞斯库当中间人，向中国传递友好的信息。

尼克松跟齐奥塞斯库会谈时说得很坦率：我想在我的任期中改善美中关系，能否请您从中斡旋，向中国传递我的意愿？美国反对苏联在亚洲建立反对中国的小集团。资源丰富、人口众多的中国，会是一种爆炸性力量。美国的政策是同中苏两国都建立良好的关系。

与中国和它的领导人毛泽东、周恩来都有良好关系的齐奥塞斯库，未置可否地冲尼克松笑了笑，其实他内心是答应了尼克松的要求。

1971年春，齐奥塞斯库访问中国。会谈中，中国表示将为罗马尼亚提供2.44亿美元的援助，并向罗马尼亚派遣工程技术人员。这是中国工程技术人员首次为阿尔巴尼亚以外的东欧国家工作，让齐奥塞斯库好生感激，很想为中国做点什么。于是，他在外交场合向中国领导人传达了尼克松的意图。

11月下旬，罗马尼亚副总理勒杜列斯库访华也转达了美国的口信。周恩来也按上次口信作了同样的答复：尼克松总统既已访问过布加勒斯特和贝尔格莱德，那么他在北京也会受到欢迎。布加勒斯特和贝尔格莱德均是社会主义国家的首都，如果尼克松能访问仅次于苏联的社会主义大国的中国的北京，那将在全世界政治格局中产生不可估量的影响。这显然是毛泽东的重大战略意图。

这个信息由罗马尼亚驻美大使于1971年1月转达给基辛格，这比巴基斯坦晚了一个多月。以后由于美国担心罗马尼亚会向苏联透露这一极密信息，就没有再使用"罗马尼亚渠道"。

第24章
尼克松打中国牌，毛泽东打美国牌

■ 巴基斯坦渠道

1970年10月25日，尼克松在白宫会见来美国华盛顿庆祝联合国成立二十五周年的巴基斯坦总统叶海亚·汗时，提出，中美关系十分重要，他要同中国和好。美国绝不会同苏联合谋反对中国，愿意派一高级使节秘密访问中国，请叶海亚·汗作中介人提供协助。叶海亚·汗欣然表示同意。

接着，10月26日，罗马尼亚总统齐奥塞斯库去美国华盛顿庆祝联合国成立二十五周年，尼克松在国宴上致祝酒词时，说到美国希望与中华人民共和国建立良好的关系。

一位美国总统用中国的正式名称，这还是第一次。他是有意的，也是意味深长的。这是尼克松第三次公开发出"美国要同中国和解"的信号。

不久，叶海亚·汗来中国访问。11月10日，他同周恩来总理单独会见时传达了尼克松口信，说尼克松要同中国友好，跟中国进行有限的贸易，美国希望在高一级进行秘密对话，并准备派一两名高级人士在任何时候和任何地点同中国对话。尼克松还暗示，如果中国要进行官方一级会谈，他可以派安全顾问基辛格前往。他迫切等待中国答复。

周恩来立即把此事报告给毛泽东。毛泽东经过深思熟虑，明确指出：要解决中美两国的问题，就得同美国的当权派谈。11月14日，周恩来在人民大会堂福建厅正式答复叶海亚·汗说，因为尼克松总统通过阁下转告的是口信，我们也应该通过阁下口头回答尼克松总统。阁下清楚，台湾是中国不可分割的领土，解放台湾是中国的内政，不容外人干预。美国武装力量占领中国台湾和台湾海峡，是中美关系紧张的关键问题，中国政府一直愿意以谈判来解决这个问题，但是谈了十五年还没有结果。现在尼克松总统表示要同中国和好。如果尼克松真有解决上述关键问题的愿望和办法，中国政府欢迎美国总统派特使来北京商谈，时机可通过巴基斯坦总统商定。这就是我们的口信。

叶海亚·汗回国后即派专人将周恩来答复的口信，即无头衔、无签字的手抄备忘录,送给巴基斯坦驻美大使,嘱其口头转达给基辛格。

12月底的一天晚上,巴基斯坦驻美大使希拉利来到白宫基辛格办公室,向他面交了叶海亚·汗总统托他转交的一封短信。这封信是用蓝道白色信纸手写的,书法漂亮,但既无抬头也无署名。希拉利解释说,我没有被授权可以把这封信留下。

于是基辛格只好听对方慢慢地念信,自己赶紧把它记录下来。

这封短信是周恩来传给尼克松的权威信息,内容是欢迎尼克松派出一位特使到北京举行高级会谈。

傍晚,基辛格神秘兮兮地对尼克松说,周恩来给我送来一份珍贵礼物!

尼克松问,什么礼物?

基辛格拿出那份记录晃晃说,周从秘密渠道转来的口信记录,说"中国一向愿意而且总是力图以和平方法进行协商……为了讨论中国领土台湾的归属问题,尼克松总统的特使将在北京受到热忱欢迎"。

尼克松欢喜地说,信息明白清楚,我们的努力有了直接反馈。

基辛格被授权起草答复周恩来的信,并亲手交给了巴基斯坦大使希拉利。这封信表示美国准备派人到北京举行高级会谈。回信打印在一页复写纸上,上端没有任何字样,也没有美国政府的水印图案,下端无人签名。

然而,由于美国支持南越军事当局,此时战火燃遍了整个中印半岛,严守信义的北京不能置之不理,中国为此又作出了强烈的反应,在中国的帮助、支持下,越南、老挝、柬埔寨、越南南方在中国南宁召开了"三国四方"会议,结成抗美统一战线,誓与美国斗争到底。1971年初春,"巴基斯坦渠道"沉默了。

■ 追寻中国驻波兰使官

1969年9月11日,去越南参加胡志明追悼会的苏联总理柯西金,在返回

第 24 章
尼克松打中国牌，毛泽东打美国牌

途中秘密在北京机场停留，与周恩来总理举行了会谈。中苏两国首脑的突然会晤，中苏紧张关系的趋向缓和，使富有国际局势敏锐眼光的尼克松受到震动，也使美国人感到紧张、困惑。尼克松是从《华盛顿邮报》上获悉这一消息的。原来两家吵得那么厉害，都动起手来了，怎么又谈起来了呢？他担心周恩来与柯西金的会晤会导致中苏关系的缓和，这是对美国不利的。他感到有一种坐失良机的懊悔，急于要了解周恩来与柯西金谈了些什么。当时唯一的渠道就是华沙两国大使会谈。他立即召见基辛格，要他急电美国驻波兰大使沃尔特·斯托塞尔，尽快设法秘密接触中国驻波兰大使馆官员，试探能否恢复华沙中美大使级会谈。

在白宫总统办公室门外，美国驻波兰大使沃尔特·斯托塞尔回国述职，坐在门外等候尼克松接见。

基辛格看见了，走了过去说，沃尔特，你从波兰回来了？

沃尔特回答说，回来述职，等待总统接见。

基辛格附耳轻声对他说，如果在社交场合见到中国大使，请和他接触，告诉他美国准备与中国认真会谈。

沃尔特先是一愣，明白意思后赶紧点头答应，说，只是有困难，根据以往的经验，每当美国外交官员远远遇到中国外交官员时，中国外交官员总是及时地回避，像回避瘟神一样。

基辛格下了指令：想办法不让他回避，黏上去！一定要追着中国人，哪怕追到厕所里去，也要把关系接上！

1969年12月3日晚间，在华沙文化科学宫举行南斯拉夫时装展览会，沃尔特急着寻找中国外交官。美国与中华人民共和国的正式外交渠道，早已堵塞多年，所以美国国务院的人甚至说不准中国驻波兰大使是哪一个人。美国驻波兰大使馆的几个人悄悄向几个亚洲外交官打听，高兴地弄清楚了那几个发愣的外交官，就是中国大使馆的人。

沃尔特在门口与中国驻波兰使馆代办雷阳不期而遇，中国使馆官员欲循惯例扭头回避，沃尔特却在众目睽睽之下迎上去。

雷阳转身就走，不予理睬。走出几步，扭头发现沃尔特喊叫着追了过来，他索性离开大厅，走出大门，走向自己的汽车。雷阳拉开车门，眼看就要钻进去。

拔腿跑过来的沃尔特急了，情急生智，干脆喊了起来：等等，中国代办先生！美国大使有话对您说，美国对同中国再次会谈十分感兴趣！

他一连喊了好几声，而且眼看已经追到汽车跟前了。雷阳听见了，一愣，犹豫了一下，还是钻进汽车开走了。

沃尔特失望地又冲着汽车大叫了一声：美国要跟中国重开谈判！

在那种动不动就会扣上"右倾""投降"帽子的年月，雷阳在没有接到国内指令之前是绝对不敢擅自与美国大使接触的。后来，周恩来曾半开玩笑地对基辛格说，华沙那一幕差点没让中国代办得了心脏病。

信息还是传到了北京。

在中南海西花厅，秘书拿着一份电报说，总理，我国驻波兰大使馆来电，美国的外交人员到处追寻我外交人员，要求恢复大使级会谈。

周恩来看过电报，忍不住笑了，对秘书说，好啊，通知外交部，立即回电我国驻波兰大使馆，嘱其积极响应。

在此之前，中国方面已先后收到美国总统尼克松委托法国、巴基斯坦、罗马尼亚领导人传递过来的美国愿意改善同中国关系的信息，并且注意到了美国政府在11月间为改善中美关系而采取的一个象征性行动——撤走了自1950年朝鲜战争爆发后一直在台湾海峡巡逻的两艘美国驱逐舰。所以周恩来指示驻波兰大使馆"积极响应"。

在北京中南海丰泽园书房，周恩来走进来，欣喜地说，主席，找着门道了！可以敲了，拿到敲门砖了。

毛泽东问，找着哪个门道了？

周恩来说，找着中美政府进行直接接触的渠道了。昨天晚上，我看了驻

第 24 章
尼克松打中国牌，毛泽东打美国牌

波兰大使发回的电文，美国驻波兰大使追着我们的使馆官员，转达尼克松本人打算同中国领导人进行具体会谈的意愿。

毛泽东决定说，可以转告他，尼克松如果要同我们接触，尽可以利用官方渠道。

周恩来说，中断了三年的中美华沙大使级会谈，是否可以批准恢复了？

毛泽东说，虽然谈不出什么名堂，坐下来交换交换意见总是好的。批准恢复。

两天后，中国使馆打电话给斯托塞尔，邀请他到中国使馆喝茶。这回斯托塞尔有点惊诧，因为他知道这是从来没有过的事。

后来，这件事倒成了斯托塞尔引为自豪的一桩事，他成了第一个大摇大摆从正门走进中国大使馆喝茶的美国外交官。

1970年1月8日，一辆插着中国国旗的高级轿车公开醒目地停在美国大使馆门口，雷阳也来这里造访了。雷阳和斯托塞尔隔着桌子面对面地坐着，商谈了一个多小时，双方同意在1月20日恢复华沙会谈。1月和2月，中美举行了两次会谈，中方提出以和平共处五项原则来处理两国关系，打动了美国人的心。中国代表还建议把会谈地点移到北京，并暗示欢迎一个美国高级代表团。这让尼克松和基辛格感到意外又兴奋。

虽然恢复了中美华沙大使级会谈，但尼克松并不满意。他说，1969年这一年，中国人没有理睬我们几次在低水平上发出的重要信号。

1970年的2月份，他向国会提出了第一个外交报告，报告上说："中国人是伟大的生气勃勃的民族，不应该继续孤立于国际社会之外，从长远来说，如果没有这个拥有七亿多人民的国家出力量，要建立稳定持久的国际秩序是不可设想的。"

这是尼克松第一次公开发出"美国要同中国和解"的信号。

这一天，在北京中南海游泳池书房，毛泽东正在伏案写着什么，秘书拿封信走进来，报告说，主席，这是周总理写给您的信。

噢。毛泽东接过短信，轻声念起来：尼克松、基辛格的动向可以注意。念毕，他若有所思地点点头。

正当中美双方通过传递信息逐步走向高级接触时，1970年3月，发生了美国入侵柬埔寨事件，中国政府不得不单方面中断刚刚恢复不久的华沙中美大使级会谈。

在华盛顿白宫总统办公室，基辛格沮丧地对尼克松说，总统先生，好不容易恢复的美中华沙大使级会谈，中国方面说我们出兵侵略了柬埔寨，宣布取消原定于5月20日举行的第137次华沙会谈。

尼克松也很泄气：好不容易拉起来的一根线，又断了。

基辛格焦虑地说，二十年隔绝给美国政府首脑的惩罚，就是根本不知道怎样才能接近中国领导人。

尼克松充满信心地说，不要泄气，继续努力。我们的行动是有限的，我相信他们的反应也会是有限的。继续抛出鱼饵，宣布减少第七舰队在台湾海峡的活动，要求众议院从援外拨款法案中取消反对中国加入联合国的决定。

■ 蒋经国访美惊心

在台北桃园县大溪镇角板山，蒋介石在梅台静坐，神情发呆地望着夕阳，望着起伏的山野。

他忧虑地说，经国，局面艰难呀，不仅中共不容我们，国际上原先的盟友也在抛弃我们。

蒋经国问，父亲指的是美国？

蒋介石默默地点头。

在此期间密切注视着华盛顿与北京的动向的台湾当局越来越感到大事不妙。台湾"行政院长"严家淦忍不住在"立法院"放言："美国虽宣称对台政策不变,但在实际上正在逐渐转变之中。"声称台湾当局对美国的态度"一直保持高度警觉"。当然这是奉了蒋介石的意旨。

已经深深感到被冷落的台湾当局密切注视着中美再次华沙会谈,对尼克松政府一反以往几届政府的做法,即事先不告之台湾有关会谈的内容,事后又闪烁其词,表示怀疑和不安。

蒋介石对尼克松想主动与北京打交道及对台湾态度的微妙变化"相当忧虑",他急于想了解美国政府在三个主要问题方面的意图:一是美国政府与北京代表举行的华沙会谈中打算作何种让步。他最担心的是美国与中共缔结"和平共存协定",因为签订这样的协定,就等于承认北京政府至少是中国的合法政府。二是需要美国政府重申继续支持台湾当局在联合国的席位,包括其在联合国安理会和联合国大会的席位。种种迹象使他对能否依靠美国支持,继续拒中共于联合国大门之外感到担忧。三是中共如果再次攻打金门、马祖,美国政府会不会信守《台湾决议案》,台湾能从美国那里得到多少援助,包括台湾所需要的新的军事装备。

刚刚由"国防部长"升任"行政院副院长"的蒋经国,奉父之命,欲出访美国拉拢关系,探听虚实以谋对策。

蒋经国这次访美要达到四个目的:一是探听美国与中国大陆在华沙会谈中将作出何种让步,拟议中的双方协议将包括哪些内容;二是希望得到美国的承诺,支持"中华民国"在联大保住代表席位;三是询问尼克松政府是否还坚守艾森豪威尔时期参议院通过的决议——在大陆一旦攻击金门、马祖之时对台提供援助;四是向美国提出要求更新售台军备,并对在美的"台独"分子活动表示关切。

蒋经国于1970年4月20日访美。这是他第五次访问美国,也是当上了"行政院副院长"后第一次访美。奇怪的是正在冷落台湾当局的美国政府,却以接待国家元首的礼仪,包括动用三军仪仗队鸣十九响礼炮,隆重而热烈地接待了相当于一位"副首相"的蒋经国。

隆重归隆重，但尼克松、基辛格与蒋经国会晤时，除了惯例的外交辞令，没有透露一点实质信息，外热内冷。

尼克松在白宫总统办公室会见了蒋经国。会谈已经进行了一段时间，蒋经国强调说，总统先生，我要强调的是，对抗共产党侵略的东亚弧形集体防卫体系存在的重要性，而且该防卫体系需要美国的支持与领导才能发生效用。

尼克松很有礼貌地倾听，却不作任何承诺，既不点头，也不摇头。

蒋经国又说，我们知道，美国政府与大陆政府在华沙会谈，我们要了解的是，美国政府打算作何种让步，美中会不会缔结什么协定？

尼克松向前挺了挺身子，开始说话了：我可以向你保证，美国将永远信守条约义务，套句俗话说，我绝不会出卖你们。

同时，他又表示"亚洲的问题，应该由亚洲人自己解决"，实际上是向蒋经国开脱美国过去的"对台义务"。

尼克松对蒋经国的其他要求，如军事装备等，也没有作出实质性的承诺。美国给予蒋经国那么高规格的接待，但却不给任何实惠，这对于台湾来说，不能不说是一个"未来关系的谜团"。深知美国政府意向的台湾驻美"大使"沈剑虹猜测道：这可能是尼克松向他在"中华民国的友人"一种"道别"的方式。

4月22日，蒋经国与基辛格会谈。

会谈进行中，辛辣的基辛格突然问，请问蒋副院长，如果美中大使级会谈地点，从华沙移到华盛顿或北京，你的意见如何？

蒋经国强烈反对说，我们坚决反对！但愿基辛格博士是在开玩笑。

基辛格"呵呵"乐了，没再说下去。

事后，沈剑虹问他会谈结果如何。蒋经国只是笑笑，双手一摊，表示毫无所获。

官方活动之余，蒋经国受到陈香梅的家宴接待。在华盛顿水门大厦陈香

第 24 章
尼克松打中国牌，毛泽东打美国牌

梅住宅客厅，客人坐下后，陈香梅祝贺说，恭喜经国先生荣任"行政院副院长"，欢迎你第五次访问美国。美国政府欢迎你的规格很高啊，动用了三军仪仗队，鸣了十九响礼炮。

蒋经国说，谢谢！我这次来访，是想知道美国政府与中共的代表在华沙会谈的情况，以及美国作了什么让步。但是，我与尼克松、基辛格会晤，他们闭口不谈。尼克松总统对我提出的支持台湾在联合国以及安理会中的席位要求，也没有作任何承诺；美国要员在讲话中，不再提台湾是"中国唯一的合法政府"。这令我不安。我想见见美国的众议院院长，联邦调查局局长胡佛，和美国中央情报局长瑟宾。陈女士，你能帮忙吗？

陈香梅说，这很简单，你们不要费心去打电话，我在家中请客，保证每一位要人都会到场。

蒋经国问，家中请客行吗？

陈香梅说，不然的话，公文来往就要耽误许多时日，而且不一定全部请得到。

陈香梅果然满足了蒋经国的要求，让他在她的家里会见了美国参众两院领袖，并且合了影。他和陈香梅站在中间，左边站着胡佛，右边站着瑟宾，两边是参众两院领袖。

第二天，蒋经国来向陈香梅告别，高兴地说，感谢你，陈女士。你真有办法，不但众议院长到了，中情局长到了，联邦调查局长到了，还有许多位参众两院的领袖人物。

陈香梅说，应该的，我毕竟在台湾生活了十年，承蒙您和蒋总统关照。

蒋经国说，我明天就去纽约访问了，特来告辞。

陈香梅说：祝你一路顺利！

蒋经国说：后会有期！

4月24日，天色灰阴，细雨霏霏，蒋经国结束华盛顿的访问飞往纽约。

1970年4月24日12点30分左右，蒋经国乘坐一辆高级小轿车从纽约的皮耶饭店前往布拉萨大酒店，参加远东美国协会为他举行的午宴。

车队在警车开道下抵达布拉萨大酒店门前，这里的气氛很煞风景，有二十多名"台独"分子站在街对面，狂呼乱叫，手持标语，向蒋经国示威，引来不少路人驻足观看。

此时，"台湾独立联盟"派出的两名杀手郑自才、黄文雄已潜伏在酒店正门的大理石柱后面，内外三层的美国警察此时却不知怎么疏忽了这宽粗的大石柱后面可以藏人的最普通常识。

酒店门口铺上了红地毯，轿车刚一停稳，美方两名警卫亨利·苏尼兹及詹姆斯·沙德即快步上前打开车后门，并迅速一左一右站在下车的蒋经国身边护卫。

蒋经国与前来迎接的周书楷、俞国斌等人握手后便与周书楷一同走在最前面，他们左右是美国警察，后面是两名台方警卫与两名美方便衣卫士，前方无人，形成了一个大缺口，所谓三重警卫变成了单层还差一面的保护。

正当蒋经国登上台阶将进入旋转大门之际，躲在大理石柱后的黄、郑两人即一前一后从暗处蹿出，直扑向蒋经国。走在蒋经国左边的亨利第一个意识到险情，心中大叫一声不好，随即一个箭步将冲上来的黄文雄推了一下，见其手中有枪，便大叫詹姆斯："注意，吉米，这小子有枪！"

黄文雄站稳脚跟，抬手便举起手中的意大利制贝瑞手枪向蒋经国打去，并不顾一切地继续冲向前，准备继续射击，蒋经国身后的两名警卫眼疾手快，推着蒋经国急速入门脱离险境，而亨利与詹姆斯则同时冲向黄文雄，詹姆斯右手抓住黄文雄持枪的右臂向上一推，"砰"的一声，子弹挨着蒋经国的头皮飞进大门，射入酒店一楼正厅的木壁板中。黄文雄用力甩开詹姆斯，欲跟进大门再打，亨利急中生智，一脚将转门抵死，把黄文雄夹在转门中，使其动弹不得，束手被擒。

此时，另一个杀手郑自才则显得稚嫩了一些，他被这场面吓得一愣神，等他想到要开枪时，两名警卫冲上来把他压倒在地上。他挥拳拒捕，警察不容分说，抄起警棍就在他头上猛击，郑自才顿时血流满面，眼镜也被打碎在地，失去了反抗能力。

两名刺客被拖至路边压在石板上，很快呼啸而来的警车就把他们押走了。

短短十几秒钟，一起蓄谋已久的阴谋就这样被粉碎了。

蒋经国惊魂甫定，立即表现出了"君子般的大度"，他把自己的手表送给了"救驾"有功的美国警探亨利·苏尼兹，表示他的谢意，并对美方表示："此事不足介意。"又说："这些怀有异见的人，他们如果有什么不同意见，可以向我陈述，我一定接见。至于这两个被捕的无知青年，我希望美国释放他们。"

美国警方对此解释说："由于刺客是你们中国人，黑头发、黑眼睛、黄皮肤，在我们美国人眼中你们简直太相像了，以为他们也是随行人员，故而有所疏忽。如果刺客是白种人或黑人就一定不会有此类事情发生。"

次日上午，尼克松总统在罗杰斯副国务卿陪同下再次会见了蒋经国，对前一天中午发生的事情表示了"美国式的歉意"。

尼克松说，在您作为贵宾访美期间，发生如此不愉快的插曲，身为东道国主人，我感到非常非常的难过和抱歉，不过，美国是一个完全民主开放的国家，诸如此类的事情绝非特例，如肯尼迪总统遇刺便是。希望阁下勿因意外事件而介意，更希望不致影响双方长久深厚的感情。

尼克松极力想淡化这件事引起的不快。

蒋经国挺得体地回答说，昨日事情发生当时，我并未受惊，事后我第一个关心的事则为有没有人因为我的来访而被这一"意外事件"误伤。在知道没有人受到误伤之后，我几乎都已经忘了这一意外事件了。

蒋经国在纽约遇险的消息传到台北时，正值午夜零点，蒋介石被从睡梦中唤醒，听了不免出了一身冷汗，阴沉着脸指示："岛内所有新闻对此事略而不登，以免引起新的麻烦。"

谋求美国支持不成，差点又赔了正在培养成接班人的爱子之命，蒋介石懊恼的心情可以想象，此后一连几天他都闷闷不乐，又不便公开发作，只好吃下这个哑巴亏。

后来，刺杀蒋经国的两名凶手经纽约地方法院起诉审判，最终以行刺未遂为由被交保释放。

此后，台湾当局对岛内外"台独"分子的镇压更加不遗余力，"台湾独立联盟"等组织联络在日本的"台独"头目几次想从明里暗里杀回岛内，数度"冲关"都被粉碎了。在蒋介石治台期间，"台独"势力一直不能摆脱被抑制、被镇压的命运。

这种状况，直到蒋介石死后，蒋经国上台都一直持续下去。无论如何，从维护中国统一大业的角度分析，当年蒋氏父子坚决反对"台独"，坚持"台湾是中国的一部分"的言行还是应予以肯定的。

■ 中美互敲门，方式却大异

尼克松并不因为入侵柬埔寨而使中美华沙会谈中断而灰心，他展开了公关攻势。他认为中国人尽管口头上说不怕中苏边界那一边部署的一百二十万苏联军队，但其实还是害怕的。他还打赌说，中国坚决支援北越的立场其实是可以变的，就像美国对台湾的无限支持会变一样。

1970年9月27日，尼克松会见美国《时代》周刊杂志记者，谈到中国在世界的作用，以及他为此所做的努力。因为他多次放出的试探气球没有得到中国的热烈回应，他有些悲观，认为这些试探在五至十年内都不可能起作用，"但是，在二十年内，它应当能起这种作用，否则的话，世界就会处于致命的危险境地。如果说我在去世之前，有什么事情要做的话，那就是到中国去。如果我去不了，我希望我的孩子能去，我的夫人能去"。他还对女儿特

第24章
尼克松打中国牌，毛泽东打美国牌

里西娅和准女婿考克斯说："你们将来度蜜月，我希望你们到中国去，去看看那里的大城市，那里的人民，那里的一切。"

这话说得很绝，很真诚，很有激情。

这是尼克松总统第二次公开发出"美国要同中国和解"的信号。

在北京中南海丰泽园书房，周恩来对毛泽东说，主席，尼克松放出风来，说他的女儿可以到中国来，他的夫人可以来，还说他自己更可以来。

毛泽东说，他是要搭上这根刚断不久的线，要谈判。

周恩来说，我会见了巴基斯坦总统叶海亚·汗，他传递了尼克松的口信，表示愿意使中美关系正常化，希望派高级官员秘密访华。

毛泽东说，噢，他不拐弯啦。我们过去曾经收到过通过别的国家传递的信息，但这是第一次由一个国家的首脑，通过另一个国家的首脑，把信息传递过来，我们原则上同意美国的建议。

周恩来说，还有许多细节需要解决，比如谁来北京？是公开来，还是秘密来？通过什么形式来？是直接从华盛顿来，还是间接地从其他国家来？这些问题都需要商议。

毛泽东说，那就请热心的叶海亚·汗总统作中美秘密交往的渠道嘛。

1970年10月1日，毛泽东和周恩来邀请美国友人、著名记者埃德加·斯诺夫妇登上天安门城楼，一起检阅游行队伍。

这个举动是独出心裁的，也是史无前例的。

当斯诺带着夫人走出电梯时，周恩来早已恭候在门外。他迎上前去，向他们夫妇问好。

斯诺感到惊讶，蓝色的眼睛闪着兴奋的亮光，问周恩来：我真是第一个应邀上天安门城楼的美国人吗？

周恩来十分诚恳地说，是毛主席让我请您来的。你是中国人民的真诚朋友。

斯诺回忆起来，三十四年前，我穿过封锁线去找红军，遇见的第一个共产党领导人就是你。你当时用英语跟我讲话，使我很吃惊。

周恩来说，我还记得我替你草拟了九十二天旅程，还找了一匹马让你骑到延安，找毛主席。

斯诺感动地说，你安排我见毛主席、采访红军，这对西方新闻界来说是独一无二的。今天，让我上天安门城楼，又是……

周恩来接过斯诺的话说，在中美两国相互隔绝的情况下，您三次访问新中国，今天还上天安门参加我们的国庆盛典，对一个美国人来说，这是一件独一无二的事。

斯诺以新闻记者的职业的敏锐口气说，我又有独家新闻了。

10月1日早晨，在去天安门城楼之前，毛泽东对身边工作人员解释会见斯诺的意图时说，醉翁之意不在酒。我先放个试探气球，触动触动美国的感觉神经。

周恩来将斯诺夫妇请到天安门城楼上的休息室。他们一进门，就看见身着银灰色中山装、身材魁梧高大的毛泽东缓缓地站起身，老远伸出他的大手。斯诺也伸出手，快步迎上前去。

毛泽东非常高兴，亲切地握着斯诺的手，风趣地说，斯诺先生，上帝保佑你，我们又见面了。

上午，天安门广场四面八方的高音喇叭里传出激动人心的乐曲声《东方红》，广场上和东西两侧的观礼台上"毛主席万岁"的欢呼声响彻云霄。毛泽东和斯诺夫妇并排站在观礼台正中央。

10月2日，在周恩来的精心安排下，《人民日报》以头版显著位置刊登毛泽东和斯诺在天安门城楼上的合影照片，用含蓄的方式向美方发出信息。

基辛格拿着第二天的晨报走进总统办公室，对尼克松说，中共这样醒目地登载毛泽东接见美国记者斯诺的照片，是不是向我们透露什么？

尼克松接过来看，寻思说，透露什么呢？东方式的含蓄让人看不懂。

基辛格说，信息是过于微妙，中国人做事喜欢闪烁其词，古里古怪，让

第24章
尼克松打中国牌，毛泽东打美国牌

人去猜。

尼克松说，要想办法尽快得到毛泽东跟斯诺的谈话内容。我们按美国人的方式办事，我决定亲自动手，再向北京传递信息。

尼克松和基辛格竟然猜不透毛泽东和斯诺的这张合影背后的深意。他们在琢磨：中国为什么对这段时间内尼克松传过去的两次口信置之不理呢？也许毛泽东的这种传递信息的方法太隐晦，东方色彩太浓，在一向消息灵通的中央情报局内也只是留下了一笔记录，却无动于衷。

基辛格后来回忆这件事时，既后悔又颇让人玩味。他在《白宫岁月》中写道："非常不幸，周恩来对我们敏锐地观察事物的能力估计过高。他们传递过来的信息是那么拐弯抹角，以至我们这些粗心大意的西方人完全不解其中的真意。"

他还说过，如果说毛泽东拿的是一把轻剑，尼克松则是举着大锤来传达自己的信号。

毛泽东再次挥舞轻剑，再次用自己的方式触动美国的神经。

1970年12月18日，毛泽东从丰泽园搬到游泳池，在宽敞的书房里会见的第一位外宾是还在中国采访的斯诺。因为毛泽东在天安门释放的试探气球已经两个多月了，尼克松竟然一点反应也没有，毛泽东也着急了，觉得需要再向尼克松放一个试探气球。

毛泽东不断地吸烟，止不住地咳嗽。斯诺关切地问，主席已经吸了几十年烟了，是不是吸得太多了？

毛泽东端起茶杯润喉咙，咳嗽着说，医生劝我戒烟，我戒过，戒不掉嘛。

谈点正题吧。毛泽东吸口烟，慢悠悠说。斯诺知道有重要新闻了，忙拿出笔和笔记本来记录。

毛泽东说，我是不喜欢民主党的，我比较喜欢共和党。我欢迎尼克松上台。为什么呢？他的欺骗性也有，但比较少一点，你信不信？

斯诺点头，并对毛泽东这样的开场白表示惊讶。

毛泽东继续说，他跟你来硬的多，来软的也有。他如果想到北京来，你就捎个信，叫他偷偷地，不要公开，坐一架飞机就可以来嘛。谈不成也可以，谈得成也可以嘛。何必那么僵着？但是你美国是没有秘密的，一个总统出国是不可能秘密的。他要到中国来，一定会大吹大擂，就会说其目的就是要拉中国整苏联，所以他现在还不敢这样做。整苏联，现在对美国不利；整中国，对于美国也不利。

毛泽东停顿一下，忙着记录的斯诺想要问什么，谈兴正浓的毛泽东却接着谈下去：现在我们的一个政策是不让美国人到中国来，这是不是正确？外交部要研究一下。"左"、中、右都让来。为什么右派要让他来？就是说，他是代表垄断资本家的。当然要让他来了，因为解决问题，中派、"左"派是不行的，在现时要跟尼克松解决。

斯诺抬头问，这么说，毛主席是欢迎尼克松来访？

毛泽东点头说，他早就到处写信说派代表来，我们没有发表，守秘密啊！他对于波兰华沙那个会谈不感兴趣，要来当面谈。所以，我说如果尼克松愿意来，我愿意和他谈，谈得成也行，谈不成也行，吵架也行，不吵架也行，当作旅行者来谈也行，当作总统来谈也行，总而言之，都行。

斯诺插话：我看可能要吵架。

毛泽东说，我看我不会跟他吵架，批评是要批评他的。我们也要作自我批评，就是讲我们的错误、缺点了，比如，我们的生产水平比美国低，别的我们不作自我批评。

斯诺又问，你觉得尼克松能接受吗？

毛泽东说，尼克松要派代表来中国谈判，那是他自己提议的，有文件证明，说他愿意在北京或者华盛顿当面谈，不要让我们外交部知道，也不要通过美国国务院。神秘得很，又是提出不要公开，又是说这种消息非常机密。他选举是哪一年？

第 24 章
尼克松打中国牌，毛泽东打美国牌

斯诺：1972年。

毛泽东：我看，72年的上半年他可能派人来，他自己不来。要来谈是那个时候。他对那个台湾舍不得，蒋介石还没有死。台湾关他什么事？

斯诺说，造成台湾现状的责任不在他。

毛泽东点头说，台湾是杜鲁门、艾奇逊搞成这样的，然后又是一个总统，那个里面他也有一份就是了。然后又是肯尼迪。尼克松当过副总统，他那时跑过台湾。他说台湾有一千万人。我说亚洲有十几亿人，非洲有三亿人，都在那里造反。

斯诺说，尼克松在南亚陷得越深，就越是发动人民起来反对他。

毛泽东说，好！尼克松好！我能跟他谈得来，不会吵架。

斯诺说：我不认识尼克松，但如果我见到他的话，是否可以说……

毛泽东笑道，你只说，是好人啊！是世界上第一个好人。

毛泽东谈兴很浓，斯诺抬腕一看表，不觉已到中午，从早晨8点谈到了下午1点，忙说，主席，已过中午了，我该告辞啦。

毛泽东摇摇手说，共进午餐，共进午餐。中国人的规矩，客人不能对着饭走啊。

毛泽东吩咐人将饭菜送到北屋中间的起居室。菜还是老几样，只是多了一瓶茅台酒。

毛泽东与斯诺边吃边聊，毛泽东仍然谈锋极盛。他夹个辣椒放进嘴里说，今天谈得痛快，我已经很久没有与人这样长谈过了。

斯诺说，感谢主席给我这样的荣幸，您已经跟我谈了五个多小时了。

当斯诺问到中美会不会建交时，毛泽东预言：中美两国总要建交的。中国和美国难道就一百年不建交啊？我们又没有占领你们那个（长岛）。

1970年12月25日，《人民日报》第一版报头右侧"毛主席语录栏"刊载"全世界人民包括美国人民都是我们的朋友"，下面在《毛泽东主席会见美国友好人士埃德加·斯诺》的通栏标题下，以将近半版的篇幅并排刊登一段文字和一张照片。照片约占版面的四分之三，照片左侧横排分行刊印"新华社二十五日讯"。

毛泽东莫测高深的接见，周恩来别出心裁的安排，引起了尼克松的注意。尼克松在他的回忆录里写道："12月18日，美国作家埃德加·斯诺会见了他的老朋友毛泽东。毛告诉他，外交部正在考虑允许'左'、中、右各派政治色彩的美国人访问中国。斯诺问，会不会允许像尼克松这样代表'垄断资本家'的右派来？毛回答说，他将受到欢迎，因为他是总统，中美之间的问题毕竟还得同他解决。毛说他将乐于同总统谈话，不论作为旅游者或者总统来都好。毛的这些话，我们在几天后就知道了。"

斯诺是1971年2月6日离开的。然而，令人奇怪的是，他与毛泽东的那次长谈，尼克松说，我们在几天后就知道了。当时斯诺人还在中国，且中美之间尚无热线，那他是怎样迅速知道的呢？人们至今也没有搞明白。以至于熊向晖也不无幽默地写道："斯诺采取什么办法这么快地就使尼克松知道了，这是难以查考也无须查考的事。"

尼克松得知毛泽东对斯诺的谈话后备受鼓舞，1971年2月，他在美国国会作外交报告时非常兴奋地说："在今后一年里，我要仔细研究我们应当采取什么样的步骤，以创造美中人民之间扩大交往的机会，以及怎样消除实现这些机会的不必要的障碍。"并表示："凡是我们能做到的，我们一定去做！"

毛泽东使用东方传递信息的方式，通过接见斯诺发出的信息，西方人尼克松、基辛格虽然重视，但对"这位高深莫测的主席是想传达点什么"，他们"在关键时刻理解不到他的真意"，因此回应并不理想。毛泽东又跟美国打起了乒乓球，开创了当时举世瞩目的"小球转动大球"的"乒乓外交"的历史。

1971年3月末4月初，第三十一届世界乒乓球锦标赛在日本举行。中美两国都参加了。因为"文化大革命"中断了国际赛事的中国乒乓球代表团抵达日本名古屋，重返国际体坛，受到热烈欢迎。美国国家乒乓球队有十几名队员和几名官员也在日本名古屋参加世界锦标赛，提出了访华要求。外交部和

第24章
尼克松打中国牌，毛泽东打美国牌

毛泽东和埃德加·斯诺从延安时期就建立了深厚的友谊，此后几十年间，斯诺多次来到中国，看望老朋友毛泽东。图为1939年毛泽东与斯诺在延安的合影。（历史图片）

国家体委联合起草了《关于不邀请美国乒乓球队访华》的报告上交总理。4月4日，周恩来在报告上面批注"拟同意"后呈毛泽东。4月6日，毛泽东圈阅报告，退外交部办理。外交部已通知在日本的中国乒乓球队，4月7日世乒赛就要闭幕，看来不邀请美国乒乓球队已成定局。可是，事情奇怪地发生了变化，这天晚上吃了安眠药的毛泽东突然决定：邀请美国乒乓球代表团访华。态度来了个180度的大转弯。周恩来立即周密部署，强调这一举措的政治意义大于体育意义。

年轻的美国运动员在中国受到了热烈欢迎，国家领导人出面接见，一些美国记者同行，一家美国电视网的新闻转播小组向国内进行实况转播。美国人看到了他们的同胞如何在中国比赛、旅行，在面露微笑的中国人中间访问。效果出乎意料的强烈，小球转动了大球。

1971年4月21日上午，访华归来的美国乒乓球代表团团长斯廷霍文在白宫人员引导下，走进了椭圆形的总统办公室，尼克松总统立即从办公桌后面站起来握手相迎。斯廷霍文介绍了美国乒乓球队的中国之行，他告诉尼克松，已经邀请中国乒乓球队回访美国。

"乒"的一声，银球从太平洋西岸打了过来，东岸该如何反应呢？

尼克松毫不迟疑地对斯廷霍文说，给予完全对等的接待。

■ "巴基斯坦渠道"再度激活

以乒乓球代表团互访为契机，中美双方沉寂多时的"巴基斯坦渠道"又活跃起来了。

直到此刻，中美两国历经多次曲折，终于摸清了彼此的战略意图，周恩来不失时机地于4月21日通过巴基斯坦总统向美方发出邀请。

4月27日，巴基斯坦驻美国大使希拉利来到白宫，转达了周恩来通过巴基斯坦总统叶海亚·汗捎来的信件："要从根本上恢复中美两国关系，必须从中国的台湾和台湾海峡地区撤走美国一切军事力量，而解决这一关键问题，只有通过高级领导人直接商谈，才能找到办法。因此，中国政府重申，愿意在北京公开接待美国总统的一位特使（例如基辛格先生）或者美国国务卿，甚至美国总统本人，以进行直接会晤和商谈。"

尼克松获悉后极为高兴，除了4月29日口头表示同意外，并于5月17日请巴基斯坦驻美大使正式答复说："为了解决两国之间那些分歧问题，并由于对两国关系正常化的重视，我准备在北京同中华人民共和国诸位领导人进行认真交谈，双方可以自由提出各自主要关心的问题。"并提议："由基辛格博士与周恩来总理或另一位适当的中国高级官员举行一次秘密的预备会谈。基辛格在6月15日以后来中国。"

尼克松又于1971年5月22日，通过巴基斯坦驻美大使连续向中国发出了第三次口信，再次作出答复：他准备在北京同中华人民共和国诸位领导进行认真的交谈。基辛格在6月15日以后来中国，进行一次秘密的预备会议。

第24章
尼克松打中国牌，毛泽东打美国牌

在华盛顿白宫总统办公室，基辛格清了清嗓子，把手中一叠文件整理好，放在尼克松桌上说，现在已是4月底了，如果你想在1972年3月访问中国的话，我们必须加紧准备。你应该马上决定派谁去中国进行先期会谈。这个人必须在今年夏天以前做好一切准备。

尼克松故意问，你说派谁去？

我想……基辛格慢慢点点头，把桌面前的文件推到桌边上，我想……我应该去。

你？尼克松装成一副很吃惊的样子。

对，我！总统。基辛格固执地回答。

尼克松问，去中国访问不让人知道，你做得到吗？

基辛格笑道，我已想好一个巧妙的方法，而且肯定行得通。我可以在巴基斯坦突然宣布生病，然后在公共场合销声匿迹。还要让他们把我的体温每天三次通报给新闻界，这就可以秘密前往中国，待上二至三天，神不知鬼不觉。

那就你去吧。尼克松听后点点头。

基辛格说，谢谢你，总统先生。你这么信任我，我十分感激。我打算马上同巴基斯坦取得联系。前几天，你放宽了贸易禁令后，中国人对此的反应是令人鼓舞的。

这是个好兆头。周恩来热情款待了我们的乒乓球队，这似乎是他们对我们友好的回报。不过，白宫的人议论，说你关于中国的知识等于零。

基辛格笑道，等于零？太糟糕了，不过，我可以恶补嘛。

有趣的是，早在两年前即1969年的一天，毛泽东就预见了尼克松会派基辛格访华。有一次他读报的时候，突然对身边的王海容说，美国可能要派基辛格来中国。而两年后尼克松才最后决定让基辛格访华。

5月26日，周恩来主持召开中共中央政治局会议，全面讨论中美关系和即将在北京举行的中美预备性会谈，并对可能出现的各种情况作了充分估计，拟出了各种对策。会议对党内部分同志对中美会谈的种种疑虑和担心，作了认真的分析和冷静的回答。

会议决定以周恩来的名义，捎给尼克松一个口信，并把会议情况写成报告，送毛泽东审批。这次政治局会议正式地、全面地确定了中共中央新的对美政策。

5月31日，经毛泽东批准，周恩来的口信送往巴基斯坦。

6月2日晚上8点，巴基斯坦驻美大使希拉利来到白宫基辛格办公室，向他面交了中国方面转来的短信。这封信是周恩来亲笔签署，是毛泽东批准发出的。信的内容是："周恩来总理认真研究了尼克松总统1971年4月29日、5月17日和5月22日的口信，并且十分愉快地向毛泽东主席报告尼克松总统准备接受他的建议访问北京，同中华人民共和国领导人进行直接会谈。毛泽东主席表示，他欢迎尼克松总统来访，并且期待着届时同总统阁下进行直接谈话。周恩来总理建议，最好由基辛格博士在6月15日到20日之间选定一个到达中国的日期；他可以从伊斯兰堡直接飞往一个不向公众开放的飞机场。""周恩来总理热烈期待着在最近的将来在中国同基辛格博士会晤。"

送走希拉利后，基辛格如释重负，长长地舒了一口气。他拿着记录下来的信，兴冲冲地一路小跑去找尼克松。

来了！来了！周恩来的复信来了！基辛格兴高采烈地说。

尼克松读过信后，也禁不住眉开眼笑。

基辛格笑呵呵地说，这是第二次世界大战以来，美国总统收到的最重要的信件。

两人兴奋地谈论起来，不觉零时已过，可两人谈兴正浓，全无睡意。尼克松打破晚饭后不喝酒的惯例，起身找出了一瓶陈年库瓦西埃白兰地和两个高脚杯，这瓶酒是一位朋友送给尼克松夫妇的圣诞礼物，是一种很陈的白兰地。他斟了两杯白兰地，和基辛格兴冲冲地干杯以示庆贺。

他兴冲冲地说，亨利，虽说我俩都有晚上不喝酒的习惯，但今晚破例了。让我们为今后几代人干杯！由于我们所采取的行动，他们有了过和平美

第 24 章
尼克松打中国牌，毛泽东打美国牌

好生活的更好机会。

基辛格意味深长地说，我想起了几百年前从西方去中国的马可·波罗。

尼克松灵机一动说，我们给你的中国之行起个代号，就叫"波罗行动"。

少顷，他又说，你们去的那几天，我肯定会睡不着，要是完成使命，就用一个电码单词Eureka，从北京给我发报。

Eureka。基辛格重复了一遍，发现。马可·波罗发现了中国，我们能发现什么？

和平！尼克松回答，亨利，再干一杯，为这次重大的秘密行动！

当尼克松终于在椭圆形办公室作出决定，派基辛格出使北京时，基辛格才如释重负。他开玩笑说，理查德·尼克松总统真有胆量！他派我一人去，到时我无法跟国内联系，他不怕我把阿拉斯加卖掉啊！

基辛格被授权起草答复周恩来的信，并亲手交给了巴基斯坦大使希拉利。回信中说道："尼克松总统建议他的国家安全事务助理基辛格博士和周恩来总理或另一位适当的中国高级官员举行初步的秘密会谈。""同时，不言而喻，基辛格博士和中华人民共和国高级官员的第一次会谈要绝对保密。"

回信打印在一页复写纸上，上端没有任何字样，也没有美国政府的水印图案，下端无人签名。

基辛格马上召见了希拉利大使，将复信交给他。

中国原主张基辛格公开来。毛泽东曾说：既然要来，就公开来嘛，何必藏头露尾呢！周恩来也认为：他们很难保密。但美国坚持让基辛格秘密来。北京只好说在中国境内可以保密，在中国境外，我们就没办法了。

■ "波罗行动"

尼克松决定让基辛格打头炮访问中国后，基辛格便动身去棕榈泉休假。

他带了一大包关于中国历史、哲学和艺术的书籍，并让洛德负责准备介绍中国情况的材料。他最感兴趣的是有关周恩来的情况。他向中央情报局要来一份非常详细的周恩来生平资料。此前，人家评论他"关于中国的知识等于零"，他现在是临时抱佛脚，要恶补一番。

1971年7月8日，基辛格一行在访问越南、泰国和印度之后，飞到了巴基斯坦首都伊斯兰堡。在巴基斯坦总统叶海亚·汗的热情帮助下，基辛格经过精心安排，于这一天开始了他的"波罗行动"。为了转移人们的视线，白宫新闻秘书在例会上宣布："尼克松总统即将派基辛格博士于7月2日至5日到越南南方执行调查事实的任务，随即到巴黎同戴维·布鲁斯磋商。在基辛格赴巴黎途中，他将同泰国、印度和巴基斯坦官员们会谈。"

基辛格在巴基斯坦停留与转飞北京的安排，都是通过中央情报局的保密电讯，由驻巴大使法兰跟叶海亚总统精心策划的，圆满实现了现代外交史上最有名的"遁身术"。

黄昏时分，叶海亚总统在基辛格下榻的政府宾馆举行宴会，并在宴会中开始执行计划。先由外交国务秘书舒尔坦十分遗憾地告诉大家，尊贵的客人"偶感不适，肚子疼"。接着，叶海亚总统便煞有其事地高声宣布"因为基辛格博士偶感不适，身体欠佳，只好抱歉改期"。接着他表情严肃、态度诚恳地说，伊斯兰堡天气太热，会影响客人复原，我安排基辛格博士到北边群山里的纳蒂亚加利总统别墅去休养，希望他尽快康复。

基辛格也按"导演"要求当场演戏，装着神态迟疑地表示不同意："感谢总统的一片好意，但那对贵国太麻烦了。"叶海亚又马上异常恳切地挽留：博士先生，在一个穆斯林国家里，要由主人的意志而不是客人的意志来决定。

基辛格随行的特工人员也犯了傻，并不知道这是在演戏，信以为真了。他们按照白宫的规定，派了一个同事连夜赶往纳蒂亚加利，先行去了解情况。半夜，这位认真负责的先行的特工人员打电话回来，报告他已勘察过纳蒂亚加利的宾馆，认为不宜于居住。基辛格获知后，只好要求巴基斯坦方面

第24章
尼克松打中国牌，毛泽东打美国牌

把这位倒霉的特工人员扣留在纳蒂亚加利，直到基辛格从北京回来。

在基辛格来到巴基斯坦之前，中巴双方就做了十分周密的安排。在叶海亚的指示下，中国驻巴基斯坦大使张彤被特别允许自由出入总统府。张彤将中国领导人的信件直接转给叶海亚总统。叶海亚亲自记下要点，然后放进总统专用信封，经双层密封后由信使携往美国，交给巴基斯坦驻美国大使希拉利。希拉利无权启封，必须亲自交给尼克松或基辛格。

为了基辛格安全访华，中巴双方还进行了试航计划。中方于7月3日派出徐柏龄等领航人员赴巴方。7月6日，由巴航飞行员驾驶试航北京，在中方人员领航下安全地在北京南苑军用机场降落。这时，根据周恩来总理的安排，中国外交部的代表章文晋等四人已经在南苑机场等候。飞机加油后，立即飞回巴基斯坦，顺利地完成了试航任务。

基辛格参加完总统宴会回到宾馆时已是夜里11点，还有四个半小时，他就要踏上神秘旅程了，他兴奋得睡不着觉。凌晨3点半，基辛格从床上爬起来。凌晨4时，基辛格一行在舒尔坦的陪同下乘坐巴基斯坦的军用车前往查克拉拉军用机场。出门前，为了防止偶然过路的行人将基辛格认出来，法兰大使对基辛格说："不行。你这副模样，大家太熟悉了，得变一下。"基辛格只好戴上一顶阔边大檐帽和一副墨镜。

基辛格走得太匆忙，连洗换的衬衣都忘了收拾带走。

在基辛格离开伊斯兰堡以后，为了执行掩护计划，以假乱真，一队没有基辛格在内的迎送基辛格的车队，在摩托车队的护送下于当天上午8时，浩浩荡荡地驶出政府宾馆。车头上都插着美巴两国国旗，在伊斯兰堡引人注目地招摇过市，驶往五十英里外的纳蒂亚加利。为首的一辆车里坐着美国驻巴大使法兰和巴基斯坦外交国务秘书舒尔坦。

纳蒂亚加利这个地方到处是山间小别墅，有僻静曲折的车路相通，确实是执行掩护计划的最佳场所。舒尔坦还假戏真做，去请了一位巴基斯坦医生来别墅诊治一个病人。这位医生事先经过舒尔坦反复了解、询问，断定他分辨不出基辛格和其他白种人以后才请来的。人家问他："你见过基辛格吗？"他回答说："没有。"又问："那么你一定在报上见过他的照片吧？"答称："没有见过。"从纳蒂亚加利出来后，这位医生傻乎乎地以为他在给基辛格看病，其实他看的是一个特工人员。

叶海亚总统着实细致，为了不露破绽，还授意组织了巴基斯坦陆军参谋长、国防部长以及二十来个其他政府官员，陆续不断地从伊斯兰堡坐车到纳蒂亚加利探望贵宾"基辛格"。舒尔坦则在客厅里装着十分抱歉地将他们一一挡驾，请他们喝咖啡，推说"基辛格"正在休息，不便打扰。

但真正的基辛格还是在机场被人认出来了。

当基辛格神情严肃地走向舷梯登机时，有一个人大大地惊讶了，这个人就是《每日电讯报》驻巴基斯坦的特约记者贝格，他曾在巴基斯坦外交部任职，所以一眼就认出了经过化装的基辛格。

贝格忙凑近在场的机场负责人问，那不是基辛格吗？

是他。机场负责人随口回答。

他去哪儿？

中国！

中国？敏锐的贝格惊讶得张大了嘴巴，他望了一眼蓝天，飞机迅速在眼前消失。他愣了一会儿神，对眼前的情景在脑子里重放一遍，醒过神来后赶紧回到住处，给报社发了一则快讯：

据本报驻伊斯兰堡记者贝格报道：

  记者在拉瓦尔品第机场获悉，美国总统的国家安全事务特别助理基辛格博士一行人，已于7月9日凌晨4时乘坐一架巴基斯坦国际航空公司的波音707飞机飞往中国。

这本是一条轰动世界的快讯，却被《每日电讯报》的值班编辑扔进了

第 24 章
尼克松打中国牌，毛泽东打美国牌

废纸篓里。他边扔边嘟哝道，贝格疯了，他准是又喝醉了。基辛格会到中国去？荒唐！

就在尼克松、基辛格紧张准备实施"波罗行动"时，周恩来亲自掌握的一个工作小组住进了钓鱼台四号楼。这个工作小组的主要成员包括叶剑英、姬鹏飞、黄华、熊向晖、章文晋等人。

这一天，周恩来亲往钓鱼台国宾馆，选定距北门不远的五号楼，作为基辛格一行的下榻处。

他进门就发现到处摆放着毛主席语录，还有些当年的"文革"标志物。他说，这些红宝书要撤掉，报纸杂志要挑选，房间要重新摆设。我们欢迎人家来，就得要热情，否则就太不礼貌了，也不要强加于人。

接待人员根据他的指示撤走了《毛主席语录》之类的摆设。

周恩来又说，脑子里要有一根弦，这就是一切言行举止都要从有利于这次中美高级会晤的气氛出发。

他在往外走时，还对接待人员说，美国人爱吃奶酪，这里没有，要到北京饭店去定做。美国人爱吃海味，要准备些鲍鱼、海参、海贝。

接待人员边听边记录。

1971年7月9日中午，瞒过全世界的耳目，秘密到达北京的基辛格享受了一顿令人惊叹的盛宴之后，下榻钓鱼台国宾馆五号楼。这是个典雅优美、古色古香的花园，楼外假山玲珑，小径曲折，流水潺潺。

基辛格一行在叶剑英、黄华和外交人员章文晋、韩叙、张颖等的陪同下，向住处走去。

他们惊奇地发现，入口大厅摆着明贵的紫檀木条几，是明代家具，还挂着清代画家的名画。

他们走进基辛格居室，室内摆放着名贵古家具和字画，陈设柜里还放着十多件名贵古玩，有明代青花瓷器、清代的景泰蓝和玉器、殷商的青铜器等，但柜门都上着锁。

美国保安人员想打开柜子检查一下，发现上着锁，便很不高兴地质问接待人员：为什么这些柜门都上着锁？在我们看来这是不尊重客人。

接待官员章文晋解释说，没有不尊重客人的意思。柜子里的这些名贵家具和字画，是收藏的古物，是经过周总理批准才从文物部门借出摆在这里的。这正是体现了对客人的尊重。

基辛格忙说，谢谢！

等接待人员走后，基辛格笑着说，我这次来中国，谁都不知道，早上起来我连保镖都没有告诉，他会因为找不到主人而急疯的。

他打开皮箱，对高个子的助手霍尔德里奇抱怨说，走得太匆忙，我竟然忘了带衬衣，霍尔德里奇，怎么办？我总不能不穿衬衣跟周恩来会谈吧？

霍尔德里奇笑道，不穿衬衣跟周恩来会谈，倒是个好主意。

基辛格说：不要开玩笑了，你借件衬衣给我穿吧？

那当然可以。霍尔德里奇说着跑到自己房间拿来一件衬衣，递给基辛格。

基辛格接过一看商标，笑了："台湾制造！"

他穿上后又哭笑不得地说，台湾与我贴得太近了，但愿不要给我惹什么麻烦。

霍尔德里奇笑说，这件衬衣穿上身，一只刺猬就趴在你身上啦。

章文晋走进来说，基辛格博士，周恩来总理下午3时来会晤。

章文晋走后，基辛格忙对霍尔德里奇说，通知随行人员，到院子里去散步。他用嘴努努屋外草坪。

霍尔德里奇明白了：你是怕屋内装有窃听器？

嗒！他用手指捂捂嘴，表示别多说。

基辛格顾不上休息，把随员拉到院子里，装着散步的样子，却在商议着与周恩来谈判的事。

基辛格说，我们在草坪散步，谈起话来保险，商议一下与周恩来谈判的事。

第24章
尼克松打中国牌，毛泽东打美国牌

他们不经意地走到了五、六号楼之间的小桥，被警卫挡住了。

基辛格不高兴地嘟哝，我们被软禁啦！

晚上，基辛格为被警卫阻挡一事提出抗议，章文晋解释说，这哪是软禁？要绝对保密，难道你们忘记自己一再提出的要求了吗？警卫人员这样，正是按照你们的要求做的。

基辛格恍然大悟：对对，绝对保密，绝对保密！

7月9号下午4点半，周恩来来到五号楼。这是不平常的礼遇。一般情况下，政府首脑是不会登门拜访来客的，尤其是一位不是政府首脑的客人。

基辛格连忙招呼他的随员在客厅门口迎候，在门口排成一行，显得紧张和拘束。

基辛格还未等周恩来走到跟前，就把手伸了出去，动作有点夸张。他显得年轻而精力旺盛，一头黄色卷发，戴着黑边玳瑁眼镜。

周恩来微笑了，自如轻松地和他紧紧握手，长时间地摇晃几下，眼睛注视着基辛格说，这是中美两国高级官员二十几年来第一次握手。

基辛格也笑了笑说，遗憾的是这还是一次不能马上公开的握手，要不全世界都要震惊。

他紧接着把随员介绍给周恩来。

他指着大高个子说，约翰·霍尔德里奇。

周恩来握着霍尔德里奇的手说，我知道，你会讲北京话，还会讲广东话，广东话连我都讲不好。你在香港学的吧？

洛德没等周恩来开口，就自报姓名：温斯顿·洛德。

周恩来握住他的手说，小伙子，好年轻啊！我们是半个亲戚。我知道你的妻子是中国人，在写小说，我愿意读到她的书，欢迎她回来访问。

在周恩来的独特魅力面前，基辛格一行的紧张、拘谨很快消失了。

他们随即进入会客厅。

隔着一张铺着绿台布的长桌，周恩来、基辛格相对而坐。在周恩来两旁的是叶剑英、黄华、章文晋、熊向晖、王海容、唐闻生、冀朝铸，在基辛格两旁的是霍尔德里奇、斯迈泽和洛德。

双方会谈人员就座后，洛德将一本厚厚的材料汇编摆在了基辛格的面前。周恩来只掏出一张纸放在茶杯边。基辛格用余光一扫，只见纸上写着几行字，猜想大约是对话提纲。

周恩来与基辛格进行正式会谈前的寒暄。

为了减缓紧张情绪，基辛格说，我也希望以同样的热情在美国招待周总理。

周恩来自然大方地回答，我没有去过美国，也没有到过西半球，但是我们是在同一时候工作，你们在白天，我则在晚上。

基辛格打开那本厚皮封面的材料汇编，十分谨慎而机械地念了起来。这个厚本是专为这次谈判花了时间精心准备的，被助手们戏称为谈判的"圣经"。在阐述美国方面的立场时，基辛格时不时地要翻看一下其中的要点和论据。

"自从1874年美国商船'中国皇后'号从纽约起航……"基辛格讲得烦琐而冗长，好像论文答辩。周恩来等静静地十分耐心地听着。

基辛格说，尼克松总统给了他两个任务：一是商谈尼克松访华日期及准备工作，二是为尼克松进行预备性会谈。他谈了七个问题，在谈到台湾问题时，他从撤军问题谈起，着重强调：1. 美国政府拟在印支战争结束后撤走三分之二的驻台美军，并准备随着中美关系的改善，减少在台湾余留的军事力量；2. 不支持"两个中国"或"一中一台"，但希望台湾问题能和平解决；3. 承认台湾是中国的一部分，不支持台湾独立；4. 美国不再指责和孤立中国，美国将在联合国支持恢复中国的席位，但不支持驱逐台湾代表。

周恩来说，两国之间的分歧是巨大的。例如，台湾问题就是两国关系的根源。现在，我们终于坐下来了，应该相互阐述自己的立场，让对方加以了解。

第 24 章
尼克松打中国牌，毛泽东打美国牌

基辛格与助手们交换了一下眼色，他们长久以来都为台湾问题担心，怕一会谈就会拍桌子吵崩。如今，这块压在心上的石头落下了一半。

基辛格深表赞同说，尽管我们之间有严重分歧，但也能找到共同点。

会谈快要结束时，基辛格讲起了首次来中国的感慨：总理先生，已经有许多人访问过这个具有几千年文明的美丽国度了，但对我们来说却仍然是一个神秘的国度。

周恩来立即纠正道，你会发现，它并不神秘。你熟悉之后，它就不会像过去那样神秘了。

基辛格说，我会熟悉它的，而且很快。

周恩来说，不但你会很快熟悉，你们的总统尼克松先生也会很快熟悉。

基辛格：是的，我是来为他搭桥的。

基辛格第二天对陪同他参观故宫的黄华说，总统不止一次地设想我们会谈的情景，以为你们会拍桌子大声叫喊着打倒美帝，勒令我们立即滚出台湾，滚出日本，滚出东南亚，不然就不能坐下来谈判。

黄华听了哈哈大笑说，真的吗？

当时，双方会谈告一段落后，已到了用晚餐时间。周恩来提议说，先吃饭吧，要不菜要凉了。

交谈嘛，何必照着本子念呢。周恩来站起身来，善意地朝基辛格笑了笑。

基辛格脸红地说，我在哈佛教了那么多年书，还从未用过讲稿，最多拟个提纲。可这次不同，对周总理我念稿子都跟不上，不念稿子就更跟不上了。

基辛格和他的助手们又交换了一下眼色，特别助理悄悄对他说，头儿，你太紧张了。

会谈结束已是第二天黎明时分了，周恩来和基辛格并肩从钓鱼台的会议室走出。

周恩来用英文说，我们散散步吧。

两人边谈边走，已走上一座汉白玉小桥。周恩来用景物作暗示说，几十年来我们彼此都没有沟通，还有很多桥要过。

OK！OK！基辛格看了眼树林中无数的汉白玉小桥，小桥边的灌木丛中站着的武装警卫，此情此景，他对周恩来的话留下了深刻印象。

又过了一座小桥，周恩来与基辛格握手告别，上了跟在后面的红旗轿车，驰离了。基辛格目不转睛地望着远去的红旗轿车，回味着周恩来不同寻常的姿态。

7月10日中午，周恩来、基辛格在人民大会堂福建厅继续会谈。会谈气氛很紧张，因为接触到了实质性问题。

在讨论黄华带来的公告草稿时，双方立即产生争议，主要有三处：一是尼克松来华访问是谁主动提出的，二是会谈要讨论哪些问题，三是来访的适当时间。原稿中对第一点说尼克松要求来访，我们邀请。基辛格不同意，说这样写让人看了觉得尼克松像个旅游者。

下午6时，会谈暂停，因为周恩来必须在一个宴会上做主人，招待朝鲜的领袖金日成。他指示黄华和章文晋先与基辛格专门就公告谈一轮。

双方都有个稿子，我方的稿子比较简单，说基辛格来中国，同我们进行了会谈，尼克松总统准备来中国访问。美方的稿子渲染基辛格同中国的这次会谈，涉及亚洲和世界和平的基本问题，是以诚挚、建设性的方式谈的；而尼克松的来华访问将有助于重建两国人民关系，并对世界和平作出重大贡献。

黄华说，台湾问题还没有解决，其他问题怎么谈得上？关于尼克松总统的来访，美方的稿子强调是中国邀请，这不是事实，我们是同意邀请。

基辛格强硬地说，我也不同意贵方的稿子，那样就像是尼克松自己邀请自己。

根据周恩来指示，黄华、章文晋直接去向毛泽东汇报。

黄华说，基辛格不同意我们公告稿子的提法，说是好像尼克松自己邀请自己。

毛泽东大笑着说，要改，要改！

笑毕，他又说，尼克松来访，谁也不主动，双方都主动。公告中也不写我要见他的话，要学诸葛亮留一手。

当黄华他们告别毛泽东，走出书房时，回头一看，见毛泽东仍坐在沙发椅上，躬身向前，两臂抱膝，双手几乎着地。

黄华大为惊讶，问王海容，主席这是什么意思？

王海容说，主席在向你们行大礼呢。

黄华忙说，不敢当，不敢当！请主席保重。

宴会结束后，章文晋拿着修改后的公报文稿对周恩来说，总理，这份公报总共才二百多字，双方经过多次磋商，还定不下来，老在词义上争论不休。

周恩来说，关键是双方都不愿意丢面子，都不愿意说是自己主动走出第一步的。我看这样措辞……他站了起来，抱臂沉思一会。黄华乘空将会见毛泽东的情形告之。周恩来便口述道："获悉尼克松总统曾表示希望访问中华人民共和国，周恩来总理代表中华人民共和国政府邀请尼克松总统。"

周恩来考虑，如果说尼克松要求来访，我们邀请，他们面子难看，于是建议改成"获悉"尼克松要来访，我们邀请，这样，就避免了谁是主动的问题。对会谈要讨论的问题，在"谋求两国关系正常化"之后，加上"并就双方共同关心的问题交换意见"，不只是讨论台湾问题。

黄华、章文晋说，这样好。加上"获悉"两字，双方都不丢面子，我估计基博士会满意的。

周恩来一看表说，好，我们去跟他作最后的会谈，把尼克松的访华事项定下来。

说完，他一阵风似的往外走。

周恩来与基辛格的会谈继续进行，重点讨论公报草稿。

关于来访时间，周恩来和蔼地建议，尼克松总统可于1972年夏天来访问。

基辛格说，1972年夏天离总统大选的日子太近，可能会引起误会。他表示，中美关系正常化需要一个过程，尼克松将会连选连任，在他第二届总统任期内，将同中华人民共和国建交。在此以前，美国将维持与台湾的现有关系，同时将采取一些有利于而不是有损于中美关系正常化的措施。

周恩来充分体谅尼克松的难处，访问时间建议改在1972年春天。

基辛格还告诉周恩来，尼克松已经决定，美国今年将支持中华人民共和国取得联合国和安全理事会的席位，但不同意从联合国驱逐台湾的行动。在尼克松访华前，如果美国听任台湾失去联合国席位，将使尼克松处于非常困难的境地。

周恩来马上正告基辛格：你们要在联合国制造"两个中国"，中国政府坚决反对，一定公开批驳。

基辛格立刻想到当时中国报刊的辛辣文风，恳求说，请你们对我们的总统少用尖刻的形容词。

双方商定，今后将通过中国和美国驻法国大使馆进行联系，中国联络代表为中国驻法国大使黄镇，美方的联络代表是美国驻法使馆武官沃尔特斯将军。

会谈结束时，基辛格说，我特别欣赏阁下的一句话："舵手必须顺水行舟，否则会有灭顶之灾。"

7月11日9时40分，重新会谈，在不可更改的必须启程的时刻前，谈了三个半小时。这一次，黄华提出的草案和基辛格的要求异常接近，只需改一个字就可全部接受。

三天紧张的会谈结束后，叶剑英来到宾馆，与基辛格一行进行最后的午餐。

醇香的茅台酒打开了，所有在座的都在浅酌中谈笑风生。基辛格及其随行人员品尝着几道中国大菜。

第24章
尼克松打中国牌，毛泽东打美国牌

基辛格说，叶将军，中国的饭菜神奇啊，才几天，我的体重就增加了五磅。

五磅小意思。叶剑英风趣地对基辛格说，这次很对不起你啦。没能以正式公开的方式欢迎你，以后再补上。

基辛格说，你说的以后会很快的。

叶剑英说，下次来就不需要躲在这里了，可以到烤鸭店品尝烤鸭，也可到东来顺吃涮羊肉，还可以给你们的家人买些纪念品。

基辛格说，我记住了叶将军的话，我会很快尝到烤鸭的。

午餐进行得十分愉快，紧张的气氛已烟消云散，人人脸上都挂着轻松友好的笑容。

饭后，助手们把周恩来送的中国菜、英文版毛泽东著作和访问影集搬上了飞机。

秘密访问进展顺利，离开宾馆前，基辛格及随行人员又到院子里散步，这次他们不紧张了，也不用交头接耳了，而是轻松愉快，哼着欢乐的美国小调。

他们向五、六号楼之间的小桥上的警卫友善地打招呼：Hello!

警卫向他们敬礼。

7月11日下午，基辛格最终完成秘密访华，兴高采烈地乘着那架巴航飞机，飞回巴基斯坦的伊斯兰堡，除了带回双方认可的联合公告，还带回了中国人送的中国菜、毛泽东著作英文版及这次访问的照片集。

在华盛顿白宫，基辛格秘密访问回来，正在尼克松住的那幢西班牙别墅最高层的小书房里，跟尼克松说着衬衣的笑话：这件衬衣果真是不祥之兆，台湾问题是我跟周恩来谈判中最棘手的问题，双方大吵了一顿，真是一只刺猬。

尼克松笑道，谁叫你穿件台湾制造的衬衣在身上呢，这是自己制造麻烦！台湾是个烫手的山芋啊！

基辛格收敛笑容说，好在一切顺利，周恩来邀请总统先生于明年5月之前访问北京。

尼克松：好！你对周恩来印象如何？

基辛格兴致勃勃地说，周恩来的谈判本领会令你感到吃惊。周恩来和戴高乐一样，是我所遇到的给人印象最深刻的外国政治家。他跟我会谈时，轻而易举地就点破了中美关系的实质，似乎除此之外别无明智的选择。

我们原来还设想，周恩来会跟你大发脾气呢。尼克松端起酒杯与基辛格碰了一下，一口饮干。

基辛格懊悔不已地说，我们真荒唐，怎么能设想周恩来会狠狠敲桌子大骂呢？

尼克松高兴地说，你已经打开坚冰，我这艘航船自然要启程啦！

1971年7月15日，太平洋时间下午2点45分，美国白宫发出了一个闪烁其词的通知，说五个小时后尼克松总统要对全国的电视广播网发表一项"重要声明"，题目保密，拒绝事前透露。

尼克松、基辛格从圣克利门蒂飞往洛杉矶，晚7时，尼克松笑容可掬地走进设在伯班克的全国广播公司的播音室，在收看电视的黄金时间发表电视讲话。

他踌躇满志地对着麦克风说："晚上好！我今晚要求这个电视时间，是为了宣布我们为了争取建立世界持久和平的工作所取得的一项重大进展……我已经派遣我的国家安全事务助理基辛格博士，秘密去中国同周恩来会谈。并且，我已经接受了1972年5月以前访问中国的官方邀请。"

接着，尼克松宣读了基辛格与周恩来会谈的公告全文：

周恩来总理和尼克松总统的国家安全事务助理基辛格博士，于1971年7月9日至11日在北京进行了会谈。获悉，尼克松总统曾表示希望访问中华人民共和国，周恩来总理代表中华人民共和国政府邀请

第 24 章
尼克松打中国牌，毛泽东打美国牌

尼克松总统于1972年5月前的适当时间访问中国。尼克松总统愉快地接受了这一邀请。

正在人们感到惊异时，尼克松又说："我刚才宣读的公告将同时在北京和美国发表。中美两国领导人的会晤，是为了寻求中美两国关系的正常化，并就双方共同关心的问题交换意见。我们与中华人民共和国建交所采取的行动，绝不是以我们老朋友为代价的。"

基辛格访问中国的色彩太神秘了，美国电视观众听了大吃一惊，犹如置身梦境。当尼克松讲完话，电视镜头马上对准现场的电视评论员。这些往日锋芒毕露、出口成章、巧舌如簧的人都怔住了，直愣愣地望着全国电视观众，目瞪口呆，竟一句话也说不出来。

离开电视台，尼克松和基辛格等人来到洛杉矶市内的一家餐厅，举行小型庆祝晚宴。他们喝的是1961年酿的法国名牌葡萄酒，吃的是蟹腿肉。餐厅里的客人纷纷走上前来，又是鼓掌，又是握手。公众的反应是热烈地支持。

也有几个人看了这个公报很不是滋味。

在台北阳明山官邸，正在看电视的蒋介石恼火和沮丧地骂了一句：尼克松是个混蛋！

宋美龄说，达令，要赶紧指示沈剑虹拜会尼克松，向美国当局提出严正抗议！

蒋介石说，达令，立即接通沈剑虹的电话，你跟他说，马上找尼克松抗议！

■ 巴黎秘密渠道

1970年6月，尼克松要美国驻法国大使去接触中国驻法国大使馆官员，传达美国方面的意图：华沙这个论坛太公开，也太拘谨，美方希望另外打开一条保密通讯的渠道。

尼克松、基辛格两人觉得把华沙作为会谈地点，就要让国务院参与，容易受到干扰，而且会谈时每次都是和尚念经一样互念经过批准的稿子，既耽误时间，又不解决问题。如果不让美国别的人分享外交上的成果，就应该依赖秘密渠道与中国人对话，这样既能增加戏剧性色彩，又能圆了尼克松名扬天下的美梦。

中美之间的巴黎秘密渠道开始酝酿建立。中国方面在美军撤出了柬埔寨和尼克松再次发出愿意打破中美关系僵局的信号后，于7月10日提前释放了1958年被捕的美国间谍詹姆斯·华理柱，作了含蓄的回答。中美驻法国的使馆官员开始了秘密接触。

基辛格第一次秘密访华后，中美双方商定的"巴黎秘密联络渠道"替代罗马尼亚渠道和巴基斯坦渠道，活跃了起来。

7月19日上午8时20分，沃尔特斯自己开车，先将车停在远处，然后徒步向中国驻法大使馆走去。他打量着这座大使官邸，它坐落在花园中央，离街面有一段距离。它的围墙很高，临街铁栏杆高竖，门上还钉了金属板，以防行人窥视。大门是虚掩着的，他推开大门，顿时眼睛一亮，前面站着一位穿中山装、戴一副深度眼镜的中国青年人，沃尔特斯以缓慢的语调用法语说，我是美国武官，我带来敝国总统致贵国政府的一封信。

沃尔特斯以为自己又将遭遇上次碰壁的场面。那是基辛格秘密访华以前4月间的事情，就是这位将军在波兰驻法使馆的一次招待会上，总盯着中国武官，等到只有他们两个人的时候，他走到中国武官跟前，用法语说："我是沃尔特斯将军，美国武官，我有一封敝国总统致贵国政府的信。"中国武官毫无准备，按以往惯例没有接受此件，只用法语说："我一定转告，一定转告。"说完上了奔驰牌轿车，回到大使馆，将情况报告黄镇大使，大使立即将这个动向报告了国内。

第24章
尼克松打中国牌，毛泽东打美国牌

但这次，他福星高照，不仅没有碰壁，而且受到了黄镇大使的热情接待。

黄镇拉他并肩坐在气派十足的会客室沙发上，请他喝茶。

黄镇说，你是军人，我也曾是军人，军人对军人，我们一定很谈得来。

这开场白很亲切，沃尔特斯耸耸肩膀，双手一摊：你是长征出来的老将军，我在你的面前是小兵。

黄镇摇摇头，笑了：我自己也只是毛主席的一个小兵。

在黄镇热情的感染下，沃尔特斯也热情澎湃起来。他向黄镇自我介绍，他精通八国语言。黄镇接过他的话茬说，希望你不久后也精通中文。

两人哈哈大笑。沃尔特斯侧过脸，神色庄严地说，我的行动十分保密，连美驻法大使也不知情，只有我的女秘书南希·马莱特小姐知道。沃尔特斯说，他今天来大使馆，把车子停在不远的一个拐弯处，因为他的车牌号是"CD6"，外人一看就知道是美国大使馆的。法国情报机构和记者无孔不入，惯于捕风捉影，他得处处提防。巴黎渠道来往的口信都将绕过美国国务院和国防部直通白宫。

黄镇听出他的弦外之音，点点头说，我们也采取了严格的保密措施。他指了指坐在右边的那位穿中山装戴深度眼镜的青年人，即法文翻译韦东，和左边坐着的一秘曹桂生，使馆里除了我们三人和极个别必不可少的工作人员外，无人知情。

沃尔特斯也理解地点点头，把一封信交给黄镇说，我对中国人的保密本领深信不疑。

黄镇答应把信很快转交北京。

沃尔特斯说，我来是为了执行白宫的命令，是为美国利益服务的。

黄镇说，我赞赏你的坦率，我们都为各自国家的利益服务，但这并不妨碍我们双方找到共同点。

只要有事，我将随叫随到。沃尔特斯向黄镇告辞说，如果我不在，也要千方百计通过南希小姐找到我。他写下了南希小姐的电话号码，并商定，今后见面先电话联系，他的代号为"约翰"，每次由他来黄镇官邸。

此事关系重大，预祝我们合作成功。黄镇匆匆地说，他懂得，会晤应该到此结束。

信件很快发往北京。此时已是凌晨。黄镇回宿舍时又交代值班员，只要国内有指示，无论何时，都要立即通知他。走到半路，他又折回来，对韦东、曹桂生交代说，不管发生什么情况，都不得拖延与沃尔特斯的联系。

7月24日深夜，黄镇被告知：基辛格博士要来拜会他。这是基辛格第一次秘密访华时和周恩来总理商定的。

黄镇把两个睡眼惺忪的翻译叫到自己屋里来，商量接待的具体工作。黄镇的意见是：不卑不亢，热情接待，礼宾规格要高于沃尔特斯。几天的忙碌，他在韦东、曹桂生眼睛里看到一层黑雾，连他俩的话音也比以前低多了，他自己的眼睛也有些发涩，一切看上去都是模糊的、晃动的。黄镇说，趁天还没亮，你们先去睡一会儿。

你呢？年轻人问道。

黄镇笑道，年纪大的人觉少。你们养足精神，到时候别打盹，翻译一定要准确，有不清楚的地方一定要问，不厌其烦地问明白。

沃尔特斯要将基辛格悄悄带进巴黎成了难题。因为神通广大的法国情报机构控制着每一关卡。只要发现基辛格到了巴黎，新闻界就会轰动，秘密渠道也要曝光。尼克松只好求助于法国总统蓬皮杜。蓬皮杜帮了忙，只让法国情报机关的最高层知道了这件事。

7月25日，基辛格先在华盛顿招摇露面，然后乘坐打着飞行训练幌子的"空军一号"总统座机，从法国邻国进入巴黎，当夜神不知鬼不觉地在沃尔特斯居住的公寓下榻。沃尔特斯瞒着工作人员，把自己的卧室让给基辛格，自己在起居室的沙发上过夜。

第二天，7月26日早晨，基辛格和两名助手在公寓吃了早餐，就兴冲冲地去会见中国大使。为避免被人发现，沃尔特斯特地从车行租了一辆旧车，由他亲自驾驶。基辛格则戴上一副墨镜，一顶普通的法国帽，把帽檐拉得低低的，遮住了半个脸，颇有点大侦探的味道。

他们进入中国使馆后，看见黄镇大使站在厅门口迎接，双方握手后一道进入充满幽香和中国音乐的客厅。当沃尔特斯把怎样掩护基辛格进巴黎和进中国使馆的情景一描绘，黄镇哈哈大笑，连连点头：你不愧为将军，想得周到，保密工作做得好。

沃尔特斯受到夸奖，喜形于色。

黄镇请他俩喝中国茉莉花茶，吃荔枝干和杏脯。黄镇的目光扫过基辛格的高鼻子和大眼睛，惊愕了一下说，我们好像在戴高乐将军的葬礼上见过面？

基辛格拿了块荔枝干，嚼着说，是的，当时我就想和中国大使说几句话，但怕这会引起轩然大波。

是的，那时时机还不成熟。

但现在不同了，美国决定将美中关系建立在新的基础上。

黄镇高兴地说，中国政府同样有着在新的基础上发展中美关系的愿望，因为中美关系的发展不仅符合我们两国人民的根本利益，也符合全世界和平的利益。他给客人斟满了茅台酒，提议为中美关系发展干杯。

基辛格拿起一杯酒，放在鼻子底下闻了闻，嘴唇挨着酒杯边儿，脑袋一扬，酒杯就见底了。他眼镜后面的眼睛放着迷迷离离的光，咂着嘴道，又喝到茅台酒了，我酷爱茅台酒和中国烹调。

黄镇和基辛格（历史图片）

他说起秘密访华时同周恩来共进晚餐的情景异常激动,他坦言道,在他生平所遇到的两三个给他印象最深刻的人中,周恩来是其中之一。在他眼里,周恩来敏锐、聪慧而含蓄,是一个目光远大、不斤斤计较于细节的政治家,他欣赏周恩来的风度,特别记得他讲的这句话:"现在天下大乱,我们有机会来结束这种局面。"他瞅着透明的玻璃杯幽默起来:不过我不知道周恩来同我干杯的杯子里,是茅台酒还是白开水。

沃尔特斯笑得咧开嘴,黄镇笑时却把嘴噘圆了。

黄镇言归正传说,周总理收到贵国总统的信之后,已同意这么办:在尼克松总统访华前,基辛格博士在10月下旬先到中国访问。如果基辛格博士要访华,我们建议你先到阿拉斯加,再从那里飞往上海。

基辛格愉快地颔首,接着说,如果我们万一和别的社会主义国家进行会谈,美国将随时通知你们,请你们将这一点转告周总理。

8月16日,基辛格又来到巴黎。这一次,他先到法国的一个邻国,然后由沃尔特斯带着绕过入境稽查员进入法国,再由沃尔特斯驾驶一辆临时租用的挂有私人牌照的小汽车开进中国大使官邸。

基辛格和沃尔特斯又受到黄镇大使的热情接待。

黄镇说,基辛格博士,我们又一次见面,这很好。在目前非常迫切。我荣幸地转告博士,我国政府已同意您于1971年10月下半个月来华进行公开的访问,为尼克松总统访华做准备并进行政治会谈。

基辛格忙问道,我能再次会见周恩来先生吗?

周总理将就有关问题亲自同博士先生会谈。黄镇一板一眼地回答。

基辛格的眼镜片闪了一下,眼角露出笑纹:我感到十分荣幸。

黄镇大使笑了笑:那么,请您把这种情绪一直带到北京去吧。

黄镇还有一些话想说,但他严格按国内指示,要对基辛格多听多问少说,一般不作具体承诺,涉及台湾、远东等重要问题,也只在必要时作原则表述,所以,他常常兴致勃勃地聊一些与双方传递信息完全无关的话题。

第 24 章
尼克松打中国牌，毛泽东打美国牌

　　基辛格情绪也很好，喜欢跟黄镇进入海阔天空的闲聊境地，借以更多地了解中国的风俗人情。

　　中美首脑会谈正在紧锣密鼓地策划进行，但天有不测风云，中国国内政局发生了一次意外变故。9月13日，在西方人看来最不利的日子，中国当时的第二号人物林彪仓皇北逃，摔死在蒙古的温都尔汗。

　　"九一三"林彪事件发生后，尼克松紧急召见基辛格，焦急地说，中国到底发生了什么事情？我注意到，自从9月中旬以来，中国所有的领导人都没有在公开场合露面，既没有在报纸上出现，也没有在电视上露脸。

　　基辛格同样困惑：是呀，据中央情报局说，最近五天，中国的机场关闭了，所有军用飞机、民用飞机都没有起飞。有种种迹象表明，中国发生了大事。

　　尼克松担心地说，为了与中国打开关系，我苦心策划了两年，你也秘密去了一次，一切在进展中，难道又要突然搁浅？

　　基辛格安慰道，总统先生不要焦急，我安排驻外使节与中国使节接触一下，摸摸底细。

　　9月中下旬，虑事周密的周恩来充分估计到林彪事件可能会给处于关键时刻的中美关系带来消极影响。凭借美国的情报网，尼克松一定会知道中国出了大事，他会不会产生疑虑，放慢甚至后退迈向中国的步伐呢？刚打开一道缝的中美关系大门，会不会又关上了呢？

　　周恩来几天都在琢磨如何打消尼克松的疑虑。虽然不能实话实说，林彪出逃了，但是必须让他知道，中国在中美关系的态度上没有变化，还是外甥打灯笼——照舅（旧）。他想起了上次和基辛格共同商定的负责中美联系的巴黎秘密渠道。

　　9月27日，人民大会堂。周恩来开完会特意把将要去巴黎的外交部办公厅主任符浩留下来，郑重地对他说，有关林彪叛逃的事，见到黄镇同志时，把情况告诉他。

他顿了一下，又说，还有，中央已决定逮捕黄永胜、吴法宪、李作鹏、邱会作等人，这些也告诉他。周恩来特别叮嘱，只告诉黄镇一人。

这一招还真管用。黄镇知道了林彪事件不会影响中国对美国的态度，当美国驻法国使馆武官沃尔特斯与他会面时，他愉快地请沃尔特斯喝了几杯茅台酒，便把这张底牌打了出去：原定的尼克松总统访华计划不变。

这一天，基辛格求见尼克松，报告说，总统先生，终于有了好消息！

尼克松问，有什么好消息？你快讲！

基辛格说，我国驻巴黎武官沃尔特斯将军，与中国驻巴黎大使黄镇作了接触，黄镇的态度很爽快，说安排总统访华和我第二次访华的联系工作，照常进行。

尼克松松了一口气：上帝保佑！怎么安排的？

基辛格说，中方同意我方在10月5日公布我访华的日程，我10月20日到达北京。

尼克松高兴地说，航线仍然畅通啊！

基辛格笑说，总统身边的人不必提心吊胆了，这些日子总统先生经常无故动怒，大发脾气，他们都胆战心惊。

尼克松笑了：这几天我是坐卧不宁，经常发脾气骂娘，他们的日子当然难过。

■ 仍玩弄"双重承认"的把戏

基辛格第二次访华前，尼克松总统召他来商谈，对他耳语道，在很机密的基础上，我想请你让你的助理人员起草一份研究材料，对我们在联合国接纳中国问题上，将采取什么方针提出建议。不要告诉任何可能会泄密的人。

基辛格答应说，这毫无问题。

第24章
尼克松打中国牌，毛泽东打美国牌

尼克松说，我认为，我们没有足够的票数去阻挡了。接纳的时间会比我们预料的来得快。

基辛格说，我分析，联合国今年难以接纳共产党中国。

尼克松说，我们确实需要解决的问题，是我们怎样才能逐步造成一种形势，使我们既能保持对台湾的义务，而又不致遭到赞成接纳赤色中国人的抨击。

基辛格说，北京肯定会抨击你在搞"双重承认"的把戏，他们的言辞向来尖刻。

尼克松笑了：我是两头不讨好，首先引起老朋友蒋介石的不满。他派了大使来见我。

1971年5月18日，"两头不讨好"的尼克松接见了台湾当局驻美"大使"沈剑虹。

沈剑虹说，蒋总统派我来接任驻美国大使，头一项任务就是说服美国官员，至少再利用一次"重要问题"案，阻止大陆进入联合国。

尼克松说，我很遗憾地告诉沈大使，美国已无法再控制联合国了。但对台湾而言，美国将一如既往，不改变支持台方的立场。

沈剑虹说，蒋总统关心的是，总统先生将采取什么有力措施继续支持台方？

尼克松胸有成竹地说，在第二十六届联合国大会召开前，国务卿罗杰斯将代表美国政府正式发表《关于中国在联合国代表权问题的声明》，公开表明美方将支持中华人民共和国取得联大代表权，但同时又反对任何驱逐中华民国的行动。美国驻联大代表布什，也向联大秘书长吴丹递交备忘录，要他注意到"两个中国"并存的事实。我还将亲自给许多国家首脑写信，争取他们对美国方案的支持。

沈剑虹连连点头：这就好，这就好。谢谢总统先生！

"这就好，这就好"只不过是客套话，沈剑虹自己也明白，由于美国改变了对中华人民共和国的政策，而对台湾造成最严重的威胁之一，便是台湾在联合国的地位从此动摇。

从1949年11月的第四届联大至1960年第十五届联大，苏联、阿尔巴尼亚等国每年都提出接纳中华人民共和国、排除台湾的议案，但均遭到否决。从1961年第十六届联大开始，美国也提出了"重要问题案"，即非经出席投票的三分之二会员国赞成，不得改变台湾的代表权。实际上，由于美国的反对，中华人民共和国在联合国的合法地位一直未能恢复。

尼克松就任美国总统以来，采取了接近中国的政策，立即在联合国发生了效应。在1970年10月的第二十五届联大上，阿尔巴尼亚等国的提案竟以五十一票赞成，四十九票反对，二十五票弃权，第一次占了上风。

尤其令蒋介石恼怒的是，美国在第二十五届联大以后，也改变了一贯反对中华人民共和国进入联合国的态度。1971年2月25日，尼克松在国情咨文中表示："美国期待中华人民共和国在国际组织中扮演一种建设性的角色，从而建立一个安定而和平的国际社会。"8月2日，国务卿罗杰斯表示，"美国将支持今秋联大提议中华人民共和国入会之行动，同时，美国将反对排除中华民国或剥夺其在联合国代表权之任何行动"。又玩弄所谓的"双重代表权"政策。

1971年4月11日，台湾当局以国际研究所学术座谈会形式邀请专家学者讨论"尼克松总统世局咨文之检讨"，批判咨文在联合国内实行"两个中国"的政策是"既不切合实际，又危害到盟国的一种幻想"。

1971年9月16日，尼克松在白宫宣称："我们将投票赞成中华人民共和国进入联合国，这当然将意味着取得安理会的席位。我们将投票反对排除中华民国，并且我们将尽可能地努力以达成这项目标。"

美国照例又要表演一番，一方面由国务卿罗杰斯出面，坐镇联合国，实施拖延中国进入联合国计划，内容是联合日本，抛出两项提案：一是驱逐蒋介石集团是"重要问题"，企图保住台北当局在联合国的席位；一是中华人

第24章
尼克松打中国牌，毛泽东打美国牌

民共和国与蒋介石集团同时参加联合国，即"双重代表案"，公开制造"两个中国"和"一中一台"。与他们针锋相对的，是由阿尔巴尼亚、阿尔及利亚、罗马尼亚等二十二国提出的《支持恢复中华人民共和国在联合国的席位，立即驱逐蒋介石代表的提案》。另一方面又作出调整美中关系的姿态，于10月20日派出基辛格访华，安排尼克松总统访华事宜。

当联合国的形势对台湾当局越来越不利时，蒋介石于1971年6月15日发表讲话，提出"庄敬自强，处变不惊，慎谋能断"，进行自我安慰。10月10日，蒋介石发表《告全国军民同胞书》。在文告中，他表示"国家之轻重，并不在于国际的如何衡量，而在于自己之能否重视其一己之人格与奋斗精神，由艰困而复兴"。他说："我祈祷也笃信这个世界，会立即回向正义，回向自由，回向光荣的真和平，放弃屈辱的假和平。"

在第二十六届联大表决之前，尼克松召来美国驻联合国首席代表乔治·布什，问道，联合国大会就要进入辩论议程了，美国的"双重代表"提案，有没有提交联合国？

布什说，昨天，我已经向联合国秘书长递交了一份解释性备忘录，正式要求把中国在联合国的代表权问题列入联大第二十六届会议议程。我国提案的核心，就是中华人民共和国应当有代表权，而同时应当规定不剥夺中华民国的代表权。

但是，美国的"双重代表"提案，遭到北京的强烈反对。《人民日报》刊载中国政府声明说："……只要在联合国出现'两个中国'、'一中一台'、'台湾地位未定'或其他类似情况，中华人民共和国政府就坚决不同联合国发生任何关系！"

无独有偶，蒋介石也强烈反对美国的"双重代表"提案。他对应召来的"外交部长"周书楷说，第二十六届联合国大会就要就中国代表权问题提案，进行专题辩论了，我预感不妙，你马上飞纽约，亲自督阵。

周书楷说，我就去，我要找美国驻联合国首席代表布什，向他求助。

周书楷飞到美国后,在联合国一个小会议室里举止失措地跟布什说,布什先生,我国总统蒋先生十分担心这次联大会,特派我来向你求助。

布什大模大样地说,我得到尼克松总统的授权,再次保证,美国完全恪守它不仅同台湾,而且同太平洋其他缔约国家的条约关系,请放心!

这等于是空口说白话,周书楷怎么放得下心:光有保证不能使蒋总统放心,还是要想个万无一失之策。

布什哈哈笑道,美国已和日本商量好"反重要事项"议案,把驱逐你们也作为"重要事项"处理,需要有二十三票赞成票才能通过。

周书楷半信半疑地问,有把握通过吗?

布什大包大揽地说,当然,绝对有把握!起码有三个理由:第一,这个修正案的要害,首先是阻止联大驱逐你们的代表,三分之二的赞成票谈何容易;第二,明知北京一贯坚持一个中国的立场,如果这一修正案得以成立,北京必然会绝对拒绝参加联合国,结果仍会达到阻挠恢复北京合法席位之目的;第三,修正案本身就是"两个中国"方针的产物,灵验得很,只要有我布什在,保证不会出问题!

周书楷在纽约一打听,事情并不像布什说的那样乐观。他又找到布什,火急火燎地说,布什先生,形势不妙啊!"两阿提案"[1]越来越受到代表们的支持,而贵国的"双重代表"提案,支持的人越来越少。

布什说,我比你还急。我拉上日本的代表四处活动,用许诺提供援助或暗示撤销援助来施加压力,有些国家代表不敢得罪我们,只好躲到厕所里不敢出来。

周书楷说,我们的代表等在厕所门外,搞得人家撒尿都撒不利索,可也没有效果啊!

布什耸耸肩,摊摊手,表示无能为力。

---

[1] 指由阿尔巴尼亚、阿尔及利亚等二十三个国家提出的《恢复中华人民共和国在联合国组织中的合法权利》的议案。

第 24 章
尼克松打中国牌，毛泽东打美国牌

时至8月1日，在第二十六届联大召开前夕，阿尔及利亚代表团访问了中华人民共和国，双方发表联合公报，指出台湾是中国的一个省，中华人民共和国是中国唯一合法政府，其在联合国的合法席位必须恢复，台湾当局的代表必须驱逐。

新中国自成立以来，它的外交重点是亚非国家，按毛泽东的话说是些"穷朋友"。自十一届联大起，这些"穷朋友"一直为中国恢复在联大的合法席位而奋斗，随着中国的国际地位不断提高，某些明智的西方国家如法国、加拿大，甚至老谋深算的英国都或明或暗地加入了这些"穷朋友"的阵容。阿尔及利亚正是代表着这股世界潮流来北京表达它们的愿望的，决心在第二十六届联大上要与以美国为代表的西方势力进行一场短兵相接的大较量。

阿尔及利亚和阿尔巴尼亚的"两阿提案"，和美国的"双重代表权"提案，在联合国敲响了对擂锣鼓。

在此背景下，当沃尔特斯再次与黄镇会见，提出基辛格访华新闻预报问题时，跟黄镇发生了争执。

美方提议预报日期为9月22日、23日或者10月5日，并明确提出倾向于前者。北京考虑，美国将在联合国大会开幕时提出"两个中国"的提案，坚决不同意在9月22日或23日联大开幕时公布基辛格访华预报消息；否则会使全世界误认为北京默认美国的"两个中国"的提案，而同意美方提的另一个时间，即10月5日。

要说服对方同意我方的安排，这对黄镇来说也不是件轻松的事情。不轻松也得争。

黄镇对沃尔特斯说，按我国的习惯做法，一般是在基辛格博士到达中国时发布消息，不另发预报。为照顾美方需要，中方同意在10月5日各自发表内容相同的预报。

大使先生，既然中方同意预报，早些时候更能产生持久效应，为何不提前至9月23日呢？沃尔特斯瞪着眼睛看着黄镇问。

请你注意9月23日这个日子。黄镇对沃尔特斯说。他稍稍从沙发上欠起身子，以便向对方表示一定的尊敬，9月23日前后，美国将在第二十六届联合国大会提出我国坚决反对的制造"两个中国"的提案，在这个时候发表基辛格博士访华的消息意味着什么？

也许这是一个偶然的巧合。沃尔特斯故意轻描淡写地说。

黄镇听了韦东流利的法语翻译，又让曹桂生叫沃尔特斯再用英语说一遍，黄镇抓住沃尔特斯讲话的确切意思，摇摇头说，中方不能同意在这个时候发表基辛格博士访华的预报，关于我们在台湾问题上的原则立场没有改变。

黄镇递给沃尔特斯一份书面材料，沃尔特斯也回交黄镇一份材料。黄镇提起纸页，透过阳光一看，显出法国水印。纸上写着基辛格拟同周恩来会谈的几个问题：第一，尼克松总统访华的日期、路线、会谈形式等问题；第二，除了台湾问题外，还要谈远东和国际问题；第三，双方高级人员互访，包括文化、科技等问题。黄镇顿时警觉起来："很遗憾，我不知贵国为何把第三方面的问题提出来？"他凝视着沃尔特斯等待回答。

因为1971年7月16日基辛格秘密访华后发表的中美公告中提到"中美两国领导人的会晤，是为谋求两国关系的正常化，并就双方关心的问题交换意见"，为什么又扯出第三个问题呢？这着实令他不安。

依我之见，在两国关系没有正式建立之前，这是一条扩大联系的途径。沃尔特斯解释说。

黄镇以锐利的目光扫了沃尔特斯一眼，说道，基辛格博士访华不应为枝节问题分散精力，台湾问题不解决，高级人员互访以及种种交流都无从谈起。

事情总得有主有次。黄镇压低了声音说。

我可以向基辛格博士转达你们的意思，沃尔特斯说，并不需要我们在此决定什么，重要的是传递。

是这样。黄镇微微一笑。

第24章
尼克松打中国牌，毛泽东打美国牌

这之后，基辛格又风尘仆仆两度来巴黎，每次仍那样神秘，仍那样神出鬼没，连无孔不入的法国新闻机构对他几度拜访中国大使竟毫无所知。当然这与沃尔特斯的巧妙安排是分不开的，后来他被尼克松称为最可信赖的人，荣任美国中央情报局局长。

由于北京强硬的原则立场，美国最后不得不同意10月5日为预报基辛格访华的时间。此刻在第二十六届联合国大会上，在阿尔巴尼亚、阿尔及利亚等十八国提案之后，又形成以阿尔巴尼亚、阿尔及利亚等二十三国提案，坚决反对美国要三分之二多数国家接纳北京的提案；在关于中国席位问题上，双方阵营的斗争在会上会下已激烈得炽热化。

■ "波罗二号"行动

为了给尼克松总统访华做出细节上的安排，基辛格在1971年10月22日第二次来到北京。他这次访华代号为"波罗二号"。但这是一次公开访问，不用费尽心机躲躲藏藏了。

因为林彪事件刚过，在机场接待美国客人的气氛显得冷淡而拘谨。基辛格感到几分不安，当看到叶剑英和代理外长姬鹏飞等人在机场迎候时，心里才稍微踏实一些。可在他们从机场到国宾馆的路上，看到了许多怒斥美帝的标语口号，心里的不快又浮现起来。这是干吗呢，不是给客人下马威吗！

下午，周恩来在人民大会堂会见基辛格一行。因为周恩来到场，整个气氛忽然变得轻松欢快起来，化解了压在美国人心上的冷淡和压抑的冰块。

在接待厅门口的屏风前，周恩来同美方全体人员合影留念，并请客人们喝绿茶休息片刻。他充分利用这个小小的间歇，对每个客人都说上几句欢迎的话。

小型欢迎会开始了。周恩来的祝酒词是即兴发表的，热情洋溢，并用基辛格的哲学爱好开了几句玩笑。

周恩来巧妙地称赞了尼克松和基辛格的胆量：中美两国在关系中断二十二年之后，现在在两国的关系史上就要揭开新的一章。我们应该说这要归功于毛泽东主席和尼克松总统。当然，一定要有一个人作为先导，这个先导就是基辛格博士，他勇敢地秘密访问了中国这个所谓"神秘的国土"。这是件了不起的事情。现在是基辛格博士第二次访问这片国土，它不应该再被认为是"神秘的"了。他是作为一个朋友来的。还带来了一些新朋友。

听到周恩来的祝酒词，基辛格联想到上次访问北京时自己和周恩来关于"神秘国土"的有趣对话，感到亲切和欢乐。

他们在钓鱼台五号楼住下来，基辛格的助手、美国国家安全委员会东亚事务助理约翰·霍尔德里奇拿着一沓新闻稿走进来，交给基辛格。

基辛格很好奇，便随手拿起来看。见新闻稿上面的英文"毛主席语录"栏，刚好印的是"全世界人民团结起来，打败美帝国主义及其走狗！"。

基辛格皱起眉头问，打败我们？还有走狗？这是怎么回事？就这样欢迎我们吗？

基辛格心里一沉，联系到路上看到的"打倒美帝"的标语，他怀疑驻法武官沃尔特斯传递的信息是否准确。

霍尔德里奇说，这是从我们各人的住房里搜集到的，我们希望这些新闻稿是被错误地放到了房间里。

基辛格幽默地表示他的不满：这一定是以前哪个代表团丢下的。把所有的新闻稿集中起来，退回给外交部礼宾官！

头一次会谈是基辛格到达的当天下午。会谈一开始，为了活跃气氛，周恩来针对基辛格来华初次会谈时念稿子的窘态，风趣地说，按照惯例，我还是请你先说。我准备听你讲写出来的这么一大堆材料。

第 24 章
尼克松打中国牌，毛泽东打美国牌

基辛格难为情地说，那时我自己也感到很惭愧，很别扭。

未等基辛格说完，周恩来摇了摇手说，不，不，你头一次来嘛，必须要有一个准备好的看法嘛！

基辛格敬佩地说，总理没笔记讲话，比我有笔记讲话更流畅。

周恩来客气地笑了笑：不见得，不要夸奖喽。

会谈中，基辛格谈了七大问题，在谈到台湾问题时，他从撤军谈起，着重强调了尼克松在处理台湾问题上的五项原则。在谈到印度支那问题时，他保证将通过谈判结束越南战争。他们准备制定一个从越南及印度支那撤走武装力量的时间表，但希望找到一个维护他们体面和自尊的解决办法。

下午，在北京钓鱼台五号楼门外，周恩来与基辛格会谈后走出来，他对同行的外交官姬鹏飞、熊向晖、章文晋等说，基辛格对摆在他们屋里的新闻稿提出抗议了，为什么在他们屋里摆这种东西？

章文晋回答说，这是新华社的惯例，有外宾来，就提供新闻稿。

周恩来批评说，那也要看看内容呀，这不是指着鼻子骂人家吗！

晚上9时，毛泽东在中南海游泳池约见周恩来、叶剑英、姬鹏飞、熊向晖、章文普、王海容、唐闻生等。

周恩来先汇报细节：在基辛格屋里放了份新闻稿，上面有你的语录："全世界人民团结起来，打败美帝国主义及其走狗！"基辛格不高兴，集中起来，全部退给了我们。

毛泽东哈哈大笑：这是给人家下马威嘛。那是放空炮，你们告诉他们。他们不是也整天在喊要消灭共产主义吗？这就算是空对空吧。

在座者都笑了。

当周恩来说美国还想在台湾保留点军队时，毛泽东说，猴子变人还没变过来，还留着尾巴。台湾问题也留着尾巴。它已不是猴子，是猿，尾巴不长。

毛泽东听到美国要从印度支那撤军时说，美国应当重新做人。多米诺骨牌是什么意思？基辛格英文比我们好。让那些骨牌倒了算了。这是进步嘛！当然不打它也不倒，不是我们打，是他们打。美国要从越南撤军，台湾不慌，台湾没打仗，越南在打仗，在死人呀！我们让尼克松来不能为自己。

几个小时后，当基辛格在人民大会堂同周恩来见面时，周恩来提醒基辛格说，值得注意的是中国的行动，而不是它的言辞。那些标语是放空炮的。

放空炮？这话太中国化，基辛格还不太懂"放空炮"的意思，而且既然知道是空炮干吗还放呢？

周恩来解释说，有些宣传口号是"放空炮"，而没有实际行动。当然，也不是什么事都放空炮，我们说话是算数的。

基辛格对于中国这种奥妙的宣传辩证法还是似懂非懂，但心里却踏实了。当基辛格返回宾馆时，在路上发现旧的标语全消失了，一条新刷的英文标语取而代之："欢迎亚非乒乓球邀请赛"。

中国主人请美国客人观看京剧，美国客人在现场受到中国中高级官员的热烈欢迎。在这之前，周恩来告诉基辛格他看了电影《巴顿将军》，这是尼克松欣赏的影片。在会谈之余，基辛格一行参观了长城、故宫、明陵和颐和园。尤其在颐和园，主人邀请基辛格等人泛舟昆明湖，周围普通群众好奇而又友好地欢迎他们。基辛格明显感到，到处都把美国人当成贵宾，而不是敌人了，那些标语口号的确是"放空炮"。刚来时他心里结的冰已经融化，刚下飞机时受到的冷遇感也烟消云散。他相信中美关系之间的长久冰冻，也会很快融化的。

中美双方的分歧当然是存在的。

在北京中南海菊香书屋，周恩来汇报说，基辛格事前没有经过黄镇大使通知我们，今天突然告诉我，尼克松明年访华结束前，应该发表中美联合公报。不发表公报，人们会认为他同中国领导人的会谈没有成果，是一次失败的访问。如果等尼克松来了以后才起草公报，时间太仓促，肯定搞不好。他这次来的主要任务就是同我们谈公报。他准备了一个草案，尼克松已经看过，让他全权处理。在他回国以前，要把公报定下来。我觉得，搞一个双方都能同意的公报很困难。要不要搞，请主席指示。

毛泽东仰靠在沙发上，头枕着沙发背，转动了一下眼珠，喷着烟雾说，等他交出草案再研究。要搞，就搞个好公报，不搞屁公报。总而言之，尼克松来，发表公报也行，不发表公报也行。

周恩来点头说，这样好，我们就能处于主动地位。

毛泽东问道，联合国大会前天开始辩论中国代表权问题。为什么尼克松让基辛格在这个时候来北京？

叶剑英猜想说，大概他认为美国的两个提案稳操胜券。

毛泽东又问，大会提案过半数赞成就能成立，过半数要多少票？

章文晋说，现在联合国会员国总数是一百三十一个，过半数就是六十六票。

毛泽东问：三分之二是多少票？

章文晋答：八十八票。

毛泽东幽默起来：当年曹锟还能收买些"猪仔议员"，如今美国挂帅，日本撑腰，还有十几个国家跑腿，搜罗六十六票，不在话下。他转向熊向晖，阿尔巴尼亚、阿及利亚……你们叫"两阿"提案，能得多少票？

熊向晖回答说，今年"两阿"提案内容与去年一样。去年得到的赞成票是五十一票，从去年联大表决到现在，同我们新建交的联合国会员国有九个，加上很快就要建交的比利时，一共十个。今年"两阿"提案可能得到六十一张票。这是满打满算，离过半数还差五票，实在困难。

毛泽东说，就算过半数，那个"重要问题"一通过，就要八十八票才能驱逐"中华民国"。联合国哪天开会？

章文晋说：今年的辩论，发言的要比往年多，大概要辩论十几天，估计10月底、11月初进行表决。

毛泽东问：基辛格哪天走？

周恩来说：10月25日上午。

毛泽东说，联合国表决不会那样晚。美国是计算机的国家，他们是算好了的。在基辛格回到美国的那一天，或者第二天，联合国就会表决通过美国的两个提案，制造"两个中国"的局面。所以还是那句老话，我们绝不上"两个中国"的"贼船"，今年不进联合国。

会谈中，最富有戏剧性的要算讨论尼克松访华的中美联合公报了。

毛泽东、周恩来指定乔冠华与基辛格就尼克松访华结束时准备发表的中美联合公报的初稿进行谈判。这就是当时有名的"基乔会谈"。

基辛格向中国方面提交了一份尼克松审阅和批准的中美联合公报草案，这个草案包括访问情况、两国关系的一般原则、对国际形势的看法和台湾问题等四个部分。是按国际惯例的老一套起草的，长约三千字。草案只含糊其词地强调了双方一些共同点，而用一些陈词滥调掩盖着双方的分歧，并在台湾问题上有意回避不谈美国撤军问题，反而要中方承诺只用和平方式解决台湾问题。

周恩来看了美方起草的草案后很不满意，明确表示不能接受，指示章文晋另外起草对案，并提议：按照1945年重庆谈判同蒋介石达成协议的办法，各说各的。明确写出双方的分歧。同时也吸取美方草案的可取之处，写出双方的共同点。

毛泽东听了周恩来的汇报，也明确表示不同意美国的公报草案，也说各说各的好，但他对章文晋起草的对案不太满意，说是"发言权不大"。还说要做谈不成不发公报的准备。

中方起草的"各说各的"公报草稿，经过争辩，基辛格终于说："也许用这种别出心裁的方式，可以解决我们的难题，这就是中方草案的奇妙之处。"

然而，就在整个会谈差不多要结束时，由于双方在台湾问题上意见不一致，"基乔会谈"又一次出现波折。

第24章
尼克松打中国牌，毛泽东打美国牌

乔冠华与基辛格谈判两天后，几乎陷入僵局，乔冠华十分气愤，但他压抑着没有发泄气愤，而是调动智慧想办法打开僵局。

他想了个缓兵之计，提议休会半天，由他亲自陪同基辛格游览天坛。这当然是醉翁之意不在酒，他是不会让基辛格博士白白地漫步天坛的。

在天坛公园回音壁前，基辛格饶有兴趣地敲了三次，都没有听到回音；乔冠华敲了两次，两次都听到了回音。

乔冠华笑说，敲回音壁关键是心诚，诚意足，就能听到回音。

基辛格摇头：NO，NO！我是很虔诚的。

在秋日的和煦阳光下，他们边走边比画手势，章含之翻译着，漫步中又开始了一轮台湾问题的激烈争辩。

乔冠华对基辛格博士说，博士，明年2月你们的总统来中国访问，这件事向全世界都宣布了。如果公报谈不成，你们如何向美国人民，向全世界交代？

基辛格一怔，反问乔冠华：你们怎么向中国人民交代？

乔冠华微笑说，我们倒无所谓，大不了再发表个声明，说因为分歧无法统一，尼克松总统推迟访华。

基辛格一愣。中国人能轻松，他却轻松不起来，忙说，我们回去吧，接着谈！

乔冠华高兴地陪同他向公园门口走去。

乔冠华谈笑间抛出的这个杀手锏，击中了美国人的要害，要是推迟访华，尼克松丢不起这个面子，还会影响选举，有可能当不成总统。而基辛格也就有辱使命了。

从天坛回到钓鱼台四号楼，乔冠华十分兴奋，脸上洋溢着胜券在握的自信神态。待基辛格走进了会议室，他对翻译章含之说，有些话，在谈判桌上不好说，说出口就收不回来，真成僵局。毛主席的意思是一定要谈成功，要把原则定下来。可是在公园里散步吵架，就什么都可以说，闲聊嘛。

章含之说，你刚才在公园那席话，击中了基博士的软肋。

哈哈哈！乔冠华仰脸大笑起来。

在北京钓鱼台国宾馆会议厅，25日上午，以周恩来为首的中方代表，正与以基辛格为首的美方代表会谈。周恩来把一份英文草案交与基辛格说，基辛格先生，你方提出的中美联合公报草案，我方不能接受。这是我方草拟的草案，请你们审阅。

基辛格接过一看就"呶呶"起来，说，贵方草拟的草案，我方也不能接受，特别是关于台湾问题的提法，相差太远。

周恩来严肃地阐明中国立场：台湾问题是中美两国之间的老问题了。华沙会谈十五年也一直僵持在台湾问题上。我必须声明：中华人民共和国是中国唯一的合法政府，解放台湾是中国的内政，美国军队必须撤出台湾。这三条立场，是不变的。

基辛格也冷静不下来，激动地说，由于众所周知的原因，我们不能在开始我们之间的新关系时，背弃我们的老朋友。我们绝不能放弃对台湾的义务，我们决不会与台湾断交。

素来冷静的周恩来也有些激动：什么样的复杂原因？什么样的义务？这真是天方夜谭！

基辛格申辩说，如果我们背弃老朋友，不但别的朋友不信任我们，你们中国人也不会尊重我们。是不是？

周恩来情绪冷静下来，但言辞仍很尖锐犀利：台湾是中国领土。台湾问题，是中国的内政。这是你们历届政府都承认的。而现在，是哪国的军队占领着台湾？是你们美利坚合众国。中国人有句俗话，"解铃还需系铃人"。如果说有什么复杂原因，那也是你们美国政府一手造成的。你们不但对这一现实没有任何改变，而且还继续从各方面封锁、孤立我们。

基辛格大摇其头：我今天坐在这里，不就是说明我们在改变吗？！

双方僵住了。沉默一会儿，周恩来拐个弯直逼基辛格的软肋：博士先

第24章
尼克松打中国牌，毛泽东打美国牌

生，如果贵国政府在台湾问题上坚持过去的立场，那么，我们不得不对你们总统访华的诚意表示怀疑。

基辛格最怕会谈没有进展，尼克松访华泡汤，过去的努力全白费了，于是有些紧张地说，总理先生，我希望你们能了解我国的国情，因为这将牵扯到我们两院以及两党的问题。我们将失去盟友。我们的总统希望在他第二任时彻底解决这个问题，现在先走出一步来。

考虑到美国的国情，周恩来口气缓和下来说，我理解尼克松总统为此作出的努力。但请问，你们怕失去的是一些什么样的朋友？是一些腐朽的、即将垮台的"老朋友"。你们为了照顾这些老朋友，势必使自己陷入被动而脱不了身。这一点，你们总统不是在堪萨斯城的演说中，已经提到了吗？世界正在发生变化，但是这种变化总不能让中国人民再受损害吧？

基辛格听着，不安地转动着手中的铅笔，也转动着脑子。

周恩来进一步讲，毛主席说，台湾问题可以拖一百年，是表明我们的耐心；毛主席的意思同时也包含了不能让台湾问题妨碍中美两国关系正常化。这些不都表明了我们的诚意吗？而你们的诚意又何在？

基辛格感到问题严重了，他侧脸看了眼洛德，使了个眼色，将洛德扯离席位，两人向周恩来道声歉，走向会议厅另一侧的角落。

基辛格与洛德在会议厅一角嘀咕起来。

基辛格对洛德说，洛德，看来

亨利·阿尔弗雷德·基辛格，是中美关系史上一个充满传奇色彩的人物。（历史图片）

周恩来不会再作让步了，我们明天就要离开北京，台湾问题没有一个大约的结果，我们就会处于十分尴尬的境地，不但总统明年访华要泡汤，我们这次访问也会留下失败的记录。你有什么好主意？

洛德忽发灵感说，我看过国务院过去为与大陆中国谈判准备的一个文件，那次谈判在50年代流产了，但上面有一句话，我印象深刻。

基辛格赶紧问，什么话？

洛德回忆说："美国认识到，在台湾海峡两边的中国人都认为只有一个中国，台湾是中国的一部分。"这句话怎么样？

基辛格豁然开朗地说，棒极了！把这句模棱两可的话端上去试试运气。

基辛格与洛德回到会议桌，基辛格的脸上神情明显松弛下来，喝过茶之后，眼睛闪着光对周恩来说，我决定换一种方式表达美国的观点。我想这样表述："美国认识到，在台湾海峡两边的中国人都认为只有一个中国，台湾是中国的一部分。"怎么样？

"美国认识到，在台湾海峡两边的中国人都认为只有一个中国，台湾是中国的一部分。"周恩来将这句话重复了一遍，稍微揣摩了一下这个措辞，严肃的脸上又恢复了迷人的笑容，称赞说，博士到底是博士，这句话不愧具有博士水平。这可是一项奥妙的发明。

基辛格后来认为："我所做过的和说过的，给周印象最深的莫过于这个措辞模棱两可、但双方又都可以接受的方案。"

当时，基辛格与洛德互相看了一眼，露出得意之色。

周恩来接着说，这句话的基本意思，我方可以接受，只是个别词句还需要推敲。比如，应该用"省"，台湾是中国的一个省，要准确。不用"部分"。

基辛格教授式地认真起来："部分"比"省"通用，"部分"是对整体而言。

周恩来坚持说，"省"比"部分"准确，省是行政上对政府的归属。

基辛格也坚持说，英语没有多大的差别。

第 24 章
尼克松打中国牌，毛泽东打美国牌

懂英文的周恩来不再坚持，还是高兴地说，汉语却有质的差异。我看僵局有望打破，至于尚未解决的句子及措辞，等总统访华时，还可以继续讨论，会找到一个解决办法的。

在商讨尼克松访华的活动安排细节时，周恩来提出，尼克松在我国的所有活动，都乘坐中国民航的飞机，由中国飞行员驾驶，因为这关系到中国的声誉和尊严。基辛格面露难色，说这必须征得国会的同意，因为美国总统出访别国从来不坐别国的飞机，而只坐总统座机"空军一号"，这关系到美国的"面子"。

在周恩来的坚持下，这个要求基辛格终于说服了尼克松，同意了中国提出的方案。

双方商定了一个关于尼克松访华公告的措辞：

> 周恩来总理和尼克松总统的国家安全事务助理基辛格博士，于1971年7月9日至11日在北京进行了会谈。获悉尼克松总统曾表示希望访问中华人民共和国，周恩来总理代表中华人民共和国政府邀请尼克松总统于1972年5月以前的适当时间访问中国，尼克松总统愉快地接受了这一邀请。中美两国领导人的会晤，是为了谋求两国关系的正常化，并就双方关心的问题交换意见。

这个公告虽然只有一百多字，但从起草到达成协议却费了不少口舌，花了很大力气。可以说，它是东方智慧与西方思维的结晶。

回到钓鱼台国宾馆五号楼，基辛格疲倦地对洛德和霍尔德里奇说，谈判真是艰难，最后总算基本圆满，总统可以来访了。

基辛格愉快地说，又可以享用一顿美妙的中国午餐啦！

周恩来邀请基辛格及其随行人员共进了一顿"工作午餐"。

翌日，毛泽东起得很早，看了公告很满意地说，就双方关心的问题交换意见，这很好，不然好像我们只关心我们的问题。关于访华日期，公告一发表，会引起世界震动，尼克松可能等不到5月就要来，早点来也好嘛！

■ "今年流年不错"

1971年10月25日这一天，对中美两国都充满戏剧性。联合国正在开会表决"两阿提案"。还不想让中国进入联合国的尼克松，坐在书房看电视。他神情专注地盯视着电视机，眼睛一眨不眨。

有个工作人员进来向他请示什么，被他粗暴地挥手赶了出去。

电视屏幕上显出联合国宽敞的蓝色和金黄色的大厅，挤满了代表和观众。大厅的气氛很紧张，却十分安静。

当电动记数牌上的灯光表明美国提案失败，"两阿提案"获胜时，大厅马上沸腾起来，有人大声发笑，有人唱歌、喊叫，有人拍桌子，还有人踏着节奏跳舞。

尼克松气得暴跳如雷，本来不正的下颏扭得更歪了。他粗暴地敲着沙发扶手，跳起来，跑过去，将电视机狠狠地关掉。

刚才那个被赶出去的工作人员又走了进来，尼克松恼火地对他大吼：太不像话！太失礼了！我感到十分震惊！

那个工作人员以为骂他，吓得跑了出去。

尼克松继续发泄：在一个国际讲坛上的表现如此恶劣，联合国成了骡马大市了，它可能非常严重地损害美国对联合国的支持！

1971年10月25日，第二十六届联大表决"重要问题案"，结果以五十五票赞成、五十九票反对、十五票弃权，否决了美国的这个提案。台湾"代表"周书楷见大势已去，遂率"代表团"悄悄离场而去。接着，联大又以七十六票对三十五票的压倒多数，通过了《接纳中华人民共和国，驱逐台湾代表》的提案。决议又宣布："恢复中华人民共和国所有的权利,承认其代表为中国驻联合国的唯一合法代表,同时从此自联合国及其有关机构排除蒋介石代表所非法占据的席位。"

表决结果出来后,布什走进总统办公室对尼克松说,表决结果总统都看到了,真遗憾,有些答应支持美国提案的代表没有出席会议,有些作出承诺的代表弃权了。我无力回天。

尼克松气愤地说,他们是故意躲开的。这是联合国历史上的一个转折点,反西方集团在美国威信处于危险状态时,第一次击败了美国。

布什说,总统先生,任何人都不能回避这样一个事实,刚刚投票的结果,确实代表着大多数联合国会员国的看法。不论我个人对驱逐台湾的感受怎样,接纳中华人民共和国进入联合国,建立和北京的外交接触,是高瞻远瞩和明智的。

冷静下来面对现实的尼克松说,这我早有打算,只是这件事来得太早,我是希望在我访问北京之后。既然来了,就接受它吧,你在联合国发表一个公开谈话。

1971年10月25日,堪称是蒋介石败退台湾后最难堪的一天。

当日,台湾"外交部长"周书楷发表声明,宣布台湾"退出"联合国。

与此同时,蒋介石也发表了《告全国同胞书》,宣称,台湾"本汉贼不两立之立场及维护宪章之尊严,已在该案交付表决之前,宣布退出我国所参与缔造的联合国。同时声明,对于本届大会所通过此项违反宪章规定的非法决议","决不承认其有任何效力",以图掩盖其被驱逐的狼狈处境。

公告书发表速度之快,可见他对台湾被逐出联合国是早有预料,早有准备的。

的确是早有准备的。在日月潭涵碧楼官邸,蒋介石对蒋经国说,联合国的辩论,对我们很不利,表决会更不利。看来在联合国的席位是难保了,命令周书楷率"中华民国"出席联大的代表团,提前退出会场。

蒋经国：是，这样好，可以避免当面被逐的尴尬。

蒋介石神色黯然地说，随着退出联合国，跟我们"断交"的国家会越来越多，要"外交部"做好准备。

这是表决之前的事，蒋介石好像还镇静，从容应对。表决结果出来后，虽然没有出乎蒋介石的意料，但严峻的事实还是把他击倒了。

蒋介石颤巍巍朝宋美龄的书房走去，突然跌倒在地。

响声惊动了在隔壁卧室的宋美龄，她大惊小怪地跑出房门，大喊大叫，副官干什么去了？怎么让老先生摔倒了？是怎么搞的嘛！

两个副官跑过来扶起蒋介石，战战兢兢站一边听宋美龄训斥。

蒋介石一边喘气一边说，不怪他们，是我自己不小心，没事了。他又对宋美龄说，噢，我找你有事，这个联合国拆烂污嘛！

宋美龄气愤地说，达令，我要说话了！

蒋介石说，好好，我要发表"告全国同胞书"！我早已叫人起草了。

宋美龄扬扬手中纸片说，草稿给我了，我要好好改改。

这时，沈剑虹走进"总统官邸"问，蒋总统，退出联合国的声明写好了吗？

蒋介石抬下颏指指一旁的宋美龄。宋美龄正专心致志地伏在桌上，手拿一支红笔，在草稿上涂来改去。

有一段她边改边念："本届联合国大会，竟自毁宪章的宗旨与原则，置公理、正义于不顾，可耻地向……"她对原稿不满，说，"这里应该改成'可耻地向邪恶低头，卑怯地向暴力屈膝'。"

蒋介石赞许：达令改得好，有力量！

宋美龄继续边改边念："则当年我国所参与艰辛缔造的联合国，今天业已成为罪恶的渊薮。"

蒋介石说，加上一句话：对于本届大会所通过此项违反宪章规定的非法决议，决不承认其有任何效力。

宋美龄继续边改边念，声调越来越高，仿佛当众发表演讲："我们国家的命运不操在联合国，而操在我们自己手中……我们对于主权的行使，绝不受任何外来的干扰；无论国际形势发生任何变化，我们将不惜任何牺牲，从事不屈不挠的奋斗……"

蒋介石激昂起来，举起拳头喊，绝对不动摇，不妥协！

宋美龄把改得面目全非的草稿交与沈剑虹，说，拿去吧。我改了大半天，改得比较多，重新打印后，再给我看看。

沈剑虹接过说，是！

蒋介石说，声明经夫人亲手修改，就好得多了。

宋美龄意犹未尽说，我还要写文章呢，题目就叫《不要说它，但是我要说》！

蒋介石激愤地说，要说，要说！这一跤跌得重啊！

宋美龄愤愤不平：最可恨的是联合国一批会员国，竟然可以听任感情的驱使，采取集体行动，再度嘲弄联合国，他们实际上是敲响了这个国际和平组织的丧钟！

10月26日上午9时，基辛格一行准备启程回国。周恩来把他送到钓鱼台宾馆五号楼门口，在他上车前，第一次破例用英语对他说，博士，欢迎你很快回来共享会谈的愉快。

基辛格也十分愉快：一定，一定！共享会谈的愉快，共享会谈的成果！我们已经走上了一条新的道路。

基辛格上了车，周恩来瞅空对即将上车送基辛格的乔冠华说，联大表决结果已经传来，赞成接纳中国、驱逐台湾当局的"两阿提案"，已经以压倒多数获得通过。

乔冠华高兴地说，这一定出乎基辛格博士的预料，总理为什么不告诉他呢？

周恩来笑说,他的心情不错,不想刺激他。

在由钓鱼台驶往机场路上的红旗轿车里,乔冠华与基辛格轻松地聊着天。

乔冠华有意问,博士!你看今年这届联大,我国能恢复席位吗?我得到的消息,现在这个时候,联大已对恢复我国席位问题进行了表决。

基辛格一笑,不假思索地说,我估计,你们今年还进不了联大。

乔冠华狡黠地眨眨眼:那么,你估计我们什么时候能进去?

基辛格扶了一下宽边眼镜,沉思片刻说,估计明年差不多。等尼克松总统访华以后,你们就能进去了。

乔冠华仰脸哈哈大笑:我看不见得吧。

基辛格一愣,但没有说什么。

基辛格的飞机启动了,站在机场欢送的叶剑英抑制不住兴奋说,基辛格上飞机得知了联大的消息,不知道作何感想!

尴尬,沮丧,难为情,还能作何感想!基辛格自己的回忆谈了他当时的感想:"我的飞机刚刚起飞,电传打字机就传来消息:我们在联合国保持台湾席位的那场战斗打输了。周恩来后来告诉我,在我刚要离开之前,他已经知道了联大表决的结果,但不愿意第一个告诉我,使我难为情。富有讽刺意味的是,在我访问期间,我并没有感到中国人期望在那届会议取胜。周恩来只有一次提到这个问题,而且没有多说;他指出,对北京来说,台湾的地位比联合国的会员资格更重要。"

当时,基辛格惊得怔了好一会儿。机舱内寂静无声,刚才脸上还挂着的笑容转瞬即逝,大家都望着基辛格。

洛德望着窗外的云海,半是自嘲半是钦佩地慨叹道,周恩来太厉害了,他让我们否定了自己的方案,接受了他们的方案,而且还高高兴兴,心悦诚服。

霍尔德里奇说,你没有听说啊?我在香港工作时,就听人说,要是蒋介石得了周恩来，被赶到台湾岛上去的就不是蒋家王朝了。

基辛格双手捧着头，过了好一会儿才慢慢抬起，表情复杂，对助手们幽幽地说，我说过，光是中美接近就会使国际形势产生革命性的变化，连我自己对此也认识不足。但我没有想到事情会来得这么快。说罢，基辛格苦笑了一声。

在基辛格努力寻找美国失败原因的时候，译电员又送来一份电讯，白宫要他在回国途中先在阿拉斯加停留，不要在联合国表决的敏感时刻回到华盛顿。基辛格立刻就品味出这电讯的含义：他的北京之行导致了美国在联合国的失败。

中美接近的效用不仅基辛格认识不足，连中国许多领导人都认识不足。

送走基辛格的这天晚上，姬鹏飞、乔冠华、韩念龙参加完伊朗使馆招待会后，一起来到人民大会堂福建厅。周恩来召集有关人员，商讨要不要派人去联合国的事。叶剑英和时任总理助理的熊向晖都在座。大家都喜上眉梢，话题自然就多了起来。

周恩来问，现在联合国会不会出现"两个中国""一中一台"的局面？蒋帮能不能再进联合国？"台湾地位未定论"在联合国有没有市场？

发言的人，引用可靠的材料，一致认为不会发生周总理提出的那些情况。

周恩来又说，主席本来指示，今年不进联合国。现在怎么办？我们商讨一下，要不要派人去联合国？

外交部的领导干部大多是刚刚"解放"出来的，对去不去基本上是美、苏控制的联合国，都不敢轻易表态，弄不好很容易被扣上个"右倾机会主义"的帽子。经过长时间的争论，外交部党组形成了一个比较一致的意见：给联合国秘书长吴丹回电，感谢他的邀请，我们也高兴恢复了席位，但早该如此。目前中国决定不派代表团去参加。

会议正开着，王海容走进来说，总理，主席起床后，马上看了外交部送去的那些材料，刚刚看完。主席说，请总理、叶帅、姬部长、乔部长、熊向晖、章文晋，还有我和唐闻生，现在就去他那里。

在座的人纷纷离座，跟着周恩来走出福建厅。

中南海游泳池书房，毛泽东披着睡衣，坐在沙发上，满面笑容地吸着烟。

周恩来一行落座后，兴致勃勃的毛泽东指着在美国出生的唐闻生，开着玩笑说，小唐呀，密斯南希唐，你的国家失败了呀，看你怎么办哪。

唐闻生当时是外交部英文翻译，欧美司科员，父亲是中共中央联络部副秘书长、曾任美国共产党中国局书记的唐明照。1943年，唐闻生生于美国纽约。1952年，她随父母归国。所以毛泽东这样开她的玩笑。

周恩来拿着一份文件说，主席，外交部请示要不要去联合国？主席本来指示……

不等周恩来说完，毛泽东一挥手打断说，那是老皇历喽，不作数喽。去！干吗不去，马上组团去！

周恩来说，我们刚才开过会，都认为这次联大解决得干脆、彻底，没有留下后遗症。只是我们毫无准备，特别是安理会比较麻烦，现在就参加，不符合主席"不打无准备之仗"的教导。我临时想了一个主意，让熊向晖带几个人先去联合国，作为先遣人员，就地了解情况，进行准备。

毛泽东立即表态：那倒不必喽！联合国秘书长不是来了电报吗？我们就派代表团去。他指指乔冠华，让"乔老爷"当团长，熊向晖当代表，开完会就回来，还要接待尼克松嘛。派谁参加安理会，你们再研究。

周恩来说，就让黄华做副团长，留在联合国做常驻安理会的代表。

毛泽东说，黄华到加拿大当大使不到四个月，现在就调走，人家可能不高兴咧。

周恩来说，做做工作，加拿大政府会理解的。

毛泽东说：好，就这么办。

第24章
尼克松打中国牌，毛泽东打美国牌

毛泽东谈兴正浓，他面对大家，以他特有的随意和幽默口吻谈了下去：这是非洲黑人兄弟把我们抬进去的，不去岂不脱离群众。恩来，今年流年不错，有两大胜利，一个是林彪，一个是联合国。这两大胜利，我都没有想到。林彪搞鬼，我有觉察，就是没有想到他跑外国，更没有想到他坐那架"三叉戟"飞机，摔在外蒙古，"折戟沉沙"。对联合国，我的护士长是专家，她对阿尔巴尼亚那些国家的提案有研究。这些日子她常常对我说，联合国能通过。我说，通不过；她说，能；我说，不能。你们看，还是她说对了。我对美国的那根指挥棒，还有那么的迷信呢。

说着，他自己笑了起来，引得大家哄堂大笑。

他又拿起外交部国际司报来的有关"两阿提案"表决情况，一面看一面说，英国、法国、荷兰、比利时、加拿大、意大利，都当了"红卫兵"，造了美国的反，在联合国投我们的票。葡萄牙也当了"红卫兵"。表决结果一宣布，唱歌呀，欢呼呀，还有人拍桌子。拍桌子是什么意思？

周恩来解释：在会场拍桌子，表示极为高兴。

毛泽东说，那么多国家欢迎我们，再不派代表团，那就没有道理了。不高兴的人也有，"蒋委员长"就是头一个，美国国务院说要发表声明，还没有看到，不过是一篇"吊丧文"。

毛泽东这次亲自点将，指定由乔冠华任中国代表团团长。他还亲自指定了代表团全体成员名单，指派了随团翻译。

毛泽东说，"乔老爷"懂几种外语（包括英语、德语和日语），知识渊博，中西贯通，不光文章写得光彩夺目，而且演讲口才也达到炉火纯青的地步，团长非他莫属。

在代表团要出发的前一天，即11月8日晚，毛泽东接见了全体成员。他显得格外高兴，一边和代表团成员一一握手，一边端详着他们的脸。大家也被毛泽东的情绪感染了，显得十分激动，有的感动得流下了眼泪。

坐定之后，毛泽东看看周恩来，又看看乔冠华，指示说："送我们代表团的规模要扩大,要提高规格。到了联合国要采取阿庆嫂的方针,不卑不亢,不要怕说错。要搞调查研究,但不能什么都调查好了再说。"

熟读古典的毛泽东,以《三国演义》中的"柴桑口卧龙吊孝",来比喻中国代表团赴纽约参加联大,还提出代表团应有汉朝班超出使西域时"不入虎穴,焉得虎子"的勇气。后来,在代表团途经巴黎乘法航班机飞越大西洋前往纽约时,乔冠华豪情大发写了一首诗,最后两句就是:此去欲何为?入虎穴,擒虎子!

第 25 章

中美关系正常化是一把钥匙

■ 世纪性的握手

1972年2月18日，美国的天气严寒，冷风刺骨。上午10时许，瘦高个的美国第三十七任总统尼克松健步登上了"空军一号"专机，开始了美国总统首次访问中国的行程。

尼克松乘坐"空军一号"的飞行十分漫长，将横跨太平洋，首站檀香山，然后是关岛，这样安排是为了最大程度地减低总统的时差反应。

2月18日，在檀香山住处，处于兴奋状态的尼克松与基辛格作了一次长谈，话题围绕着中国和美国各需要什么、他这次首访中国要达到什么目标来展开。他用自己的黄色信笺簿作了记录。

他敲着笔记簿说："我把我们的谈话作了归纳：他们需要什么？1.确立他们的全球性信誉；2.台湾……；3.让美国人离开亚洲。我们需要什么呢？4.印度支那；5.沟通对话，遏制中国在亚洲的扩张；6.未来——减低与强大中国对抗的威胁……"

基辛格说，我们双方共同的需要是：1.减少对抗与冲突的危险；2.更加稳定的亚洲；3.遏制苏联。

尼克松合上笔记本，打个哈欠说："上帝保佑，但愿能得到我们需要的一切！"

基辛格说，这就要适当满足对方的需要。

这一天，在中南海毛泽东书房，周恩来脚步匆匆走进来，对正在看《大

第25章
中美关系正常化是一把钥匙

参考》的毛泽东说,主席,尼克松就要到上海了,你有什么指示?

病重的毛泽东对周恩来说,尼克松是我请的客人,在他的住处挂上唐宋元明清的字画,告诉他中国历史悠久。

周恩来说,我马上给文物局长王冶秋写信,向他借一批字画。

毛泽东说,听说钓鱼台国宾馆到处挂着江青的照片,她搞什么名堂?把它们摘下来!说完,他一阵剧烈的咳嗽。

周恩来看着连咳带喘的毛泽东,忧虑而关切地说,主席要保重身体啊!

周恩来与接待陪同人员走进国宾馆十八号楼,检查准备接待尼克松的房间。

周恩来说,尼克松与基辛格及白宫来的人员,住在十八号楼;罗杰斯和国务院的人员住在不远的一幢稍小的六号楼,这样安排符合美国国情。美国行政机构内部有一种奇怪的相互制约和平衡。

章文晋报告说,这里的一切布置都是根据您的指示做的。

周恩来说,那我也要一一检查一遍,疏忽不得啊!

尼克松访华前的晚上,毛泽东因老年支气管炎反复发作,导致严重肺源性心脏病并伴有肺部感染而突然病危,脸色青紫,呼吸极其微弱。

医务人员正在抢救。

在一旁看着的周恩来焦急得很,俯身双手紧握毛泽东的一只手,声音沙哑地呼喊着:主席啊!主席啊!我是恩来啊!主席,您听见了吗?

经抢救,毛泽东睁开了眼睛,声音微弱但不忘幽默地说,马克思没有收我,我又活过来了。

活过来了好,好啊!周恩来抹抹眼角的眼泪,笑了。

护士长吴旭君说,社会上有种种说法,说尼克松是来朝圣的,圣人怎么能走?

毛泽东把手一摆:胡吹,我毛泽东不是圣人。打扫庭院,迎接客人吧!

此时客人正在天上。

1972年2月20日，"空军一号"在太平洋上空追逐夕阳，向西彻夜飞行。理查德·尼克松坐在自己靠窗的座椅上独自沉思。他在沉思中不时抬眼望望月光笼罩下的大洋，感觉到"就像从前那些地理大发现的航行一样，自己这次发现之旅也是没有确凿把握，从某些方面来看也是冒着风险的"。他这次出行，无疑是多国桥牌比赛中的最后一搏。

尼克松是一个桥牌高手。他当海军中尉的头两个月，就通过玩牌赢了六千美元，他还用玩牌赢的钱进行了他第一次政治大赌博，成功当选为美国众议员。可是，作为第一个访问中华人民共和国的美国总统，这一次的赌注要大得多，期望值也高得很，能否处理好美中苏大三角关系赢来全球的均势？附带的赌注则是他尼克松能否在这年秋季赢得总统连任。

尼克松的两位民主党前任都是以反共著称的，约翰逊总统曾认真考虑过是否要轰炸中国的核设施，肯尼迪总统曾宣布中国玩弄核武器是"我们自从第二次世界大战结束以来所面临过的最危险局势"。尼克松也是一贯公开反共出了名的人物。现在却坐着飞机往共产党执政的北京跑，他心里没法平静。

而且，对他的这次大胆旅行，国内的反应来得既快又猛。共和党内一些人指责总统是在出卖冷战期间最珍贵的弃婴——台湾。主管外交事务的国务卿罗杰斯气得脸色发青，他直到最后一刻才听到消息，而且还领到一项吃力不讨好的差事：要把尼克松访华的意图通知他的好朋友、台湾"大使"沈剑虹。美国参议院对于他们事前被蒙在鼓里也感到愤怒，以四十一票对二十七票的表决结果，推翻了尼克松提出的外援法案，以示报复。尼克松出访时的国内气氛挺糟糕的。

已经迈进这充满风险的旅途的尼克松，他乘坐的飞机正朝中国的上海飞去。他振作精神，将那些烦恼抛诸脑后，集中心思思考北京之行的种种细节，在肚子里打着腹稿。

1972年2月21日上午9时，中国政府特地委派外交部副部长乔冠华、美大司长章文晋、礼宾司副司长王海容、处长唐龙彬、翻译唐闻生及章含之等七人,专程前往上海迎接美国总统尼克松。

尼克松还在飞机上的时候,吴旭君给毛泽东念外电评论,其中有一条说:尼克松是打着白旗到北京来的,意思是这个反共专家是来投降的。毛泽东听完这条消息笑了,说:"我来给尼克松解围。"

此时毛泽东缠绵病榻,已有七八天很少起床久坐了。他把吴旭君叫到床头,告诉她说:你给周总理打个电话,告诉他,请总统从机场直接到游泳池,我立刻见他。

毛泽东一般是在重要外宾快要离开北京时,才出面接见。像这样急于接见一个外国首脑,在他算是破了例。他对尼克松实在是高看了一眼。这大概就是毛泽东在世人面前给尼克松解围的最好办法。

吴旭君首先服侍毛泽东起床,扶他到卧室的沙发上坐好。然后,小跑着出了屋,去告诉卫士兼理发师周福明,负责准备会见厅(即书房)的茶点。自从月初会见巴基斯坦总统布托以后,基本上卧床的毛泽东就没理过发。然后,吴旭君又跑到值班室,通知了毛泽东的贴身警卫李连成,再由他报告中央办公厅主任汪东兴、副主任张耀祠和中南海西门。另外还通知了秘书徐业夫,通知了生活管理吴连登,让他准备点食物,因为她担心老人会见时有可能出现低血糖。最后,她跑到因毛泽东病重而常住中南海泳池的医疗组,告诉他们即将会见的消息。

穿上新的制服和新的鞋子的毛泽东,焦急地坐在沙发上等待。他专心致志地看《参考资料》,作些谈话的资料准备。《参考资料》2月21日上午版刊登了两篇对他会见尼克松直接有用的材料,第一篇是美国总统尼克松抵达中国前,在临时落脚地关岛对记者发表的讲话。其中这么两句:"尼克松说,毛和周都是有哲学头脑的人物,他们不是仅仅讲究实际的、注意日常问题的领导人。"

第二篇是"中华民国总统"蒋介石在"国民大会"第五次会议开会典礼

中的致词:"所以今天国际间任何与恶势力谋求政治权力均衡的姑息举动,绝不会有助于世界和平,而适以延长我七亿人民的苦难,增大全世界的灾祸!我们对任何有损于中华民国主权利益的行动,保有高度的警惕!"

这现拣来的两条信息,毛泽东在与尼克松谈话时都巧妙地用上了,而且加以精彩发挥,变成了会见时的重头话题。

1972年2月21日11时30分,北京首都机场一片灰蒙蒙的隆冬景色。美国总统乘坐的"空军一号"蓝白色座机,降落在北京机场空旷、宽阔的跑道上。

正巧太阳冲出厚积的云层,明亮地照射在大地上。当地球上发生重大事件的这一时刻,好像大自然也有感应似的。

机场中央悬挂着毛泽东的巨幅画像,美国国旗星条旗和中国国旗五星红旗并列着迎风飘扬。机场冷冷清清,没有素有的欢迎外国元首来访时群众挥舞小彩旗和花束的场面,没有铺红地毯,没有礼炮,也没有外国使节到场,只有350人的三军仪仗队整齐地列队等候检阅。这场景显得对世界头号大国的美国总统有点怠慢。

专机已经停稳,机门打开了,舷梯也靠过去了。兴奋不已而又善于演戏的尼克松,别出心裁导演了戏剧性的一幕,搞了个样板戏中的"三突出"。

他跟随身警卫说,你布置一下,包括我们的代表团的所有成员,从基辛格开始到中方的陪同人员都慢点下去,由我和夫人先下去。我要使得这个场面显得更庄严、更突出。

紧随其后的基辛格听出了尼克松的潜台词——独出风头,于是朝乔冠华一个坏笑,做个鬼脸。

富有对外交往经验的第一夫人帕特,配合丈夫的"三突出",换上一套玫瑰式的套装,外面披上橘红色的大衣,和穿大衣的尼克松手挽着手,走出舱门,走下舷梯,显得十分醒目。这场"演出"尼克松再三叮嘱,还是不放心,又派了一名身强体壮的助手挡在走道门口,以防其他人紧随其后。

原来,特别重视电视神奇作用的尼克松,早已下令对电视转播作了精心

第25章
中美关系正常化是一把钥匙

的计划安排。中美两国隔着太平洋遥遥相望，在时差上，北京时间比华盛顿时间早十三个小时。中国每天上午的活动，可以在美国晚上电视的黄金时段作实况转播。尼克松特意安排他到达北京的时间是21日上午11时30分，也即美国东部标准时间星期日晚上10点30分，正是电视观众最多的时刻。为了突出美国总统到达北京这一历史性时刻，尼克松和办公厅主任霍尔德曼决定，当电视摄像机拍摄尼克松走下舷梯第一次和周恩来见面与握手时，镜头里美方应该只有总统单独一人，这才风光过瘾。

庞大的机体下，没戴帽子的周恩来站在舷梯前，在寒风中挺立着瘦弱的身躯。他双肩靠后，头微微仰起，给人一种坚毅笔挺又潇洒自如的感觉，像一尊塑像。

尼克松下到舷梯一半时，周恩来带头开始鼓掌，尼克松一怔，略停一下，也按中国礼节鼓掌相报。

当尼克松走完梯阶，离地面还有三四级台阶时，就积极主动地向周恩来微笑着伸出了手。周恩来那只手几乎同时伸了出来。两人紧紧地握着手，轻轻地摇晃着，足足有一分多钟。

周恩来微笑说，总统先生，你把手伸过了世界最辽阔的海洋。二十五年没有交往啊！

在《尼克松回忆录》中，尼克松是这样夸张地回忆他期待的那一刹那的：

"我知道，1954年在日内瓦会议时福斯特·杜勒斯拒绝同周握手，使他深受侮辱。因此，我走完梯级时决心伸出我的手，一边向他走去。当我们的手相握时，一个时代结束了，另一个时代开始了。"

美国和中国的两双大手继续紧紧握着。

周恩来问道，你们一路上好吗？

尼克松高兴地说，非常好！

待尼克松和周恩来历史性的握手结束时，罗杰斯、基辛格、霍尔德曼等代表团成员才获准走出机舱，走下舷梯。

当基辛格走下舷梯时，周恩来伸过手去："啊，老朋友！"

当尼克松同周恩来乘坐黑色的总理座车离开机场时，尼克松得意地说，总理阁下，这一世纪性的握手的特写镜头是我设计的，我叫随行人员都暂时待在机舱内，跟中国总理握手时，镜头内只能有总统一个人。

周恩来笑道，总统先生用心良好！

周恩来与来华访问的美国总统尼克松握手（历史图片）

■ "瓦格纳歌剧序曲式"的接见谈话

在长安街上，车轮飞驶着。周恩来和尼克松同乘一辆红旗防弹高级轿车进城。

在中南海游泳池毛泽东书房，周福明正在为毛泽东理发、修容。

服务人员正从他的书房移走病床和医疗器械，并在与接见大厅只有一门之隔的地方准备了一切急救设备和用品，藏在罐装设备里，氧气袋也秘密地放入一个巨大的油漆箱中，处于"一级战备"状态，连强心针都抽进了针管，以防万一。随时处于抢救中的毛泽东，一会儿却要接见美国总统，这把他身边的工作人员弄得提心吊胆，惴惴不安。

当周恩来和尼克松的车队驶过长安大街时，在机场感到冷遇的尼克松心里还满以为真正的欢迎仪式可能在天安门广场进行。尼克松在白宫作访华准备时，观看过天安门前人山人海向毛泽东欢呼的纪录片镜头，给他留下极深

第25章
中美关系正常化是一把钥匙

的印象。他在来华飞机上曾经设想过,要是他受到天安门广场上人山人海的欢迎,那么,盛况将不亚于在共产党国家的南斯拉夫贝尔格莱德和罗马尼亚布加勒斯特受到的接待。可是,车队通过天安门广场时,广阔的广场空无一人,尼克松的希望落了空。他注意到连大街也是空的。他的心情有点黯然沮丧。

这时,周恩来一一将天安门广场的主要建筑指给尼克松看:这是天安门城楼,毛主席在这里会见群众。那是人民大会堂,人民代表开会的地方……

尼克松"哦,哦"应着看着窗外。他心里觉得有些冷淡,但是外表没有明显地流露出内心的感觉。

汽车很快驶入了钓鱼台国宾馆。周恩来的夫人邓颖超,在尼克松与基辛格及白宫来的工作人员下榻的十八号楼等候。

十八号楼被人戏称为"元首楼"。它是一座富有中国民族特色的二层建筑物,建筑面积约四千平方米,楼身洁白,飞檐绿瓦,门前悬挂着盏盏纱灯,有一种非凡庄重的气势。

元首楼一楼有一处328平方米、布置精美的室内花园。厅内铺着绒毯般的塑料草坪。花园的东南、西北角分布造型优美又形态各异的山石和水池,水池中喷泉飞花,金鱼跃动。池边围种着四季时令花木,有山茶、棕竹、散尾葵、兰花、杜鹃、梅花、玉兰、芭蕉等。由于这里无论是哪个季节都显得妩媚可爱、生气勃勃,所以被称为"四季厅"。

步入宾馆后,大家在会客厅摆成大圆圈的沙发上就座,周恩来在叶剑英、姬鹏飞等官员的陪同下,一一招呼了美国代表团的每一个成员。他在寒暄中还经常开几句玩笑,显出自信与轻松。尼克松第一次亲眼领略了周恩来的风度。

罗杰斯和美国国务院的人员住在不远处的一幢稍小的六号楼,基辛格前两次来访时在这幢楼里住过。从住处的安排上尼克松体察出周恩来很熟悉美国的国情,知道美国行政机构内部奇怪的相互制约和平衡。

在吃丰盛的午宴时,尼克松表现出他使用筷子的熟练技巧,这是他大半年来在白宫苦练的结果。

午宴结束后，尼克松一行人各自回住房去洗漱。

周恩来下午2时左右才得知毛泽东决定立即会见尼克松，客人已去驻地休息，4点半将有全体会谈，7点钟还有欢迎宴会，日程安排紧得很。周恩来非常着急，布置接待人员分头行动后，自己赶往尼克松所在的钓鱼台十八号楼通知基辛格，再去游泳池检查会见准备工作。

周恩来急匆匆来找基辛格，他俩在会客室刚见面，周恩来不像往常一样先开开玩笑，而是直接说，毛主席想会见总统，请你也一同去。

毛泽东要会见尼克松，这是有所准备的，基辛格却没有料到安排得那么快，他内心还是很高兴，却控制住没有明显流露出来。他注意到周恩来没有提到请罗杰斯国务卿一块去，他乐得装糊涂不过问，他想到的是自己能干的助手洛德，便问，我能否带助手洛德去作记录？

周恩来点头同意了，语气有点急：主席已经请了总统，主席想很快就和总统见面。

基辛格知道毛泽东深居简出，神秘莫测，没有人能事先和他约定见面的时间，他的召见都是突如其来的。基辛格马上去请尼克松。当时，尼克松正想洗一个淋浴，得知毛泽东要即刻会见他，既惊讶又兴奋，自言自语地说，好啊！中国的毛泽东，神秘的毛泽东！便赶紧更换衣服。

尼克松、基辛格好不高兴，心中的那块"石头"终于落地了。因为一段时间内，外国媒体盛传毛泽东病重，有的甚至猜测毛泽东已不在人世了。现在毛泽东不但同意会见尼克松总统，而且极不寻常地把时间定在总统到达机场后三小时之内，这是极其罕见的礼遇。

14时40分，尼克松在周恩来陪同下，乘坐高级红旗轿车穿过西长安街，驶进有两个解放军士兵站岗的新华门，绕过红墙，经过安静无人的甬道，驶至游泳池。他们下车后走进一个四合院，穿过一条长长的宽过道，绕过一张乒乓球桌，朝毛泽东书房走去。

第 25 章
中美关系正常化是一把钥匙

尼克松抬腕看表说，我到北京才三个小时，刚吃过午饭，没顾上洗澡，就走进了神秘的中南海。

周恩来说，总统先生，毛泽东主席对你的访问很重视，急于会见你呢。

尼克松在机场受到冷遇的心灵得到安慰，他感到满足。

基辛格事后对毛泽东书房的描绘，非常细致并抓住了特色：

"……这是一间中等大小的房间。四周墙边的书架上摆满了文稿，桌上、地下也堆着书，这房间看上去更像是一位学者的隐居处，而不像是世界上人口最多的国家的全能领导人的会客室。房间的一个角落里摆有一张简易的木床。我们第一眼看见的是一排摆成半圆形的沙发，都有棕色的布套，犹如一个俭省的中产阶级家庭因为家具太贵、更换不起而着意加以保护一样。"

基辛格没有发现的是，所有工作人员都屏声息气藏在门背后，有吴旭君等医护人员，有警卫，有电工等，门背后摆上了所有的抢救物品，气氛沉默而紧张。

七十八岁的毛泽东坐在沙发上，看见美国人进来，女秘书扶他站了起来，他略显吃力地朝客人迎上去。

他微笑着盯望着尼克松，眼光锐利，有点"冷眼向洋看世界"的神态，略带嘲讽。他说话已经有点困难，但并不避讳地说，我说话不大利索了。

他患了支气管炎与肺气肿，经常喘息、咳嗽、吐痰，所以他的脚边摆着大痰盂。

他微笑着朝尼克松伸出手，尼克松也习惯性地咧嘴朝他伸出手。来自两个世界的头面人物紧紧地握手了。尼克松将左手也搭了上去握着，毛泽东也将左手搭上去握着。俩人都笑了，两个人的四只手相叠在一起握了好一会儿，向摄影记者表示他们的热情。这大大超过了正常礼节的握手时间。

尼克松看着毛泽东说，主席的文章推动了中国，改变了世界。

毛泽东想起了《参考资料》上蒋介石的讲话，信手捻来开玩笑说，咱们共同的老朋友，蒋介石委员长，不会赞成你这个讲法的。

毛泽东对刚才的玩笑意犹未尽，又说，实际上，我们和他的友谊比你们和他的友谊要长得多。

毛泽东也和基辛格握手，上下打量着他，还点了点头，说，哦，你就是那个有名的博士基辛格。

基辛格笑着说，我很高兴见到主席。

大病初愈的毛泽东说话艰难：欢迎你们！

摄影记者退出，宾主坐下后，毛泽东自如地引导了一次苏格拉底式的谈话。美国客人没有想到，毛泽东和尼克松的历史性会晤，会在幽默、戏谑与玩笑的气氛中进行，毛泽东诙谐随意地驾驭着整个会晤。

在座的有周恩来、基辛格、洛德，译员是唐闻生，记录是王海容。

眼前的景象令人匪夷所思。一个是最革命的"左"派，一个是最"反动"的右派；一个是世界上人口最多、潜力最大的社会主义国家的导师，一个是世界上经济最发达的资本主义国家的首脑；他们曾经用极端的语言，相互敌视，相互对骂，隔绝对峙了二十多年互不来往。他们的意识形态是相互对立的，他们的思想信仰是各不相容的，他们的价值观念是绝不一致的，他们的文化背景是大相径庭的。

人都经不住接触，没接触前的想象和接触后的现实，总是天差地远。如今，毛泽东和尼克松走到一起来了，谈得那么和谐、热烈，轻松的俏皮话使人觉得是几个经常来往的熟人在聊天。尼克松虽然用词夸大，但并没有说错，这个世界的确变了，一个旧的时代过去了，一个新的时代开始了。

毛泽东事先看了《参考资料》，又听陪同的乔冠华说过，尼克松在上海飞北京的飞机上说毛泽东是可以同他谈哲学的人。他便风趣地说，今天你在飞机上给我们出了个难题，说是我们要谈的问题限于哲学方面。

尼克松回答说，我之所以这样说，是因为读了主席的诗词和讲话，我知道主席是位思想深刻的哲学家。

第25章
中美关系正常化是一把钥匙

毛泽东指着基辛格说，哲学可是个难题，他是博士，可以请他讲一讲。

尼克松说，他是位思想博士。

基辛格马上接着说：我在哈佛大学教书的时候，曾经指定班上的学生研读您的著作。

毛泽东张嘴微笑着：明显地回答起来有困难，在深深呼吸后，才以自我嘲弄的口气说，我写的这些东西算不了什么，没有什么可学的，一点教育作用也没有。

尼克松尊敬地说：主席的著作推动了一个民族，改变了整个世界。

毛泽东摇摇手：我没有能够改变世界，只改变了北京附近几个地方。

尼克松还没有习惯毛泽东的幽默，一时没接上话。

毛泽东指着基辛格又开起了玩笑：你跑中国跑出了名嘛，头一次来，公告发表以后，全世界都震动了。

基辛格及时而得体地强调这是尼克松总统的大胆决策。

毛泽东不管那么多，仍指着基辛格说，他巧妙地把第一次北京之行严守了秘密，但他不像一个特工人员嘛。"波罗行动"保密工作做得好。

尼克松含笑说，但只有他能够在行动不自由的情况下，去巴黎十二次，来北京两次，而没有人知道——除非有两三个漂亮姑娘。

毛泽东对这个说法很有兴致，基辛格忙着加以解释：她们不知道，我是利用她们做掩护的。

毛泽东反问道：是在巴黎吗？

尼克松抓住机会大加发挥：凡是能用漂亮姑娘做掩护的，一定是有史以来最伟大的外交家。

毛泽东笑着再次反问：这么说，你们常利用你们的姑娘喽？

见毛泽东把他和基辛格一锅煮了，尼克松忙申辩道：他的姑娘，不是我。如果我用姑娘做掩护，麻烦可就大了。

周恩来插一幽默：特别是在大选期间，岂止是麻烦。

引得宾主笑个不止。

说到大选，毛泽东说：讲老实话，这个民主党如果再上台，我们也不能同他打交道。

尼克松说，这个我懂得，我们希望不会使你们遇到这个问题。

毛泽东朗声大笑说，上次选举的时候，我投了你一票。

尼克松乖巧地回答，我想主席投我一票，是在两个坏东西中间选择好一点的那个。

毛泽东又幽默地说，我喜欢右派。人家说你们是右派，你们共和党是右派。这些右派当政，我比较高兴。

尼克松说，我想重要的是，在美国，"左派"只能是夸夸其谈，右派却能做到，至少目前是如此。

毛泽东点点头，又很随便地说，在我们国内有一派也反对我们和你们往来，结果他们坐一架飞机逃到国外去了。

为了让尼克松听出这是指林彪，周恩来插话说：后来，这架飞机在蒙古温都尔汗的沙漠里坠毁了。

我曾很关注此事，生怕影响我的访问。尼克松继续说，我还想说明一点，就个人来讲，总理先生，我这也是对你说的，你们不了解我，你们就不信任我。我做的要比我说的多，我要在这个基础上同主席、总理进行坦率会谈。

毛泽东说，所以我们两家也怪得很，过去二十二年总是谈不拢，现在的来往从打乒乓球起不到十个月，如果从你们在华沙提出建议时算起，两年多了。我们办事也有官僚主义。你们要搞人员往来这些事，搞点小生意，我们就死不肯。十几年，说是不解决大问题，小问题就不干，包括我在内。后来发现还是你们对，所以就打乒乓球。

毛泽东又说，大概我这种人放大炮的时候多。无非是"全世界人民团结起来，打倒帝、修、反"这一套，建立社会主义。

周恩来哈哈大笑。

第25章
中美关系正常化是一把钥匙

尼克松微笑：就是像我这样的人，还有匪徒。

毛泽东探身向前，微笑着说：你可能就个人来说，不在打倒之列。可能他（指基辛格）也不在内。都打倒了，我们就没有朋友了嘛。

尼克松笑了：就没有靶子了。

双方谈到了蒋介石，话题是毛泽东引起的。毛泽东以他特有的斜视目光扫着尼克松，幽默地说：我是中国共产党人的头子，而你是世界上著名的反共头子，历史把我们带到一起来了。我们共同的老朋友蒋委员长，可不喜欢这个。他说我们是"共匪"，他最近还发表了一篇讲话。

周恩来补充：就是在他们最近召开的"国会"，蒋介石把主席叫作"共匪"。

这是指蒋介石1972年2月20日《在国民大会第五次会议开会典礼中的致词》，其中讲到"大陆的精神文化"被"摧残"，"大陆七亿人民的生活"已是"血干泪尽"，接着，他"试问这是一个什么政权？这如何能说它对大陆有了'有效的控制'？所以今天国际间任何与恶势力谋求政治权力均衡的姑息举动，绝不会有助于世界和平，而适以延长我七亿人民的苦难，增大全世界的灾祸！我们对任何有损于中华民国主权利益的行动，保有高度的警惕！"。

蒋介石在尼克松抵达北京的这一天讲了这番话，显然是"骂"给尼克松听的。

坐在毛泽东面前的尼克松反问一句：蒋介石称主席为"匪"，不知道主席叫他什么？

周恩来说：我们一般叫蒋介石集团，新闻里面有时也叫匪。

那还不是匪？彼此叫匪，互相对骂。毛泽东吮吮嘴，笑了。

周恩来说：从1924年开始。

尼克松惊讶：噢，1924年！

漫谈式的对话不是很有条理，扯来扯去，毛泽东谈起了中美这次交往的背景：是巴基斯坦前总统叶海亚介绍你和我们认识。那时候，我们驻巴基斯坦的大使坚决反对跟你往来，说是有个比较，是民主党的那位前总统约翰逊，还是尼克松，究竟哪个比较好，他说是一样坏。可是叶海亚总统说，"这两个人不能同日而语"。他说，一个像强盗，他是指约翰逊。我们这方面也不那么高兴那位约翰逊总统。从杜鲁门到约翰逊，我们是都不那么高兴的。这个中间有八年是共和党的总统，那个时候你们也没有想通。

主席先生，尼克松说，我知道，多年来我对中华人民共和国的态度，是主席和总理全然不能同意的。把我们带到一起来的，是认识到世界出现了不同形势；在我们这方面还认识到，事关紧要的不是一个国家内部的政治哲学，重要的是它对世界其他部分和对我们的政策。我要跟你谈的，主要是我们之间有发展潜力的新关系的哲学问题。

尼克松脱离了当时的漫谈气氛，长篇大论地说起来：我们应该审视我们的政策，决定这些政策应该怎样发展，以便同整个世界打交道，并处理朝鲜、越南和台湾地区等眼前的问题。

尼克松列举了一系列需要共同关注的国家和地区，就国际问题谈论具体细节时，毛泽东摆了摆手，指着周恩来强调说：这些不是在我这里谈的问题，这些问题应该同周总理去谈，我只谈哲学问题。

尼克松知道跟毛泽东交谈机会难得，不愿意中断，按自己的思路说下去：例如，我们应该问问自己，当然这也只能在这间屋子里谈谈，为什么苏联人在面对你们的边境上部署的兵力，比面对西欧的边境上部署的还要多？我们必须问问自己，日本的前途如何？我知道我们双方对日本问题是意见不一致的。但是，从中国的观点来看，日本是保持中立并且完全没有国防好呢，还是和美国有某种共同防御关系好呢？有一点是肯定的，我们绝不能留下真空，因为真空会有人来填补的。周总理已经指出，美国在"到处伸手"，苏联也在"到处伸手"。问题是，中华人民共和国面临的危险究竟来自何方？是美国的侵略，还是苏联的侵略？

毛泽东接过话头，认真地说起来：来自美国方面的侵略，或者来自中国

第 25 章
中美关系正常化是一把钥匙

方面的侵略,这个问题比较小,也可以说不是大问题,因为现在我们两个国家不存在打仗的问题。你们想撤一部分兵回国,我们的兵也不出国。

尼克松看到周恩来老看表,便拉紧了话题说:主席先生,我们大家都熟悉你的生平,你出生于一个很穷的家庭,结果登上了世界人口最多的国家、一个伟大国家的最高地位。我也出生于一个很穷的家庭,登上了一个很伟大国家的最高地位,历史把我们带到一起来了。我们具有不同的哲学,然而都脚踏实地来自人民,问题是我们能不能实现一个突破,这个突破将不仅有利于中国与美国,而且有利于今后多年的全世界?我们就是为了这个而来的。

毛泽东显得疲倦地说:你们下午还有事,吹到这里差不多了吧。我跟早几天去世的记者斯诺说过,我们谈得成也行,谈不成也行,何必那么僵着呢?一定要谈成。

尼克松说:你跟斯诺的谈话,没有几天我就知道了,得到了明确的信息。

毛泽东说:你那本《六次危机》写得不错,不是一本坏书。

尼克松微笑着摇摇头,面朝周恩来指着毛泽东说:他读的书太多了。

毛泽东说:读得太少,对美国不懂。要请你做教员,特别是历史和地理教员。

尼克松来之前是下了工夫的,甚至读过毛泽东诗词。他最后说:这次应邀来访是冒了很大风险的,这对我们来说也不是容易作出的决定。由于读过主席的诗词,知道你善于掌握时机,懂得要"只争朝夕"。

听到译员译出自己的诗词,毛泽东露出了笑容,又手指基辛格说:只争朝夕的就是他。

毛泽东对基辛格似乎更感兴趣,谈着谈着就把他扯进来,开开玩笑。

毛泽东思维活跃,但身体不好,神态显得疲劳。周恩来频繁地看手表,尼克松也知趣地打住了话头。

毛泽东艰难地站起来送客,尼克松握着他的手说:我们在一起可以改变世界。

对于这样的大话，毛泽东未置可否，笑了笑说：我就不送你了。

他还是坚持将尼克松、基辛格送到门口，他拖着脚步慢慢地走，嘟哝说：我身体一直不好。

尼克松说：不过你气色很好。

毛泽东微笑着耸耸肩说：表面现象是骗人的。

他们在门口握手告别。

送走客人，毛泽东已十分疲倦，跌坐在沙发上，头靠着沙发背直喘息。

吴旭君等医护人员冲了出来，要把毛泽东抬到床上去休息。

毛泽东气喘吁吁地摇摇手，表示要在沙发上休息一会。

休息了半小时，呼吸平稳后，他才上床去躺着。

毛泽东会晤尼克松，随心所欲，纵谈阔论，好像漫不经心，漫无边际，东拉西扯，涉及中国与美国，大陆和台湾，中国和苏联，美国和苏联，以及其他国际事务，包罗万象。

会听话的基辛格，半个多月以后，当他待在白宫那安静的办公室里，细心琢磨毛泽东和尼克松谈话的记录时，发现毛泽东有一种非凡的幽默感。他永远是谈话的中心。基辛格把这次谈话比喻作瓦格纳歌剧的序曲，需要加以发展才能显示出它的含义。他还发现毛泽东在谈话中实际上已经勾画出了上海公报的内容。他注意到，公报里的第一个段落，在毛泽东和尼克松的谈话里都有相应的一句话。怪不得在那以后的一个星期的谈判中，所有的中方人员，特别是周恩来总理，都反复地引述毛泽东谈话中的主要内容。

尼克松也很厉害，他对于这次具有重大象征意义的给他解了围的会见谈话，在自己的回忆录里有生动而详细的记述，他说：这次会晤"是在漫不经心的一种戏谑、玩笑中进行的，轻松的俏皮话使人觉得这是几位经常来往的熟人在聊天，一些十分严肃的原则性的主题，在毛泽东诙谐随意的谈吐之中暗示出来"。

有意思的是他对毛泽东的描述，令人感到新鲜，已不是当时报道的总是"神采奕奕""满面红光"之类的套话："他身体的虚弱是很明显的。我进去时，他要秘书扶他起来。他抱歉地对我说，他已不能很好地讲话。周后来把这一点说成是患了支气管炎的缘故，不过我认为这实际上是中风造成的后果。他的皮肤没有皱纹，不过灰黄的肤色看上去却几乎像蜡黄色的。他的面部是慈祥的，不过缺乏表情。他的双目是冷漠的，不过还可发出锐利的白光。他的双手好像不曾衰老，也不僵硬，而且还很柔软。不过，年岁影响了他的精力。中国人只安排我们会晤十五分钟。毛完全被讨论吸引住了，因而延长到一个小时，我注意到周在频频地看表，因为毛已开始疲乏了。"

在毛泽东会晤尼克松后的几小时之内，中国就向外国新闻界提供了面带微笑的毛泽东和咧着嘴笑的尼克松会见的新闻照片。许多报纸都醒目地刊载在头版头条。

有的外国报纸高度评价说："如果毛泽东和尼克松会谈内容没有使世界燃烧起来……但他们会谈这件事本身却几乎使世界沸腾起来了。"

■ 台湾问题最棘手

从中南海出来，周恩来在人民大会堂与尼克松举行了一次大范围的会谈。

谈到将要发表的联合公报，尼克松说，像这样一次举世瞩目的首脑会议，通常的做法是，开几天会，经过讨论，发现意见的分歧，然后发表一篇含糊其词的公报，把问题全部遮盖起来。

如果我们那样做，就会不仅欺骗人民，而且欺骗自己。周恩来说。

尼克松说，当国与国的会议不影响到世界前途时，这样做是可以的。但是，我们的会谈受到全世界的注目，并且会对我们在太平洋地区，以至全世界的朋友产生持续多年的影响。对这样的会谈，如果我们也像通常那样做，那将是不负责任的。

尼克松同意了周恩来去年10月同基辛格会谈时提出的关于"各说各的"联合公报的构想。

周恩来兴奋起来了，说，正像你今天下午对毛主席说的，我们今天握了手。可是，杜勒斯当年不想这样做。

尼克松说，据说你也不同意和他握手啊！

周恩来说，不一定，我本来是会握手的。

那好，让我们再次握手吧！

于是，尼克松站了起来，隔着谈判的长条桌，与周恩来又握了一次手。

周恩来风趣地谈道，杜勒斯的副手沃尔特·比德尔·史密斯先生想搞不同的做法，可是他不想违反杜勒斯定下的规矩，所以他只用右手拿了一杯咖啡。因为一般不用左手握手，他就用左手摇了我的手臂。

周恩来一边说，一边形象地打着手势，在场的人都被逗得大笑起来。

周恩来自己也笑了起来，对尼克松说，不过那个时候我们不能怪你们，因为国际上普遍认为社会主义国家是铁板一块，西方国家也是铁板一块，所以冷战对峙。现在我们知道情况不是这样。

尼克松坦率地说，我想老实告诉总理，因为我是艾森豪威尔政府的成员，我当时的观点同杜勒斯先生的观点是相似的。但后来世界变了，美国同中华人民共和国的关系必须改变。正如总理对基辛格博士说的那样，舵手一定要顺应潮流，否则他会被淹死的。

周恩来看着尼克松的陪同人员，赞叹：你的参谋班子都很年轻啊！我们都老了。

尼克松感叹地说，其实我大概比你们还要老，我只有十个月的生命，充其量也只有四年零十个月。

周恩来说，但你比我年轻多了。你还可以等十年，我等不了十年啦。总统先生也许还会第三次当选。

第 25 章
中美关系正常化是一把钥匙

这是违反美国宪法的。基辛格插话说。

所以现在对于我来说,这是比你们更关键的时刻。尼克松坦诚地说,在通常的意义上你们比我年纪大。尽管我比毛泽东几乎小四分之一世纪,我是把这次访问当作我能为中美关系出力的最后一次机会来看待的。

周恩来笑了:等四年,你还可以竞选嘛。你的年龄准许你这样做。但是,对于中国现在的领导人来说,这是做不到的。所以,我希望你这次能够多认识一些我们的年轻人。

总理先生,尼克松回答,美国的前任总统像英国国王一样,责任大,但没有权。我指的是卸了职的总统。

周恩来称赞说,可是你的经历在历史上是少见的。你两次担任副总统,接着在选举中失败,后来却又赢了一次。这在历史上是少见的。

1972年2月21日,星期一的晚间,周恩来在人民大会堂设国宴,隆重招待尼克松一行。

当服务员将那古雅的小口白陶瓷酒罐打开,一股特有的芳香悠悠溢出,溢向四座。

这就是驰名中外的茅台酒,酒精含量在50度以上。周恩来举起面前的一个小酒杯向尼克松介绍。

当时的国宴,每个客人面前至少摆上大、中、小三个酒杯,每个酒杯都斟得满满的,其中必有国酒"茅台",其余的是各种名牌葡萄酒,另外还要上橘子水、矿泉水。

我听说过你讲的笑话,说一个人喝多了,饭后想吸一支烟,可是点火时,烟还没点燃,他自己先爆炸了。尼克松讲到这里,不等翻译译出来,自己先笑了。

哈哈哈。周恩来也开怀大笑。他当真拿来火柴,划着之后,认真点燃自己杯中的茅台酒,用愉快的声音说,尼克松先生,请看,它确实可以燃烧。

蔚蓝色的火苗闪烁着,周恩来的目光也在闪烁。酒杯里的火苗越燃越小，终于"噗"的一声燃尽。周恩来的目光也出现了瞬间的迷茫，一丝怅然若失的淡淡的伤感鲜明地浮现在脸上，却转瞬即隐地逝去，眼睛重新一亮，显示出内心的火焰还不曾熄灭。他带着若有所思的神情望了尼克松一眼，含义无穷地点了点头。

周恩来的表演将善于捕捉细节的尼克松总统迷住了。后来尼克松回到华盛顿以后，曾得意地向他的女儿特里西娅表演茅台酒的厉害，当他把一瓶茅台酒倒在碗里，点着了火，岂知蓝色的火焰跳跃着竟不熄灭，他大为骇然时，灼烫的碗猛然炸裂了，茅台酒流满了桌面，着实把总统女儿吓得不轻。基辛格曾经幽默地提到此事："由于美国第一家庭的成员奋勇协力，慌忙救火，才把火扑灭，防止了一场国家的悲剧。否则的话，尼克松政府会自作自受地提前收场，比实际发生的会更早些。"

做完茅台酒的表演后，周恩来端起了服务员换上的酒杯，站起来与尼克松干杯。摄像机拍下了周恩来与尼克松满脸喜悦地干杯的镜头，并向全世界播送，更使早已闻名的茅台酒伴随着这个历史性的"干杯"而名震世界。尼克松对于这种干杯的动作不是十分熟练，在举着酒杯与周恩来碰杯的一刹那，举杯的那只胳膊还要滑稽地往上一耸，他学中国人干杯的动作学走了样。

这时，宴会厅响起了优美的《美丽的阿美利加》乐曲。

这是尼克松最爱听的一首赞美美国自然风光的歌曲。尼克松访华前夕，周恩来特意指示乐团在人民大会堂练习演奏这首曲子。这又是周恩来过人的细致之处。

在场的美国人与大洋彼岸的美国电视观众都深为感动。要知道，军乐队所属的这支军队在二十年前同美国打过仗，现在却在演奏昔日敌对国的歌曲。

尼克松在异国的庄严场合听到《美丽的阿美利加》，非常激动，对周恩来说，这是我1969年为我的就职典礼挑选的一支歌。

周恩来举杯示意：为你的下一次就职干杯。

谢谢！尼克松更加兴奋地笑了。

第 25 章
中美关系正常化是一把钥匙

周恩来站起来致了祝酒词，说道，美国人民是伟大的人民，中国人民是伟大的人民，我们两国人民一向是友好的。由于大家都知道的原因，两国人民之间的来往中断了二十多年。现在经过中美双方的共同努力，友好往来的大门终于打开了。

尼克松也站起来回答周总理的祝酒词：……就在这个时刻，通过电讯的奇迹，看到和听到我们讲话的人民比在整个世界历史上看到任何其他如此的场合的人民都要多。不过，我们在这里讲的话，人民不会长久记住。人们在这里做的事却能改变世界。如果我们两个民族是敌人的话，那么我们共同居住的这个世界的前途确实是黑暗了。但是，如果我们能够找到进行合作的共同点，那么争取世界和平的机会就会无限地增加……他的讲话喜欢使用大词汇，富有鼓动性和激情。他还在结尾时投主人所好引用毛泽东的诗词：毛主席写过，"多少事，从来急；天地转，光阴迫。一万年太久，只争朝夕"。现在就是只争朝夕的时候了！

尼克松总统居然引用毛泽东的诗句来阐述美国的外交政策，这对世界各国的电视观众来说，是闻所未闻的。宴会的气氛一下子被推向高潮。

双方祝酒后，周恩来举着杯到每一桌宴席去绕圈子，向美国官方代表团人员逐一敬酒。清脆的碰杯声在餐厅里响个不停，像轻风吹拂下的巨大枝形吊灯上的那些流苏和水晶坠儿的叮咚之声一般悦耳。

可是，尼克松还是留意到了周恩来祝酒时，说着"干杯"，却一次也不像过去那样痛快豪爽地喝干杯中的酒。他只是"舔酒"，用嘴唇轻轻沾一下杯沿，然后礼貌热情地向对方致意，用一个微笑和注目的眼光替代了干杯的动作。他回到自己座位上时，酒杯仍然是满的。

尼克松一次又一次朝周恩来的酒杯投去目光，终于问了一句：我听说你的酒量很大？

周恩来笑了笑，带着回忆的灿烂神情：过去能喝。红军长征时，我曾经一次喝过二十五杯茅台酒。周恩来把酒杯捏在手指间，注目着转动酒杯，比这个杯子大。

尼克松吃了一惊，继而疑惑地问：可是，今天你没喝？

周恩来坦率地点头：年龄大了。医生限制我喝酒，不能超过两杯，最多只能喝三杯。

尼克松举起杯，周恩来举起杯。这一次他干了一杯，因为客人先干了。

宴会厅里，主宾席的大圆桌可以坐二十人。尼克松及夫人、基辛格都由周恩来陪同坐在这里。桌上摆着中国堪称登峰造极的美味佳肴，还摆有特制的熊猫牌雪茄烟，精制的烟盒上画着可爱的熊猫。

干杯不在行，尼克松使用筷子的熟练技巧却出乎大家意料。

周恩来对尼克松夫人帕特称赞：总统和你都会熟练地用筷子。

帕特笑着说："为了来中国，我们在白宫都学着用筷子呐。"

据说，早在半年前，尼克松就把他餐桌上的刀子、叉子换成了中国的筷子。

席间，周恩来指着摆放在桌上的熊猫牌香烟对帕特说："我想送给你这个。"

帕特大为吃惊："你说……烟吗？"

周恩来笑了，向帕特解释说："不，不是烟，我说的是熊猫。我们要送给你们两只熊猫。"

哦！帕特惊喜地对尼克松说："理查德，周恩来总理说送给我们两只熊猫！真的熊猫！"

这个镜头通过通信卫星传到美国，正好是在早晨的新闻节目中播出。这天，在美国的街头、家庭里、办公楼内、企业里，人们都在议论着周恩来送熊猫的事情。《纽约时报》评论说："周恩来真是摸透了美国人的心思。"《华盛顿邮报》评论："周恩来通过可爱的熊猫一下子就把美国人的心征服了。"作为回报，尼克松也决定送两只美国北部寒冷地区生长的麝香牛给中国。

第25章
中美关系正常化是一把钥匙

当晚，周恩来陪同尼克松一起看当天中美活动的录像。刚看了几个镜头，尼克松便指着录像对周恩来说，现在美国人民也坐在电视机旁看我们今天的活动情况。

图像传输这么快？周恩来略为一惊：是吗？

尼克松笑了，指着身边的安全军官黑格拎着的黑皮箱，不无炫耀地说："从我踏上中国领土的第一步起，我在中国每时每刻的活动情况，便全部由这个黑匣子记录在案。它记录下来的信息送给卫星地面站处理，然后通过我们天上的通信卫星，将这儿的每一个活动细节随时传到美国。"

周恩来听后十分震惊，事后急忙找有关人员，详细询问了神奇的"黑匣子"。从第二天起，周恩来与尼克松在一起的时间，眼睛总是有意或无意地看一看尼克松身边的那个"黑匣子"。周恩来的这一细微动作，被机敏的基辛格发现，报告了尼克松。一次晚宴中，周恩来与尼克松频频举杯后，又一次谈到了那个"黑匣子"和卫星地面站。尼克松脱口而出：我们这次带来的卫星地面站，到时就留给你们吧！

基辛格也趁机说："对，总理先生，就留给中国作个纪念吧。"

周恩来端起酒杯，笑了笑说："总统先生，我看还是卖给我们吧。"

就这样，尼克松访华结束后，他随身带来的那个"黑匣子"便被中国买了下来，留在北京电信管理局。本来，当年为了限制中国和苏联在某些领域的发展，按照国际巴黎统筹委员会的规定，像卫星地面站这样的设备，是绝对不能卖给中国的。尼克松为了缓解中美关系，表现出诚意，居然同意了卖给中国。

■ 蒋介石骂了娘

在台湾慈湖官邸，不太看电视的蒋介石坐在慈湖古色古香的居室电视机前，呆呆地看着尼克松与周恩来的握手镜头。一向律己颇严、自制颇深的蒋介石，不由得浑身发抖。

尼克松是个混蛋！他大骂一声，长叹一声。

他不但骂了尼克松，连他的夫人宋美龄也连带被捎上了。

蒋介石为什么有此一骂？原来，1968年尼克松要在美国竞选总统，竞选总统是要花本钱的，要拿出大量美元来办事的。那时台湾有钱，所以尼克松从美国到了台湾，去了日月潭，跟蒋介石会谈。毕竟是向人要钱，尼克松有点不好意思，他张不开嘴，不好意思跟蒋介石说你给我点美金，我回去好搞竞选活动。蒋介石猜到他是来要钱的，但对他能不能当选没有把握，就装糊涂，你不开口，对不起，我也不开口。弄得尼克松空手而归，好不气恼。但是恰恰这一次，尼克松当选了。尼克松当选总统以后，第一，派基辛格访问北京，第二，尼克松亲自访问北京。

蒋介石看了电视好不气恼，想不通尼克松为什么突然变了，对中共友好了？他想来想去，找到了原因，就是我没给尼克松竞选经费，所以他恨我。他继续想下去，谁劝我不要给尼克松钱呢？两个人，一个是宋美龄，一个是孔令侃，他两个人主张不要给尼克松钱，说哪个人当选还难说。所以蒋介石就在日记里骂他们两个人"唯小人与女子难养也"。

骂完之后，一种英雄垂暮、壮志未酬的悲凉侵袭全身。他关掉电视，勉力支撑起身子歪歪斜斜地走进书房，打开墨盒，提起毛笔，用颤抖的手写下八个大字：庄敬自强，处变不惊。

■ 寻找台湾问题的特殊表达方式

第二天，在钓鱼台国宾馆会议室，尼克松与周恩来继续会谈。

尼克松讲了一个他以前从未讲过的故事："1953年，我作为副总统开始第一次环球访问，艾森豪威尔总统给了我一个带给南韩总统李承晚的口信。

第 25 章
中美关系正常化是一把钥匙

李正在考虑要向北朝鲜推进,而我却代表总统告诉他,你不能去,你如果真的去了,我们将不再支持你。他听了我的警告,居然当我的面哭了鼻子。"

周恩来也谈起了珍宝岛事件的细节:1969年,中苏两国军队在珍宝岛打仗,柯西金给我们打来了电话。他要求接线员接给毛主席,这位接线员回答说:"你是一个修正主义者,因此我不会给你接听。"柯西金不甘心,又说:"你不愿意接毛主席,就给我接周总理吧。"接线员又给了他同样的回答。

尼克松笑了:"哈哈,你们的接线员居然敢挡两国元首的电话。但愿我以后不会碰到这样的事。"

周恩来和尼克松会谈的时间越来越长,双方的一些年轻人开始合眼皮、打瞌睡,然而会场中最年长的周恩来在长时间会谈中,自始至终都保持着机警和全神贯注的神态。他当然也会困倦,为了提神,周恩来偶尔点上一支香烟,吸上一口之后,就将烟卷搁在烟缸里让它自燃而尽。

尼克松见状说:"总理先生,我真佩服你的精力这样旺盛。我感到,年龄并不是单指一个人活了多少年,而是指他在那些年里经历了多少事。"

一个人参与大事就能保持活跃和年轻。周恩来说这话的时候也不无忧虑,他毕竟参与大事的时间不多了。他慨叹道:"留给我们这辈人的时间已经不长了,而要做的事还那么多。"

这一天,周恩来乘车去钓鱼台拜会尼克松。

尼克松、罗杰斯、基辛格等人,在楼厅门口迎接。握手之后,尼克松满脸笑容地走到周恩来身后,出乎意料主动地为周恩来脱掉了呢子大衣。周恩来笑着回报他这一东方式的友好动作。

这个镜头被电视记者摄下后,霍尔德曼安排在电视转播中连续好几次播放。美国电视观众十分赞赏尼克松表示出的热情举动。好些大报在头版刊登这幅脱大衣的照片。有家报纸评论说:"在美国人民对周恩来表示极大的好感时,尼克松为周恩来脱大衣,等于发表了一篇极为动人的竞选演说……"

在会客室，他们继续会谈，谈到了敏感的台湾问题。

尼克松当面表示了在处理台湾问题上的五项原则：1.中国只有一个，台湾是中国的一部分，今后不再说台湾地位未定；2.不支持任何台湾独立的运动；3.将在力所能及的范围内劝阻日本进入台湾，也不鼓励日本支持台湾独立运动；4.支持任何关于台湾问题和平解决的办法，不支持台湾当局用任何军事方法回到大陆的企图；5.寻求中美关系正常化，决定四年内逐步从台湾撤出军事人员和设施。

对尼克松的上述承诺，周恩来比较满意。但是，尼克松又强调政治方面有困难，美国还不能马上承认中华人民共和国政府是中国的唯一合法政府，还不能丢弃台湾。

对此，周恩来毫不客气地指出："还是那句话，不愿意丢掉'老朋友'。其实，'老朋友'已丢了一大堆了。'老朋友'有好的，有不好的，应该有选择嘛。你们希望和平解放台湾，我们只能说争取和平解放。为什么说争取呢？因为这是两方面的事，我们要和平解放，蒋介石不干怎么办？我坦率地说，就是希望在你下届任期内解决台湾问题，因为蒋介石的时候不多了。"

最后，周恩来超脱地说："台湾问题将由乔冠华副外长和基辛格博士专门去讨论。我们国家这么大，已经把台湾问题留在一边二十二年了，还可以把它再放一段时间。"

尼克松说："是的，我们应该着眼于首要问题，中国与美国的新关系与台湾问题相比，显然重要得多。"

会谈间隙是游玩。

尼克松访华前半个月，首都汽车公司就接到了用车通知。当时"文革"尚未结束，首汽原有的司机、车辆都很缺乏。李先念副总理得知后，批准从北京军区临时调集了一百名军队优秀驾驶员来首汽执行任务。车辆不够用，中共中央就下令调，除几十辆红旗牌高级轿车外，还用了上百辆国产的上海

第 25 章
中美关系正常化是一把钥匙

周恩来和尼克松举行正式会谈（历史图片）

牌轿车、十辆解放牌大轿车和十五辆天津产面包车，此外还有柯罗沙大轿车等，组成了二百多辆车的浩荡迎宾车队。

尼克松这次访华，空运来一辆电视转播车，比大日野还大。但由于美国司机不熟悉北京的道路，就得选派一名中国司机来驾驶。一开始，美国人对中国人的驾驶技术深表怀疑，但经过实际操作的考核验证，他们就把驾驶电视转播车的任务交给了首汽公司的大轿车司机。

2月24日参观游览长城。不巧的是，前一天下起了鹅毛大雪，没多久，地上便积起了厚厚的一层雪。

2月份下这么大的雪在北京多年来都很少见。当时通往八达岭的盘山路比较险，再加上雪地行车危险性很大，所以外交部的同志担心地提出：长城还要不要去？

周总理回答，预先安排好了的事，去还是要去的，但一定要保证安全。

当天晚上，北京卫戍区司令吴忠等人驾车沿途勘察现场，检查行车路线。从现场回来后，连夜决定：用洒水车洒盐水的办法，化掉钓鱼台通往八达岭一线公路上的积雪，并组织人员清理沿途和长城走道上的积雪。为了防止意外发生，在周总理的指示下，专门指定北京医院负责组织救护值班人员，还特别准备了一架直升机，以备紧急救险。

24日凌晨，由电视转播车和几辆大轿车组成的先遣队就提前出发去八达岭了。天上大雪纷纷扬扬，不停地下，沿途群众则不停地扫，为迎宾车队清扫道路。车队徐徐前进，陆师傅驾驶的转播车遇到的困难更大。当时走的还是八达岭的老路，路窄、弯多、坡陡，稍有不慎就会出车祸，一路上人人都揪着心。当载着上百名记者和重要通信、转播器材的车队平安到达八达岭停车场后，在场的美国人无不惊叹、赞扬。

太阳出来后，清扫过的路面已经风干，不那么滑了。早晨8点半钟，满载着尼克松一行人的车队从钓鱼台国宾馆出发。出发时，空中仍飘着小雪，尼克松总统的随行人员惊奇地指天画地地议论。通过翻译才知道，他们是在奇怪地问："天上下着雪，房顶上的雪也很厚，怎么路上没有雪呢？"当得知是"为了他们安全顺利游览长城，洒盐水，化掉了路上的积雪，使行车不打滑"时，他们显得十分激动，非常感激。

国宾车队在上午10点左右安全到达了八达岭长城车场。叶剑英元帅陪同尼克松夫妇游览长城。

雪后的八达岭，是一片银装素裹的冰雪世界，城墙的砖面上也积了厚厚的雪，像一朵朵蓬松的棉花，使逶迤的巨龙似的长城仿佛用雪线勾画而出，风光更加莽苍壮丽。

叶剑英指着长城的景色，感叹说，眼前景象使我想起毛主席一句很有气魄和哲理的诗，"不到长城非好汉"。

尼克松赞叹着说，这的确是一座伟大的建筑，人类的奇迹。他望着前边重重叠叠的蒙着雪屑的城垛、城堞，又说，我们今天到了长城，成为毛主席说的"好汉"了；但是，今天是爬不到顶峰了。

叶剑英笑着引申说："我们不是已经在北京进行着顶峰会谈嘛。"

尼克松夫人帕特听了，笑着表示不满："为什么毛主席写诗只讲'好

第25章
中美关系正常化是一把钥匙

汉',不讲'好女'呢?我们妇女不是也到了长城吗?"

尼克松和叶剑英听了都哈哈大笑。

叶剑英笑罢又说:"我们都要到长城。全世界的男人女人,黑人白人,东方人西方人,都要共同到达一个人类和平友谊的长城。"

尼克松说:"我看过卫星拍下的长城照片。它是地球的标志,应该也是人类和平的标志。"

尼克松站在长城上,眺望着身前这个壮丽的冰雪世界,心情格外舒畅,浮想联翩起来。

从尼克松夫妇眉开眼笑的表情中,可以感受到他们对中国古老文化的衷心赞赏。

在尼克松、罗杰斯一行参观游览的时候,基辛格和乔冠华却不轻闲,他俩躲在钓鱼台的一幢楼里讨论台湾问题。

乔冠华笑着问:"博士,尼克松总统他们游览长城,却把我们关在这里讨论台湾问题,你不感到委屈吗?"

基辛格风趣地说:"上两次访华时,我已经看过那些名胜了。我是被细心的中国人用作试验的豚鼠,来试验时间安排和保卫措施,并看看这些外行的美国人在中国历史奇迹面前作出一些什么反应。"

"豚鼠?你冤枉中国人了。"乔冠华哈哈大笑,"好吧,你不感到委屈,我们就躲在这里逐字逐句地研究公报的每一句话。"

基辛格说:"我们是公报的起草者,被外界称为'基乔会谈',而台湾问题又是'基乔会谈'中最棘手的问题。尽管不少有争议的问题的措辞大部分在去年10月份的会谈中已经基本解决,而且公报的构思已经肯定了,但是,关于台湾问题的双方措辞,分歧还是巨大的,针锋相对的。"

乔冠华说,分歧虽然很大,解决台湾问题的基调却是两方同意的,那就是把最终解决留待未来,而这种未来将由公报建立的关系以及公报谈判的方式加以开拓。

基辛格说:"基乔会谈的第一天,让我们来逐行审查公报现存草案,肯定已经达成协议的部分;然后,两方各自阐述在台湾问题上的立场。"

尼克松访华进程中的会谈分三个层次进行。罗杰斯国务卿和姬鹏飞外长是一个层次,具体商讨促进双边贸易和人员往来,也就是华沙会谈多年来的问题。尼克松和周恩来之间的会谈又是一个层次,这是两国首脑的总会谈。第三个层次是基辛格与中国副外长乔冠华起草公报的会谈。第三个层次的会谈是最为艰难棘手的。

"基乔会谈"的第二天,主要由基辛格介绍美国准备在莫斯科最高级会谈中达成的协议。

第三天,2月24日,"基乔会谈"开始了关于台湾问题的实质性谈判。两人针锋相对,争吵激烈;两人都有学者风度,谈判风格又各不相同:基辛格的辩辞逻辑性强,富于哲理,一腔带德国口音的英语很难翻译;而乔冠华在雄辩之中思路清晰,思辨性强,原则当中蕴藏直爽豁达。

乔冠华提出的中国方案,美国观点是这样表达的:"美国希望和平解决台湾问题,将逐步减少并最终从台湾撤出全部美国武装力量和军事设施。"

基辛格拒绝了这个方案,说:"我希望你们能够理解我们的立场,我们把撤军说成是一个目标。即使这样,我们仍然坚持撤军跟和平解决台湾问题和缓和整个亚洲紧张局势联系起来。"

"但是,这个前提,必须是美国无条件的撤军。"乔冠华坚持说。

这样做会破坏整个关系,美国公众舆论决不会答应的。基辛格当然也不相让。

在中南海游泳池毛泽东客厅,周恩来汇报说,联合公报的起草,在台湾问题上卡壳了。我方坚持美方对台必须以断交、撤军、废约三条件,作为恢复中美正常关系的前提;美方则不愿意放弃"两个中国"的观念,双方争执不下。

毛泽东一语定乾坤地说:"你可以告诉尼克松,台湾部分是我们最关注

第 25 章
中美关系正常化是一把钥匙

的,他既然要有个联合公报,才好离开中国,就应该答应我们的要求。"

一张一弛,基辛格、乔冠华两人的谈判艺术都接近炉火纯青。每到这个时刻,双方相持不下,都会把扯紧的弦放松,开一两句玩笑来冲淡紧张气氛,用友好的态度把巨大的决心掩盖起来,不致使双方关系过分紧张。

乔冠华松了绷紧的弦,说:"博士,你是出生在德国,我是在德国获得的学位。从这点上,我们应该有共同的地方。可是,在哲学上,我喜欢黑格尔,你喜欢康德,这也许是我们不能取得一致的原因吧?"

基辛格笑说:"那就让我们在康德和黑格尔之间寻找共同点吧。"

乔冠华40年代跟美国人打过交道,朝鲜战争期间也参加过与美国人交锋的板门店停战谈判,他谙熟谈判艺术,善于掌握火候与节奏。该犀利时,锋芒毕露,寸土不让;该徐缓时,和风细雨,开朗爽快。数月以前,他率领中国代表团出席第二十六届联合国代表大会,风度迷人地坐进刚刚恢复的中国席位时,在世界各国代表的注视中,敞怀朗声大笑,表现了新中国进入国际政坛的豪情风姿。纽约某大报为此专门写了一篇评论,题为《乔的笑》。

基辛格与乔冠华棋逢对手,在谈判桌上相互交锋论战,也相互洞察了解,两人从此竟成了好友,经常往来。

第四天,尼克松访华已进入尾声,"基乔会谈"还是不急不火,随随便便漫谈着交换意见,仍是各执己见。好像谈判根本没有最后时限,好像明天不需飞去杭州,后天也无须在上海发表公报。其实,这都是表面松弛绵里藏针,在用共同的软办法向对方施加压力。到了下午,在乔冠华向周恩来汇报、基辛格向尼克松汇报之后,俩人再碰头,双方都提出了新方案,作了让步。乔冠华提出,只要提到全部撤出驻台的美军,中国就不再反对美方表示关心和平解决台湾问题。基辛格提出,把全部撤军这个最终目标和美方在此期间逐步撤出军队这两个问题分开,以前是两点包括在一个句子里的。

乔冠华表示出了兴趣,提出修改个别词汇。他说,最好提和平解决的"前景",而不要用"前提"。他说,用"前景",含义更积极些,显示出是双方的意见；而用"前提"，听上去是华盛顿单方面强加的东西。

基辛格也同意了，开玩笑说："我看台湾命运不会取决于如此微妙的意思上的差别。"

乔冠华打个哈欠，轻松地说："'基乔会谈'总算取得了突破，就待双方上司点头啦。"

这时，周恩来、尼克松进来参加了半小时谈判。尼克松了解到中国人不喜欢搞小动作，喜欢诚挚坦率，他就坦率地向周恩来摆出了自己的难处。他说："如果公报在台湾问题上措辞过于强硬，势必会在美国国内造成困难。我将受到国内各种各样亲台湾、反尼克松、反中华人民共和国的院外集团和既得利益集团的交叉火力的拼命攻击。整个的对华主动行动就有可能成为两党之间的争议问题。到时候，如果我不论是否由于这个具体问题而落选，我的继任就可能无法继续发展华盛顿和北京的关系。"

周恩来了解了"基乔会谈"的突破以后，表示可以考虑美方经过修改的论点。他说："我理解总统的处境，可以考虑美方经过修改的论点，我立即向毛主席报告。台湾情报机构一直派特务对我沿海进行骚扰，希望美国进行干预，施加影响，让他们停止这种活动。"

尼克松说："你放心，我会警告台湾当局的。"

在中南海游泳池毛泽东客厅，毛泽东说："在台湾问题上，尼克松碰到我们的钉子上了。"

周恩来说："是的，双方僵持不下，美方认可只有一个中国，不支持台湾独立，逐步从台湾撤出美军，但仍存在不同看法。直到昨天下午，中美联合公报中的措辞，还没有确定下来。后经多次磋商，激烈交锋，才有台湾问题那种特殊表达方式。"

毛泽东感兴趣地问："是谁的发明啊？"

周恩来回答说："是基辛格博士发明这个提法的，上次就提出来了，这次经过您和尼克松同意，才确认下来。"

第25章
中美关系正常化是一把钥匙

毛泽东笑道，博士到底是博士。

周恩来又说："主席，基辛格提出，公报中'国家要独立，民族要解放，人民要革命'的最后一句，最好改为'人民要进步'。"

"革命"领袖的毛泽东说："还是恢复'革命'这个词好。"

周恩来说："主席，我要去杭州送他们回国，回来再向你汇报。"

中美联合公报草稿得到毛泽东和尼克松的批准，基辛格、乔冠华在当晚尼克松的答谢宴会后，于晚上10点半再次会晤。这次谈判十分顺利，只花了十五分钟就解决了台湾问题的措辞，行文如下：

> 双方回顾了中美两国之间长期存在的严重争端。中国方面重申自己的立场：台湾问题是阻碍中美关系正常化的关键问题；中华人民共和国政府是中国的唯一合法政府；台湾是中国的一个省，早已归还祖国；解决台湾问题是中国内政，别国无权干涉；全部美国武装力量和军事设施必须从台湾撤走。中国政府坚决反对任何旨在制造"一台一中"、"一个中国、两个政府"、"两个中国"、"台湾独立"和鼓吹"台湾地位未定"的活动。
>
> 美国方面声明：美国认识到，在台湾海峡两岸的所有中国人都认为只有一个中国，台湾是中国的一部分。美国政府对这一立场不提出异议。它重申它对由中国人自己和平解决台湾问题的关心。考虑到这一前景，它确认从台湾撤出全部美国武装力量和军事设施的最终目标。在此期间，它将随着这个地区紧张局势的缓和逐步减少它在台湾的武装力量和军事设施。

午夜，毛泽东批准了关于台湾问题的这一段表述。

尼克松也批准了这一段表述。他出于现实政治的考虑，扔掉了他的台湾牌，换上一手新的更好的大陆牌。

接着，基辛格、乔冠华两人继续会晤，把关于贸易和交流的部分加以扩充，把公报重新逐行研究了一遍，至深夜2点，也就是第五天的凌晨2点，公报文本落实了，大功终于告成。这几天以来，基辛格、乔冠华几乎没有睡觉。他俩都觉得如释重负，压力消失，这才突然意识到疲倦、劳累和瞌睡，可是心情却格外轻松和愉快。

2月26日，在飞往杭州以前，尼克松与周恩来在机场审阅了公报。在起飞之前，公报的打印工作刚结束。

■ "尼克松震撼"

周恩来决定将自己的座机"伊尔-18"涡轮螺旋桨飞机供尼克松使用。他先后四次同机长张瑞霭面谈，就连飞行和接待中的细节都一一过问。但尼克松决定乘坐中国专机，却遭到美方安全人员和"空军一号"机长的非议。他们根本信不过中国人的飞机和中国飞行员的技术。他们在同张瑞霭商谈具体细节时，态度傲慢，要求苛刻。

然而，尼克松毕竟坐在了中国机长张瑞霭驾驶的飞机上。尽管天气不怎么理想，尼克松却坐得很安稳，他可以感到中国驾驶员技术的娴熟。他的"空军一号"跟在后面放空飞。

周恩来跟他聊了起来："我看过你的书，写了你人生的六次危机。我常常觉得，逆境是一个好教员。"

尼克松深有感触地说："在选举中失败真是比打仗受伤还要痛苦。后者伤的是身体，前者伤的是精神。"

周恩来深有同感地说："我们当年的长征，就是战胜逆境走向胜利，新中国就是从逆境中建立起来的，我经历的危机比你多。"

第25章
中美关系正常化是一把钥匙

尼克松对逆境的话题兴致很高,说:"我发现从失败中学到的东西比胜利中学到的东西还要多;可是,我唯一的希望是一生中胜利的次数比失败的次数多一点。"

周恩来听了哈哈大笑说:"我是希望总统在今年的大选中能够取得胜利。"

尼克松望着窗外说:"谢谢!我想起了戴高乐,他在野那几年是有助于砥砺他的性格的一个因素。他重返政坛以后认为,毕生一帆风顺的人不会有坚强的性格。"

美丽的杭州,2月底天气阴霾,并不是游览的最佳季节。但尼克松还是喜欢这个风景美丽的城市。他就下榻在毛泽东在杭州度假住的刘庄宾馆里。他觉得宾馆有一股霉味,但极其整洁,这古代宫殿式的建筑也极其精美。他和夫人帕特一致认为在杭州逗留的日子是这次旅行中最愉快的一段时间。

公报大功告成,使尼克松的心情特别轻松愉快,他一想到翌日到上海后就向全世界发布这个公报就觉得兴奋。

他们兴致勃勃地游览西湖。柳枝拂水,湖波荡漾。他看到自己所送的加利福尼亚红杉树已经在湖边的小山中成活,于是喜盈盈地笑着,拉着周恩来在红杉树下合影,让记者们一窝蜂抢拍镜头。

基辛格也兴致勃勃,心情特别好,在北京日夜闷头谈判,为公报中的观点与措辞绞尽了脑汁;如今,公报已定案,他也一身轻松地参加了在西湖的游览。

大家走上九曲桥,来到"花港观鱼"的景点边赏玩。中方有两个女工作人员要赶到周总理身边去,在九曲桥上急步小跑,穿过人群。当她俩奔过基辛格身边时,基辛格开起玩笑来:"哟!那么多漂亮的中国女子在追我,哈哈……"

其中一个女的红着脸,也开玩笑地回敬:"博士,你别看花了眼,那要掉下湖去喂鱼的。"

对话激起九曲桥上一片笑声。连正津津有味地撕着面包片扔下湖喂鱼的尼克松，听说以后也放声大笑。

真是好事多磨，又节外生枝了。想不到因为公报问题，美国方面又横生波澜，把尼克松都几乎气疯了！

在去杭州的飞机上，美国国务院的专家们拿到了公报。他们看后，一路上嘀咕这份公报不理想。他们的不满是大有背景的。这次罗杰斯国务卿带来中国的，都是一些职业外交家，在草拟公报的过程中他们却被排斥在外，对此冷遇本来就很有看法。没有参加谈判的人又不熟悉谈判所经历的艰难，往往在心中自己树了一个理想的公报文本，并拿它同手头的打印文本进行对比。那样一来，毛病就挑得多了。何况罗杰斯虽然是尼克松的老朋友和法律顾问，但罗杰斯维护台湾的利益，与台湾的"驻美大使"沈剑虹私交极深。到达杭州以后，罗杰斯对尼克松说公报不够圆满，交给总统一份材料，材料中列举了国务院的专家们对公报的一大堆意见，要求进行修改。例如，对"台湾海峡两边的所有中国人都认为只有一个中国"这句话提出了异议，说这话太绝对了，或许有一些中国人不这样认为呢。建议将"所有中国人"改为"中国人"。另一条建议是要去掉"对这一立场不提出异议"句中的"立场"二字。诸如此类的重要修改处，竟达十五处之多。

在刘庄宾馆尼克松套房的客厅，尼克松穿着睡衣，走来走去，气得脸都歪了。他进一步感受到自己在政治上处于左右为难的境地。他要有所作为而采取了对华主动的行动，但那些保守派支持者对访华的反应已经搞得他够疲惫的了。他挺害怕这些右派会攻击公报。他预见到，关于国务院对美国所作的让步不满的传闻，很可能成为导火线。他也知道，在已经通知中国人说他同意公报之后，又要求重新讨论，出尔反尔，说话不算数，会让中国人怎么看待他这个总统呢？他又气愤又痛苦，要解释这些修改建议的重要性简直是不可能的。

晚宴开始之前，他把基辛格找来商量。

第25章
中美关系正常化是一把钥匙

基辛格也心情阴郁,坐在沙发上阴沉着脸说:"这份材料我看过了,意见太多。公报文本是我和乔在北京花了二十多个钟头搞出来的呀,罗杰斯他们提出修改的地方那么多,几乎等于推翻了重搞。他们讲你向中国让了步……"

"胡闹!我批准了,毛泽东的政治局也批准了,我们又单方面提出修改,我们还有没有脸?"尼克松近乎在吼叫。

"你也知道,全世界都等着明天在上海发表公报。"基辛格忿忿地说。

"看我回去不把国务院那帮家伙都收拾了!"尼克松愤怒极了,"我哪能带一个分裂的代表团回国?上帝呐!"

"总统,要紧的是明天要发布公报。"基辛格提醒说。

尼克松沉默了好一会,铁青着脸来回走动。突然,他转身对基辛格说:"亨利,宴会之后你再找乔谈一谈。"

真难启齿呵!基辛格脸有难色,但还是应允了。

当晚,宴会的南方菜特别精美,嗜好美食的基辛格却没心思好好品味,他在心里嘀咕着宴会之后怎么跟乔冠华张口。

晚上10点20分,乔冠华和基辛格举行会晤。乔冠华因为辛苦几天搞完了公报,心情很好,好酒的他在宴会上喝得很痛快,脸上泛着红光,面带笑容地坐下来谈话。

基辛格将精心琢磨了好一会的话说了出来:

"乔先生,在正常情况下,总统一拍板,公报就算妥了。但是这一次,如果我们仅仅宣布一些正式的主张,还未达到我们的全部目的;我们需要动员公众舆论来支持我们的方针……"

乔冠华用有点挖苦的口气开玩笑说:"博士,这个'公众舆论'成了你们的法宝了,动不动就拿出来用。"

基辛格委婉地说:"如果乔先生能够进行合作,使我们的国务院觉得自己也作了贡献,这对双方都是有利的。"

"你拐了一个大弯子,是想说贵国国务院对已经通过的公报文本有意见,要修改,是吗?"乔冠华干脆捅破了窗户纸。

"是的,是这个意思。"基辛格坦率地说。

乔冠华脸上的笑容消失了,酒气涌了上来,尖锐地回答说:"双方已经走得够远了,而且中国为了照顾美国的愿望已经作出了很多让步,听说尼克松总统接受了公报,昨晚,我们政治局已经批准了公报。现在离预定发表公报的时间不到二十四小时了,怎么来得及重新讨论呢?开玩笑!"

"我们总统确有为难的地方,乔先生!"基辛格知道中国人注重实际,他唯一的希望在于坦率,于是,他将尼克松的为难境地简述了一番,诚恳地说,"希望你们能认真考虑。"

乔冠华暂停了晤谈,去找周恩来总理请示。

周恩来正在给上海方面打电话,询问上海方面接待工作的情况。他放下电话后,乔冠华立即作了汇报。

周恩来太累了,尼克松访华期间,最忙的人就是他。尼克松访华的一切活动安排,都是周恩来亲自掌管,所有的会谈讨论他都亲自过问,还每天安排随时向毛泽东请示、汇报。他几乎没有正经睡过觉,顶多只能够合眼皮休息个把钟头。铁人都熬不住,何况他已年迈体衰,身体带病。

他强打精神听着乔冠华的汇报,瘦削的脸在柔和的灯光下棱角显得更为分明,也更为疲惫,只是眼睛还很灵,很亮。他点燃一支烟,吸了一口,就摆在烟灰缸沿,好像看着烟雾能提神。

乔冠华汇报完关切地说:"总理,你太困了。"

"你说说你的看法。"周恩来轻轻地将烟雾喷吐出嘴唇。

"他们内部不统一,又要我们作让步,我们已经作了很多让步了。他们美国人自己的矛盾,让他们自己消化吧。"乔冠华说出自己的强硬看法。

周恩来的眼睛望了一下窗外,西湖岸边的灯光闪闪烁烁,迷迷离离。今天晚宴之前,给罗杰斯那一班人当翻译的章含之找他作了汇报,说她了解

第25章
中美关系正常化是一把钥匙

到国务卿罗杰斯及其手下的专家们对已经达成协议的公报大发牢骚,还听说到上海后他们要闹腾一番。周恩来一直在考虑这件事。他对美国国情作过研究,对尼克松执政以来白宫与国务院的矛盾是有所了解的。他由此联想到,按职务,罗杰斯该排在基辛格前面,毛主席会见尼克松时,没让罗杰斯去,的确有点疏忽,难怪人家有意见。他还考虑,明天到了上海,要特地去看望罗杰斯,补一下课。

周恩来望着乔冠华说:"冠华,公报的意义不仅仅在它的文字,而在于它背后无可估量的含义。你想一想,公报把两个曾经极端敌对的国家带到一起来了。两国之间有些问题推迟一个时期解决也无妨。公报将使我们国家,使世界产生多大的变化,是你和我在今天都无法估量的。"

乔冠华顿时领会了总理的含义,微笑说:"总理,我明白了。"

周恩来又说:"我们也不能放弃应该坚持的原则,这个事,要请示主席。"

周恩来当即拿起了红色的直通电话。

在北京中南海的毛泽东听了汇报,想了片刻,口气十分坚决地回答说:"你可以告诉尼克松,除了台湾部分我们不能同意修改外,其他部分可以商量。"他停顿了一会,又严厉地加上一句话,"任何要修改台湾部分的企图都会影响明天发表公报的可能性。"

于是,基辛格与乔冠华在刘庄宾馆开了一次夜车。凌晨2时,另一个"最后"草案终于完成了,当然,吸收了罗杰斯的专家们的一部分意见。草案再次提交双方首脑正式批准。举世闻名的"上海公报"就这样在深夜再次敲定了。

中国飞行员张瑞霭驾驶的专机从杭州飞到了上海。他驾机从北京飞到杭州,从杭州飞到上海,不管天气如何不理想,每次都是按照预定时间分秒不差地准时落地,过程漂亮而潇洒。在上海虹桥机场着落后,尼克松满面笑容,跷起大拇指对周恩来说,飞得好!服务也好!

周恩来从容一笑:"这是我们自己培养的飞行员,我很信任他们!"

基辛格凑上说:"总统是第一次乘坐外国飞机,因为中国飞机是最安全的。"

"空军一号"那位傲慢的上校机长态度也起了变化,他代表总统赠送给张瑞霭一支刻有尼克松签名的宇航圆珠笔作为纪念,并热情地陪同张瑞霭登上"空军一号"参观。

下午5时,向新闻界公布了中美两国的《联合公报》,因为在上海发布,当时两国还没有外交关系,大家就称它为"上海公报"。

下午5点50分,基辛格和助理国务卿格林在上海展览馆的宴会厅举行记者招待会。为了对台湾方面及美国国内的反对派以"安慰",基辛格煞有介事地在会上申明美国同台湾的防御条约并不变动,以表示"没有抛弃老朋友"。

这天是星期天,周恩来在上海为尼克松举行最后的宴会。尼克松显得兴高采烈,茅台酒使他脸上的笑纹都泛着红光。他洋洋自得,喜不自禁地举起酒杯,走到麦克风前,作了在这次访问中从没有过的热情洋溢的即席讲话:"……联合公报将成为明天全世界的头条新闻。但是我们在公报中说的话不如我们在今后的几年要做的事那么重要。我们要建造一座跨越一万六千英里和二十二年敌对情绪的桥梁,可以说,公报是搭起了这座通向未来的桥梁……"

人们沉浸在欢乐之中,为尼克松的话鼓掌。

尼克松更为踌躇满志地说:"我们访问中国这一周,是改变世界的一周。"

周恩来默默地望着他,当全场热烈地鼓掌时,他也随着拍了两下。显然他对尼克松讲得太大的话有所保留。

2月28日早上,周恩来将尼克松一行送至虹桥机场停着的总统专机舷梯旁。

第25章
中美关系正常化是一把钥匙

周到有礼的尼克松在跟周恩来握过手以后，在登上舷梯前，转过身来跟翻译唐闻生握手。他握着她的手，喜盈盈地说："在这最后的场合，请允许我对我的'中国之声'唐小姐表示赞赏。我喜欢听她翻译，她把每个字都翻得很清晰很正确。"

唐闻生感到很窘，站着不开口。周恩来鼓励她翻出来。她红着脸，结结巴巴地将话翻了出来。这是她第一次翻得不流畅。

尼克松与夫人帕特最后走上了舷梯，在机舱门口回身挥手。

漆着蓝、白、银三色的总统专机飞离了上海，尼克松还沉浸在欢乐的情绪中。

夫人帕特对他说："周恩来真是个了不起的人物。"

观察细微的尼克松，说出了一番颇有见地的话："是的，他是一个伟人，本世纪罕见的伟人。我感到惋惜的是，他生活在巨大的阴影之中，他总是小心谨慎地让舞台的聚光灯照射在毛泽东身上。"

尼克松的兴奋没有持续多久，轻松的情绪过去了，忧虑涌上他的心头。多年来国际事务的经验使他意识到，他的中国之行是一个巨大的成功。他知道他赢得了一场真正的外交上的胜利。成功似乎比失败更使尼克松感到不安。机舱内格外安静，使他的隐忧显得更沉重。他将头靠在椅背上，忧虑与疲乏使他脸色发青。

帕特见他脸色不佳，忙关切地问："你怎么啦？累了，还是不舒服？我叫大夫吧？"

尼克松挥着手阻止帕特说："我是为飞机着陆后担忧，国内的反对派……谁知道是凶是吉？"

总体说来，世界舆论对他的访华反应还是"吉"多于"凶"的。上海公报发布以后，西方新闻界发表了种种评价。

法新社说"改变世界的一周"应该是"改变尼克松的一周"；《底特律自由新闻报》说，"他们得到台湾，我们得到蛋卷儿"。《费城公报》说，

791

"尼克松飞回美国，在台湾问题上让步"。也有不少肯定的报道，《费城问询报》说，"从短期看，尼克松付出的代价比得到的多；但从长远看，他也许获得了远比付出代价更有价值的东西"；《基督教科学箴言报》说，"尼克松总统所同意的就是他早已决定要做的事。"……许多报道都称这一周尼克松的访华为"尼克松震撼"。

周恩来送走尼克松之后，也于当天搭乘那架"伊尔-18"专机离开上海，飞往北京。随行的记者们也搭乘他的专机回京。

飞机上的我国记者都在谈论着外国记者的反应，这是我国记者第一次接触那么多的外国记者。

周总理操劳了一个星期，疲劳困倦之极，也没有借返回北京的飞行机会在前舱休息。他来到后舱看望记者们，想听听他们的反应。

新华社记者问：总理，有个美国记者报道尼克松访华的结果，用乒乓球的比数来比喻，中国对美国，21比2。可以报道吗？

周总理听了哈哈一笑问，是哪个记者？

美联社记者卡洛。

周总理摆了摆手：人家可以那么写，我们不能那么说。公报只是一个起点，我们要学会把眼光看到未来。

有记者说，总理，外电评论，这次是你导演的外交杰作。

"生活在毛泽东巨大阴影中"的周总理严肃地说，不，不能那么说。这是主席的英明，主席的功劳。这次乒乓外交我就没看准，是主席决定的。打开中美关系还是靠主席的英明决策。到底主席是主席，我们是我们。

周恩来回到北京后，当即驱车前往中南海，到丰泽园向毛泽东汇报。

毛泽东穿着睡衣，斜依在木板床上。床上里侧摆满了书。毛泽东的头就靠在垫得很高的枕头上。

走到床边的周恩来问："主席，你困吗？"

"不困，你说吧。"

第 25 章
中美关系正常化是一把钥匙

"尼克松很高兴地走了。他说这一周改变了世界。"周恩来汇报说。

"哦？！是他改变了世界？哈哈。"毛泽东伸手拿起一支烟，秘书给他点上火。他深深地吸了一口，将烟喷得很远。"是茅台酒把他烧的吧。我看是世界改变了他。要不，他隔着海骂了我们好多年，为什么又要飞到北京来？他可把蒋委员长整惨喽。"

周恩来说："我送尼克松上飞机时，对他说，我们已经让台湾问题存在了二十二年，我们还可以再等一段时间。"

毛泽东说："我们是有耐心的，因为蒋大元帅也坚持一个中国嘛，别人拿不走嘛，急什么。"

周恩来说，尼克松临走时还一再表示，希望能在美国与我们再次相会。他们国务院提出了一个邀请我们访美的名单。

毛泽东说："那青天白日旗不落，我们怎么去？公报是发表了，路还长哪！我和你，怕都看不到那一天啦。"

周恩来默然无语地望着病弱憔悴的毛泽东，内心的感情十分复杂。

毛泽东有点喘，咳了两声。女秘书为他拍了几下背。他缓过气来，又深吸了一口烟，盯着手中的烟卷，自嘲地说："还说要改变世界哪，我几次要改变吸烟的习惯，都改不了。"

毛泽东用毅力控制咳嗽，清楚有力地说："中美关系正常化是一把钥匙。这个问题解决了，其他的问题就迎刃而解了。"

周恩来深深点头。

尼克松这次"改变世界的一周"的访问，实际上是一次重新划分全球均势的访问，在国际关系结构中出现了中美苏大三角关系。中美和解，成了戏剧性地一夜之间改变国际环境的典范。

此后，尼克松对中国的事也热心起来，尤其事关两岸关系的事，他显得主动热情。1972年，宋子文在美国病故。尼克松总统出面张罗，曾想邀约宋家姐妹以奔丧为名，聚首美国。宋庆龄都答应了，临到最后宋美龄变卦了，以二姐宋庆龄背负统战之名为由，拒不赴美，辜负了尼克松的一番好意。尼克松得知后叹息道："不知中国人怎么这么对立，会牵扯进这样大的政治因素。"

■ "尼克松震撼"波及台湾

蒋介石把《上海公报》反复读了几遍，仔仔细细地推敲公报中的每一句话、每一个字的真正含义。在他看来，公报的内容很奇特，双方就各自的主要利益和特别关切的问题，分别陈述自己的立场，双方均不否认他们的社会制度和外交政策上的基本分歧，但双方均同意，尽管社会制度不同，他们仍根据"和平共处"五项原则处理相互的关系，而不诉诸武力。这种方式他并不感到陌生，原来他和中共在1945年的重庆谈判就发明了这种表述方式。他发现美国在公报中那么详细地提及与亚洲许多国家和地区的关系问题，却偏偏不谈与台湾的关系，而且也没有提到台美《共同防御条约》中美国所作的承诺。他认为美国是故意这样做的。他还注意到《上海公报》中有关中美"关系正常化"这个词，前后出现了四次，并且对此未作明确定义。因此，中共有可能抓住这个"把柄"，为了"关系正常化"，而要挟美国政府与台湾"断绝外交关系"，废除台美《共同防御条约》，以及撤离其在台湾所驻军队和军事设施。他感到气愤的是，尼克松在公报中已作了承诺。他很清楚，美国为了维持越南战争，在台湾驻有一万美军，既然美国要摆脱越战，就一定会减少驻台美军。这是他最为担心的，如果美军一撤走，那么中共军队很可能渡过台湾海峡，他真的只有"下海"一途了。

一旁的蒋经国问："阿爸，我们如何应对？"

蒋介石说："行政院发表声明，说明此公报协议无效，要台湾各界庄敬自强，对'反攻复国'应具有充分信心。电令沈剑虹会晤尼克松，当面澄清《上海公报》为什么不提台美《共同防御条约》，要他再次确认信守。"

第 25 章
中美关系正常化是一把钥匙

蒋经国说:"我就去办!美国对我们施加压力,要我们停止对大陆沿海派特工。"

蒋介石说:"告诉谷正文,别再做这种挠痒痒的事了。"

在台北大直蒋经国官邸,蒋经国找来灰心丧气的谷正文,板着脸对他说:"立即全面停止对大陆沿海的骚扰行动!"

谷正文惊讶地问:"全面停止?"

蒋经国说:"这是美国方面的警告,也是蒋总统的命令。"

谷正文难看地笑了笑说:"玩了二十年的'反攻大陆'游戏,终于锣停鼓歇,我也乐得休闲了。"

蒋经国埋头处理文件,没有理会他。他知趣地退了出去。

"尼克松震撼"的冲击波使年迈的蒋介石受到极大刺激,竟没有发表公开的谈话和声明。

据报刊登载的消息说,尼克松在宣布访问北京后,曾写信给蒋介石,解释其北京之行的目的绝不是承认中共政权,并保证美国不会牺牲老朋友,将尊重其对台湾协防条约的承诺,继续维持同台湾的友好关系。这或许是蒋介石保持沉默的原因吧。

然而,整个台湾岛人声鼎沸,掀起了一股抗议尼克松访问北京的浪潮。台湾"外交部"当即向美国提出严重抗议。同日,严家淦发表声明,对尼克松"此举深感诧异",批评美国是"为共匪铺平侵略的道路,致造成更惨重的灾祸"。"国民大会",民、青两党,各级"议会""工会""商会""农会",纷纷声明抗议。

尽管如此,美国参议院外交委员会又于7月21日决议废止已有十六年之久的、总统使用美国军队保护台澎的授权——"台湾决议案"。

尼克松访问北京时,还承诺停止一切在中国大陆的所谓"穿幕"侦察飞行,被誉为"天之骄子"的U-2侦察飞机彻底在大陆上空销声匿迹。美国中情局和台湾的合作关系也告一段落。1974年,美国中情局把U-2从台湾撤退,以实际行动宣告结束了U-2近十来年深入中国大陆的"穿幕之旅"。美蒋混血的"黑猫中队"也随之解散。

尼克松从中国返回的第二天,即2月29日,沈剑虹拜访了基辛格。

他们已经会谈了一阵,离开前,沈剑虹说:"基辛格博士,我奉命提出两条要求,一是请尼克松总统再次保证美国对台湾持续的友谊及支持,并发表明确的声明,确认美国信守《共同防御条约》的决心……"

入主白宫的美国第三十七任总统尼克松(历史图片)

基辛格跳过这一条问:"第二条呢?"

沈剑虹说:"二是在我返台述职前想见见尼克松总统。"

基辛格说:"好,我转告你的要求。"

在白宫总统办公室,基辛格汇报说:"沈剑虹大使提出的两条要求,第一条显然不能答应……"

尼克松痛快地说:"第一条虚一点,我们就实实在在满足他的第二条要求吧,我接见他一次,老朋友了嘛。"

3月6日下午,尼克松在白宫椭圆形办公室接见台湾驻美"大使"沈剑虹,基辛格作陪。

第 25 章
中美关系正常化是一把钥匙

沈剑虹说:"总统先生,我明天就要返回台北,你有什么口信要我带给蒋总统吗?"

尼克松神态自若,音调平稳地说:"请代我向贵国蒋总统及夫人致我个人最热诚的敬意,敬祝他们政躬康泰。贵我两国之间订有共同防御条约,请转告贵国政府,美国决心遵守对中华民国的承诺。"

沈剑虹问:"除基辛格博士和罗杰斯国务卿在华盛顿告诉我的,以及格林在台北向我国政府报告的事情外,你是否还有其他有关此次北平之行的情况,需要我向我国总统当面报告?"

尼克松有点轻慢了,将右脚跷在桌子上说:"对于格林在台湾未获蒋总统接见,我深感遗憾。你们可能认为格林既未参与尼、毛及尼、周会谈,因而不能转达这两项高层会谈的内容。事实上,格林很清楚一切会谈的细节。"

尼克松又轻描淡写地说:"我和中共并无任何秘密交易,我不是那种背着他国而去谈判他国命运的人。"

一直静坐一旁的基辛格,这时插话说:"美国政府希望给中华民国时间。在三五年内,毛、周两人很可能都已去世,整个大陆可能陷入动乱之中。同时,中华民国将在良好的建议下,采取稳健的路线,不要做出摇动船只的事来。"

沈剑虹问尼克松:"周恩来是否保证不对台湾使用武力?"

尼克松露齿而笑,搪塞说:"没有。我们在会晤中没有深入讨论这个问题。"

第二天,沈剑虹回台述职。蒋介石穿着深蓝色的长袍,嘱咐沈剑虹坐下。他手里拿着一份英文版的《中国日报》问沈剑虹:"你看过没有?讲尼克松的北平之行的。"

沈剑虹回答:"总统,我看过。"

蒋介石神色凝重地说:"今后,我们必须要比以前更依靠自己,更努力建设我们的国家。你讲吧，尼克松怎样解释他的北平之行。"

沈剑虹汇报完后，蒋介石为了安定人心，鼓舞士气，说："我们对美国要斗志，不要斗气；对台湾内部，要坚定反共的信心，不动摇，不妥协，自立自强。"

据说，台湾方面从一位跟随基辛格几次去北京访问的记者那里了解到，尼克松访问北京期间，曾与周恩来达成一项"不公开的谅解"：尼克松最迟不会超过五年完成中美关系正常化。不过，尼克松不愿意太刺激"老朋友"蒋介石，他的条件之一，是承认中国之举必须在蒋介石谢世之后。

■ 与日本建交

1972年3月27日，在东京，日本外相福田举行记者招待会，正式宣布关于实现日中关系正常化的三原则："承认中华人民共和国政府是代表中国的唯一合法政府，台湾是中华人民共和国领土的一部分，废除台湾同日本的《中日和约》。"

在中南海游泳池书房，周恩来对毛泽东说，日本成立了以田中角荣为首的新内阁，田中在就职当天就声明要加速中日邦交，外相福田举行记者招待会，正式宣布了实现中日关系正常化的三原则。

毛泽东说，他的三原则不错。对中日恢复邦交问题要采取积极态度。我们欢迎田中来访，谈得成也好，谈不成也好，总之，现在到了火候，要加紧。

在台北"行政院"会议室，"行政院长"蒋经国向记者发表谈话：最近日本政府首长一再声称，将与"共匪"进行所谓"邦交正常化"，并表示日本与"共匪"关系正常化时将与中华民国断绝外交关系。日本首相及外相并计划于9月间访问大陆"匪区"，此乃对于中华民国政府与人民最不友好之

第 25 章
中美关系正常化是一把钥匙

态度。

他声调严厉起来：警告日本政府，停止一切损害两国邦交与危害亚太地区和平安全之行动，以免造成历史上之重大错误。

台北蒋介石官邸，蒋经国向蒋介石汇报说，我发表声明后，田中首相并不理睬，还宣称中日邦交势不可当。

蒋介石恼怒地说，我要给他写信抗议！

蒋介石立即口授，由秘书执笔给田中写信。蒋介石口授道：中共之欲赤化亚洲以及全世界，乃尽人皆知之事，贵国与中共建交，在经济上又无近利可期，不知究何所图，而亟亟于背信绝义，引猛揖盗如此？……

田中角荣没有理会蒋介石的信，坐飞机到了北京。

在中南海游泳池书房，9月27日，毛泽东会见田中角荣一行，陪同会见的有周恩来、姬鹏飞、廖承志等。

毛泽东说，中日有两千多年的交往，历史记载中，第一次见于中国历史的是后汉嘛。

来访前看了不少书的田中说，是后汉，我也看到这则记载。

毛泽东说，你们这么一来，全世界都战战兢兢，主要是一个苏联，一个美国，这两个大国。它们不太放心，晓得你们在那里搞什么鬼呀？

田中说，我这次也到美国和尼克松总统进行了会谈。美国也承认日本来访中国，是符合世界潮流的必然发展趋势的。只要双方不玩外交手段，诚心诚意地谈，一定可以取得圆满结果。

毛泽东接着说，现在彼此都有这个需要，这也是尼克松总统跟我讲的。

外交顾问廖承志说，田中先生也许知道，我是在日本出生的……

毛泽东同田中开玩笑说，你们如果要，把他带回去嘛！

田中也笑着说，廖承志先生在日本是非常有名的，我前天对周总理说，如果他到日本竞选参议员，肯定可以当选。

毛泽东说，那他到日本去当参议员好了，好不好？跟你开始谈判吧！

双方在十分轻松、活跃的气氛中，开始了正式谈判。

谈判后发表了电视新闻：田中角荣应中国政府邀请，于1972年9月25日来华访问。1972年9月29日，中日邦交正常化联合声明签署，中日关系由此揭开新篇章。

台北草山上，为蒋介石新建的中兴宾馆别墅，蒋经国向蒋介石介绍田中访问中国的事说，台湾流传一则传闻，田中角荣到大陆访问时，应邀爬长城，爬得比尼克松还高。尼克松爬了三百米，田中偏要爬三百一十米。传闻说，他是在暗示，日本比美国走得还要远。

蒋介石听完，无力地摇头说，这个……这个日本……日本问题，使我死不瞑目！

一阵咳嗽，他几乎要昏过去。蒋经国赶忙给他捶背揉太阳穴。

他醒了过来，又气喘吁吁、断断续续说，我我……最恨日本……人，当年他们把我们的东北……台湾都抢走了，还让我落了个……落了个卖国的名声……

连续的咳嗽使他讲不下去了。

蒋介石躺在床上，脸色铁青，有气无力地对蒋经国说，经国，人家说这中兴宾馆风水不好，自民国五十八年（1969年）我住进来，就不顺，国际上发生一系列坏事，我的身体也每况愈下。

蒋经国说，我也听到议论，说破坏风水的是离宾馆大门不远的那座坟。

蒋介石惊疑：埋胡宗南的那座墓？我对他不薄呀！

蒋经国说，到台湾后，他感到受冷落了。

他在大陆损兵折将嘛！蒋介石立即下床说，不住这儿了，不住这儿了！

蒋经国上前扶他。

蒋介石咳嗽着说，日本……日本又背弃我们，我……我要接见记者……记者！

蒋介石在台北官邸接见记者说，今田中政府竟片面背弃中日和约，承认中共匪伪政权而与"中华民国"政府断交,不仅忘恩负义,也为日本民族之耻。

蒋介石艰难地说,在风平浪静时不松懈,不苟安,不矫情;在暴风雨袭来时不畏惧,不失望,不自欺。形势愈险恶,我们愈坚强,愈奋发。还没有说完,他又晕了过去。

有意思的是,美国对日本抢在它之前,捷足先登与中国建交也大为不满。

2006年5月26日,美国国家安全档案馆首次公布了涉及美国前国务卿亨利·基辛格的大批珍贵谈话记录,其中一条涉及日本与中国建交。那是1972年8月31日,当时任尼克松总统国家安全事务助理的基辛格,与美国当时驻南越大使埃尔斯沃思·邦克和国家安全委员会工作人员波德·罗德曼会谈。基辛格前一天刚刚获知日本要与中国实现邦交正常化的消息,他吃早餐的时候,当着邦克的面把日本骂了一顿。

他骂了粗话:在所有背信弃义的狗娘养的之中,小日本是最坏的一个。这不仅是因为他们卑鄙地急匆匆地去和中国实现关系正常化,而且他们居然挑选(中国)国庆日去干这事。

他还怒气冲冲说,昨天他们给我带信说,他们的副外相鹤见想私下与我会晤,讨论这件事。接下来你就知道,他们已经告诉在我身边的罗杰和约翰逊。我不知道他们怎么能这么干,我告诉(日本人)我不见他。

据说,惹得基辛格怒气冲冲的主要原因,是日本作为美国的关键盟友,竟抢在美国之前与中国建交。1972年9月29日,中日就建立了外交关系,而美国总统虽然早在日本首相之前访问了中国,但是美国政府却拖拖拉拉直到1979年1月1日,才与中国建立外交关系。起了个大早,赶了个晚集。

第 26 章
第六次秘密接触

■ "现在又该促蒋和谈啦"

1972年2月,尼克松访华之后,周恩来从上海赶回来向毛泽东汇报时,就问过:是不是把我们与美国会谈成功的信息告诉蒋介石?

毛泽东慷慨地说,告诉他,现在又该促蒋和谈啦。对于美国支持"台独"的阴谋要给予打击,同时注意搜集这方面的情报,无偿提供给蒋氏父子。

周恩来说,好,对蒋氏父子晓以大义,申明利害,逼他们回到祖国怀抱。主席,我想,除了对台湾上层工作以外,在寄希望于台湾当局的同时,更要寄希望于台湾人民。

毛泽东赞同说,对!中美、中日关系打开以后,从海外回来的人多了,使我们做群众工作有了基础和条件。群众工作是我们的特长嘛!

周恩来说,发扬传统,上下两头,双管齐下!

北京礼士胡同,章士钊住宅,周恩来、罗青长走进"文革"中冷落的院子。章士钊大喜过望,高兴地出来迎接。

在客厅坐下后,周恩来说,行老,你受苦了。

章士钊说,我不算什么,感谢主席、总理的保护!

周恩来说,奉化蒋介石的祖坟遭到破坏,现已修复,拍了照片,你寄给他。

罗青长把一沓照片交与章士钊。

第26章
第六次秘密接触

总理呀……章士钊感动得不知说什么好。

周恩来说，行老，你是安全的，放心吧。对台工作照样做，有什么事找我和主席。

周恩来行色匆匆，站起告辞。

章士钊边送边说，总理，要保重身体。国之栋梁，你可不能倒下！

中华人民共和国恢复了在联合国的合法权利，中美《上海联合公报》的发表，中日关系的改善，这些重大事件使台湾的处境急转直下，其国际人格几乎丧失殆尽，形势对中国共产党十分有利。因此，毛泽东与周恩来又把和平解放台湾的大事提到议事日程。

毛泽东抽口烟幽幽地说，跟美国总统都可以谈，同台湾领导人更可以谈谈啦。

周恩来说，主席，我召集台湾同胞开了个座谈会，听取了他们的意见。

毛泽东说，好，台湾同胞的意见，对我们日后制定有关台湾的具体规划与政策，是重要的参考。

周恩来说，我对台湾同胞讲，政府之所以愿意与蒋介石谈判，主要是为台湾同胞着想，我们不愿意见到台湾成为一个流血的地方。

毛泽东笑了：你对我们的老朋友蒋介石，没说几句话？

周恩来说，说了，我说，中共对蒋介石维护中国统一的一贯态度予以肯定，我表示愿意与他面对面晤谈。

毛泽东说，我们都老了，应该坐下来谈谈了，火气不会像以前那么大了吧？

周恩来笑说，国共两党重开谈判，仍然需要一个在两方面说得上话的人居中调解。可惜曹聚仁先生已于1972年7月2日因肺癌病逝，人选一下子成了空白。

毛泽东说，曹先生功不可没，他是我们的人，骨灰要运回北京来。我们再物色人选吧。

■ "出使未捷身先死"

这一天，在北京章士钊住宅书房，章含之坐在书桌旁裁着红纸条。章士钊坐在桌前，用毛笔恭敬地在新出版的《柳文指要》上题字。

章士钊说，我头一本是送给毛主席，是他支持我出版《柳文指要》的。第二本是送给周总理。

章含之说，爸，你自己花钱买了上百册，都送谁呀？

章士钊说，我心里有个名单，你给我裁好一百张红纸条就行了。

章士钊在书扉题好毛泽东、周恩来的字后，抬起头深沉地说，含之，见不到国共和谈、祖国统一，是我一大遗憾。我这一生最后的一个愿望就是台湾的回归啊。

章含之劝慰道，爸，你已经做了很多工作，尽了心意了。

章士钊说，自从九年前去了趟香港，因为"文化大革命"，这项工作就停顿了。我还想再去一趟，作点最后的努力。你一定要向总理汇报我的愿望啊。

在中南海西花厅，章含之向周恩来报告父亲的最后愿望。周恩来听了感到十分为难，说，行老的爱国热情可敬可佩！与台湾方面对话，行老去是再合适不过了。只是，俗话说，九十不出门，你父亲已经九十二岁高龄啦。何况行老前几年从病床上摔下来造成骨折，只能靠轮椅代步，怎能作长途旅行呢？

章含之说，他很固执，不知向我念叨多少次了，要我一定报告总理。

周恩来感动地说，行老热心热肠啊，我跟主席商量一下吧。

在中南海游泳池毛泽东书房，周恩来对毛泽东说，与台湾方面的对话，行老去是再适合不过了。过去1956年、1962年、1964年行老三次赴港，做了大量工作。可惜后来中断了。但是，行老已九十二高龄，恐怕身体不允许作此长途旅行了。

你的顾虑是有道理的，但行老的作用又是无人可代替的。毛泽东想想说，想想办法。如果准备得好一点，比如说派架专机送去，是不是可以呢？

第26章
第六次秘密接触

待我征求一下行老家属的意见吧。

1973年春天,毛泽东在书房学完英文,突然问章含之:行老还有没有去香港这个念头?

章含之说,有是有,老人常念叨。不过,总理和我都觉得他年龄太大了,恐怕去不了。

毛泽东征询道,我们如果准备得好一点,是不是还可以去呢?譬如说派个专机送去?他是人大常委嘛。

章含之一时不知如何表示,没有说话。

北京医院章士钊病房。章含之对父亲说,主席支持你去香港呢。

章士钊很高兴地说,毛主席懂得我的想法。我给他写好了一封信,你带过去。

中南海游泳池,毛泽东书房。章含之把信交给毛泽东,说,主席,我父亲给您的信。

毛泽东拆开念起来:"……与其让我僵卧北京,不如到香港动一动……"

毛泽东得意地对章含之说,怎么样?我跟你父亲的心是相通的吧?我批给总理去办。他拿起红粗铅笔写了起来。

在北京医院章士钊病房,周恩来来看望他,说,行老,毛主席指示派专机送你去香港。我们已跟港英当局联系好了。

章士钊说,感激政府对我的照顾。

周恩来说,说哪里话!你这是为政府做工作呀!到香港要好好休息,我们的对台政策不会变,你可以在那里做做对台工作。

章士钊说,我就是这个意思,了却平生心愿。

周恩来体贴地说,你与殷夫人分别多年,也应重聚团圆了。

章士钊感动地点头。

1973年5月22日上午,在人民大会堂东大厅,周恩来总理主持召开有几百人参加的空军民航两级领导班子的改组动员大会。大会一开始，周恩来就当着全场问：张瑞霭同志来了没有？

张瑞霭立即站起回答，我来了！

周恩来对张瑞霭说，经毛主席批准，你要执行一项专机飞行任务，送章士钊先生去香港探亲。你准备使用什么飞机呀？

张瑞霭说，用三叉戟飞机，噪音小。苏式飞机不能去，因为一是噪音大，二是香港启德机场没有苏式飞机的保障设备。

周恩来说，章先生九十二岁高龄了，怎么样保证他飞行途中的健康？

张瑞霭说，在航线上选一个适合高龄人的平稳的高度层飞行，那样会让章先生感到舒适的。

周恩来点头说，好，你做好准备，亲自驾驶，保证安全。

1973年5月下旬，章士钊启程赴港，一行人向北京机场候机厅走去。跟随他的有周总理派的警卫和北京医学院内科张惠芳主任及护士小丁。除章含之和她大哥章可外，章士钊还带了一个秘书、一名家中女厨工。他们一行推着轮椅走进候机厅贵宾室。

周恩来已在贵宾室等候。他握住章士钊的手殷殷嘱咐，行老，你到香港要保重身体，注意休息。

坐在轮椅上耳聋的章士钊侧耳听着，不住点头说，总理，我此次赴港一定要完成中央交给的特殊任务。

周恩来说，行老，不要急，对台工作急是没用的。今后可能拖下去，我们这辈子如看不到祖国统一，下一代或再下一代总会看到的。

章士钊点头说，我这辈子可能看不到了，但我不甘心！

周恩来笑说，我们只要播好种，把路开对了就行。行老，你就一直在做开路的工作嘛！

章士钊：是你和毛主席指挥我开路的。

周恩来紧握着章士钊的双手叮嘱：行老保重啊！

第26章
第六次秘密接触

章士钊眼眶湿润了，抓住周恩来的手，久久说不出话，半晌，才说出：请总理放心！

5月25日，一架中国民航专机载着章士钊，破天荒降落在香港启德机场。香港机场英方当局高兴地对张瑞霭说，中国民航第一次来港，飞得不错。

飞机一路平稳飞行，章士钊感到舒服，下机时满面笑容，拱手和机组人员致意。

九十二岁高龄的章士钊，在专门的医生护士及亲属陪同下，乘着轮椅被人抬下飞机舷梯。

许孝炎、宋宜山这些老朋友趋前迎接。他们都苍老了，相见免不得一番感慨唏嘘。

在驶往市区的车内，宋宜山说：行老九十二岁还来香港，为国事操心，敬佩啊，惭愧呐！

章士钊淡然一笑：这次来是探亲，也顺便看看老朋友。

许孝炎会心一笑说，今天本港的中、英报纸，都以极大篇幅报道了行老将到港的消息，并且有种种猜测，很多记者都说行老带有和谈使命。

宋宜山诚恳地说，和谈不是早就被蒋公拒绝了吗？可惜呀，可惜！不过，我们都愿意通过各种途径来促成国共两党的高级谈判。

章士钊郑重点头说，宜山兄已作过努力，也受过委屈，以后还要借重哟。

香港五六月份的天气十分闷热，章士钊的住所在闹市区一幢楼房的底层，并不太宽敞，也没有花园可以透点新鲜空气。特别是室内的冷气空调，使老人受不了。

章士钊到达香港后情绪并不热烈和兴奋，而是出奇地冷静，甚至很严肃，说话不多。他似乎意识到他是在履行他在人世间的最后一次伟大使命，他是在一场最后的拼搏中使尽自己的最后一点余力。

许孝炎走了进来，坐下后感慨地说，行老，我为过去几次没能成功地促成谈判感到惋惜。我会继续努力的，通过各种途径向蒋先生进言，以促成两党高级谈判。

章士钊不住点头说，许先生，我带来的中共和谈条件，你要尽快转给台湾方面呀！

许孝炎回答，一定，一定！

章士钊此次赴港所带的中共中央关于和谈条件与过去大体相同，即尽快举行国共两党谈判，台湾承认是中华人民共和国的一部分，中共可给予台湾省类似当年陕甘宁特区的地位，经费不足可以由中央政府负担。如果台湾认为谈判条件不成熟，可以先进行官方或私人及团体互访，做一定接触，暂不举行谈判。

许孝炎刚站起要走，宋宜山走了进来。章士钊正与宋宜山交谈着，老翁童冠贤又走了进来。

客人走后，殷夫人劝道，行严，你这么大年纪了，要休息些日子，不要急着找人谈。

章士钊说，正因为年纪大，我才急不可待啊！

章含之带女儿妞妞离港回京，临行前，走进父亲房间辞行。

章含之说，父亲，在这儿待了一个星期，我和妞妞要回去了。

章士钊说，含之，你回去转告毛主席和周总理，我很好，正在联系各方关系。我在台湾的一些老友如于右任老先生等都已经去世，我正在接触其他一些朋友。

章含之劝说道，爸，你一定要注意休息，总理不是跟你说了，不要急嘛。

我在香港最多停留三个月就要回北京。他深情地对女儿说，告诉周总理我很想北京，事情办好我就回去，叫总理不要忘记派飞机来接我啊。

嗯嗯。章含之不知怎么产生了一种悲哀情愫，对老父亲依依不舍。

章士钊也一反常态，特别动感情，舍不得妞妞，再三抚摸她的手和脸，喃喃说，三个月后来接外公！嗯？

妞妞拉着外公的手，不住地点头。

这是他与女儿、外孙女最后的握手，最后的告别。章士钊到香港后不到一个月，便因频繁的活动、过度的兴奋及对香港气候的不适，再加年事已高，到6月下旬便病倒了，而且一病不起，病情迅速转重，虽经医生尽力医治，却始终不见好转。

章士钊从昏迷中醒过来，示意家人拿来纸笔，颤颤悠悠地费尽全身力气，才在纸上写下几句话："赶快报告总理，接我回去，回北京。"

写毕，他又昏迷过去了。

在中南海西花厅，周恩来对章含之说，我已指示医疗队紧急赴港，嘱咐了医疗队长，要尽一切办法稳定病情，然后护送章老回京治疗。你也立即赴港！

章含之含着眼泪说，谢谢总理！只怕来不及了。

周恩来立即指示医疗队紧急赴港，然而，当北京的医疗队风尘仆仆地赶到香港时，章士钊已于7月1日与世长辞。他为祖国统一大业，促成国共两党重开谈判，奋斗到生命的最后一息。

香港各界隆重公祭章士钊。

许孝炎、宋宜山、童冠贤等国民党故旧及港澳同胞一千多人参加了公祭仪式，深切悼念这位为祖国统一奔走至死的老人。

■ "不要关门"

在台北阳明山蒋介石官邸，蒋经国给蒋介石一份材料说，父亲，这是许孝炎转来的，是章士钊带到香港的中共和谈条件。

蒋介石接过默默看着，没有表态，一会儿，他问，许孝炎与宋宜山、童冠贤是不是参加了章士钊的公祭会？

蒋经国说：是的。

蒋介石说：他们"附共"，宣布撤销他们的"立法委员"。

蒋经国问，是。中共的和谈条件如何处理？

蒋介石说：我想想再说。

蒋经国说：父亲，你休息吧。

他告辞出去欲带上门，蒋介石大声说：不要关门！

蒋经国先是一怔，立即领会似的重重点头。

进入70年代之后，台湾孤岛更给人一种凄凉之感。许多国家相继与台湾当局断交。在一连串的打击之下，年届八十五岁高龄的蒋介石终于倒下。1972年，蒋介石因前列腺肥大要做手术。

蒋介石躺在病床上，与宋美龄、蒋经国研究治疗问题。

宋美龄说，还是去美国做手术好，美国医生的医术高明。

蒋介石犹豫地说，在美国做手术效果是好，但他们老盼着我下台，会不会趁机下毒手？

访美时差点被谋杀的蒋经国说，这一手不得不防，还是在荣民医院手术安全。

宋美龄无奈地说，好吧，就在台北做吧。

蒋介石的前列腺手术做得并不理想，手术后健康状况一蹶不振。1972年8月6日，蒋介石乘坐的专车与某将军的小车在阳明山的岔路口相撞，蒋介石受伤住进了荣民医院。蒋介石任第五届"总统"不久即遭遇车祸，又屡屡生病，肺炎和心脏病时常复发，健康的时候少，卧病的时候多。在近三年的任期内，他仅公开露面三次，自1972年8月起，实际上已避不见客了。

章士钊在完成民族统一大业的使命的过程中虽然"出师未捷身先死"，但他在香港和国民党故旧的接触，为国共重开谈判所进行的活动却产生了很大影响。病重的蒋介石在得知章士钊所带来的共产党和谈条件后，虽然表面上不动声色，但内心深处却是有所触动的，所以他一语双关地说出了"不要关门"的话。

一些国民党元老也受到感染。从美国回台湾不久的陈立夫即在香港《中华月刊》以辛君明的化名写了一篇呼吁祖国统一的文章，提出，中国的统一必须靠中国人自己的努力，"没有一个帝国主义者愿意帮助中国统一"。

第 27 章

"中国人当然站在中国人一边"

尽管海峡两岸在多方面都存在着根本性的分歧，但是，在一致对外，反对国外势力对中国的侵犯，维护中国主权方面，却存在着相当程度的共识，并表现出了行动上的一致。除了反对"台独"势力之外，在维护中国对南沙群岛、西沙群岛及钓鱼岛的主权方面，两岸也表现出了行动的默契配合，几番演变成特殊形式的局部"国共合作"。

南海诸岛自古以来就是中国领土的一部分，它是中国人民最早发现、最早命名、最早开发经营，并由中国政府最早进行管辖和行使主权的群岛。民国时期，国民政府便在南沙群岛上设立了管理处，有效地行使主权与治权。抗日战争结束后，1946年12月，国民政府派海军上校林遵指挥"太平""中业"两艘军舰收复了南沙群岛，由姚汝爵上校率领"永兴""中建"两艘军舰收复了西沙群岛。

1950年前后，国民党从大陆败退，并撤离海南岛，从此台湾当局失去了控制南沙群岛的基地，便将南沙群岛管理处撤销。在当时内部一片混乱的情况下，国民党当局也顾不上什么边疆主权了。

这时，一向与国民党政府"友好"的菲律宾政府乘国共在沿海岛屿争战之机，包围、武装攻占南沙群岛。但国民党当局对此予以强烈抗议，菲律宾政府迫于当时的国际环境压力，只好收起野心，并公开承认南沙是中国的领土。

大陆解放之后，中华人民共和国总理周恩来于1951年发表《关于美英对日和约草案及旧金山会议的声明》，文中明确指出："南沙群岛一向为中国领土。"严正表明了大陆人民政府维护南沙群岛国家主权的立场。

1956年,菲律宾人克鲁马在其政府当局的支持下,组织了所谓的"探险队",闯入南沙群岛进行"考察",登岛后就竖起所谓"石碑"以示占领。5月19日,菲律宾外长竟宣称:南沙群岛靠近菲律宾,应属菲律宾所有。

5月22日,台湾当局发表严正声明,指出南沙群岛为中国固有领土,"无论就历史、地理、法理及事实上,均系不屑争论者"。28日及30日,台湾"外交部长"叶公超,两次会见菲律宾驻台"大使",重申南沙群岛主权属于中国,不容侵犯,但菲律宾当局置若罔闻。

于是,按照"先礼而后兵"的原则,台湾派出军舰赴南沙巡逻,抓获了菲律宾人克鲁马,并进行了审讯。克鲁马连连招供,承认南沙群岛是中国领土,自己入侵中国有罪,并签下保证书,今后不再擅入南沙。

菲律宾人刚被撵走,越南人又来了。

当时越南分为南越与北越,南越是美国扶持的傀儡反共政权,与台湾当局保持"友好"关系,北越是胡志明领导的越南共产党政权,与中国大陆"亲如兄弟"。但这次侵犯南沙的恰恰是与台湾交友的南越政权。

1956年6月9日,南越派出海军登陆南沙群岛,袭击我渔船,抢劫我渔民,毁坏原有建筑和石碑。对此,台湾当局一面向南越政府抗议,一面在太平岛布置防御工事,下令驻太平岛国民党海军派出海军陆战队向南沙群岛增援。经过海峡两岸联合的政治、外交、军事斗争,南越军队被迫撤出占领的岛屿。

中华人民共和国政府面对菲律宾与南越政权对我南沙群岛的侵犯,于1958年9月4日发表严正声明,宣布中华人民共和国领海宽度为十二海里,因此,"这项规定适用于中华人民共和国的一切领土",其中就包括了南沙群岛。

但是南越、菲律宾当局并没有就此罢休,他们一再挑衅和侵占。

从上世纪60年代开始,中国南沙群岛露出水面的岛礁以及海域被一些周边国家侵占。到1991年底，除中国控制的六个礁和太平岛，其他四十四个岛礁分别被越南、菲律宾和马来西亚侵占。这三个国家和文莱、印度尼西亚均宣称对南沙部分岛屿拥有"主权"，其中越南是侵占岛屿最多的国家，达二十七个，而且其中相当一部分是面积比较大，又有淡水，自然条件相对优越的岛礁。

为达到侵占的目的，南越还曾与中国大动干戈。1973年，南越政府相继侵占南沙十多个岛屿。1974年1月，又出动海空军入侵中国的甘泉岛，并于1974年2月出动大批舰艇在南子岛及附近岛屿登陆，在岛上设立所谓"主权碑"。一个国家要证明对某个岛屿拥有主权，必须在该岛屿上建设基础设施，证明那是自己的领土。南越竖立所谓"主权碑"，正是以此向国际社会，特别是向声称对南沙拥有主权的各国宣示其对南沙部分岛屿的"主权"。

1973年2月4日，中华人民共和国政府向南越当局提出了强烈抗议，并再次重申中国对南沙诸岛"具有不可争辩的主权"。中国出席第三次联合国海洋法会议的代表团也在会议发言中重申："南海的西沙群岛和南沙群岛向来是中国领土不可分割的一部分，中国政府和人民决不容许西贡当局以任何借口侵犯中国领土主权！"与此同时，已具备了雄厚实力的中国人民解放军海军舰队整装待发，奉令开赴南沙，为保卫祖国领土而战。

1973年1月18日，台湾当局发表声明，宣称："南沙群岛及西沙群岛为中国固有之领土，其主权不容置疑。"2月4日，台湾"外交部"向越方提出抗议。蒋经国在记者招待会上回答记者提问时，明确地表明了决不允许外国霸占南沙群岛的态度。

1973年9月，南越阮文绍政权悍然宣布，将南沙群岛中的南威岛、太平岛等十个岛屿划入南越版图，并归南越福绥省管辖。并武装入侵南沙群岛，派出一支特遣队，包括护航舰两艘、驱逐舰两艘、巡逻舰两艘及一个加强连的陆军部队，企图对南沙群岛实行武装占领。

第 27 章
"中国人当然站在中国人一边"

在外敌入侵的危急关头，海峡两岸即刻表现了一致对外的爱国精神。

1973年9月10日，在人民解放军南海舰队司令部作战指挥室里，军人们围在一张大海图跟前，正在听作战参谋讲述南海诸岛的情况。

作战参谋报告说，9月8日，就是前天，南越西贡当局突然狂妄宣布，南沙群岛十一个岛屿划归其福绥省管辖。西贡当局又把眼睛瞄准了西沙……

南海舰队司令员张元培坐在主席位置上，他是个壮实而神情严肃的老军人，理着平头，鬓有白发。桌上放着本笔记本，手上夹着一支烟，全神贯注地听着参谋讲述。

参谋越讲越激昂：南沙海域盛传蕴藏着丰富的石油、天然气和其他矿产，被说成"第二个中东"。一些国家开始组织所谓的"远征队"，进行勘察、探矿，纷纷占领岛礁，宣布对全部或部分岛屿拥有主权。目前，除最大的太平岛驻有国民党军队外，其他十一个主要岛屿均被外国占领。

觊觎中国南海诸岛的南越领导人阮文绍（历史图片）

张元培司令忍不住说话了：中国对南海诸岛拥有无可争辩的主权，是我国最早开发、最早管辖南沙诸岛的。三国《南洲异物志》《扶南传》都有关于这些岛屿的记载。近年西沙出土文物，有西汉、东汉和明朝的古铜钱，都说明中国人民很早就在那里劳动生活。

参谋接着说，抗战胜利后，国民党专门派舰队去接管了一度被日本侵占的岛屿，现在蒋军驻守的太平岛就是当年用"太平"号军舰命名的。他们先后在太平、中业、北子、南子、南钥等岛上建立了主权碑。现在这些主权碑大多数被侵入者偷偷替换了。

张元培掸了掸烟灰，自言自语：鞭长莫及啊！我们的军舰太小了，缺少中型以上的战斗舰艇，现在没有一艘能到南沙执行任务。他缓缓地吐出一口烟，指了一下海图，王参谋，你先讲讲西沙情况吧，那里更紧急啊！

王参谋说，西沙是海空航道的要冲，战略地位十分重要。南越对西沙早就怀有野心，1957年3月6日，西贡当局就派遣武装人员非法占领了珊瑚岛，有一连士兵驻守。近来南越军舰在永乐群岛一带活动频繁，有进一步侵占我甘泉、金银等岛的企图。他把文件夹子合上，表示他说完了。

张元培站了起来说，我看来者不善，善者不来，西沙要出乱子喽！他把烟头使劲往烟缸里一揿，转身对作战处长说，要加强西沙方向的巡逻！

作战处长面有难色地说，报告张司令，有困难。能到西沙执行任务的舰艇只有七艘，在汕头的五艘担任国家战备值班，应付突发事变，不能动，由总参、海军指挥。

张元培问，还有两艘呢？

作战处长说，另外两艘不是这儿有毛病，就是那儿有故障，不能使用。上个月去执行任务的只有四艘小炮艇，遇到不算大的风暴，都差点翻掉。

张元培质问，你的意思是要取消西沙巡逻？

作战处长摊摊手：我是说没有军舰……我哪敢取消？

张元培脸色阴沉，转向装备处长发火了：装备处长，你是干什么吃的！

第27章
"中国人当然站在中国人一边"

在这节骨眼上,你竟敢给我拉稀扯淡!西沙要出了问题,我兜不住,你也跑不脱!

装备处长委屈说,司令员,你发火有什么用?全舰队的在航率不到一半,三百吨以上的只有四分之一能执行任务,但没有一艘能跑西沙。

张元培问,这几年造的军舰呢?

装备处长说,"文革"中造的军舰,几乎都停在码头上睡觉,没有一条质量过硬的,老舰船又缺配件,失修严重啊。

张元培咆哮了:我不听你们诉苦,你得给我抢修!没有军舰怎么打仗?怎么守卫海疆?怎么巡逻西沙?

夜晚,南海舰队司令部作战指挥室。冷冷清清的作战室里,只有张元培一人绕室徘徊。他望着墙上的西沙、南沙海图,心情异常沉重,坐立不宁。

他突然停住步,伏案疾书:"国务院、中央军委并海军、广州军区:目前作战舰艇存在问题很突出,很严重……"

严重的冲突终于发生了。

从1973年8月份开始,南越军舰在西沙海域不断地驱赶、冲撞和抓捕中国渔民,占领岛屿,企图将中方挤出该地区,进而独占西沙群岛。

当时,中国的北面同苏联的军事对峙正难解难分,抽不出身来顾及西沙。南越政府来劲了,竟在1974年1月宣布,要在西沙地区勘探石油。中国外交部发表声明,重申对西沙、南沙的主权。但南越海军的行动却在升级,四天之后,其战斗舰队就开到了西沙海域,以武力向中国挑战。

在西沙永乐群岛海域,影影绰绰有几艘渔轮在海面上捕鱼。

1974年1月15日,南越16号驱逐舰向中国渔船靠拢,突然朝我402号、407号渔轮"咣咣"开炮。

白色水柱高高腾起,渔轮被掀天的浪头淹没。

南越16号驱逐舰又掉转炮口,朝我甘泉岛开炮,"轰隆隆"一阵巨响,甘泉岛上的五星红旗在硝烟中飘落。

在南海舰队司令部作战指挥室，作战处长在向张元培报告：南越西贡当局悍然宣布，将南沙、西沙划入其版图，并于昨天出动驱逐舰，轰炸我捕渔轮船，打落了我甘泉岛上的五星红旗。

张元培被震怒了，两眼瞪圆说，这是强盗行为！侵略行为！立即报告中央军委，请示应对方针。

夜晚，南海舰队司令部作战指挥室。作战处长报告：中央军委指示广州军区和海军，为了维护我国领土主权，对于西贡当局非法窃据的西沙珊瑚岛和对我渔轮的挑衅活动，必须进行坚决斗争。但我舰艇、飞机在任何情况下不先打第一枪，如入侵者先向我攻击，我应坚决还击！

张元培立即抓起电话调兵遣将：命令榆林基地出动271编队两艘猎潜艇，开赴永乐群岛……

我国并没有打仗的准备，紧急中派出了两艘扫雷艇（396号、389号）、两艘猎潜艇（271号、274号），于1月17日开向西沙，任务是护渔巡逻兼向驻岛军民输送补给，其中的389号是刚从船厂里修出来，连航试都没做就出发了。一天后，我国又急派两艘猎潜艇（281号、282号）赶赴西沙增援。

1月17日，南越军队侵占了金银岛和甘泉岛。

1月17日深夜，周恩来打电话给总参作战部副部长李力，询问有关西沙的细节，说西沙可能引发一场战争，这个问题很大，需请示毛主席定。1月18日20时，周恩来召开作战会议，总的方针是后发制人，政治上争取主动，既要寸土必争，又不使战争扩大。

1月18日，中国舰艇赶到西沙海域，遭遇早已在那里的南越舰队，共有一艘驱逐舰、两艘护卫舰和一艘巡防舰。南越海军的四艘舰总重六千多吨，火炮五十多门，且装备了当时最先进的电子自动火控系统。而我方的舰艇加起来才一千七百多吨，火炮十六门，最大的舰吨位还不如南越军最小的。我方运用近战原则，贴上去，钻到敌舰火炮的死角，敌舰就只好乖乖挨打了。最终我方小艇取得胜利，将五星红旗插到岛的最高处。

第27章
"中国人当然站在中国人一边"

1月19日一大早,四艘南越军舰分左右两群又来进攻中国舰队。

5时40分,周恩来再次给总参作战部说,看来西沙情况发展很快,恐怕今天就有打起来的可能,原计划调动的兵力不一定来得及了。中央研究决定,由叶剑英、邓小平、王洪文、张春桥、陈锡联、苏振华六人组成领导小组,叶剑英、邓小平负责,代表党中央到总参作战部指挥西沙海战。

周恩来的电话刚放下,邓小平、叶剑英等就到了总参作战值班室。副总长向仲华、海军副司令孔照年、空军副司令张积慧也来了。此时,邓小平经毛泽东提议刚刚复出,1974年1月5日被任命为中央军委副主席兼总参谋长,这是他停职七年后指挥的第一个重大军事行动。邓小平的第一句话就说,先把情况汇报一下。然后说,要首先明确一下指挥关系,陆海空参战部队由广州军区司令员许世友指挥。接着,邓小平果断地口述作战命令,作战参谋复诵一遍,他改动了几个字和个别标点,问其他领导有没有不同意见。然后,邓小平把手一挥,大声说出一个字:发!就这样,一份份电报发往广州军区。

中国舰队和南越舰队的战斗在西沙海域打响了。我海军"以一抵十",只用了短短十三分钟的时间,就把气势汹汹的南越舰队打跑了。据南越海军检验,除去被击沉的10号舰外,16号舰中弹820发,其余两舰中弹在千发以上。

中方乘胜追击,紧急征调了五百名陆军与民兵,于20日晨搭乘军舰和渔船赶赴战区,除了派出南海舰队的舰艇紧急驰援西沙外,东海舰队的两艘导弹驱逐舰也从台湾海峡南下增援。1月20日,中国精锐部队到达西沙,在舰炮火力的支援下,一举攻克自1956年起就被南越海军占领的三个岛屿,俘敌四十八名,包括一名美军联络员。

总参作战部收到前线战报,叶剑英连声说,打得好,打得好!邓小平轻轻捻灭手中的香烟说,我们该吃饭了。离开作战室之前,邓小平给广州军区发电报,定下指挥西沙海战的最后一个决心:发扬我军连续作战的优良作风，继续扩大战果，收复被南越侵略军非法占领的珊瑚、甘泉、金银岛。

与此同时，在台北阳明山蒋介石官邸，蒋经国对父亲说，父亲，南越当局趁大陆动乱，派军舰入侵西沙群岛中的永乐群岛海域，并派兵侵占甘泉、金银两岛。

蒋介石激烈地拍桌说，欺人太甚嘛！如果中共不出兵，我即出兵！他当即指示：我们要就南越侵犯西沙和南沙两群岛主权发表声明，该两群岛是中国领土，不容侵犯！

蒋经国又报告说，中共海军是出动了舰只，但只有六艘扫雷艇和两艘猎潜舰，吨位不敌南越海军。

蒋介石摇头说，少了呀，太少了！

在南海舰队司令部作战指挥室，作战处长报告：南越军舰不断增加，我两艘猎潜艇面对的是四艘南越军舰，吨位超过我二十余倍，炮火哪一艘都比我强，我编队已处于明显劣势。

张元培拿起电话说，命令汕头水警，立即出动两艘猎潜艇到永兴岛待命，随时应付永兴岛的突发事件。

作战处长提醒：张司令，汕头水警的猎潜艇用最快速度，也得八个小时才能到达西沙。

张元培问，西沙附近不还有几艘军舰吗？

作战处长说，还有396、389两艘扫雷艇，是给西沙运送生活用品的。

张元培着急地问，参战行不行？

作战处长说，有的修理好才个把月，还没有训练，新兵也多！但已装有炮弹。

张元培拍板了：好！命令他们立即向西沙海域靠近，准备参战！

尽管中国人民解放军海军军舰装备在技术水平上并不占全面优势，但其利用近战突袭战术，加上广大官兵为保卫祖国领土视死如归的英雄气概，故战斗一开始便让南越部队陷入了被动。南越海军装备同台湾海军一样皆出

第27章
"中国人当然站在中国人一边"

自美国的"赐予",拥有"捷马尔"级导弹发射装备,但他们面对中国海军扫雷艇竟然无计可施。中国海军一面以猎潜舰与之周旋,一面以小型扫雷艇迅速逼近,中国人民解放军战士冒着枪林弹雨把缆绳抛向敌舰,使敌我舰体紧密相连,他右转我也右转,他左行我也左行,敌舰上的导弹大炮不可能倒立起来打,我舰艇正好在他射击盲区内,他不能打我,而我却能打他。中国人民解放军战士用轻机枪等各种武器向敌舰猛射,成捆的手榴弹飞向敌舰甲板,南越士兵被打得躲进舱内,不敢上甲板,失去了还击能力。

就这样,中国人民解放军海军以大舰进攻加小舰突袭打了一个漂亮战。南越"怒涛"号护卫舰葬身南海,其余三艘驱逐舰负伤而逃。战后,南越方面为了遮丑,挽回点脸面,竟睁着眼睛说瞎话:"中国舰只数目由十一艘增至十四艘,包括四艘配有导弹的驱逐舰,并且使用了冥河式导弹。"

南海舰队的战士笑眯眯地摇晃着手中的手榴弹说:"这就是我们的'冥河式导弹'!"

凌晨的琛航岛、广金岛海域,晨雾朦胧中,南越军舰向两岛靠近,可以模模糊糊看到从军舰上跳下荷枪实弹的南越士兵,头戴潜水镜,爬上橡皮艇,偷偷向岛上划去。

南越士兵爬上海滩,猫腰前进。

站住!不许动!突然树林里传出一声喊。

南越士兵吓一跳,随即全部卧倒。中国民兵明晃晃的刺刀,已经对准了他们的胸膛。

别开枪!别开枪!一个瘦巴巴的南越士兵用中国话求饶,后面五个人赶快退了回去。

这时,海滩上有个南越军官,从腰里拽出一面南越国旗,慌乱中就想插在岛上。

中国民兵一个箭步冲过去,将枪口捅到他腰上,他吓得立即扔掉了旗帜。民兵飞起一脚将南越国旗踢得远远的。

这军官赖着不走，指指海上军舰，用不熟练的中国话说，我我……回去不好交代……求长官写个纸条……

民兵拔出钢笔，在纸上写道："西沙群岛向为中国领土，是神圣不可侵犯的！"

军官看了看纸条，揣进内衣口袋，做了个撤的手势，几个士兵七手八脚爬上了橡皮艇，狼狈逃走。

在中国人民解放军与入侵者激烈大战的时刻，南沙太平岛军港内，台湾海军正处在一级战备状态，随时准备出动作战。这回，他们不是想与中国人民解放军作战，而是想在万一需要之时为保卫祖国领土去与侵略者一战。

在台北大直蒋经国官邸，蒋经国举行记者招待会。

他庄严地说："西沙群岛、南沙群岛是我国领土，决不允许外国霸占！中华民国政府向南越政府提出强烈抗议！"

有记者问："请问，如果中共海军与南越在南沙、西沙群岛开战，台湾海军持何态度？"

蒋经国毫不含糊回答："共军也是中国人，中国人当然站在中国人一边。'中华民国'海军绝不会趁中共海战之时出击，做不利于中国人的事。"

记者们热烈鼓掌。

震惊中外的西沙大战之后，南中国海成为世界瞩目的热点地区。南越总统阮文绍不甘心失败，扬言要再派兵"夺回西沙"，集结了海空部队，摆出再战的架势。1974年1月31日，南越派出护航舰、驱逐舰和巡逻舰组成的海军特遣队及一个加强连的陆军，先后在南沙群岛中的南子岛及附近的七个大小岛屿登陆。台湾当局于2月4日正式向南越提出抗议。中华人民共和国中央政府也于同日向南越抗议，并再次声明，中国对南海诸岛"具有不可争辩的主权"。

第27章
"中国人当然站在中国人一边"

1974年5月,在北京中南海游泳池毛泽东书房,中央军委副主席兼总参谋长邓小平,拿着一份电报匆匆走进。

邓小平说,报告主席,南越再次派军舰闯入西沙,屯集战舰。我西沙海军要求增兵。他递上电报。

认真地看着作战地图的毛泽东,接过电报看完说,我同意增兵。

邓小平正要离开。慢!毛泽东叫住了他,略一沉思,然后一字一字说,派军舰,直接走!

邓小平一怔:直接走?为避免国共不必要的摩擦,以前我海军军舰在东海南海间的往来调动,都绕道台湾东南的公海,穿越巴士海峡。

毛泽东强调说,直接走,通过台湾海峡!蒋委员长不会拦挡的。

为了迅速增强南海防卫力量,中共中央军委决定从东海舰队抽调一个护卫舰大队迅即开赴南海,以防南越军队再次来犯。过去中国人民解放军在东南海面的航行,为避免冲突,都是由外海经巴士海峡绕道东南公海而行,但此次由于西沙战事吃紧,为抢时间争取主动权,按照毛泽东指示"直接走"的方针,东海舰队决定冒险穿越台湾海峡。

我四艘导弹护卫舰升火扬旗,醒目地出现在东引岛一侧,直冲台湾海峡而来,准备通过台湾海峡。

另一侧,停靠的国民党军军舰,大炮正对着我舰。

台湾"国防部"收到驻守海峡东端东引岛军队的请示电报:"中共海军导弹护卫舰四艘,清晨抵达东引岛一侧,企图穿越台湾海峡。请求应付办法。"

在台北阳明山郊外天母山坡一栋两层楼的西式房阳台上,午后,重病在身的蒋介石,正坐在安乐椅上闭目养神,蒋经国轻步走进说,共军出动导弹护卫舰四艘,今天清晨抵达东引岛一侧,企图驶过海峡南调,"国防部"请示,要不要拦截?

蒋介石听了,微微睁开眼,思忖一会儿,缓缓地把电报放在茶几上,似乎自言自语地说，西沙战事紧呐！

蒋经国立即明戏：经国明白了。允许中共军舰通过台湾海峡，此后可为惯例？

蒋介石又轻轻说了句：那是路远啊！不让通过会误事嘛。

与此同时，台湾当局也派遣四艘军舰进入南沙水域，以加强该地区的防御力量。

蒋介石一直喜欢中华民族的国产品，如爱看"国产"电影，爱听京戏和绍兴戏，爱听评剧，也爱看话剧。据他的随从讲，只是到台湾后，他从未听过评剧，他曾发誓说："不回大陆，不看评剧。"在音乐方面，他也是喜欢听民族音乐，即"国乐"。晚年的蒋介石，炎黄子孙的民族感情更是深厚，喜欢穿中国传统式的长袍马褂，在个性和生活方式上，保持着标准的中国人风范，不沾西化气息。

对物质和精神产品尚且如此，何况领土？他是毫不含糊的。

5月18日夜晚，东引岛高高的信号台上，突然亮起了强光穿雾的信号灯，一闪一闪地穿过海上的雾幔，向我舰发出了"请通过……请通过！"的信号。

我四艘护卫舰飘扬着国旗，缓缓通过台湾海峡。

一声鸣笛，国民党所有军舰都打开探照灯，直射大陆军舰前方海域，为我舰照亮指路，我舰顺利通过。

对于蒋介石的这一善举，北京当然是意会并铭记的。

一年之后，阮文绍南越政府被打垮。统一越南的北越政府领导人，在苏联的怂恿下，背离了胡志明主席对华友好的原则，开始对华挑衅。

1956年6月15日，当时越南（北越）外交部副部长雍文谦曾当众对中国驻越大使馆临时代办李志民说："从历史上看，西沙群岛和南沙群岛应当属于中国。"但是，越南当局自食其言，到1975年4月间，他们步南越的后尘，派军占领了南沙群岛中的南子岛、沙岛等六个岛屿，并于6月间公开向中国驻越

第27章
"中国人当然站在中国人一边"

大使声称:"南沙群岛(越称长河群岛)自古以来就是越南岛屿",并以主权国姿态对菲律宾在南沙开采石油表示"抗议"。

面对越南当局的倒行逆施,中国领导人邓小平、李先念等在1975年和1977年两次会见越南领导人、越共总书记黎笋、总理范文同,严正指出南沙群岛是中国领土,希望越方回到以前的正确立场上去。中国外交部也三次发表声明,声明南沙群岛与西沙群岛自古以来就是中国领土,不容外国染指。

台湾当局也于1980年7月由其"外交部长"朱抚松发表声明,重申南沙群岛是中国领土。台湾当局还派出海军前往巴士海峡附近的南沙海面巡逻,以保卫中国领土。

第 28 章

解决美国在
台湾问题上制造的新麻烦

邓小平复出才一年，他在西山的住宅破破烂烂，也没有装修，只有几个沙发，房间里空空荡荡的。

外交部副部长乔冠华带着欧美司的凌青和当时外交部领导小组成员罗旭，走进他的住宅。在简陋的客厅沙发坐下后，乔冠华说，小平同志，联合国召开经济问题特别会议，毛主席决定请您率团出席，而且要求在京全体中央政治局委员都要前往机场送行。不知您有什么困难，需要什么医生呀，身体怎么样啊？

邓小平平静地说，医生我早就没有了。

乔冠华说，这中央办公厅会配的。您对代表团有什么要求？

邓小平说，主要是起草好发言，搞个稿子吧。

乔冠华请示道，毛主席最近提出了"三个世界"的提法，要不要写进您的发言稿里去？

邓小平说，写进去吧，向国际社会传达我们对当前国际形势的看法嘛。

乔冠华说：我想您的发言稿分两部分，一部分由我起草，一部分由凌青起草。那一段关于三个世界的部分，也由我来写。

邓小平想了想，果决地说，发言稿中应该讲这样几句话……

乔冠华、凌青等赶紧打开笔记本来记录。

邓小平铿锵有力地口述：中国现在不是，将来也不做超级大国……如果中国有朝一日变了颜色，变成一个超级大国，也在世界上称王称霸，到处欺负人家，侵略人家，剥削人家，那么，世界人民就应当给中国戴上一顶社会

第28章
解决美国在台湾问题上制造的新麻烦

帝国主义的帽子,就应当揭露它,反对它,并且同中国人民一道,打倒它。

1974年4月,周恩来总理身染重病,不能远行。毛泽东主席提议:由邓小平担任团长,率中国代表团出席第六届联大特别会议。4月6日清晨,病情正在恶化又通宵未眠的周恩来驱车来到首都机场,为邓小平举行盛大的欢送仪式,以壮行色。

4月10日下午,在联大大厅一片关注的气氛中,中华人民共和国代表团团长、政府副总理邓小平健步走上联合国大会讲台,面对一百多个国家的代表团和众多的记者,开始了他明快而富有创新精神的发言。邓小平精辟地阐述了毛泽东主席提出的"三个世界"的理论。他庄严声明:中国是一个社会主义国家,也是一个发展中的国家,中国属于第三世界。

邓小平的这一席掷地有声的长篇发言震动了整个会场,引起巨大反响,赢得了广大发展中国家的称赞。

发言结束后,许多国家的代表纷纷与邓小平握手致意。世界各大报纸和电台也纷纷报道邓小平的发言。中国政府的外交影响又一次震动了全世界,邓小平的国际形象也随之树立起来。

1974年4月14日,第六届联大特别会议期间,美国代表团团长基辛格在纽约某饭店设宴招待中国代表团,谈了中美关系正常化涉及的台湾问题,团长是邓小平,成员有驻联合国大使黄华、副部长乔冠华和罗旭参加。对于这次会谈,基辛格在《基辛格秘录》一书中有详细的记录。

基辛格端起酒杯敬酒后说,副总理先生,很高兴能与你见面。

邓小平看着众多的记者和摄影机说,记者真多啊!

基辛格说,他们要我们握手。

基辛格先后与邓小平、乔冠华握手。

基辛格说,他们要我们三个人一起握。我想,你们的摄影师比我们的守纪律得多。

邓小平笑说,我们不应该听他们指挥。

基辛格苦笑：但我们必须听他们的。否则的话，他们会登最难看的照片。

摄像后，新闻记者离开了。

基辛格关心地问黄华：黄大使，你的背还好吗？

黄华回答，马马虎虎。

基辛格说，你去看过我帮你安排的医生吗？

黄华说，还没有去呢。

基辛格开玩笑说，他怕我的医生会在他的背里面放麦克风。

邓小平抽口烟说，我想在今天我们在场的这些人中，你最早认识的是黄大使。

基辛格点头说，是的，我是1971年和他在北京机场见面的，他可能已经忘了，不过我从他那里学到了一些极有价值的经验，让我知道如何去谈判。有一次，我与苏联人讨论一份公报的事。他们建议双方各自提出自己立场的最高纲领，然后再试着来化解分歧。但是黄大使建议我一开始就应该将我们真正的立场提出来，这样我们才更容易达成协议。结果正如他所说。现在我说了这么多，下一次我在北京的时候，副部长（指乔冠华）也可能对我吼叫，看看结果会怎么样。不过，跟我吵架最多的还是乔副部长。

邓小平说，到目前为止，你应该已跟他吵过好几次了。

基辛格又向大家敬酒，并请大家吃东西，说，跟他谈判一直很艰难，但大家都很理性，也能够达成协议。比如上海公报的谈判，我们花了好几晚的时间共同讨论用字的细节。

邓小平说：每一方均应该说出自己的想法，这是最重要的。

基辛格说：我们一直将美国与中国的友好关系放在最重要的地位。我们也有意追求两国关系的正常化，正如我跟毛泽东主席与周总理说的一样。

邓小平说：毛泽东主席个人也支持这种政策及相关的原则。我相信，你与毛泽东主席两次长谈后，也应该知道这一点。我想，上次你和毛泽东主席谈话有三个小时吧。我读过你们和毛泽东主席谈话的记录。非常清楚，你们从战略观点讨论美国与中国的关系。唯一的难题是，不知苏联的战略重点在哪里。就这点来看，我们之间存在着分歧，但这些分歧算不了什么，实际的发展会告诉我们，他们真正的战略重点何在。

基辛格说：当然。无论苏联的第一个战略重点何在，但它的下一个重点很明显。如果第一个重点在欧洲，那么下一个就是中国；如果第一个重点是中国，那么下一个就是欧洲；如果第一个重点是中东，那么下一个也很清楚是哪里。

邓小平直入今天谈话的主题：我们应该依照上海公报的原则来做，台湾问题该怎么处理？中美两国关系正常化怎样推进？

一谈到正题，基辛格说话就不那么利索了：我们持续降低了和台湾的来往，美国政府正致力于两国关系正常化的努力，研究如何实现"一个中国"的原则，但一时想不出办法来，但愿听听你的想法。

邓小平宽容地说，关于这个问题，我要提出两点：一是中国政府希望这个问题能较快地解决，越快越好；二是我们也并不着急，毛主席已经同你提过这个看法，我们能够体谅美国政府的困难。

自那以后，事情朝着更加麻烦的方向发展。

尼克松继1972年访华后，1973年11月派接替罗杰斯出任国务卿的基辛格第六次访华，曾就实现一个中国的设想向中方作出承诺："总统表示，在任期头两年，解决好与台湾的问题，削弱驻台美军力量，美中互设联络处。在后两年走类似日本的方式，实现中美关系正常化，同中国建交，与台湾保持某些民间往来。"

尼克松因"水门事件"于1974年8月初辞职，副总统福特8月9日继任总统，他上台后第一个任命就是让基辛格当他的国务卿兼国家安全顾问，并保证继续执行尼克松时期的对外政策。但是很快，他就偏移了尼克松的外交政策，致力于美苏缓和，对实现中美关系正常化不那么积极，在台湾问题上还制造了麻烦，采取了一些违背上海公报精神的做法，更无视尼克松对中国作出的种种政治承诺。

1974年，基辛格也仍然抱着他的欧洲年不放，对苏关系摆在了基辛格日程的首项。他于11月出访十八国，被称为"十八天旋风式访问"，行程四万公里，平均每天访问一个国家。结束对苏联的访问后，基辛格前往日本和中国。这次访问，基辛格见到了周恩来和邓小平，但毛泽东远在长沙，没有像往常那样接见他。基辛格带着妻儿去医院拜会正在病中的周恩来，会见进行了三十分钟。

邓小平接替生病的周恩来在钓鱼台国宾馆跟他谈判。中方参加会谈的高级官员有乔冠华、黄镇等，美方布什是参加会谈的一个重要人物。

半年前在联合国的晤谈，邓小平的谈判风格已经给基辛格留下了深刻印象。如今面对新的对手，会谈一开始，基辛格便拿出了第一次会见黄华时的故伎，指着摆在他面前的三大本厚厚的会谈文件，略显傲慢地说，我们会谈了四次，我将开始把这几本提要手册从头到尾向你念一遍。

邓小平问，这几本提要手册有几吨重？

基辛格开玩笑说，有好几吨重，而且我另外还有一些。这仅仅是我的开场白。

邓小平忽然严肃起来：我们方面没有任何手册，我们只有小米加步枪。

短兵相接，已经碰撞出火花了。基辛格一愣，再次感受到邓小平的风格和厉害。能言善辩的基辛格此时认识到他的外交生涯又棋逢对手了。

会谈前的寒暄却是轻松的，邓小平说，基辛格博士刚刚周游世界，我对能和你交换意见感到高兴。

基辛格说，我感谢邓副总理安排我的家人参观紫禁城，我的妻子南茜将要去接受针灸。谁会想到把一根针刺入身体能治病呢？全球没有其他文明能想出这招。

邓小平说，中国的针灸是有悠久历史的，效果也很好。

第28章
解决美国在台湾问题上制造的新麻烦

基辛格见中方参加会谈的人员还没有全到场，就用十分友好的语气调侃说，今天我们在人数上超过了你们。

邓小平温和地说，我们还有人要来。不管怎样，我们有八亿人呢。

一会儿中方人员到齐后，邓小平说，国务卿先生，我们能回归正题吗？关于中美关系正常化和台湾问题，福特总统上任后有些倒退，我们想听听博士的意见。

基辛格说，容我就关系正常化的主题提出看法。我相信，只要贵国可以，我国也可以继续让事情加倍复杂化。这种事情我们颇为擅长。现在的问题是如何完成美中关系正常化的程序。我打算把这个问题分成以下几部分：台湾的外交地位、美台双方的外交关系以及驻台美军问题。此外，还有我国对台湾的防卫承诺。我们的问题与日本或其他已与贵国关系正常化国家的情况都不同，不同之处可分两方面来说：首先，我们有正式的防卫关系；其次，在美国有一个相当有力的社群，一向支持台湾。在贵国的合作之下，我们已经用谨慎、逐步的方式，摆平了美国的亲台势力。但我们必须谨记，为了我们共同的利益，必须防止中美关系在美国成为极端争议性的议题。若出现一个参议员或参议员团体，仿效杰克逊参议员对美苏关系的做法，用在中美关系上，那么不仅不符合贵国利益，也不符合美国的利益。

我讲话很坦白，以免双方有所误解。在我对你明白说出我们的顾虑后，现在理当轮到你说说你们的顾虑，然后我们再看看怎么解决这些问题。我来此是为了铲除障碍而非逃避问题的。首先是外交地位的问题，我们打算大致采用日本的模式来解决，但有一点不同，也即若我们能在台湾保留办事处，在北京设立大使馆，对我们双方应最省事。除此之外，我们会完全依照日本模式。

至于驻台美军，我们打算将所有美军悉数撤出台湾……

在我们与中华人民共和国建立外交关系，并承认中华人民共和国是中国的合法政府后，我们当然无意在台湾维持战略基地。但就像我在纽约和外长所说的，我们需要一套模式，让我们至少可以确定在某段时间内，和平统一能有保障……

认真听了基辛格的长篇大论后，邓小平问，就这样子吗？

基辛格说，这些是大要，是的。容我强调一点，对我们而言，防卫承诺的问题主要是如何以政治方式表现的问题，而不是无限期维持下去的问题。

邓小平说，好吧，其实这法是你们自己制定的，是不是？

基辛格问：什么法？

邓小平说：你是这个法律的制定者之一。也就是你们承诺防卫台湾的法律。那条法律是你自己弄的。

基辛格说：当然，确实如此。

邓小平说：那么，既然你能制定法律，你自然也能把它废掉。

基辛格说：这样说也没有错。我们的重点不是说不能弄掉，是因为我已经向你解释过的那些理由，而不方便这么做。再说，承认行为的本身将会改变那种安排的性质，因为和一个国家的一部分有防卫条约是不可能的。

邓小平不绕弯子，不客气地直刺问题的本质：从本质上讲，美方这些方案不是"日本方式"，实际上还是"一中一台"的方式，无非是一个倒联络处的方案。

基辛格问：怎么说？

邓小平说：目前情形是，我们在华盛顿设立我们的联络办事处，你们在北京设立你们的。你们还在台湾维持一个大使馆。这情况本身就显示关系正常化还没有必要的条件。换句话说，如果你们改变这个顺序，也就是在北京设大使馆，在台湾设联络办事处，并不就是改正问题的方法。别人会认为，这其实是"一中一台"的一种变形。因此，我们很难接受这种模式。而刚才你提到的防卫条约问题，也就是你们和台湾蒋介石的防卫条约。当然，如果我们达成我们两国间的关系正常化，遵守上海公报定下的方针，你们和台湾的条约就必须终止。这些理由其实博士你自己刚刚已经提到。

第 28 章
解决美国在台湾问题上制造的新麻烦

基辛格说，关系正常化后，防御条约就不可能有国际地位。

邓小平坚持说，但仍有实质上的意义。在美国同台湾废约、撤军、断交后，中美关系才能正常化。根据你的模式，我们不可能接受这种正常化方式。它看起来还是好像你们需要台湾。

基辛格分辩：不，我们不需要台湾！这不是问题所在。我认为了解很重要。这样说，在了解问题上是个错误。我们想要达成的是，以我们迄今所采取的方式逐步和台湾脱离关系。

邓小平说，其他问题是，解决台湾问题的方法。若要解决台湾问题，假设你们已和台湾断绝外交关系，台湾问题就应该留给我们中国人自己来解决。至于我们解决台湾问题的方法，我相信毛泽东主席在他的谈话中已经讲得非常明白。毛泽东主席已经说得非常清楚，解决台湾问题是中国内政，应由中国人来解决。

从以上对话可以看出，基辛格经过试探后，认识到中国方面是在真诚探讨发展中美关系的可能性，作为国务卿，他当然知道福特政府的政策底线。为此，基辛格罗列了一大堆中美关系正常化面临的难题，特别强调美国政府在处理台湾问题上的难处。基辛格表示：美国在台湾问题上与日本和英国等国家最大的不同在于，一是美国同台湾订有《共同防御条约》，二是美国国内存在着一股亲台势力。因此，一，美国愿意按"日本方式"解决中美关系正常化问题，但要在台湾设"联络处"。二，美国将撤完驻台全部美军，但还没有找到妥善解决美台《共同防御条约》问题的方案，希望中国声明和平解决台湾，以便美国考虑放弃美台"防御关系"。

基辛格的这番辩词，表明美国新政府在台湾问题上的立场倒退了，新政府已明显改变了尼克松主政时的政治承诺。

基辛格此时已清楚地了解到邓小平已成为中国政府处理对外关系的重要人物，邓小平在维护中国国家利益方面的坚定立场使基辛格感到，除非美国政府在台湾问题上作出实质性让步，满足中国方面提出的"毁约、撤军、断

839

邓小平接见基辛格博士（历史图片）

交"三个要求，否则中美两国不可能实现关系正常化。

看来，基辛格此行只能按例行公事向中国政府通报美国方面的"既定政策"，不能在中美关系正常化方面取得任何实质性的成果。

由于中美双方在台湾问题上分歧很大，谈判无法取得进展，因此，邓小平提出：看来你们还需要台湾，既然你们还需要台湾，我们可以等待，等到你们考虑清楚了，干干脆脆，一下子解决。我们还可以等几年，甚至还可以不催你们。

基辛格显然无法决定，只有调侃了：我同意。我也用我这个比中国人慢的脑筋，做了一些推论，我从未让中国人反驳我的声明。我记得有一次周恩来总理说我聪明，我说，以中国人的标准，你的意思是我的智力属于中等。他也没有反驳我的话。

他笑了。邓小平却没有笑，只是抽烟。

邓小平吐出一口烟，忽然脸露笑容说，如果有一天我们能在华盛顿交换

第 28 章
解决美国在台湾问题上制造的新麻烦

意见,就好了。

基辛格马上说,我希望我们能在不久的某一天,做到这一点。

邓小平赞赏地说,看来这是我们的共同愿望。

这次会谈长达三个半小时,邓小平的谈话时间占了中国方面的90%以上。

谈判中,双方都希望致力于1972年开始的两国关系正常化,但必须再次迈出大胆的步子。

基辛格认为邓小平"是个不容易对付的人",有可能是周恩来的接班人。他对中国国内的情况颇有些困惑,邓小平却告诉他,中国的对外政策是始终如一的。

之后,基辛格由新外长乔冠华陪同,飞往苏州参观。访问结束后,中美双方同时发表了公报,福特还就基辛格同邓小平会谈宣读了一个书面评论,在台湾问题上由福特制造的麻烦有所缓解。

1975年2月和10月,基辛格又两次访华,为福特即将访华做准备。毛泽东、周恩来同基辛格进行了密谈。这是来北京访问的其他国家外长谁也享受不到的特权。

这一年,福特收到了周恩来一封非常热情的个人信件。年底,福特、基辛格终于来到北京。身体多病的毛泽东打起精神,跟福特谈了110分钟,不断地打着手势,说到点子上时朗声大笑,连身躯都抖动起来。他的话却很锋利尖锐,批评了福特、基辛格奉行的美苏缓和政策,认为这只能让苏联受益,缓和是个骗局。

时移世易,苏联问题在1972年曾使尼克松和毛泽东走到一起,而此时却成了福特与毛泽东之间的障碍。尽管双方都做出了努力,但这一时期的中美关系仅仅只取得象征性的进展,对台湾问题的共识还有所倒退。

第29章
毛、蒋的共同遗愿——祖国统一

■ "假如我是毛泽东"

台北阳明山郊外天母山，坐落在绿意盎然的小山坡上的一栋两层楼的西式房，是从美国回到台湾的陈立夫的住宅。院内树林森森，百花盛开，山溪流淌，飞鸟穿林，颇有野趣。

台湾报刊记者采访陈立夫。陈夫人孙禄卿在一边绘国画。

记者问，陈先生，请问你对当前时局有什么看法？

陈立夫淡然地说，我是"两耳不闻窗外事，一心只读圣贤书"，不知世事啊。我在美国是养来亨鸡，卖皮蛋、咸蛋、豆腐乳，维持生计，回台后是读书、写文章，"板凳宁坐十年冷，文章不写一句空"啊！

记者说，陈先生是"党国"元老，你从美国回台湾，下飞机时说的第一句话是：希望能平平静静地度过晚年。现在又传闻陈先生要出任要职？

陈立夫说，仅是传闻而已，我对政治已完全失去兴趣，宁愿做些知识性的研究。

记者突然问，海峡那边不断发出和平统一的呼吁，陈先生对此有何评论？

陈立夫热情起来：我对此很关心，对祖国统一的向往是日甚一日，年甚一年啊！

记者寻根究底地问，这是否也是"蒋总统"的意愿？

陈立夫老道地推辞道，这要请你们去问"总统"本人。

第29章
毛、蒋的共同遗愿——祖国统一

"总统"蒋介石本人已是朝不保夕，不亦衰乎了。

1969年7月，是一个炎热而躁动的月份。对蒋介石来说，这个月可称得上是极不吉利和极其动荡的一个月。

与往年一样，蒋介石夫妇到了这个时候就从士林官邸搬到阳明山官邸避暑。为确保安全，通往阳明山官邸的仰德大道沿途布满了荷枪实弹的警卫人员。这条大道，是由台北市政府和阳明山管理局专门拨款兴建的，它除了山势陡峭而无法改变之外，其路况可称得上是台北市郊最高级的一条公路了。

尽管这样，令人始料不及的车祸还是在这最高级的公路上发生了。

那是一个晴朗的下午，蒋介石的车队从士林方向快速经过仰德大道岭山附近的弯道时，前导车司机发现前面有一部要下山的公路局班车，停靠在前面的站牌下上下客。因为是转弯，前导车没有看清这部公路班车的后方有没有来车，便照直行驶。这时，突然有一部吉普车从公路班车后面猛然超车，并在没有减速的情况下直接往下冲来。显然，这辆吉普车也没有发现"总统"车队在高速驶来。为避免与吉普车撞个正着，前导车立即实施紧急刹车，可是，就在这关键的时刻，后面的"总统"座车来不及反应，猛然追了前导车的车尾。

在撞车的一刹那，蒋介石手上还握着拐杖，身体猛然往前冲去，整个人撞到前面的玻璃隔板，胸部当即受到严重撞伤，连阴囊都撞肿了，假牙也从口中飞了出去。宋美龄坐在他的左侧，在遭到突然撞击时，她的双腿撞上了前面的玻璃隔板，发出痛苦的尖叫声。

蒋介石夫妇立刻被送往医院急救。经医生检查，蒋介石的胸口受撞击最为严重，心脏部位明显扩大。从此，他的身体每况愈下，心脏病经常发作。

进入70年代后，蒋介石的病情进一步加剧，健康状况明显地从脸上反映出来，脸庞消瘦，双眼眼眶下陷。他的行动也越来越迟缓艰难了，尤其是他的右手萎缩得十分厉害，以至于连握笔的力气都没有。他不得不听众医生的劝告，在台北的荣民总医院接受长期治疗。

1969年夏天之后，蒋介石只作间隔式的露面，这种露面旨在给人留下一种蒋介石始终处于身体健康，一直控制台湾局面的印象。实际上，这几次露面都是宋美龄煞费苦心刻意安排的。

蒋介石自1969年8月从政坛上悄悄隐去，已经在长达三年多的时间里无影无踪。美国的《华盛顿邮报》已经公开刊载了一条来自台湾的电讯，赫然标题竟是：台湾秘不发丧，蒋介石确因猝遭车祸而死。

因为美国这条爆炸性新闻，台湾社会动荡不安的局势一时难于控制。有接班势头的蒋经国毕竟代替不了蒋介石。宋美龄对外界越来越离奇的传闻心急如焚。

1974年12月，蒋介石再度因患感冒而转为肺炎，并由于前列腺炎未愈，治疗颇为费事。1975年1月，蒋介石的病情日趋恶化，高烧不退。蒋经国每日至少三次前往探病，蒋介石握住蒋经国的手良久，语音甚低。蒋经国见父亲病状起伏，深感不安，夜不成眠。1月9日夜间，蒋介石在睡眠中发生缺氧症，经急救转危为安。此后，蒋介石病情稳定，日渐好转，实际上是回光返照。2月下旬，病情又出现反复，说话声音微弱，蒋经国极为忧虑，极想"辞职"伴护。3月26日晚，蒋介石病情恶化，经三个多小时抢救才转危为安。

1975年清明节，郊外一片烧纸祭坟景象。

蒋经国来阳明山官邸向父亲请安。

蒋介石躺在床上，以虚弱空洞的目光望着儿子问，经儿昨夜睡眠可好？

蒋经国忙回答，很好，感谢父亲关怀！

蒋介石自语：我睡得也好。

蒋经国说：那我就放心了。

他要告辞，蒋介石突然以异样口吻说，经儿，你自己以后要多休息。

蒋经国鼻子发酸道：是。

蒋介石又有气无力地说，你去请立夫来我这儿。蒋经国答应一声出去，蒋介石自言自语：今天可是鬼节哟！

第29章
毛、蒋的共同遗愿——祖国统一

此时的蒋介石十分孤立。在国际上，中共的活动空间越来越大，台湾的国际活动空间则越来越小，连美国总统、日本首相也都访问了大陆。在这种情况下，蒋介石对与中共联系有些犹豫。他认为这时主动向中共提出沟通，有点近似于投降。正在蒋介石犹豫之时，中共方面却采取了一系列主动行动。在大陆，中共恢复了"二二八"纪念活动。廖承志也出面发表讲话，重新强调"爱国一家，爱国不分先后"，"欢迎台湾各方面人员来大陆参观、探亲、访友，保障他们安全和来去自由"。1975年，中共方面又特赦了国民党数百名战犯和特务，还给他们中的一些人安排了工作，愿意去台湾或者香港的，也可任其选择。

蒋介石得到这些消息后，心中佩服毛泽东胸怀之博大，但还是没有采取主动行动。其原因，主要是他没有找到合适的沟通人选。曹聚仁已于1972年去世。他想将这秘密使命交给与共产党打过多次交道，抗战前主持过国共秘密谈判的陈立夫。陈立夫从美国回到台湾，已经担任了"总统府"资政。

1975年春节后，蒋介石找来国民党元老陈立夫，让他通过在香港的秘密渠道，采取一个特殊的方式向大陆方面打出信号：可以请毛泽东来台湾访问。

陈立夫应召来见蒋介石，两个垂暮老人在交谈着。

陈立夫说，我根据你的意愿，化名辜君明，在香港《中华月刊》发表了文章，呼吁海峡两岸迟早要和平统一。我在文章中说，中国人无论在大陆或台湾以及海外各地，势必额手称颂，化干戈为玉帛。

蒋介石关切地问，那方面有什么反应？

陈立夫说，还没有得到反馈。估计他们搞"文化大革命"顾不上。

蒋介石说，他们不会同意以"三民主义统一中国"的，各有心腹事啊！

陈立夫说，我还想以"总统府资政"名义，通过秘密渠道向毛泽东、周恩来发出访问台湾的邀请。

蒋介石点头默许说：都想统一，都难统一，恐怕我们这辈子是看不到统一喽。

陈立夫说，我还是希望看到统一的这一天。有人讥讽我，过去反共反得铿锵有力，现在联共联得理直气壮。彼一时，此一时嘛。

蒋介石叮嘱，立夫，你主持过第二次国共合作，你跟他们打交道多。你继续做吧，秘密地做……但三民主义的旗帜不能丢！

陈立夫从蒋介石那里接受任务后，通过秘密渠道向中共中央发出邀请毛泽东访台的信息。

在台北天母山陈立夫住宅书房，满头白发的陈立夫在用毛笔埋头疾书。

书房的陈设简单清雅，一具书橱，里边摆满了中外参考书。书橱旁边一架立地电扇。书桌上放着文房四宝。

他在信笺上赫然写下"假如我是毛泽东"的大标题。只有陈立夫才有这样的口气。

夫人孙禄卿噘嘴评价说，立夫，你这个标题太吓人了。

陈立夫说，我通过渠道发给中共中央邀请毛泽东、周恩来访问台湾的信息，已经好长时间了，没有一点反馈呀。我只好在香港报纸上公开发表文章，逼上门去，再呼吁一次。

陈立夫埋头疾书，孙禄卿边看边念："……恳切希望毛先生能以大事小，不计前嫌，仿效北伐和抗日国共两度合作的先例，开创再度合作的新局面……"

陈立夫抬起头征询：夫人，怎么样？假如你是毛泽东，看了会有什么反应？

孙禄卿说，标题虽吓人，态度倒是诚恳，措辞也谦恭。不知蒋先生是什么态度？毛泽东可是他一生的死对头啊！

陈立夫说，他感到自己将不久于人世，也想为打通国共和谈渠道作最后的尝试。没有他的态度，我怎么敢这样大声疾呼呢！怎么敢把中共的门敲得梆梆响呢！

也许是蒋介石年事已高，知道来日不多，急于安排后事，也许是高龄的

第29章
毛、蒋的共同遗愿——祖国统一

陈立夫，在有生之年希望国共重开和谈的心情迫切，在没有得到中共方面回应的情况下，他写了标题特冲的《假如我是毛泽东》一文，在香港报纸上公开发表。陈立夫在文中欢迎毛泽东或者周恩来到台湾访问，与蒋介石重开谈判之路，以造福国家和人民。他特别希望毛泽东能"以大事小"，"不计前嫌"，效仿北伐和抗日两次国共合作的先例，握手一笑，开创再次合作的新局面。

这一事件说明，蒋介石临终时是有国共第三次和谈的愿望，他是坚持"一个中国"到底的，并不是"反共到死"的。

病弱的毛泽东在中南海游泳池住处，对第一副总理邓小平说，陈立夫向我发出了访问台湾的邀请函，等不及我答复，又在香港登了报纸。他拍拍自己的腿，说，我是去不了，恐怕跟我们的老朋友蒋介石此生难得见面啦。

邓小平安慰说，只要主席想见，还是有机会的。

毛泽东摇头说，你可以代表我去台湾访问。但要尽快实现"三通"。通都通不了，怎么去呀？

陈立夫的邀请也好，文章也好，都没有得到中共的回应。一者，蒋介石的这一急切希望与他平日的"反共"言行，形成了鲜明对照，显得那么突兀和格格不入；二者，那时，患白内障几乎失去视力的毛泽东，刚刚做完手术，腿脚也不灵便，"文革"的烂摊子也没有收拾好，他怎么可能去台湾访问呢？

春节前后旅美回台的国民党元老、"总统府资政"陈立夫，又在天母山住宅接待记者。

陈立夫热情地说，请诸位喝茶，这是杭州的茉莉茶，很香哟！

记者边喝茶边问，我们注意到，最近陈先生多次呼吁海峡两岸和平统一……

陈立夫接话说，不是呼吁，我是在探索祖国统一的新途径。国共两党有过两次合作的先例，特别是第二次合作，国共两党能从民族利益出发，捐弃十年内战的血海深仇，重新握手，那么，时至海峡两岸隔绝几十年后，为了祖国的统一，国共两党为什么不能再度合作？

记者又问，请问，陈先生探索到什么新途径呢？

陈立夫兴致勃勃说，一条是以"三民主义统一中国"，前两次国共合作都是以三民主义为前提的嘛。一条是唤醒中国人自己的觉悟。没有一个帝国主义国家希望中国统一，要统一只能靠中国人自己。在双方分裂对峙中，靠帝国主义在后面撑腰，这些撑腰是为中国吗？不，是为他们自己。

记者问：你认为国共合作的前景如何？

我持积极乐观的态度。他感情深沉地说，"狐死归首丘，故乡安可忘"。大陆来台的人不少已经作古，生不能还故乡，成为死前的最大遗憾。

接见完毕，陈立夫边送记者出门边说，你们看，我穿的长袍，还是从大陆家乡湖州捎来的丝绵呢，松绵柔软，穿着就是舒服啊。他指指身上的长袍。

■ "贤愚千载知谁是，满眼蓬蒿共一丘"

1975年4月初的一个下午，八十九岁高龄的蒋介石斜倚在士林官邸卧室的电动升降病床上。蒋介石这天的精神不错，他呼唤值班的台北荣民医院护士罗小姐，说，过两三天就清明了，你替我念几首描写清明节的古诗吧！罗小姐翻开蒋介石常看的那部《唐诗三百首》，从目录中找寻与清明有关的诗句。她起先念的是唐朝诗人杜牧写的《清明》："清明时节雨纷纷，路上行人欲断魂。借问酒家何处有？牧童遥指杏花村。"

蒋介石没有太特别的感觉，只让罗小姐念了一遍，就转念别的诗句了。接下来念的是黄庭坚写的《清明》，当护士小姐念到最后一句——"贤愚千载知谁是，满眼蓬蒿共一丘"，蒋介石脸上的肌肉突然略微抽搐了一两下，

第29章
毛、蒋的共同遗愿——祖国统一

他说，这首诗写得好，你多念几遍。罗小姐起先还不太懂诗里的意思，一边念，一边看书里的语译，她才晓得，这句诗的意思很凄凉：人活着的时候，不论你是圣贤还是平庸之辈，生命结束的时候，留在人间的都不过是长满野草的小土堆。

到了1970年5月29日上午，蒋介石的健康亮起了红灯。"总统府"在这天要召开例行月会，在体力不济的情况下，蒋介石本想支撑前往，"秘书长"张群劝阻再三，他才勉强决定请假，会议也因之停开一次。5月30日，蒋介石甚至陷于低度昏迷状态，被紧急送进荣民总医院其专用之"第六病房"。这次病情尚称轻微，两个礼拜左右即渐趋稳定。

1970年6月15日，病况渐有起色的蒋介石，用毛笔写了一封信给蒋经国。从字迹明显看出，他握笔时手肘必定抖得十分厉害，与往昔笔力之遒劲不可同日而语。蒋介石在信上告诉蒋经国：

> 经儿：余体力已日渐康复，惟拿笔反不如病中之稳健，其他一切体操行动如常。汤太夫人余当亲自吊祭，故你可在金门多住几日休养至廿一日回台北为宜，千万听从勿违父示。
>
> 民国五十九年六月十五日

这封字数不过八十余字的家书，据说花了蒋介石近半个小时才写好。不过四个月前，1970年的农历春节（阳历二月六日），蒋介石还写了一段话，作为他的春节感言，声称："今年要在世界局势重大变化混乱与我国最险恶艰难中，积极奋斗，打破这一难关，光复大陆，拯救同胞，以湔雪耻辱，重建三民主义新中国。"蒋介石写这段文字时，笔力仍然遒劲，可见当时蒋介石的精气神尚称充足。

蒋介石身体真正出现较严重恶化，是在1972年夏天，他住进了新落成的阳明山"中兴宾馆"，许多侍从人员都传说这里的风水不佳。某次，蒋介石在宾馆走廊上散步，直喘大气，才走了一小段路竟然走不动了。当时还没准备轮椅，医官只好拿来一张椅子，让蒋介石扶着椅子走回卧室休息。鉴于蒋介石心脏毛病愈来愈恶化，由蒋经国及宋美龄授权，派遣荣民总医院医师卢光舜到美国延请华裔心脏科权威余南庚，到台湾主持蒋介石的医疗小组任务。

7月22日，也就是他就任第五任"总统"后两个月，蒋介石在中兴宾馆出现昏迷状态。

蒋介石这次昏迷病情严重，医师不敢轻易移动他，只得将他留在中兴宾馆就地治疗。一支由十二位荣民总医院医师为主力的医疗小组正式成立，并且在余南庚赶到台湾后，由余南庚指挥医疗小组，于8月6日夜间9时40分，趁蒋介石熟睡后，将他抬上一部进口全新救护车，沿途交通管制，禁止人车通行，以时速二十公里的慢速度驾驶，将蒋介石送进台北荣民总医院"第六病房"。

8月11日上午8点钟，余南庚在荣民总医院主持医疗会议，坐在主位的是宋美龄，坐次位的是蒋经国。余南庚汇报，蒋介石心脏恢复正常，但肺部有积水现象，体力衰弱。当时，蒋介石虽已恢复进食，但体重仅有四十六公斤，较前直线消瘦近十公斤。

1973年7月23日，蒋介石重病刚满一周年，岛内小道消息盛传蒋介石病危，甚至已不在人间。蒋经国为扫除外界各种谣言，趁蒋孝勇（蒋介石之玄孙）刚巧于当天在士林官邸凯歌堂举行婚礼的时机，安排蒋孝勇、方智怡新婚夫妻，到荣总第六病房，与蒋介石、宋美龄合影留念。摄影官胡崇贤洗出照片后，由宋美龄、蒋经国挑选蒋介石看来神情最健好的一张，交付国民党"中央通讯社"向全世界发布，印证蒋介石尚很健康地存活于世。

拍照之前，随从人员发觉，暂时脱离重病阶段的蒋介石，虽然已可端坐椅子上，活动能力也尚称灵活，唯独右手因缠绵病榻，又长年接受注射输液，肌肉已严重萎缩。坐在古董红木椅子上，左手尚可勉强握住椅子把手，

第29章
毛、蒋的共同遗愿——祖国统一

右手却因严重萎缩,不仅无力握住把手,更因不听使唤而频频垂落。为了不让人看出蒋介石的右手失去正常功能,宋美龄外甥女孔令伟命侍从用医药胶布,将蒋介石的右手固定粘绑在椅子把手上,以免拍照时露出破绽。

讲到蒋介石的右手,在他肌肉萎缩之前,他曾经挣扎着以毛笔写了一幅字,书谓:"以国家兴亡为己任,置个人死生于度外。"这笔字,应该是蒋介石在1972年7月中兴宾馆昏迷苏醒以后的作品。这幅字完成以后,交给了蒋经国,蒋经国立即差人把这幅字框裱起来,挂在自己堂屋内,供其日夜审视反省。

蒋介石给蒋经国的这十六字箴言,应该就是父亲送给儿子兼具公私意义的遗嘱。

蒋介石于中兴宾馆陷入半昏迷状态后某日,侍从医官察觉蒋介石口中念念有词,声音十分微弱,而且蒋介石的宁波口音不好懂,侍从医官立刻请值班的侍从副官翁元,耳朵贴近蒋介石嘴巴,仔细聆听他在说些什么。翁元仔细听了一两分钟后告诉医官,"总统"说的是:"反攻大陆……解救同胞……反攻大陆……救中国……反攻大陆……救中国……"

1975年4月5日当晚,蒋介石在睡梦中心脏停止跳动,因而最后临终之际,并未留下任何口头遗言,逝前也没有命令文书侍从(如秦孝仪)作任何书面遗嘱。

在灵堂里,宋美龄用手帕拭着泪,声音嘶哑地对长跪的蒋经国吩咐:先生已去,不能复生,你要珍重呵!

宋美龄在收拾蒋介石的遗物,她从黄色皮包里拿出遗物对蒋经国说,经儿,你父亲留下的遗物,一件是中国大地图,一件是中共军队与台湾"国军"部署图与调整记录,还有他的党证和身份证。这都是有深意的啊!

蒋经国哽咽着征询:母亲,我能体会父亲的深意。父亲生前说过,他去世后灵柩暂时放在慈湖。

宋美龄点点头,提醒蒋经国:经儿,别忘了你父亲更大的遗愿,是要把他的遗体安放在南京紫金山！

蒋经国说，是的，待来日光复大陆，再奉安于南京紫金山，实现父亲的心愿。

在台湾慈湖宾馆，蒋介石的灵柩安放在正厅中央的灵堂上。灵堂是以漆黑光亮的花岗石建造的，灵堂上镶着青天白日徽，灵台四周缀满白色雏菊。正厅东侧是蒋介石的原卧室，房内一切布置保持原样。靠窗子的地方有一张深咖啡色书桌，桌上有一架蒋介石生前使用过的电话、大理石笔筒。书桌南侧有一台黑白电视机，上面并排摆放着他的鸭舌帽与眼镜。北面靠墙处有一个书架，排列着蒋介石生前读过的书，显眼的是《三民主义》《圣经》《荒漠甘泉》《唐诗》《曾国藩家书》等。墙上挂着一幅宋美龄的画。

引人注目的是，在卧室的茶几上，放着蒋介石生前用红铅笔写的一张便条："能屈能伸"。

蒋介石的巨幅遗像下，有五个用素菊缀成的十字架，正中一个为宋美龄敬献，上款书"介石夫君"，下款书"美龄敬献"。

蒋经国长跪在灵前，暗泣不止。

宋美龄板着霜肃般的脸，无声地往棺材里蒋介石的遗体旁放着他的遗物。她喃喃念叨：长袍马褂……毡帽一顶，小帽一顶，手套一副，手帕一块，手杖一支……经国，还有什么？

蒋经国说，阿母，书都放了哪几本？

宋美龄说，《圣经》《荒漠甘泉》《唐诗》，这些都是你父亲生前常读的。

蒋经国说，还有一本最要紧。

宋美龄问，什么？

蒋经国说，《三民主义》！

噢。宋美龄又把一本《三民主义》放下去。

毛泽东悼念蒋介石

那时候毛泽东正在杭州刘庄检查和诊断病情，进行休养。这时，从海峡彼岸传来一条消息：1975年4月5日午夜，中国国民党总裁蒋介石，因心脏病在台北士林寓所去世。警卫人员从收音机里听到这个消息都十分高兴，起床后，便将这个消息告诉了毛泽东。出乎大家的意料，毛泽东听后并没有高兴，相反一脸的凝重。他对身边的人说："知道了。"此时，没有人能理解毛泽东内心的复杂感情。毛泽东还没来得及将大陆接到邀请的信息反馈过去，蒋介石已溘然长逝。而蒋介石的去世，对于统一大业来说是一个挫折和损失。

另一种描述或者演绎却没有这么简单，而是说毛泽东私下为他一辈子的对手举行了一场个人的、别开生面而又十分含蓄的追悼仪式。

据说那天，毛泽东只吃了一点点东西，沉默庄严地把张元幹的送别词《贺新郎》的演唱录音放了一天。这首悲怆的古词录音只有几分钟长，反复播放便形成一种葬礼的气氛。毛泽东时而静静地躺着听，时而用手拍床，击节咏叹，神情悲怆。

词里写道：

目尽青天怀今古，肯儿曹恩怨相尔汝！

这两句词的意思是：你我都是胸怀古往今来和国家大事的人物，不是那些卿卿我我谈论儿女恩怨私情的人。

词的最后两句，原文是："举大白，听（金缕）"，表示满腔悲愤，无可奈何，只能借饮酒写词听唱来消愁。为蒋介石送葬后几天，毛泽东念念不能释怀，下令把这两句改为"君且去，不须顾"，重新演唱录音。这一改，使送别的意味达到高潮，送朋友流亡外地变成了生离死别。毛泽东向蒋介石做了最后的他自己心知肚明的沉重告别。

新中国成立后，毛泽东与蒋介石再没有见过面。但这并不等于说二人之间再没有任何接触，只不过，他们之间的接触是以特殊方式进行的。

未能见到台湾和大陆统一，大概是毛泽东生平最遗憾的事情了。毛泽东自己说过，他一生干了两件大事。没有解放台湾，为他干的第一件大事留了个不短的尾巴，他的遗憾之巨是可想而知的。

从1953年起，毛泽东年年都要到海边，年年都要遥望大海说："我们一定要解放台湾。"他愤怒"台独"分子远胜于愤怒蒋介石。因为蒋介石也坚持台湾是中国不可分割的领土。

从进北京城之日始，毛泽东一直耿耿于怀的便是台湾问题，影响中美两国建立正常关系的主要障碍也是台湾问题。他是很想跟老对手一起解决台湾问题的。现在蒋介石先他而去了，他的伤感可想而知。

应算是一代巨人的蒋介石走了，他的身后留下了各种各样的评价。紧扣本书主题，我们引用他的毕生政敌毛泽东的独特评价：我和蒋介石有两个共同点，一个是中国要统一，一个是中国要独立。

在不同的时期里，毛泽东对蒋介石的评价是天差地别。比如说，1938年，中共在延安召开六届六中全会，毛泽东在会上有一个报告，在这个报告里毛泽东称呼蒋介石是"民族领袖"，是"最高统帅"。毛泽东说，国民党有两个伟大领袖，第一个是孙中山先生，第二个伟大领袖就是蒋介石先生。毛泽东这个评价，不是在公开场合讲的，是在中共中央的中央委员会上讲的，因此不是公开场合的吹捧，应该是比较真诚的。同样是毛泽东，到1945年以"新华社发言人"的身份宣布，蒋介石是"人民公敌"。可见，在国共合作时期，毛泽东对蒋介石的评价比较公允。在"第三次国共合作"呼之欲出的时期，蒋介石却撒手而去，以国事为重的毛泽东悼念他也是情理之中的事。

正确地评价蒋介石、国民党，对于建立和发展两岸的和平关系至关重要。

蒋介石在1949年大陆失败后来到台湾，在1950年"复总统职"而为草山

第29章
毛、蒋的共同遗愿——祖国统一

主人，如同宿命一般，他自黄埔建军至1949年共二十五年，以后统治台湾恰好又是二十五年。他统治全中国那二十五年的历史功绩，著名历史学家黄仁宇在《大历史不会萎缩》一书中的评价是："他对中国最大的贡献，仍是在大陆创造的高层机构。这种成就不因内战失败而泯灭，假使没有他那段奋斗，中国可能仍是军阀割据，外强干涉。"蒋介石在统治台湾的几十年中，除了经济建设上的成就，最大的贡献是他从各个方面均突出一个中国的立场。当然，他所指的"一个中国"是"中华民国"。但是，海峡两岸在几个重要方面也存在基本共识，如台湾是中国领土不可分割的一个省，是一个地方行政区域；在国际社会只能有一个代表中国主权的中央政府，台湾不具有"主权"；中国的分裂是暂时的，而统一则是必然的，这是历史潮流，不可违背。

蒋介石有功有过，这里无意对他作出全面评价，但就台湾问题而言，他虽然坚持中国统一，但却对中共提出的"第三次国共合作"的主张长久冷漠以对，甚至一概斥之为"统战阴谋""和平攻势"，认为海峡两岸是"汉贼不两立"，足见他的统一只是要他主宰下的统一，要恢复"中华民国"。在70年代以后，中美走向和解，正是海峡两岸走向和平统一的契机。因为一来人民要求国家统一的呼声日益高涨，二来美国已难以在海峡两岸统一问题上重重设障，国共双方都握着这把和平统一的钥匙。但当和平统一的机会真正来临时，蒋介石反而提高了对"中共吞并台湾"的警惕，临死前虽有与中共和谈的愿望，但已经不能操作了，使两岸和平统一又失去一次良机。这是他政治生涯的缺陷，也给两岸人民留下了历史的遗憾。

■ 托! 托! 托!

1975年五六月间，周恩来总理召集罗青长等人在人民大会堂西大厅开会。会间罗青长接到一个保密电话，是邓颖超打来的。邓大姐说，小罗，你不知道，恩来现在尿里有血，你们工作不能搞得太晚。这件事不要告诉别人。

罗青长如闻霹雳，这才知道周总理患了大病。

在北京医院病房，1975年9月初的一天，卧病的周恩来召见国务院对台办主任罗青长，给他一份《大参考》说，香港《七十年代》杂志有篇《访蒋经国旧部蔡省三》的文章，值得注意。

是。罗青长接过《大参考》看起来。周恩来在上面有批示，用铅笔写的，有些笔画显得弯曲稀淡，显然写时手在发抖。

罗青长小声地念着周恩来的批示："请罗青长、家栋对蔡省三的四篇评论的真实情况进行分析，最好找王昆仑、于右任的女婿屈武等人，弄清真相。"

周恩来说，蔡省三分析了蒋介石去世后的台湾局势，他是蒋经国的旧部和老友，凭着他对蒋经国的了解，他判断蒋经国上台后"三不会"……

罗青长见总理说话艰难，忙看着《大参考》说下去："一不会出卖台湾，向外国卖身求荣；二不会投降大陆；三不会把台湾搞乱，而能有一番作为。"

周恩来有气无力地说，我对他的分析很感兴趣……

罗青长看着周恩来在《大参考》上的批示说，所以总理在上面作了重要批示，最后还写了三个"托"字。

周恩来一字一板强调地说，托！托！托！

罗青长眼含热泪说，我们一定会好好研究，不负重托！我认为，这不是总理托给哪一个人的，而是托给所有的中国人的。我和对台办的同志会重点搜集蒋经国发表过的文章、有关的资料，分专辑印送总理看。

周恩来困倦地点点头，他要休息了，再没有精神说下去。

1975年10月1日，在北京中南海游泳池毛泽东住室。

上午，毛泽东起来靠在床头，静静地靠着，又平静又疲惫，重复着拇指弹着食指的习惯动作。

第29章
毛、蒋的共同遗愿——祖国统一

他自言自语地说，这也许是我过的最后一个国庆节了，最后一个"十一"了。

护士长吴旭君说，怎么会呢？主席是长命百岁的。

毛泽东缓缓反问，怎么不会呢？哪有不死的人？七十三八十四，阎王不叫自己去，毛泽东岂能例外？死神面前，一律平等，什么万寿无疆，天大的唯心主义。

吴旭君劝慰道，主席，今天是大喜的日子，您就别提死不死的事啦，好吗？

毛泽东看着她，话锋一转：你们这个年龄，真是让人羡慕！

吴旭君天真地说，我们有什么好羡慕的，什么成绩都没有。主席，你年轻的时候，就想到要建立一个共和国，想到要当主席吗？

毛泽东质朴而随意地说，我可不是刘伯温，能前知五百年，后知五百载。那时候，既不晓得建立什么共和国，更不曾想到当什么主席。想的只是国家兴亡，匹夫有责而已。本人不过是匹夫而已，很多事情，是水到渠成嘛！

1975年底，周恩来的病情已经恶化。12月20日早上7点半，周总理的卫士张树迎来电话，说总理希望见见罗青长。他清晨醒来后，已经多次催问罗青长来了没有！

罗青长走进邓小平住宅办公室，坐在沙发上对邓小平说，邓副总理，早晨我得到通知，周总理迫切想见我，可是总政治部主任张春桥不同意。

邓小平急了，果断地说，这个时候了，总理要见谁，就让见谁！

罗青长高兴地说，是，我就去！

罗青长立即赶往医院，进入病房时，一眼看到周恩来憔悴的面容，他的心像刀绞一样难受。

周恩来吊着输液瓶，正发高烧，体温是三十八度七，体质十分虚弱。见到罗青长后，他强忍着病痛的折磨，用微弱的声音对他说，青长同志，想不到我一病，病成这个样子，今天还能见到你……

罗青长坐在病床前，周恩来忍受着巨大痛苦，有气无力、断断续续地说，我请你来就是想谈一下台湾问题，对于过去帮助过我们的朋友，后会有期，你们做对台工作的人千万要记住。

罗青长忍着眼泪不住点头。

周恩来顽强支撑着说下去：对于帮助过我们的老朋友，一定要记住他，不要忘记他。谈着谈着，他的声音低落下去了，眼睛逐渐合上了。

罗青长劝道，总理，你休息一会儿吧。

瓜熟蒂落……水到……渠成……周恩来顽强地挣扎起来，喝了几口水，又继续说下去：一定要设法关注张学良，他的眼病是不是好一点了？蒋介石死后，蒋经国会怎么样？要深入细致地研究台湾问题……

他被病痛折磨得说不出话来，闭上了眼睛。停一会，他又强打精神，抱歉地对罗青长说，我实在疲倦了，让我休息十分钟，你等一等，我们继续谈。

听到这里，罗青长忍不住要落泪。他牢记邓大姐"忍住悲痛"的叮嘱，背过身去，却泪如雨下。随后周恩来就昏迷过去了。

罗青长大声呼喊：总理，总理……

周恩来挣扎着醒来，吃力地抓住罗青长的手，声音微弱地说，要抓时机，抓紧时间……

他又昏了过去，一时没有醒来。

罗青长泪眼滂沱，呜咽失声。

罗青长守候在周恩来的病房旁，一直等到下午一点多钟，周恩来才苏醒过来，但神志已不十分清楚了。罗青长只好依依不舍地向周恩来告别，想不到这竟成永别。

即将告别人世的周恩来，牵挂惦念的是台湾问题。1976年元旦过后，周恩来临终前，对侍候在侧的邓颖超留下遗言："小超……把骨灰撒在祖国的江河里和大地上。在撒骨灰前，把我的骨灰盒……在人民大会堂台湾厅摆

第 29 章
毛、蒋的共同遗愿——祖国统一

摆……"

周恩来逝世后，邓颖超、童小鹏、罗青长等遵从他的遗嘱，捧着他的骨灰盒，静静地走向静静的人民大会堂台湾厅。

在中南海游泳池毛泽东卧室，苍老多病的毛泽东斜依在床榻枕上，津津有味地在翻阅着牛皮纸袋里他一生的主要照片。他忽然翻出一张已经泛黄的旧照片，贴近脸专注地看着，久久不放。

这是1945年国共重庆谈判时，毛泽东与蒋介石并肩而立的历史之照。

重庆谈判时的毛泽东与蒋介石，这是两位历史巨人难得一见的合影。（历史图片）

"我一生只干了两件大事，一件是把蒋介石赶到台湾小岛上……把他赶出境外，他就没有再回来了……如今他却先去与上帝约会了……"这也许是即将离别这个世界的毛泽东，在看他与"老朋友"蒋介石合影时的心声。他们从那以后就再没有会过面，内心是互相惦记的，也留下了共同的遗愿和遗憾。

毛泽东是现实主义者，面对台海现实和历史上的努力，他清楚地意识到，台湾问题不是他这代人能解决的，他只能修个桥铺个路，留下些思路和愿望而已。1976年，即将离世的毛泽东在病榻上与华国锋等人谈话时，提到台湾问题时口气淡淡地说，有那么几个人，在我耳边叽叽喳喳，无非是让我及早收回那几个海岛罢了。

第30章
基本消除解决台湾问题的最大国际障碍

■ 重起炉灶

粉碎"四人帮"后,统战部让刘仲容起草一个谋求和平统一台湾的书面建议。刘仲容邀请经历劫难还健在的程思远、黄启汉、屈武等,在四川饭店边吃饭边研究草案。

刘仲容拿着菜单高兴地说,要点一道这里没有的菜。

黄启汉问:"什么名贵菜呀?"

刘仲容笑说:"清炖'四人帮'!"

屈武说:"这已经成了大众菜了,北京家家都吃,螃蟹奇货可居,只怕买不到了。"

刘仲容说:"说着玩呢。不过,不粉碎'四人帮',是没有机会让我们聚在一起的。"

程思远问:"仲容兄,你有什么事请我们客呀?"

刘仲容说:"不是我请客,是中央统战部请客,让我们起草一个和平统一台湾的书面建议方案,上报中央。"

程思远惊讶地问:"和平统一台湾工作又启动啦?这么快?"

刘仲容说:"清算林彪、'四人帮'破坏统一战线罪行之后,和平统一台湾就成了新的党中央题中应有之义嘛。"

屈武说:"这也是承前启后,继往开来。老一辈革命家毛泽东、周恩来开辟了和平统一台湾的道路,一代代走下去,总有一天祖国统一大业会

第30章 基本消除解决台湾问题的最大国际障碍

实现的。"

饭菜都上来了。

刘仲容说："我们边吃边谈，把和平统一台湾的方案议论出来，尽到我们这一代的责任。"

1977年9月，廖承志坐在客厅读报，突然电话铃响起。他拿起电话就怔住了，那边传过来的话是："小廖嘛，我是小平啊！"

"小平同志，您好！"廖承志一边应着，一边按住电话对夫人兴奋说，"阿普，是邓大人！是邓大人啊！"

经普椿用手示意他接电话。电话那边又传过来亲切的话语："小廖，有没有助听器呀！唉，我耳朵不便了！"

廖承志诙谐地说："有有！把我的耳朵给你一只！"

哈哈哈……两人在电话中开怀大笑。

北京西郊，邓小平住处。

这一天，廖承志偕夫人来看望邓小平，送给邓小平一只助听器说："我从侨胞送给我的助听器中，选了只最灵敏的微型助听器给您。邓大人，我这是借花献佛，哈哈哈哈！"

邓小平接过说："你把这给了我，你自己呢？"

喏！廖承志推推眼镜，他的助听器是藏在眼镜中的。

邓小平笑了："好嘛！秘密武器！"

廖承志问："给你装备一个？"

邓小平说："我眼不花，这就可以了！"

"我要点你的将了！"邓小平盯着廖承志严肃地说，"小廖，你就当侨务办公室主任、对台小组副组长、港澳办负责人吧，侨务方面，很多问题都要解决，过去不可能，解决了要'犯罪'。现在先把庙立起来，老菩萨就你。知道你的重点工作是什么吗？"

廖承志胸有成竹地回答："心知肚明，对台工作，重点是您的同学、我的朋友蒋公子！"

邓小平说："人家是'总统'啦！台湾铁门重锁，你把他撬开一条缝！"

廖承志说："要撬开一条缝不容易，要打你邓大人的招牌才行啊。"

邓小平认真地说："不是招牌问题，是认识障碍。他们总是认为与共产党搞合作、搞统一，都是他们吃亏、倒霉，共产党占便宜，这不符合历史事实嘛。"

廖承志说："事实是历史上两次国共合作，对彼此都有好处。第一次合作实现了北伐，北伐的胜利符合国家利益，符合民族利益，也符合两党利益。第二次合作是对付日本侵略，抗战的胜利也符合国家利益、民族利益，也符合两党利益。"

邓小平说："他们的账算错了，两次合作都说他们吃亏，不对。合作后来破裂，破裂的责任，咱们不去算老账了。"

邓小平主政后的对台政策承前启后，继承了毛泽东的方针，争取同台湾谈判，达成"一国两制"的解决方式，并将祖国统一当作80年代三大任务之一。

不久，中央成立了对台工作领导小组，由邓颖超任组长。她在中南海西花厅召集廖承志、童小鹏、罗青长研究对台工作。

邓颖超说："中央又成立了对台工作小组，我任组长，廖承志、罗青长任副组长，小鹏也参加。我在中南海找了这间办公室，就开张了。你们这些老人参加工作。台湾回归祖国，是恩来生前最大的未了之情。对台工作也要拨乱反正，落实政策。"

童小鹏说："以前我们在总理领导下工作，现在又在邓大姐领导下工作，承前启后，前后一贯。"

罗青长说："领导前后一致，我们工作人员轻车熟路，对台工作很快能恢复传统，走上轨道。"

廖承志说："邓大姐领导对台工作，更有利于做国民党老人的工作。中华民族历来有尊师重道的传统，如今恩师周公不在了，作为师母邓大姐，仍然受到当年老黄埔军校学生的敬重。"

邓颖超说："完成祖国统一大业是80年代以至90年代全党的重大任务，要动员全党实现这一任务。对台工作怎么搞，好的传统怎么发扬，教训怎么吸取，大家都谈一谈。"

廖承志说："工作要适应目前情况，实事求是，稳扎稳打，还是采取广交朋友的方式，顺乎自然。提'大打大闹'是不对的，也不要强调'分化瓦解''拉过来为我所用'等等，这都是过去的概念。不要太猛，也不要大搞，要适当地有把握地去做。"

邓颖超又说："我看到份材料，反映溪口蒋氏墓庐，在'文化大革命'中遭到破坏，石碑被打碎了，墓庐被拆毁了，所幸遗体没有被移动。"

廖承志立即说："我建议按原样修复蒋氏墓庐，报请中央拨专款重新修葺。蒋介石执政期间，功罪由他自承，不应祸及先人，不挖祖坟，是共产党的政策。"

邓颖超说："那就给小平同志打报告，连陈其美的墓一并修复。"

■ 小心开启中美建交大门

毛泽东、周恩来和尼克松、基辛格共同开创了中美关系的新局面后不几年，两位中国领导人就与世长辞了。推进和深化中美关系的任务历史地落在以邓小平为核心的中国共产党第二代领导集体的肩上。

1978年1月7日，重新复出的邓小平在人民大会堂会见美国国会议员团，谈到台湾问题时，他打着手势果断地说，解决台湾问题就是两只手，两种方式都不能排除。力争用右手争取和平方式，用右手大概力量要大一点。实在不行，还得用左手，即军事手段。我们在这方面不可能有什么灵活性。要说灵活性，就是我们可以等。

大陆既要以最大善意和诚意尽最大努力走和平统一的道路，推动两岸社会的融合，让台湾民众在两岸关系的和平发展中得到更多利益；同时也要做好充分准备，在"台独"势力迈出分裂国家的一步时，不惜付出最大代价和牺牲，以维护中国的领土完整。这就是邓小平处理两岸关系的"两手"策略，哪一手都不能偏废。

1978年3月，卡特总统在白宫接见总统国家安全事务助理布热津斯基说："我国的商贸界人士强烈要求实现美中关系正常化，以便打入中国的广大市场，苏联对我国的挑战更加咄咄逼人了。我决定请你立即启程访华，加快美中关系正常化进程。"

布热津斯基脑子里已有一套方案，他敞开说："总统先生，要达到加快中美关系正常化进程的目的，第一，美国要承认中国方面关于只有一个中国、台湾是中国的一部分的立场；第二，美国将不支持台湾独立运动；第三，美国离开台湾时将保证日本人不进入台湾；第四，美国欢迎和平解决台湾问题，不支持台湾针对中华人民共和国的任何军事行动。不知您对我的观点是否同意？"

卡特说："我授权你看准了就可以见机行事。"

布热津斯基盯住问："谢谢总统先生的信任！我是不是在所有问题上都可以见机行事？"

卡特想想说："还是应该提出美国关注台湾问题的和平解决，和美国在一个时期内保持向台湾出售武器。"

北京人民大会堂南门接待厅，1978年5月21日，邓小平接见美国总统国家安全事务助理布热津斯基。黄华、柴泽民等陪同。

一见面，邓小平就关心地微笑着问布热津斯基："参观了一天，一定很累了吧？"

布热津斯基高兴地说："我的劲头很足呢！来中国之前我就阅读了你同

美国主要政治家和参议员的谈话记录。"

邓小平听后哈哈大笑,说道:"从过去的谈话记录中,你可以了解到我们的看法、观点、主张,都是直截了当。毛主席是军人,周总理是军人,我自己也是军人。我们中国人做事喜欢干净利落。"

布热津斯基被邓小平的幽默所感染,笑着说:"军人说话就是痛快。我们美国人也是以说话痛快出名的。"

两人寒暄之后,进入正式谈判就严肃起来了。布热津斯基向会场四周扫视一下,然后神秘兮兮地说:"关起门来,只限在座的诸位听。我可以告诉你们,卡特总统本人准备尽可能迅速而妥善地解决台湾问题。我们无意人为地拖延下去。因此卡特总统准备在国内负政治责任,来解决我们双方这个悬而未决的问题。在双方关系中,我们所依据的仍然是上海公报,仍然是一个中国的原则;台湾问题如何解决,那是你们的事情。"

邓小平对布热津斯基的谈话感到满意,同时感到他言犹未尽,便点燃一支香烟吸着,静等他把话说完。

果然,布热津斯基停顿了一下,接着就面露难色地双手一摊说:"同时,我们还有些国内问题,某些历史遗留问题,有待我们去克服。这些问题很复杂,很棘手,有些还牵动感情。因此我们必须设法找到某种方式……"

说到这里,布热津斯基看了看邓小平,发现邓小平正平和而又略带笑意地盯着自己,这才放下心,吞吞吐吐地说:"找到某种方式,使我们可以表示我们希望台湾问题能够获得和平解决。"

他又忐忑不安地看了眼邓小平,见邓小平脸上的笑意已有些凝固,就又连忙补充说:"当然我们承认这是你们的内政,我们是遵守上海公报精神的。"

布热津斯基看着邓小平的脸色,又强调说:"我们觉得更重要的是讲信用,让人看到美国是讲信用的,虽然我们现在正继续并加速从台湾撤军,但是美国还是要在远东待下去,以免造成人心浮动,而被我们共同的敌人所利用。在解决关系正常化问题时，以及在我们同台湾人民的关系的历史性的过渡时期规定一系列关系时，都要考虑这一点。"

邓小平温和地说："我赞赏美国方面作出的相关让步。过去我们也说过，对自己国家统一的问题，我们怎么能不关心，不急于解决呢？我们希望能早日解决这个问题。在这个问题上，要实现中美关系的正常化，我们的观点已经很明确，那就是美国与台湾断交、废约、撤军。"

邓小平抽口烟又说："日本方式是我们能够接受的最低方式。所谓日本方式，就是在正常化的条件下，我们同意日本与台湾之间民间商业来往的继续。"

布热津斯基插话说："卡特总统关心的是，能不能找到某种方式，使我们可以表示我们希望台湾问题能够获得和平解决。"

针对布热津斯基要求中国承诺和平解决台湾问题，邓小平坚定地说："我们说不行！解决台湾问题是中国的内政，其他国家无权干涉。什么时间用什么方式解决台湾问题，那是中国自己的事。"

敏感的布热津斯基坐立不安了，脸上已经露出尴尬的神色。

邓小平见状微笑着，机智地说："当然，你们要表示和平解决台湾问题的希望，这可以，你们可以说你们的希望。但我们也要表示我们的立场，即中国人民在什么时候，用什么方式解放台湾，是中国人自己的事。"

可以各说各的？布热津斯基格外仔细地倾听着，大喜过望，绷紧的脸孔露出了笑意。

邓小平紧接着又说了一句："但你们的希望作为条件不行！"

布热津斯基连忙插话说："我对刚才的讲话，非常满意，也非常感激。我奉命向你们确认，美国接受中国的三条，并再次肯定美国上届政府向你们所讲的五点。我愿意把我来北京后讲过几次的那句话，再重复一遍：在这些问题上，美国已经下定决心了！卡特总统决心和你们一起克服达成中美关系正常化道路上的残余障碍。"

第30章
基本消除解决台湾问题的最大国际障碍

残余障碍,说得好!邓小平笑着点头。

布热津斯基立即友好地说:"我奉命邀请你适当时候访问美国,并且希望我能有幸在美国的家里,亲自设宴招待你。"

邓小平终于放了绿灯:"我愉快地接受你的邀请。中美双方可以在具体的层面上,开启中美建交的相关谈判了。"

在台北蒋经国官邸,蒋经国就职"总统"仪式结束,回到官邸正在脱衣服,秘书对他说:"蒋总统,您上任就职的时候,美国总统国家安全顾问布热津斯基却跑到北京访问去了。"

蒋经国神色黯然地说:"我本希望卡特总统能派一位特使来祝贺,但他们装糊涂,却派特使跑到那边去了。"

秘书说:"美国人太不够朋友,由于他们的怠慢,弄得总统的就职仪式各国驻台使节参加的只有二十人,还多是南美小国家。"

蒋经国自我安慰道:"这些都无所谓,只要我们自立自强,就有立脚之地。"

在美国白宫总统办公室,卡特接见访问北京回来的布热津斯基,赞赏地说:"老朋友,我对你的访华成果表示赞赏和满意。你对中国领导人的印象如何?"

布热津斯基说:"邓小平给我留下深刻印象。别看他身材矮小,胆识可大呢!他一下子就把我吸引住了。"

卡特说:"噢,你具体讲讲。"

布热津斯基绘声绘色地说:"他生气勃勃,机智老练,思维敏捷,谈笑风生,气派很大,开门见山。与他的一席话,使我懂得了他在政治生涯中屡经沉浮而不倒的道理。更重要的是,他的胸怀和魄力给我留下了深刻印象。他真正够得上是一位老谋深算但可以放心与之打交道的政治家。"

卡特下决心说:"那就尽快进行两国建交的具体谈判。美国的谈判代表,我已经决定让美国驻华联络处主任伍德科克担任。"

871

柴泽民奉命担任首任驻美联络处主任。1978年8月初，行前，外交部长黄华对他说："柴主任，你到美国的主要任务，目前是两条：一是密切关注美国政府动向和谈判进展情况；二是摸清美国的底细，配合国内谈判。"

"明白了。我明天即乘飞机赴华盛顿。"柴泽民点头说。

9月19日，卡特总统在白宫亲自接见柴泽民。

卡特说："1978年将是美中两国关系中重要的一年，我要告诉柴主任的是，美方对会谈是认真的。双方的代表一直在北京谈判，现在，接近于完成谈判的时候了，美国愿意履行中方提出的建交三条件，希望中方也照顾到美方的政治需要。"

柴泽民问："请问总统先生，美方的政治需要有哪些？"

卡特说："美方需要照顾的有两条，一条是继续向台湾出售防御性的武器，第二条是美方要表示对和平解决台湾问题的关心。"

柴泽民说："总统先生也知道，中方对美国向台湾出售武器是很关切的。"

卡特点头说："华盛顿将会避免向台出售进攻性武器。"

柴泽民根据国内的指示精神阐述道："台湾问题是中国的内政，不容许外人干涉，美方应该从长远的政治和战略利益来考虑，使两国关系尽快正常化。现在建交谈判的结果取决于美方。"

卡特说："我重申一遍，我们是有诚意的，也是认真的。"

柴泽民说："我感谢总统先生的接见，我会将今天的谈话内容立即报告中国政府。"

在美国白宫小饭厅，10月30日，布热津斯基接见中国驻美联络处主任柴泽民，并请他吃饭，一边吃饭一边谈。

布热津斯基说："我奉总统之命，今天约见柴主任的主旨，是希望加快美中建交谈判进程。"

柴泽民点点头。

第30章
基本消除解决台湾问题的最大国际障碍

布热津斯基很恳切地说:"现在正常化是一个特殊的时机。美方希望明年国会一开始先辩论中美关系问题,否则《美苏核条约》或其他问题将列入议程,因为美国和苏联订立第二阶段限制战略武器条约已经取得了进展。如果这个问题提前了,中美关系就会被推迟到1979年之后。时机不当,会出现困难的。"

柴泽民回应说:"中美在政治、经济、文化、教育、科技等方面的双方交流,越来越活跃,卡特总统想加快中美建交的实质性进程,是可以理解的。中方也有同样的愿望。"

布热津斯基说:"美中双方已经秘密谈判了四次,仍有些分歧,致使裹足不前。卡特总统很关注,我交给中方的建交公报文本,是总统亲自修订的。"

柴泽民说:"贵国希望中国发表声明,承诺放弃武力解决台湾问题,贵国坚持中美建交后,还要向台湾出售武器,这是双方存在的主要分歧。"

布热津斯基问:"这些分歧都要在深入的谈判中解决。冒昧地问个问题,北京主持和领导美中建交的是哪位领导人?"

柴泽民说:"接见过你的邓小平先生。"

布热津斯基高兴地说:"太好了!"

1978年11月2日,邓小平在北京西郊住宅召见黄华和章文晋,说:"我刚从日本访问回来,看了卡特和布热津斯基同柴泽民的谈话,和外交部报来的同伍德科克第五次会谈的请示,看来美方想加快建交步伐。我们也要抓住这个时机,同美国关系正常化要加快,从经济意义上也要加快。原则当然不能放弃,谈的时候不要把大门关死。"

黄华说:"今天要在外交部大楼举行第五次秘密谈判,美方提出的联合公报草案共十六条,底牌基本打出。"

邓小平说:"你们先谈着,我又要马不停蹄去访问泰国、马来西亚和新加坡。"

黄华说："这一段时间，小平同志是太忙了，回国后中央工作会议和十一届三中全会又等着您，这两个重要会议恰好与中美建交谈判相重叠。"

邓小平笑说："好啊，好事逢双嘛。"

11月27日，邓小平在西郊住处召集邓颖超、廖承志、黄华等有关人员开会，他说："最重要的是不要错过时机，要争取中美关系早日正常化，这样对我们比较有利。"

黄华说："外交部建议中美双方马上进行第六轮会谈，并请小平同志约见伍德科克，表明中方立场，提出1979年1月1日中美建交，以敦促加快谈判进程。"

邓小平说："同伍德科克的第六轮会谈立即开始。我可以约见伍德科克。我们想同美国在明年1月1日达成建交协议，等中央工作会议公报出来后，再同他们谈，不然他们就要翘尾巴。"

12月11日，布热津斯基在白宫召见柴泽民，令他感到吃惊的是，柴泽民的两位随员像往常一样穿着传统的中山装，但大使本人却身穿一套棕色西装，里面是蓝色尖领衬衫，系一条花色领带。布热津斯基新奇地注视着柴泽民好一会儿。

柴泽民笑说："怎么样，我这身西服还行吧？"

布热津斯基也笑了说："柴先生，不在于西装如何，而在于你今天居然穿了西装，这是时代不断变化的一个小小注脚啊！"

柴泽民说："谢谢你注意到这一点。"

布热津斯基言归正传："现在，我以一个老朋友的身份跟您讲话。正式协商的时间该结束了，作出重大政治决定的时刻现已到来。美国和苏联关于限制战略核武器的谈判要达成协议。如果达成协议，勃列日涅夫就有可能在1月访问美国。"

柴泽民说："我明白您的意思。"

布热津斯基又说："现在是我们应当在正常化问题上迅速行动的时候

了，你们应当同意接受对邓小平或华国锋发出的在1月访问华盛顿的邀请。这次国事访问可以安排在卡特与勃列日涅夫关于限制核武器会谈之前。请将这些话向邓小平先生转达。"

柴泽民说："请您放心，我回到使馆即将您的话向国内汇报。"

这时候，卡特总统也集中精力来处理美中建交问题。美国东部时间12月12日下午，布热津斯基和克里斯托弗、奥克森伯格一起准备美中关系正常化的最后文件。傍晚时分，卡特也来到布热津斯基办公室，再次逐行审阅美中建交公报。

布热津斯基说："总统先生，这些是中美建交的最后文件，你过目后，就发给伍德科克。"

卡特说："建交公报的每句话，我都要仔细推敲。对最后的，也是争议最大的有关台湾的问题，我们和中国双方在处理的时候都要小心翼翼啊！"

布热津斯基说："是的，两国谁也不希望陷入自己的最后方案遭到对方拒绝的境地。"

卡特欣喜地说："一切都上了轨道，我们与北京相互间已经建立了足够的信任，时机也有利于两国政府面对政治上可能遇到的反对意见。"

他们一直工作到12日的午夜。

12月13日上午，伍德科克在新任副手——美国驻中国联络处副主任芮效俭的陪同下走进人民大会堂，走进会客厅。邓小平面带笑容、充满自信地迎接他们。

芮效俭是一个美国传教士的儿子，出生在中国，他说中文就像他的母语英语那样流利。他是一个职业外交官，后来于1991年8月至1995年6月任美国驻中国大使。

两位重要的美国谈判代表都是第一次与邓小平会见，强烈地感受到了邓小平的自信。这种自信甚至使他们感到，正在举行的中央工作会议，一定是更加确认了邓小平的领袖地位。

伍德科克说:"我听说邓主任刚从会议上下来,没有休息就打扰了,十分抱歉。"

邓小平笑道:"不必客气,我们的事也很重要。"

伍德科克说:"卡特总统要我向您详细阐明美国的立场:第一,美方确认只有一个中国,台湾是中国的一部分,中华人民共和国是中国的唯一合法政府;第二,公报发表后,美国立即终止同台湾的外交关系,四个月内撤出美国军队和军事设施,并立即通知台湾终止防御条约;第三,美国和台湾之间维持非官方关系;第四,美国和台湾人民维持商务和文化联系;第五,美国将发表声明,期望台湾问题和平解决,希望中方不要反对,但中方可以同时声明统一问题完全是中国内政。"

伍德科克说一条,瞅一眼邓小平,想从他的脸部表情猜度出他的反应。邓小平抽着烟,脸无表情,认真倾听他的谈话。

伍德科克将美方起草的建交公报的最新一稿递给了邓小平,补充说:"根据美国的法律,《美台共同防御条约》是'终止'而不是'废除',这样做只是程序上的原因。"

邓小平说:"我已经看过了先前美方起草的公报,布热津斯基先生最近跟柴泽民谈话的记录也读到了。美台条约既然是一年后终止,那么一年之内是否仍然有效呢?在'终止'期以前的一年里,美国不应该再向台湾出售武器,已经运输在途的可以不算在内。不过,我本人并不在乎这些运送在途的武器,我关心的是,武器售台何时完全停止?"

伍德科克表示:"将向国内报告邓副总理的意见。"

邓小平说:"希望伍德科克先生能够理解对台军售问题是何等重要。军售问题在大陆和台湾之间注入了一种破坏心理。我们希望统一祖国,我们可以保证台湾将实现充分的自治,台湾可以保留自己的政治和经济制度,甚至保留自己的军队,但是这些必须是在一个中国的旗帜之下。"

伍德科克认真地听着,芮效俭记着笔记。

第30章
基本消除解决台湾问题的最大国际障碍

邓小平再次向伍德科克强调："对台出售武器会破坏中国的和平统一。如果美国向台湾出售大量武器，蒋经国就会把尾巴翘得高高的，这只会增加冲突的危险性。"

伍德科克静静地听着，没有反驳。

先把要说的说完，邓小平开始阅读送到他面前的建交公报文本。

这天，担任翻译的是施燕华。邓小平要求她当场将公报直译出来。

施燕华的个子比较高，她弯下腰来，大声将公报稿翻译出来。邓小平静静地听完，果断地说，大体上可以同意美方提出的建交公报草案，再由外交官们议一下就可以答复。但中方要求在公报中重申反对霸权主义的条款，以加强公报的和平力量。

伍德科克为难地说："对不起，我本人不能对邓主任的要求表态，还要向白宫汇报此事。"

这次会见到此结束，邓小平将于这天下午在中央工作会议第四次也是最后一次全体会议上作重要报告《解放思想，实事求是，团结一致向前看》。这实际上是十一届三中全会的主题报告。

在华盛顿白宫总统办公室，布热津斯基拿着一份电传，不待通报就推开了卡特总统办公室的门，愉快地说，中国人已经接受了我方的建议，邓小平答应访问美国。

卡特坐在办公桌后面，听到布热津斯基的报告后笑逐颜开，马上站起来和布热津斯基握手。他说："现在要紧急命令伍德科克，要求他立即见邓小平，提议双方于12月15日的同一时刻宣布中美两国建交公报；邓小平对美国的访问时间可安排在1979年1月的下半月。美国要求中美正式宣布建交之前，对相关谈判信息要严格保密。"

布热津斯基说："总统是担心国内亲台势力的干扰？"

卡特点头说："是的！"

12月14日下午，伍德科克又来到人民大会堂，拜会邓小平。

美国总统卡特和夫人（历史图片）

见面之后，伍德科克向邓小平说明，白宫命令我紧急拜见阁下，是要阐明两点：第一，为了减少泄密机会，美方建议北京时间1978年12月16日上午10时，华盛顿时间12月15日晚9时，同时宣布建交公报；第二，建议邓主任1979年1月29日或31日，开始访问美国。

邓小平对伍德科克前来只是为了通知这样一些微不足道的事情感到有些惊讶。他原本以为美国会对公报的最后文本表达不同意见的。

邓小平向伍德科克询问，为什么那么急着提前宣布中美建交消息？这会产生什么样的效果？

伍德科克按照自己的想法作了说明，认为很有可能是因为总统需要借用这样的机会使自己成为宣布这一重大消息的第一人，同时发表对公众的讲话。

听完了伍德科克的揣测之言，邓小平想了想说："那好吧，同意你们的意见，就提前宣布消息吧。"同时，他还表示，愿意接受卡特总统的邀请，于1979年1月下旬访问美国。

说完这些，邓小平与伍德科克道别。伍德科克表示，他回到联络处将对建交公报的英文文本作最后一次确认，并将在今晚亲自递交给邓小平副总理。

在美国白宫总统办公室，布热津斯基将一份电传交与卡特说："这是伍德科克汇报的紧急约见邓小平的谈话内容，邓同意我们的两条建议。"

卡特高兴地说："好！再要他紧急约见邓，表明我方同意在建交公报上写进反对霸权主义条款。"

晚上9时，伍德科克再次拜见了邓小平。

第 30 章
基本消除解决台湾问题的最大国际障碍

伍德科克抱歉地说:"非常抱歉,我知道你很忙,在开重要的会议。但卡特总统又紧急命令我约见你,表达美方同意在建交公报中,写入反对霸权主义的条款。"

邓小平满意地点头说:"我对卡特总统的决定表示满意,并赞赏美国人办事的严密和效率。"

伍德科克大松一口气,说:"谢谢!但愿为建交事,我是最后一次紧急拜访你,实在打扰了。"

华盛顿与北京有十三个小时的时差。由于预知邓小平会见伍德科克,奥克森伯格在白宫西翼的办公室等消息到凌晨1时才回家。行前,他告诉值班员,一旦接到伍德科克从北京发来的绝密报告,必须及时叫醒他,他即返回办公室阅读。

奥克森伯格回家以后倒头便睡,他实在太累了,到早上5时30分就醒了。他跃身而起,打电话给白宫的夜间值班员,询问有没有北京来的报告。

值班员告诉他:没有。

奥克森伯格又在家等了1个小时,还是没有什么动静。他等不及了,穿好衣服,驾车来到白宫。他越想越不对,即使时差再大,北京的报告也该来了呀。

他来到自己的办公室,这时,美国国务院中国处处长亨利·塞耶打来电话,说他奉霍尔布鲁克之命,向白宫询问:伍德科克是否有关于美中建交谈判的报告传来?又过了一会儿,霍尔布鲁克亲自打来电话询问。

奥克森伯格再也忍耐不住了,操起电话打给顶头上司布热津斯基说:"我不明白,怎么会到现在都没有收到来自北京的信息?"

布热津斯基只说了一句话:"马上到我这里来吧。"

奥克森伯格走进布热津斯基的办公室,还没来得及说话,布热津斯基就向他宣布,北京的报告在午夜就来了。正是他本人向白宫值班员布置,不向奥克森伯格及其他任何人(总统除外)泄露北京来电的事。

布热津斯基说:"协议已经达成。我们正在走向关系正常化。总统将在本周五晚上宣布此事,我要求你立即起草总统的电视讲话稿。"他一边说着,一边将伍德科克发来的电报稿递给奥克森伯格。那上面已经有布热津斯基和卡特总统的批语。

原来,伍德科克的报告按预定时间早就到了。他报告说,中国人已经接受了美方的建议,邓小平答应访问美国。

伍德科克的报告首先被送到布热津斯基的手里。

布热津斯基拿着电报不待通报就推门走进了卡特的办公室。

卡特坐在办公桌后面,听到布热津斯基的报告后笑逐颜开。他马上要求布热津斯基立即约见柴泽民,请他转告邓小平,提议双方于12月15日的同一时刻宣布中美两国建交公报;他还提议,邓小平对美国的访问时间可安排在1979年1月的下半月。

卡特还抓起电话,打给正在以色列访问的国务卿万斯。万斯同意在星期五公开宣布此事时返回华盛顿。不过,万斯对布热津斯基藏了一手,把国务院的人蒙在鼓里,内心是有几分恼怒的。后来他在回忆录中说:"这个消息使我震惊。在此关键时刻,布热津斯基把克里斯托弗和霍尔布鲁克封锁于决策活动之外达六个小时。他们未能把正在发生的事情告诉我。"

听到布热津斯基怀着愉快的心情转述从昨夜到现在的事情,奥克森伯格感到事关重大,时间紧迫。总统要在本周五晚上宣布,现在已经是星期二的早晨了。伍德科克的使命固然完成得出色,但建交公报似乎还有一两点需要澄清,因为双方毕竟没有签字,还来得及。还有,正在远方的万斯赶得回来吗?这件事发生在万斯不在华盛顿时期,显然有违国务卿的意愿。但是奥克森伯格更清楚地意识到,布热津斯基希望宣布与中国建交在前,总统也支持国家安全事务助理的意见。出人意料地宣布与中国建交,这与当年基辛格秘密访问中国后宣布尼克松将访华,有着异曲同工之妙。

各为其主,奥克森伯格当然要按照布热津斯基的指示来办。

第30章
基本消除解决台湾问题的最大国际障碍

布热津斯基又在这时要求奥克森伯格,不要将此事向国务院的任何人透露。

奥克森伯格回到自己的办公室,发觉这件事如果离开了国务院也是办不成的。他犹豫了半天,终于在下午5时打电话给国务院中国处的专家罗杰·沙利文,要求他立刻"请病假"离开办公室,直接到老执政大楼奥克森伯格的办公室来。

沙利文如约而来,两人在一起商议了情况,确定提纲,然后由沙利文起草总统的电视讲话底稿。奥克森伯格则一遍又一遍地在亨利·塞耶和霍尔布鲁克打来电话询问北京来电的时候撒谎,对他们说伍德科克什么也没有报来的瞎话。

霍尔布鲁克终于忍不住了,断定其中有诈,便向副国务卿克里斯托弗报告。

这时,克里斯托弗接到了布热津斯基要他前去的电话。克里斯托弗去了,阅读了伍德科克发来的全部报告。对于白宫向霍尔布鲁克隐瞒实情,克里斯托弗非常不满。他责问布热津斯基:"你打算什么时候才让霍尔布鲁克知道这件事?"

布热津斯基说:"也许是星期五晚上吧。"

到了这种时刻,布热津斯基还是不愿意让霍尔布鲁克知道详情,他往总统身上一推说:"这也是总统的意思。"

到了那时候,全美国的人都该知道这件事了。克里斯托弗忍住脾气,坚持说此事完全应该让霍尔布鲁克知晓。这回,布热津斯基终于顶不住而让步了。霍尔布鲁克赶到老执政大楼才看到了伍德科克发来的报告。他表示了强硬的态度,对布热津斯基说,这个样子的公报要是捅出去的话,国会决不会通过。在公报中,美国应该有一句非常明确的话,宣布美国保留向台湾出售武器的权利。

这不是添乱吗?布热津斯基没有回答,倒是客气地请霍尔布鲁克离开自己的办公室。

建交公报的事看来已经进入尾声,可因为美国政府坚持向台湾出售武器而波澜突起。

美国东部时间12月14日上午,驻美联络处主任柴泽民来到白宫拜会布热津斯基,商讨双方建交之后美国内阁成员访华前后顺序的事情。因为此时卡特政府的内阁部长们都对中国充满了兴趣,纷纷提出要在建交之后安排对中国的访问。

事情谈得十分顺利。柴泽民起身打算离去时,布热津斯基问他:"关于中美建交一事,北京方面有没有什么最新消息?"

柴泽民回答:"没有什么新消息,建交工作一切顺利,特别是因为美国已经同意停止向台湾出售武器。"

布热津斯基想起霍尔布鲁克的话,立刻警觉起来,说情况不是这样,在建交谈判中双方达成的意见是这样的:《美台防御条约》将在一年后自然终止,在此之前的一年里,美国不再向台湾出售武器,已经运送在途者不在此例。一年之后,美国可以向台湾出售防御性武器。

柴泽民极为警觉,他惊讶地说:"对这个事情,我就不能说得很清楚了,要请示北京。"

这个回答使布热津斯基紧张起来。他认为,是不是中国方面认为美国已经承诺,即在一年后美国也不向台湾出售任何武器?如果是这样,国会是决不会同意总统实现对华关系正常化的,而且会对他本人造成严重的信任危机。

在美国白宫总统办公室,布热津斯基向卡特汇报后,卡特对布热津斯基说:"立即给伍德科克发份十万火急的电报,命令他以最快的速度拜访邓小平。"

布热津斯基惊异地说:"离中美宣布建交公报不到一天的时间了,还有什么急事要见邓呢?恐怕来不及了吧?"

第30章
基本消除解决台湾问题的最大国际障碍

卡特坚持说:"就是你刚才讲到的事。必须见邓,要求澄清美方能否在记者问到时,说1979年后,可向台湾出售有选择的武器。"

"好的,我立即给伍德科克发紧急指示电报。"布热津斯基说。

卡特说:"我希望邓小平一定要理解那段双方已经认可的文字。这段文字虽然不在当时公开发表,但是作为建交公报的附属文件,是有约束力的。"

布热津斯基立即回到自己的办公室,向伍德科克发出一份十万火急的电报,要求伍德科克立即出面向中国领导人澄清此事。

伍德科克立即回电,表示中国方面绝不会没有弄懂双方谈判协议的意思。按照文义所指,美国在一年后是可以向台湾有限制地出售防御性武器的。伍德科克还在电报中说,他担心卡特总统如果对此作直接声明,可能会迫使中国作出否定性的决定,使美中建交的事前功尽弃。

伍德科克的说明没有解除布热津斯基乃至卡特的担心。

布热津斯基更是明确地指出,伍德科克应向邓小平说明:"我们承认中国在这个问题上的敏感性,因此不作正式声明,但是对报界和反对正常化的人肯定马上会提出的、回避不了的问题,将作如下回答:'在正常化协议的范围之内,美国已经明确表示它将继续与台湾贸易,包括有节制地向台湾出售经过选择的防御性武器,在防御条约失效之后,这种出售仍以不危及该地区和平的方式进行。中国方面不支持美国在这件事上的立场,但这并不妨碍双方同意关系正常化。'"

布热津斯基的指示以加急电报发往北京。

不仅如此,布热津斯基还紧急约见了柴泽民,强调说:"我想向先生强调的是,美中两国面临的机会具有历史意义,不要让形式主义的东西模糊了这个时刻的国际影响。美国在1979年以后还将继续向台湾出售武器,中国可以对此表示不同意。但是,中美两国既然要实现关系正常化,双方就应该试图最大限度地缩小分歧。"

柴泽民说:"我会立即将你说的话,向国内报告。"

布热津斯基热切地说："我希望大使能促成伍德科克再次紧急会见邓小平。"

这时，距离预定的公布中美建交消息的时刻只有十五个小时了！伍德科克只得向中国外交部请求，紧急会见邓小平副总理。

邓小平同意了伍德科克的会见请求。

12月5日下午4时，还是在人民大会堂，邓小平会见了伍德科克和芮效俭。黄华和朱启桢在座。

伍德科克心里直打鼓：美中建交会不会功亏一篑，就取决于这个傍晚了，就取决于邓小平的一句话了。

伍德科克略显不安地说："第三次会见你后，我回到使馆屁股还没有坐稳，白宫又紧急命令我再次拜见你。我十分为难，时间紧迫，而你又在参加重要会议……"

略显疲倦的邓小平抽上烟说："不要紧，中美建交是大事，你说吧。"

伍德科克简单陈述说："中美建交公报明天就要宣布了，卡特总统要求澄清美方能否在记者问到时，说1979年后，可向台湾出售有选择的武器。"

听完伍德科克关于要求中国领导人"澄清"的那段话，邓小平震怒了，猛地拍了一下沙发的扶手，大声说："我们不同意美国向台湾出售武器！我们怎么能同意美国向台湾出售武器呢？"

伍德科克和芮效俭都对邓小平激烈的态度感到吃惊。

邓小平继续严厉地批驳美方观点："如果美国继续向台湾出售武器，蒋经国怎么会走到谈判桌上来呢？如果他永远也不走到谈判桌上来，那自然就意味着，中国不得不最后使用武力解决台湾问题。"

伍德科克和芮效俭又是一愣，伍德科克不安地问："那我如何答复卡特总统呢？"

邓小平说："美国政府为什么对台湾那么感兴趣？为什么美国政府一方面说希望和平解决台湾问题，一方面又大肆向台湾出售武器？这只会使台湾

第30章
基本消除解决台湾问题的最大国际障碍

当局离谈判桌越来越远。如果这样,不会导致战争吗?"

邓小平说话这么严厉,是他同外国人谈话时绝无仅有的。

会见大厅里没有别的声响,只回响着邓小平浓重而严厉的四川口音。伍德科克和芮效俭只有静听的份儿。

邓小平的讲话完全"澄清"了中国的立场,说明对美方表达的意见的理解准确无误。同样,中国政府反对美国向台湾出售武器也是明白无误的。

邓小平渐渐结束了他的长篇讲话。向来讲话简洁的邓小平一口气即席说了那么多的话,在他一生中是非常少见的。他收住话头,问伍德科克和芮效俭,我说得怎么样?你们有什么想法?

在这个时刻,伍德科克整理了一下思绪,他的想法超越了布热津斯基的指示。他对邓小平也讲起道理来:美中两国建交是基础。在世界上,什么事情都在变化,一个变革的时代会改变历史遗留下来的问题,一个变革的时代也会在改变美中关系的同时,改变中国大陆同台湾的关系。华盛顿承认你们是代表全中国人民的唯一合法政府,这是基础。

听了伍德科克的话,邓小平的话语缓和了一些。他说,中美建交后,希望美国政府慎重处理同台湾的关系。在这些关系中,不要影响中国争取以最合理的方法和平解决台湾问题。如果美国继续向台湾出售武器,从长远讲,将会对中国以和平的方式解决台湾回归祖国的问题设置障碍。在实现中国和平统一方面,美国可以尽相当的力量,至少不要起相反的作用。

伍德科克又向邓小平说:"实现美中关系正常化,将有助于解决许多过去没有来得及解决的问题。"

这次会见持续了一个多小时,双方要说的话基本上都表达了,但问题并没有解决。会客厅里出现了短暂的沉默。

伍德科克心情非常沉重。他以为中美建交的事已经一风吹了,几个月来的努力都白费了。他直截了当问邓小平,您已经告诉我们许多了,但是您还没有说,建交的事怎么办呢?

邓小平果断地说："要么什么都不办，要么留待以后专门解决！"

邓小平会见美国代表的时候，当时的外交部美大司副司长朱启祯在座，邓小平的这句话给他留下了特别深刻的印象。

伍德科克说："看来也只能这样办啊。"

行至绝望处突然又峰回路转，邓小平盯着伍德科克凝视片刻，迸出一句话："好，按原计划进行。"

伍德科克好像不相信自己的耳朵："什么？您是说，建交按原计划进行？"

邓小平点头说："先把这个问题挂起来，我们建交以后再继续谈。最关键的是，从长远来讲，美国坚持售台武器为以后中国和平解决台湾设置了障碍，会最终导致武力解决。"

伍德科克急忙说："我立即赶回联络处，把你阐述的立场报告美国政府，以便再向贵方通报有关决定。"

邓小平与伍德科克的会见在此时结束，他一锤定音：中美建交按原计划进行。

如果不是邓小平果断地作出决定，中美建交进程可能会出现更多曲折。

12月15日这天早晨，接到了伍德科克发自北京的最新报告，置身戴维营的卡特十分高兴，这说明美中建交公报已经达成。他首先打电话给日本首相大平正芳通报情况，然后拨通了前总统尼克松的电话。

正在从"水门事件"的重创中慢慢恢复自信的尼克松，听到美中建交的消息很高兴。他对卡特说，与中国建交将在世界上产生重大的影响。卡特则对尼克松说，迈出走向中国第一步的正是你尼克松本人，从那以后你又在美中关系方面给了我许多指点，随后我还要派奥克森伯格到你那里，去通报这一过程的细节。

尼克松表示感谢，并且提醒卡特还是要注意保密。这就使卡特更加得意了。在昨天（14日）结束的时候，美国方面已有一百多人知道了美中建交的

第30章
基本消除解决台湾问题的最大国际障碍

消息，但是没有人透露给新闻界，这在华盛顿来说颇为不易。

兴奋中的卡特决定和布热津斯基开一个玩笑，拿起电话要接线员找布热津斯基。布热津斯基不在家，但白宫的接线员神通广大，自有办法找到他。

这时的布热津斯基想放松一下，带着孩子来到景色如画的波托马克河边散步。突然，口袋里的无线寻呼机响了起来。这个小玩意儿在当时还是"高科技"产品。布热津斯基拿起来一看，白宫接线员要他找一个附近的有线电话，正在戴维营的总统要和他通话。

对着电话，卡特急切地问布热津斯基："你在做什么？"然后冷不丁地说，"兹比格，中国取消协议了！"

布热津斯基大吃一惊，对着电话机几乎喊了起来："你说什么？"

过了片刻，电话那头传来了卡特的笑声："不不，别紧张，没这事。"原来是一场插科打诨，一场幽默。

布热津斯基不能释然，心里怎么也不踏实，又问："你是在骗我吧？"

卡特这才认真了。他换了一副口吻反复说明，确实是开玩笑。现在他打这个电话，是请布热津斯基派奥克森伯格到尼克松那里去介绍情况，对尼克松的支持表示感谢。

布热津斯基这才把心放回肚里。他对卡特说，根据目前所知，世界各国对美中建交一事反应非常好，应该向总统表示祝贺！他还询问卡特此时心境如何。

卡特说，感觉很好。他十分欣赏布热津斯基在这一历史事件中的努力："当我有所犹豫的时候，你总是推动我朝着目标迈进。"

对卡特的这句话，布热津斯基深表感谢："有您这句话，我就心满意足了！"

这天下午，卡特连续约见了几位重要的国会议员，向他们通报美国已与中国达成的建交协议。布热津斯基则将苏联驻美国大使多勃雷宁约请到老执政大楼的办公室来。闲聊两句话后，布热津斯基突然告诉苏联大使，今晚美国将宣布与中华人民共和国建立外交和全面关系。

敏感的多勃雷宁目瞪口呆，什么也没有说。片刻之后，他以外交礼节对布热津斯基的通知表示感谢。

1978年12月16日上午，中国中央人民广播电台反复播报：上午10时将有"重要广播"。由于此前的中美建交谈判都是在秘密状态下进行，中国和美国的公众都对中美建交公报的发表感到意外。上午10时，华国锋在人民大会堂举行新闻发布会，宣布与美国建交。

黄华、章文晋，还有崭露头角的外交部新闻司司长钱其琛、美大司副司长朱启祯，提前半小时来到会场。随后，各国驻北京记者纷纷赶来入座。

这时候，邓小平办公室向黄华传达邓小平的指示，要在答记者问中明确表示，我们反对美国对台出售武器。

这个内容，是预定的答记者问预案文本中没有的。眼看宣布公报的时间就要到了，黄华当即指定朱启祯起草这段话。

就在新闻记者云集的熙攘现场，朱启祯当场命笔，起草了一段话，马上请章文晋、黄华审定。黄华一点头，文稿就送到了华国锋的手里，并且指定一位国内记者负责提问。

上午10时，钱其琛宣布开会。

华国锋在电视镜头前宣读了《中华人民共和国和美利坚合众国关于建立外交关系的公报》。联合公报全文如下：

> 中华人民共和国和美利坚合众国商定，自1979年1月1日互相承认并建立外交关系。美利坚合众国承认，中华人民共和国政府是中国的唯一合法政府。在此范围内，美国人民将同台湾人民保持文化、商务和其他非官方关系。
>
> 中华人民共和国和美利坚合众国重申《上海公报》中双方一致同意的各项原则，并再次强调：

第30章
基本消除解决台湾问题的最大国际障碍

双方都希望减少国际军事冲突的危险。

任何一方都不应该在亚洲—太平洋地区以及世界上任何地区谋求霸权,每一方都反对任何其他国家或国家集团建立这种霸权的努力。

任何一方都不准备代表任何第三方进行谈判,也不准备同对方达成针对其他国家的协议或谅解。

美利坚合众国政府承认中国的立场,即只有一个中国,台湾是中国的一部分。

双方认为,中美关系正常化不仅符合中国人民和美国人民的利益,而且有助于亚洲和世界的和平事业。

中华人民共和国和美利坚合众国将于1979年3月1日互派大使并建立大使馆。

如此重要的建交公报,不是交由电台或电视台的播音员播出,而是由国家最高领导人在电视摄像机前宣读,在中国还没有前例。这也是华国锋第一次面对电视镜头宣布长篇重大新闻后在现场回答记者提问。

出席记者招待会的中外记者有一百余人,华国锋有针对性地回答了几个记者的提问。他在回答"是否允许美国继续向台湾提供用于防务目的的军事设备"时说的一段话,就是朱启祯当场起草,黄华、章文晋现场审定的:

在我宣读的公报的第二条里提到:"美利坚合众国承认中华人民共和国是中国的唯一合法政府,在此范围内,美国人民将同台湾人民保持文化、商务和其他非官方关系。"其中,商务关系问题,我们在讨论中是有不同意见的。美方在谈判中曾提到,在正常化后美方将继续有限度地向台湾出售防御性武器。对此,我们是坚决不能同意的。我们认为,在两国关系正常化后,美国继续向台湾出售武器,这不符合两国关系正常化的原则,不利于和平解决台湾问题，对亚太地区的安全和稳定也将产生不利的影响。这就是说，我们之间有不同的观点，有分歧，但我们还是达成了协议。

美国东部时间12月15日晚9时，卡特总统在电视节目中露面，宣读了中美建交联合公报。

中美两国首脑宣布两国实现关系正常化，引起了全世界的热烈反应。

台湾当局却显得特别尴尬和憋屈。

关于中美建交的消息，台湾方面事先一点也不知道，连美国驻台"大使"昂格尔，事先也完全被蒙在鼓里。卡特在白宫宣布中美建交的消息时，正是台湾半夜时分。此时，昂格尔正在台北美侨商会主办的"圣诞舞会"上跳舞。

他正跳得尽兴，11点钟时被人叫回，说华盛顿有特急电话。昂格尔急急忙忙回到办公室，美国国务卿万斯、助理国务卿霍尔布鲁克的电话已到，指示这位"送终大使"说，卡特总统将在台北时间次日上午10时，通过电视台宣布美国与中国正式建交，要他在第二天上午8时前通知蒋经国。

昂格尔拿起电话打到蒋经国英文秘书兼"新闻局副局长"宋楚瑜家里：有紧急事件，要求会见蒋总统。

以多谋善断著称的宋秘书，马上意识到这个不寻常的电话可能与"美国与中国建交"有关。昂格尔面对宋楚瑜的询问，回答说："我现在不能讲，要与蒋总统谈。"

宋楚瑜翻身下床，穿好衣服，立即拨通"总统办公室主任"周应龙的电话，两人协商后，一致决定叫醒早已睡着的蒋经国。宋楚瑜放下电话，自己驾车直抵七海官邸。他穿过重重警卫，一人悄悄走进一片漆黑的"总统卧室"，"轻轻摇醒经国先生"。

宋楚瑜说："先生先生，非常抱歉，美国大使昂格尔先生紧急求见！"

蒋经国爬起床揉揉惺忪的睡眼，忙披上睡衣，向客厅走去。

第30章
基本消除解决台湾问题的最大国际障碍

在客厅坐下后,昂格尔抱歉地说:"总统先生,深夜打搅,实在抱歉!"

蒋经国说:"没什么,昂格尔先生一定有紧急事件吧?"

昂格尔说:"是的。我国决定与大陆中国自1979年1月1日起建立外交关系,我国国务院让我正式通知贵方。"

蒋经国一看表,勃然大怒,提出强烈抗议:"离你们宣布与大陆建交只有七小时了!这时候才通知我,太不像话了!我强烈抗议,美方在涉及台湾重大权益事件上的单方面行为,事前既不与中华民国方面磋商,事后又只提前七小时通知,让人连个思想准备的时间都没有,这简直是不可想象的事!"

昂格尔只是奉命行事,无权作解释或道歉,继续奉命说下去:"我还奉命通知贵方,从明年1月1日起,也就是明天,美国与台湾结束全部官方关系,双方之间所签《共同防御条约》也将按中美建交原则予以终止。美方还声明,四个月内撤完驻台全部军事人员。"

"太不像话,太不像话!我要发表声明,抗议你们的背信弃义!"蒋经国断然拒绝美国要他保密到上午10时的要求,随即下了逐客令。

昂格尔夹起皮包走出门去。

凌晨3时40分,台湾当局主要部门头目赶到蒋经国官邸,蒋经国决定7时举行中常会议,接受"外交部长"沈昌焕辞职。在卡特总统发表电视讲话的同时,台湾当局也通过各新闻媒体发表了一篇谴责美国"背信毁约"的声明,表示无论在什么情况下,绝不放弃不与中共谈判、妥协的立场,绝不放弃"光复大陆"的目标。

1978年12月29日,华盛顿"中华民国"驻美"使馆"门前,在低沉的音乐声中,台湾当局"中华民国"的旗子在急速降落。台湾当局在美国十四个城市的"领事馆"也被关闭。

1979年1月1日,中美两国正式建立大使级外交关系,美国政府宣布与台湾"断交"、废约、撤军。这一天,北京与华盛顿之间的大门在关闭了近三十年之后,终于打开了。

美国政府声明：美利坚合众国承认中华人民共和国政府是中国的唯一合法政府，台湾是中国的一部分。美国已通知台湾从即日起终止美台《共同防御条约》，并结束同台湾的"外交关系"。

美国还声明：在四个月内从台湾撤出美方余留的军事人员。

北京时间下午6点，大洋彼岸的华盛顿正是清晨，中国驻美联络处门前悬挂着数十盏鲜红的中国传统的红灯笼。入口处，各界人士送来的花束和盆花色彩绚丽，呈现出一派喜气洋洋的节日气氛。华盛顿地区华裔美籍学者任之恭、张捷迁、吴京生等人和数十名爱国华侨代表早早地来到这里，参加中国驻美联络处改为大使馆的升旗仪式。

7时半，鲜艳的五星红旗迎着晨风冉冉升起。联络处主任柴泽民、副主任韩叙和其他官员以及华裔美籍学者和旅美华侨代表一片欢腾。

中美建交公报的发表，标志着中美关系正常化的基本实现，标志着世界政治格局发生了微妙和潜在的深远变化，标志着基本消除了中国解决台湾问题的最大的国际障碍。

但美国卡特政府却同时跟台湾签署了《与台湾关系法》，继续将台湾当作"国家"对待，这是对中国内政的公然干涉。

1979年4月19日，邓小平在人民大会堂会见美国参议院外交委员会访华团时，严正地说："中美两国关系能够正常化的政治基础，就是承认只有一个中国。现在这个政治基础受到一些干扰。对你们国会通过的《与台湾关系法》，中国是不满意的。这个法案最本质的问题，是实际上不承认只有一个中国。法案的许多条款还是要保护台湾。美国认为保护台湾是美国的利益，还说要卖军火给台湾，包括一旦有事美国还要干预。所以说，这个法案实际上否定了中美正常化的政治基础。我奉劝美国朋友注意这个问题，这样的事情不能干了！"

1982年8月17日，中美就限制向台湾销售武器达成公报，史称《八一七公报》。这是曾随尼克松访华的已是里根总统的国务卿的黑格力主起草的，

第 30 章
基本消除解决台湾问题的最大国际障碍

里根开始并不赞成起草公报，黑格不惜以辞职向里根总统表示自己的决心。《八一七公报》是在中美关系史上具有里程碑意义的第三个公报。

1979年1月28日至2月5日，邓小平访问了美国。邓小平这次访美，是中共领导人自抗日战争时期开始同美国发生关系以来对美国的第一次访问。早在抗战胜利前夕，毛泽东作为一位颇具国际眼光的政治家，在关心世界反法西斯战争进程的同时，十分关注中、美、苏三个大国之间关系的发展。1944年，毛泽东为了促使美国在抗战胜利后能够对中国的和平民主进程发挥积极的作用，曾打算前往华盛顿拜访美国总统罗斯福。但是罗斯福的注意力在蒋介石身上，对中国共产党的表示未作出任何反应，错过了两国之间交往的一次机缘。

1979年1月，邓小平应邀访美。图为邓小平在卡特总统的陪同下发表重要讲话。（历史图片）

新中国成立后，中美两国的大门一直封闭着。长期以来，两国的官方接触一直是在华沙进行的。1959年3月，毛泽东在武汉东湖宾馆会见他的老朋友安娜·路易斯·斯特朗和黑人朋友杜波依斯夫妇时，曾幽默地表示自己愿意作为一个旅游者去密西西比河游泳，顺便看看艾森豪威尔打高尔夫球，再去医院探望一下反共老手杜勒斯先生。1956年，苏共二十大以后，中苏关系不断恶化。毛泽东讲这番话的意思实际上是向大洋彼岸发出了一个信号——我们应该改善彼此的关系了。但是中美之间的隔阂太深了，西方完全不理解毛泽东高深莫测的东方表达形式，中美关系的大门继续关闭着。

邓小平复出后着力推进中国实现建设四个现代化的进程，而对外开放则是实现这一目标不可缺少的战略步骤。对外开放不仅是为了寻求友谊，更重要的是要寻求资金、技术、人才和先进的管理经验，因此必须对美国等发达的资本主义国家实行开放，与它们发展友好合作关系。这正是邓小平此次访美的深远意义。

■ 总统的秘密特使陈香梅

在华盛顿里根住宅，在总统竞选中刚刚获胜的里根接见竞选委员会主任之一的陈香梅。陈香梅热情地说："祝贺您在竞选美国总统中大获全胜！"

里根说："谢谢！你是竞选委员会主任之一，与你的努力分不开啊！最近与共和党内几位朋友商议内政外交大计，他们建议我要正式联系中国官方，在未就任前先搞清楚对中国大陆和台湾的事务。"

陈香梅说："您很快就要正式接任总统了，对大陆、台湾双方都要有所交代。好像台湾方面有人说，您在台湾的朋友很多，可能又要重新承认台湾啦。大陆的反应会很敏感的。"

里根笑说："他们把我看作保守派了。所以我和我的幕僚认为，这事应该在宣誓就职前澄清一下。"

陈香梅问："怎么澄清呢？"

里根说："选一个对中国情形很清楚，对美国情形也很清楚，并且是我的忠实支持者当特使，去访问大陆。于是，我就选了你，希望你先到大陆去一趟。"

第 30 章
基本消除解决台湾问题的最大国际障碍

陈香梅说:"我可以去,但是一定要有正式邀请。"

1981年底的一天,黄埔军人、国共和谈时的国民党代表、爱国将军蔡文治夫妇来到华盛顿梅德逊酒店附近的一间办公室,拜访陈香梅。

蔡文治征询说:"陈女士,你知道,中华人民共和国派驻美国的大使是柴泽民先生。他想来看望你,并有一封北京最高人物的重要信函,要亲自交给你。不知你是否愿意见他?"

陈香梅说:"蔡将军,你知道,我是里根总统竞选部的成员,工作很忙,经常要到东西两岸奔波。但我同意与柴泽民先生会面。"

蔡文治高兴地说:"那就好,那就请你到我的住宅赴晚宴。"

陈香梅谨慎地问:"都请了哪些人?"

蔡文治说:"你放心,陪客只有柴大使一人。"

陈香梅走进马里兰州蔡宅内时,柴泽民已先到了,正坐在沙发上等待。他高个子,戴眼镜,脸孔胖胖的,说话山西口音。

蔡文治介绍后,他站起来说:"陈女士,幸会,幸会!"边说边伸手握住陈香梅的手。

"幸会!欢迎柴大使!"陈香梅握着柴泽民的手说,"说来可笑,这还是我有生以来第一次和中共官员握手,第一次和中共官员正面接触。"

蔡文治笑说:还要同桌吃饭呢!

柴泽民说:"你会习惯的,会愉快的。"他指指带来放在桌上的两瓶茅台酒和两罐云南火腿,"我知道抗战时期,您曾在云南读书。"

陈香梅客气地说,谢谢!

他们坐下后,柴泽民言归正传:"首先祝贺共和党里根州长竞选总统胜利!"他从口袋里拿出了一个信封,双手交与陈香梅,"今天的会面,是要亲手交给你这封重要信函。"

陈香梅接过来看,只见信封上写着"烦请柴泽民大使亲交陈香梅女士",下款写着"廖缄"。

柴泽民说:"您看了信封,大概就知道是谁写给你的信。"

陈香梅回答说:"我的舅父廖承志!去年他在加州住院动手术时,由亲人给我传过话,美方官员还带来他的字条,但我因为各种复杂因素,对于会面的安排采取了保留态度。"

陈香梅的外祖父廖恩焘,与廖承志的父亲廖仲恺是亲兄弟。

柴泽民说:"里根州长已经被选为美国新任总统,你大概没有什么顾虑了吧?"

陈香梅点头说:"所以,我才同意接受和中共的第一次接触的邀请。"

柴泽民又说:"我的任务是邀请您回中国访问,邀请人是中共中央顾问委员会主任邓小平。"

"噢?"她急忙拿起信来看,"我舅舅在信里写得清楚,果然是舅舅代表邓公邀请我访问中国,日期愈快愈好,如何处理及有回音要我亲自告诉柴大使。"

柴泽民说:"廖公还当面交代我,在您未到北京之前,中方绝对保密,请您放心。"

陈香梅说:"我要请示里根总统,还得通知共和党主席,一周之内一定给您满意答复。"

蔡文治松口气说:"请进餐厅吧,我们边吃边谈。"

即将上任的里根在客厅接见陈香梅,将一封亲笔函交与她,郑重地说:"陈女士,北京领导人已经正式邀请你访问。你将作为我的特使,接受北京领导人的邀请,秘密访问中国。这是我给北京领导人的亲笔函。"

机敏的陈香梅接过信函说:"谢谢您的信任!我接受以前当别的总统特使的教训,不单独成行,我要求与共和党参议员或副主席史蒂芬斯同行,这样可以减轻我的负担,同时也可以避免那些新贵们对我的眼红。"

里根说:"同意你的要求。史蒂芬斯与嘉德莲娜女士是新婚,就让他们两人去北京度蜜月好了。"

第30章
基本消除解决台湾问题的最大国际障碍

陈香梅笑说:"他不但去中国度蜜月,而且回娘家了。"

里根不解:"回娘家?"

陈香梅解释说,他曾在陈纳德将军属下的美国十四航空队服务,1945年在中国作战,对抗日本空军。

里根说:"OK,那就巧了。"

陈香梅又说:"里根总统,我还建议,我访问北京后,应再去台湾拜望蒋经国总统和其他阁员。这样做比较周到,也可以使台北有点面子。"

里根点头说:"你这个建议很好。虽然跟北京建交了,也要维护好美台关系。"

在华盛顿水门大厦陈香梅私寓,陈香梅热情接待前来拜访的柴泽民,说:"柴大使,我已经得到里根总统的授权,以他的秘密特使身份访问北京,同行的有参议院副主席史蒂芬斯和他的新婚夫人。"

柴泽民高兴地说:"太好了!陈女士决定什么时候动身呢?"

陈香梅说:"我们决定于12月30日元旦前一日到达北京。"

柴泽民愉快地说:"好啊,北京将在新年伊始欢迎尊贵的客人。"

陈香梅交底说:"我考虑,圣诞节和新年在美国是公众假期,在中国除夕与新年也是假日,大家忙着过年,可以避开新闻界的追踪。"

柴泽民笑道:"陈女士不愧是新闻记者出身,对待敏锐的新闻记者经验丰富。"

陈香梅也笑道:"我从事新闻工作多年,多多少少有些经验,也知道树大招风的道理,所以此行要低姿态,谨慎小心为上。我只求在未到达北京之前,在未和邓小平见面前不发布新闻。"

柴泽民笑说:"你放心,全世界都知道我们对于保密工作的功夫是很深的。"

陈香梅又说:"我访问北京后,也要去访问台湾;在北京见邓小平,到台湾见蒋经国。这样做比较周到。"

897

柴泽民说:"我想是可以接受的,我将立即报告北京。"

1981年的元旦清晨,北京突然下了场大雪,紫禁城辉煌的琉璃瓦覆盖着一片厚厚的晶莹白雪。陈香梅乘飞机越过太平洋,踏雪进入久违的北京城。

陈香梅一行下榻钓鱼台国宾馆十号楼。

负责迎接陈香梅一行的外交部国际司长、当时为驻美国公使的冀朝铸正与陈香梅商量行程。

冀朝铸热情地说:"陈女士,北京的天气都欢迎您啊!突然下了场瑞雪,那可是好兆头哟!我记得您出生在北京协和医院,对北京的雪当是有印象的吧?"

陈香梅动情地说:"在我的记忆中,北京的雪有一种亲切感,也许是我幼小时在京城度过了多个冬天。雪落在屋檐上,落在窗前,我们堆雪人,抛雪球,顾不得小手冻,顾不得脸孔疼,就让雪在头上身上飘呀飘呀,惬意得很!"

冀朝铸入题说:"柴大使已经告诉我们您的行程,您在北京只有一天时间,明天要飞去台北。根据这种安排,下午请到人民大会堂,由邓小平同志接见你们,晚上由廖公请您晚宴。明天上午参观您的母校孔德小学,现在是北京二十七中学。"

陈香梅说:"冀先生,我这次访问北京算是秘密之旅。一是因为里根还未正式上任;第二是美方对于海峡两岸的统独问题仍是相当敏感,不愿节外生枝。所以,不见记者,不发新闻,只在离开北京前在机场召开记者招待会。"

冀朝铸问:"我们是这样安排的。接待史蒂芬斯参议员,我们要注意什么?"

陈香梅说:"里根总统是派我为他的秘密特使。我这是第三次为美国总统当特使,第一次是为尼克松服务去越南,第二次是为福特去台湾,这一次为里根服务来中国。因为当年我做尼克松的密使有惨痛教训,所以北京之行

第30章
基本消除解决台湾问题的最大国际障碍

我坚持有一位官方见证人同行。参议院史蒂芬斯副议长,曾于1944年在陈纳德将军的飞虎队服务过,对中国有感情。"

冀朝铸点头说:"明白了。"

1981年元旦上午,陈香梅踩着雪后松软的路径,第一次踏上人民大会堂台阶,激动地拾级而上。

陈香梅兴奋地表达心声:我是来自中国的美国人,我是来自北京的美国人,我是半个美国人,但却是一个完整的中国女人。我有一个了不起的祖国!

陈香梅、史蒂芬斯一行,在廖承志、经普椿夫妇的陪同下,走进台湾厅,晋见邓小平。中共中央对台办主任杨斯德也在座。

邓小平用浓重的四川口音说着欢迎的话,紧握陈香梅的手,一再说:"陈女士,欢迎你回来看望我们!"

一大堆新闻记者和摄影记者围住前面,闪光灯闪烁不停。

邓小平挥挥手说:"够了吧?够了吧?"

新闻记者和服务人员迅速退出。

邓小平亲自安排座位,他对陈香梅说:"你坐第一位。"

坐定后,他向史蒂芬斯解释说:"我们让陈女士坐主位,因为贵国有一百位参议员,可是全世界只有一位陈香梅,而且她也有一半是属于我们中国的,你懂不懂?你同意吗?"说罢大笑。

挺懂事也挺会来事的史蒂芬斯说:"安娜是我的老板娘,我在第二次世界大战末期,曾在飞虎将军陈纳德的十四航空队服务。陈纳德是我的顶头上司,安娜当然是我的师母。她有事随时都可以吩咐我的。能和她一起访问中国,我感到荣幸。"

邓小平兴致勃勃、幽默风趣,他打着手势对史蒂芬斯夫人葛德莲娜说:"听说你还是不到三天的新娘子。你们好好地在中国度个快乐的蜜月。"

葛德莲娜脸红了,在座的章文晋、冀朝铸和翻译都笑了。

史蒂芬斯答道:"我们是除夕前两天在阿拉斯加州结婚的,安娜吩咐要我们来中国，我们马上就告别家人收拾行李上路了。我们来到北京非常高兴，能见到阁下，我们感到荣幸，而且我是第一次到北京。抗战时，我在桂林和昆明担任飞行员，现在一转眼三十多年过去了。"

邓小平说："你们美国飞虎队在中国的功绩，我们都很清楚，中国人永远不会忘记你们为协助中国所做的贡献，希望你今后一本中美友好的原则，为中美关系努力啊！"

史蒂芬斯说："我一定会为此不断努力，因为中美两国一定要合作，世界才有和平。"

客套话说过，邓小平对陈香梅寒暄起来："陈女士，你回娘家了，听说你是北京人，你生在北京，对不对？"

陈香梅说："报告邓主任，我出生在北京的协和医院，小时候在东华门大街的孔德小学上学，读到三年级因卢沟桥事变，才和家人逃难到香港去的。"

廖承志插话："香梅还是小学生时，我在家母香港的寓所见过她多次。香梅常常跟着她的母亲廖香词到我们家中串门，过年过节，大伙儿都在一起。香梅你还记得吗？"

陈香梅说："当然记得！而且我们对二叔婆都很尊敬，她常教训晚辈，并且要我们随时准备再逃亡，这一些对我印象很深。"

邓小平笑着对廖承志说："原来你的妈妈这么凶。"

大家都笑了。

邓小平又说："承志，你那时在打游击，也很少在家吧？"

廖承志说："报告主任，你知道我后来在粤北被国民党抓到了，在牢里困了几乎三年多，后来母亲去和蒋介石说情，才把我放出来的。"

邓小平笑说："你是坐牢专家，国共的大牢都坐过，不过苦了你的夫人经普椿。但是你的漫画可在狱中大有进步啊。"

大家又是一阵欢笑。

邓小平指着茶几上的物品说，请大家吃水果，喝茶，这不是摆样子的。

第30章
基本消除解决台湾问题的最大国际障碍

大家喝着茶，吃着水果，气氛更加轻松、融洽。

陈香梅说："谢谢邓公！作为总统秘密特使，我带了里根总统的亲笔函给您。"她把里根的亲笔函郑重交与邓小平。

邓小平接过，将信囊取出对冀朝铸说："老冀，翻译出来。"

邓小平听完翻译，对陈香梅说："很好，很好。我们很佩服里根先生的远见，实在是了不起。请你们代我们向里根先生致谢意，并向他和他的夫人问好！"

陈香梅说："里根总统希望中国领导人知道他的宗旨，他会遵守上海公报的精神和中国合作，一切没有什么改变。他希望中美两国能为和平努力。我离开华盛顿前，里根亲自召见我两次，吩咐我要向贵国保证他为中美两国关系和平进展而努力。但他也强调他对台湾的成就也很欣赏，因此，我们离开北京后还得到台湾去一次，要和蒋经国先生见面。"

邓小平沉默了一阵子，说："台湾是中国的领土，这是不能否认的，不过我们暂时不谈这个问题，因为这是中国自己的事，我们自己日后解决，希望美国不要多插手。"

话题变得严肃和沉重起来，陈香梅、史蒂芬斯都在洗耳恭听，翻译和秘书在忙碌地记录。

邓小平又说："请你们两位告诉美国政府，我们中国人是不会侵略其他国家的，这有历史为证。你们是很清楚的。"

陈香梅乘机说："邓先生何时再访问美国，我代表里根总统表示欢迎。"

邓小平说："谢谢你们的邀请。你记得我在卡特总统时代去过华盛顿，但卡特总统不太了解中国的国情。今后即使我自己不去美国访问，我们也会有领导人去拜访里根总统的。请你告诉里根总统，我们中国欢迎他和他的夫人来访问，我想他的到来会对中美关系有很大帮助。"

陈香梅说："我回国后，一定会向里根总统报告。"

临别时，廖承志对陈香梅耳语说："明天邓老请你单独吃饭，只有我和舅妈作陪，我们还有些私人话要谈谈。你不用和别人多说，我会到钓鱼台来接你。参议员夫妇有国防部官员招呼他们。"

陈香梅点头说："这样安排也好，史蒂芬斯是美国参院国防小组的副主席，国防部官员请他吃饭是理所当然。我想，吃舅舅的饭一定是轻松的。"

第二天，陈香梅随廖承志夫妇走进人民大会堂小客厅，客厅里摆着一张方桌、四把椅子。服务员把菜送进来就走了出去，在门口待命。

廖承志说："史蒂芬斯夫妇游长城去了，邓主席一会儿就过来，和咱们吃中饭，大家聊聊。"

外面虽然大雪纷飞，冰天雪地，寒风飕飕，室内暖气却开得足，暖和如春。廖承志亲切地问陈香梅："你们姐妹都好吧？BABY（大姐静宜的小名）、阿玲（二妹香莲的小名）都在台湾吗？阿DAY（四妹香兰的小名）、香竹和BB（小妹香桃的小名）都常见面吗？"

陈香梅惊异地说："她们都好。从香港与舅父母分别三十年过去了，舅舅还记得我六姐妹的小名，真不可思议。"

廖承志笑说："经常念着你们嘛。"

邓小平在随从的陪同下，快步走了进来，他对随从人员说："这儿没啥事了，你们去吧，我和肥仔的亲戚谈谈。"

他们边吃边谈，亲切随意。邓小平谈笑风生，一根接一根地抽烟。

廖承志忍不住烟瘾，伸手向邓小平要香烟。陈香梅看着这细节悄悄地乐。

邓小平笑着问陈香梅："你的舅舅有'妻管严'，你知道吗？"

陈香梅望了廖承志一眼，说："他很好呀，什么时候有了气管炎？"

邓小平指着经普椿说："不是气管炎，是妻管严，她一天只分配三根烟，不准他多抽。他又来向我要烟了。你看，他的烟瘾和我差不多。"

廖承志对经普椿做个鬼脸，经普椿假装没看见。廖承志迅速从邓小平的烟盒里拿了根烟点着了，快乐、轻松地抽起来。

邓小平补充说："你舅舅常常偷我的香烟，我不怕太太，我随便爱抽多

第30章
基本消除解决台湾问题的最大国际障碍

少就多少,每天三包。"

经普椿抱屈说:"邓老,你也过言了,我真管不着承志,他不听话。"

廖承志苦笑说:"邓公比我自由多了。我是左右做人难,自从心脏搭桥后医生要我少抽烟,普椿也看管得严,但江山易改,本性难移啊。"

经普椿看他一眼,他就打住不说了。

邓小平抽口烟说:"你来京以前,我就对你舅舅说,他这个海外关系实在要得,怪不得他们要把他送进牛棚。哈哈,他是坐牢专家,英国人的牢,日本人的牢,国民党的牢,共产党的牢,他都进去住过,了不起,了不起啊!"

廖承志炫耀说:"你坐牢经验不如我,因此我会画漫画,你不会。"

邓小平挖苦他:"你的桥牌技术可是差劲,得努力学习哟。"

经普椿笑对陈香梅说:"他们两人在一起,就喜欢抬杠。"

大家边吃边聊。邓小平突然对陈香梅说:"陈女士,你做错了一件事,你怎么可以把我们的产业双橡园给了台湾?我知道这是你和你的好友、那位总统参谋律师干的,那位律师叫什么名字?"

陈香梅答道:"他叫葛柯伦,在华府很有影响力。"

邓小平问:"他是共和党吗?"

陈香梅回答:"他是民主党。"

邓小平不客气地说:"那你是共和党,你们两人合伙干了这桩事,对不起自己的祖国啊!美国国务院都同意这是中国政府的财产,该归还中国。你偷天换日的手段可大啊,我不能不佩服。台湾是怎么感谢你的?"

陈香梅有苦衷地解释:"邓老,这桩事说来话长,除了双橡园的产权我们协助处理外,《与台湾关系法》也是第一次在我水门大厦秘密起草的,当时还有高德华参议员等人。我受台湾之托,也觉得要给他们留个面子,因此才义不容辞地挺身而出。当时不但受到美国国务院的阻拦,连台湾方面也不领情,因为他们办不到的事,我办到了。为了这件公案,我真是受了不少冤枉。假如我当时知道这个后果,我是绝对不白帮这个忙。"

903

廖承志打圆场说:"这是旧账了,不算了,对不对?"

邓小平继续批评:"陈女士,你看你做好人,台湾不领情,还说是参议员高德华做的,是高德华的功劳。你以后可不要再做这些傻事,台湾当局太忘恩负义了,你说对不对?"

陈香梅说:"当年若不是我,双橡园就是中华人民共和国大使的公馆,台湾根本不能保有双橡园。这一件事台湾对我实在太不够意思了。"

廖承志又打圆场说:"因为香梅对祖国的贡献,这件事就不再追究了。"

陈香梅转了话题:"我回美国之前,要先去台湾会见蒋经国先生。"

邓小平说:"你有机会,希望你跟经国先生讲一讲,应该让那些退役军人,能够回到大陆来探亲。"

陈香梅满口答应:"我会向经国先生提出来的。"

1981年1月2日,廖承志在家里热情地接待陈香梅女士。

谈话间,陈香梅疑虑重重地问:"舅父,我有一个问题想问问您!"

廖承志微笑说:"香梅,请随便问吧!"

陈香梅直率地问道:"您在中共十二大上当选为政治局委员,中共是否利用您对台湾进行统战?"

廖承志诙谐地说:"哎!应该这样问,舅父你是不是中共的统战工具?"

陈香梅掩口笑了,精心描画的眉毛扬得很高。

廖承志诚恳地说:"香梅,我已年逾七旬,来日无多。在有生之年除了愿见中国和平统一外,无复他求!"

陈香梅一时哑然无语,顿顿说:"海外人士中,都认为您是理想的两岸接头人。"

廖承志说:"香梅,你一直关心着海外华侨的命运,东南亚各国排华事件总是不绝,真令我痛心。深信若无强大统一的中国,海外华侨的处境很难获得改善。"

陈香梅颔首称是,说:"大陆与台湾统一,确是海外侨民、华裔所关心的，香梅愿为中国统一出力！"

廖承志偷看一眼在座的夫人经普椿，摸摸口袋，他是在找烟。经普椿忙机灵地剥开一块戒烟糖，递给他。

"看她多厉害！"他歉然对陈香梅笑笑，转脸对经普椿说，"你比清朝禁鸦片烟的林则徐还厉害啦，是不是啊！"

在座的人听了他的幽默，都笑了。

廖承志嚼着糖，继续说："我们的政策已经改变，不知你注意到了没有。中美建交后，不再提解放台湾。为了祖国统一，共产党是深明大义，顾全大局的，主张两党谈判，和平解决，一国两制，国共两党长期共存。台湾的社会经济制度不变，你实行什么制度，我们不干涉；大陆实行什么制度，他们也别干涉。你不到大陆发展党员，我们也不在台湾发展党员。我个人认为这个政策是实际的，和解是真诚的，你说呢？"

陈香梅倾神听着，未置可否，表现出美国政治家成熟的风度。

廖承志沉吟一下接着说："创造和解气氛，打开隔绝局面，中国共产党还是做了大量工作的。奉化溪口蒋公的祖宗庐墓，已经修葺一新。经国若派人回来扫墓，我们欢迎。我记得于右任先生赠经国的一副对联是这样写的：'计利当计天下利，求名应求万世名。'我想于老先生的话至今仍可作我辈的座右铭。我与经国还是1946年在南京见过最后一面，至今已经三十五年了，你离开北京后要去台北，是吗？"

"是的，舅父！这是我向里根总统建议的，必须这样做。"陈香梅点头称是，"舅舅，这三天是真累。史蒂芬斯夫妇还去了长城，参观了故宫，还逛了友谊商店。我几乎连睡觉的时间都不够，要找我的人太多，要和我谈话的官员也不少。明天我就要飞台湾了。"

廖承志说："舅父托你捎个口信，向蒋经国先生问好！"

陈香梅点头说："舅父放心，我一定捎到！"

夜晚，雪花飞扬，万籁俱寂。

就要离开北京的陈香梅,宁静地站在北京钓鱼台国宾馆十号楼住处窗前,望着窗外飞雪,构思着诗篇。

她转过身来,坐在桌前台灯下,拿起钢笔在日记簿上写下一首诗:

　　四十年来家国,
　　万千里路山河。
　　惆怅两岸书剑,
　　何日期许共和。

在台北"总统"官邸,由"外交部长"沈昌焕陪同,蒋经国亲切接见陈香梅。陈香梅开口就说:"蒋总统,我在北京见到了舅父廖承志,他托我问候您!"

"我们是儿时朋友。"蒋经国莞尔一笑,沉默有顷,问,"承志健康如何?"

陈香梅回答:"在美国动了心脏大手术,恢复得很好。"

蒋经国说:"那就好。"

陈香梅说:"他还要我告诉您,大陆对台的政策……"

蒋经国笑着点了点头,岔开了话题:"香梅,你这次回台好风光啊,都纷纷宴请你吧?"

陈香梅说:"会见的官员、朋友一大堆,早餐会、午饭团、下午茶、酒会、晚宴和宵夜,忙得不可开交。正式大型的晚宴有两次,行政院长孙运璇,文武百官都参加了。另一个晚宴是国防部长宋长治夫妇做东,我在军中尤其是空军的友人很多。"

蒋经国问:"感觉怎么样?"

陈香梅说:"我感觉大家都有点异常的滋味。"

蒋经国一愣:"噢?"

第 30 章
基本消除解决台湾问题的最大国际障碍

陈香梅说:"有人或许会想,陈香梅为什么要接受大陆的邀请?里根为什么要派陈香梅去北京?而且,在我之前,凡是到过大陆的人台湾都不欢迎,大陆也如此,接近台湾的人大陆也不欢迎。"

蒋经国想想说:"你还是受到欢迎的。假如要有人代表里根去大陆,你去比别人好。"

陈香梅说:"有些朋友是这样看的。蒋总统,台湾有些朋友跟我说起,中美建交后,想回大陆看看,可又担心当局的出入境政策。邓小平先生也欢迎已经在台湾的中国人,回大陆探亲。我建议允许开放探亲,否则移居台湾的几十万花甲之年的老人,会终生遗憾的,叶落归根是人之常情啊。"

蒋经国又沉思一会说:"这事情可以考虑。"

陈香梅愉快地说:"我就知道蒋先生是开明的。"

沈昌焕笑骂:"香梅,你怎么啦?你投共啦?"

陈香梅说:"不是啦!大家分离几十年,让他们回去看看,我相信经国先生一定会批准的。"

蒋经国没有直接表态,又问:"里根总统的外交政策会有什么变化吗?"

陈香梅说:"关于美国对中国大陆和台湾的政策,里根总统说过,只有一个中国,这是个大前提。可是,对两方面的意见他都可以采纳,都可以考虑,都可以听。"

蒋经国略显疲倦地说:"你辛苦了,先休息吧。"

陈香梅起身告辞。

陈香梅一行回到美国后,美国各大报,如《纽约时报》《华尔街邮报》《洛杉矶时报》等,都以第一版头条新闻刊登了陈香梅的中国之行,还醒目地刊登了她与邓小平握手的照片。

里根总统对陈香梅的中国之行甚为赞扬,并于1981年1月任命她为白宫出口委员会副主任。

第 31 章

海峡两岸暖风频吹

■ 武力对抗在两岸悄然消失

1978年12月，中共中央召开了十一届三中全会，一个全新的、开放的、充满生气的邓小平时代开始了，海峡两岸的关系也进入了一个新时代。

12月22日，中共十一届三中全会公报中醒目地记载着有关台湾问题的内容："……随着中美关系正常化，我国神圣领土台湾回到祖国怀抱、实现统一大业的前景，已经进一步摆在我们的面前。全会欢迎台湾同胞、港澳同胞、海外侨胞，本着爱国一家的精神，共同为祖国统一和祖国建设的事业继续作出积极贡献。"

1979年1月1日，解放军福建前线广播电台，正播放着一篇划时代的文献——全国人大常委会《告台湾同胞书》：

亲爱的台湾同胞：

今天是一九七九年元旦。我们代表祖国大陆的各族人民，向诸位同胞致以亲切的问候和衷心的祝贺。昔人有言："每逢佳节倍思亲。"在这欢度新年的时刻，我们更加想念自己的亲骨肉——台湾的父老兄弟姐妹。我们知道，你们也无限怀念祖国和大陆上的亲人。这种绵延了多少岁月的相互思念之情与日俱增。自从一九四九年台湾同祖国不幸分离以来，我们之间音讯不通，来往断绝，祖国不能统一，亲人无从团聚，民族、国家和人民都受到了巨大的损失。所有中国同

第31章
海峡两岸暖风频吹

胞以及全球华裔，无不盼望早日结束这种令人痛心的局面。

……近三十年台湾同祖国的分离，是人为的，是违反我们民族的利益和愿望的，决不能再这样下去了。每一个中国人，不论是生活在台湾的还是生活在大陆上的，都对中华民族的生存、发展和繁荣负有不容推诿的责任。统一祖国这样一个关系全民族前途的重大任务，现在摆在我们大家面前，谁也不能回避，谁也不应回避。如果我们还不尽快结束目前这种分裂局面，早日实现祖国的统一，我们何以告慰于列祖列宗？何以自解于子孙后代？人同此心，心同此理，凡属黄帝子孙，谁愿成为民族的千古罪人？

……

今天，实现中国的统一，是人心所向，大势所趋……我们殷切期望台湾早日回归祖国，共同发展建国大业……时至今日，种种条件都对统一有利，可谓万事俱备，任何人都不应当拂逆民族的意志，违背历史的潮流。

我们寄希望于一千七百万台湾人民，也寄希望于台湾当局。台湾当局一贯坚持一个中国的立场，反对台湾独立。这就是我们共同的立场，合作的基础。我们一贯主张爱国一家。统一祖国，人人有责。希望台湾当局以民族利益为重，对实现祖国统一的事业作出宝贵的贡献。

……台湾海峡目前仍然存在着双方的军事对峙，这只能制造人为的紧张。我们认为，首先应当通过中华人民共和国政府和台湾当局之间的商谈结束这种军事对峙状态，以便为双方的任何一种范围的交往接触创造必要的前提和安全的环境。

……我们希望双方尽快实现通航通邮，以利双方同胞直接接触，互通信息，探亲访友，旅游参观，进行学术文化体育工艺观摩。

……我们相互之间完全应当发展贸易，互通有无，进行经济交流。这是相互的需要，对任何一方都有利而无害。亲爱的台湾同胞，我们伟大祖国的美好前途，既属于我们，也属于你们。统一祖国，是历史赋予我们这一代人的神圣使命。时代在前进，形势在发展。我们早一天完成这一使命，就可以早一天共同创造我们空前未有的光辉灿烂的历史，而与各先进强国并驾齐驱，共谋世界的和平、繁荣和进步。让我们携起手来，为这一光荣目标共同奋斗！

在播出《告台湾同胞书》之后，中央人民广播电台又继续广播了国防部长徐向前关于停止对大金门、小金门、大担、二担等国民党军占领岛屿炮击的声明：

台湾是我国的一部分，台湾同胞是我们的骨肉兄弟。为了方便台、澎、金、马的军民同胞来往大陆省亲会友，参观访问和在台湾海峡航行、生产等活动，我已命令福建前线部队，从今日起停止对大金门、小金门、大担、二担等岛屿的炮击。

台湾回归祖国，完成国家统一，是包括台湾同胞在内的全中国人民的共同愿望。爱国一家，我们相信台湾同胞和全国人民包括港澳同胞、海外侨胞，必将为祖国统一大业作出更大的努力。台湾终究要回到祖国的怀抱，台湾同胞和祖国亲人团聚的心愿一定会实现。

中华人民共和国国防部长徐向前
一九七九年一月一日

元旦当天，中共中央在全国政协礼堂专门为《告台湾同胞书》举行了座谈会。

邓小平在会上发表重要谈话："今天是1979年元旦，这是个不平凡的日

第31章
海峡两岸暖风频吹

子。说它不平凡,不同于过去的元旦,有三个特点:第一,是我们全国工作的着重点转移到四个现代化建设上来了;第二,中美关系实现了正常化;第三,把台湾归回祖国、完成祖国统一的大业提到具体的日程上来了。"

1月2日上午,邓小平以国务院副总理身份,在北京人民大会堂会见了由民主党众议员托马斯·路·阿什利率领的美国众议院银行、财政和城市事务委员会访华团。

谈到台湾问题时,邓小平说:"解决台湾归回祖国、完成国家统一的问题,是中国的内政。我们对台湾问题的解决是采取现实态度的。1月1日发表的《中华人民共和国全国人民代表大会常务委员会告台湾同胞书》,表明我们的态度是真诚的,是合情合理的。"

《告台湾同胞书》发表后,海外舆论反应强烈,台湾岛内更是议论纷纷。中共十一届三中全会之后,在以邓小平为核心的第二代中央领导集体的主持下,一系列开明的对台政策相继出台,给台湾国民党当局以巨大冲击。蒋经国自1977年5月就任"中华民国总统"以后,世界形势变化之快,令人目不暇接。毛泽东逝世和"四人帮"的倒台,曾使蒋经国松了一口气。但大陆经济的复苏和政治的稳定,自然又将台湾问题很快地提到桌面上来,台湾在失去了美国这个"盟友"后,前途将更加艰难,蒋经国倍感压力。感受到这种巨大压力的国民党主席蒋经国,在其生命历程的最后十年里一直关注着两岸统一大业,果断地采取了实质性措施,使两岸关系有了重大突破。

新中国成立后,海峡两岸长期紧张的军事对峙突然有了转机。

1979年1月1日,全国人大常委会发表《告台湾同胞书》,呼吁两岸尽早实现通航、通邮,发展贸易,互通有无。(资料图片)

在大陆方面，武力解放台湾的口号被开展"第三次国共合作"、和平统一台湾的务实政策所代替。与此同时，国民党在中共和平统一方针政策和岛内外形势的影响下，也开始调整其大陆政策，武力"反攻大陆"的方针偃旗息鼓，两岸关系结束了三十年军事对抗的局面，进入了和平对峙时期。

1989年春节，喜庆的景象中，厦门广播电台向金门播送着张暴默演唱的动情的《鼓浪屿之波》："鼓浪屿四周海茫茫，海水鼓起波浪。鼓浪屿遥对着台湾岛，台湾是我家乡……"

夜色之中，对峙双方的大炮同时响了。可是，在空中爆炸的不是炮弹，而是满天绚丽夺目的焰火。

厦门上空，一朵朵礼花五彩缤纷，似绽放的秋菊，如开屏的孔雀。金门上空，一团团礼花闪闪烁烁，如蹁飞的金翅银翼。

装点两岸天空的是喜庆，是和平，是祥瑞。

1992年11月7日上午9时30分，肩佩中将军衔的台湾金门防卫司令叶竞荣，宣布了一纸不同寻常的命令：金门岛从次日零时起解除戒严。这一命令结束了已经实行了长达三十六年之久的所谓"战地政务"。

在采取了一系列防卫台湾的措施之后，1979年12月10日，蒋经国在国民党中央召开的十一届四中全会上，第一次提出了"三民主义统一中国"的口号。

1981年3月29日，蒋经国主持召开了国民党第十二次全国代表大会，中心议题是正式提出和通过以"三民主义统一中国"的方案，与中国共产党的和平统一祖国方针相对抗。

会上，蒋经国再次强调："中国的唯一道路是全中国实行三民主义，80年代是三民主义胜利的年代，全体党员要奉献智慧、经验，齐心协力，团结奋斗，实现三民主义统一中国的神圣使命。"

第31章
海峡两岸暖风频吹

■ 北京呼吁重启"第三次国共合作"

中国共产党继续为和平统一祖国作出不懈的努力，紧锣密鼓地呼吁实施"第三次国共合作"。

1981年10月1日，是新中国成立三十二周年的国庆节，北京各大报刊均在头版头条的显著位置，以通栏套红标题《建议举行两党对等谈判，实行第三次合作》，刊登了叶剑英向新华社记者发表的谈话：

> 全国人民代表大会常务委员会委员长叶剑英，今天向新华社记者发表谈话，进一步阐明关于台湾回归祖国，实现和平统一的方针政策。
>
> （一）为了尽早结束中华民族陷于分裂的不幸局面，我们建议举行中国共产党和中国国民党对等谈判，实行第三次合作，共同完成祖国统一大业。双方可先派人接触，充分交换意见。
>
> （二）海峡两岸各族人民迫切希望互通音讯、亲人团聚、开展贸易、增进了解。我们建议双方共同为通邮、通商、通航、探亲、旅游以及开展学术、文化、体育交流提供方便，达成有关协议。
>
> （三）国家实现统一后，台湾可作为特别行政区，享有高度的自治权，并可保留军队。中央政府不干预台湾地方事务。
>
> （四）台湾现行社会、经济制度不变，生活方式不变，同外国的经济、文化关系不变。私人财产、房屋、土地、企业所有权、合法继承权和外国投资不受侵犯。
>
> （五）台湾当局和各界代表人士，可担任全国性政治机构的领导职务，参与国家管理。
>
> （六）台湾地方财政遇有困难时，可由中央政府酌情补助。
>
> （七）台湾各族人民、各界人士愿回祖国大陆定居者，保证妥

善安排，不受歧视，来去自由。

（八）欢迎台湾工商界人士回祖国大陆投资，兴办各种经济事业，保证其合法权益和利润。

（九）统一祖国，人人有责。我们热诚欢迎台湾各族人民、各界人士、民众团体通过各种渠道、采取各种方式提供建议，共商国是。

九条建议，说明中共中央对台政策经过调整后，已进入实施阶段。

在北京人民大会堂，邓小平在接见美国记者时说："叶剑英委员长的讲话，实际上就是'一国两制'，只要台湾回归祖国，我们将尊重那里的现实和现行制度，尊重台湾当局及各界人士的意见，采取合情合理的政策和办法，不使台湾人民蒙受损失，不降低台湾人民的生活水平，等等……"

邓小平强调说："台湾问题始终是我们面临的一个重要问题，这是关系到中国统一大业的事情啊！"

10月3日，为表示诚意，交通部和民航总局同时作出决定，随时准备与台湾通航，并公开宣布了通航的具体措施。

10月4日，为响应叶剑英提出的对台方针政策，中共福建省委书记项南还宣布与台湾最近的福建可先落实四件事：

（1）福建和台湾是近邻，建议两地立即开始接触、交换意见。

（2）闽、台两地人民探亲访友，应当不受任何限制。福建方面可以在三沙、平潭、崇武、东山四个地方接待台湾同胞。台湾同胞愿到其他地方的，福建方面也将提供方便。

（3）欢迎台湾同胞到福建定居，保证来去自由。

（4）欢迎台湾工商界人士到福建投资，发展经济，享受祖国的各种优待。

第31章
海峡两岸暖风频吹

10月9日，借纪念辛亥革命七十周年之机，中国共产党主张国共两党实现第三次和谈合作的呼声和舆论达到了高潮。

这天，在北京举行了盛大的纪念活动，规模比以往任何一年都大。北京铁狮子胡同孙中山逝世纪念室和宋庆龄故居经修缮后开放。举办了《辛亥革命七十周年纪念展览》《辛亥革命历史展览》《纪念辛亥革命七十周年书画展览》三个大型展览。《辛亥风云》《革命军中马前卒》等影片、戏剧正式上映、上演。人民银行首发关于辛亥革命七十周年纪念金银币。邮电部发行了纪念邮票。

10月10日下午，北京人民大会堂气氛异常热烈，"辛亥革命七十周年纪念大会"的巨大横幅高悬在大会主席台上，主席台正中悬挂着孙中山先生的巨幅画像，"1911—1981"的字样分别贴在画像两侧。中共党和国家领导人及北京各界人士一万多人参加了大会。

以往每年，只是召开一个座谈会，以示纪念，而这次的纪念活动却无与伦比，盛况空前。

中共中央主席胡耀邦在一片热烈的掌声中讲了话，在谈到台湾问题时，胡耀邦情绪显得特别激动，他清了清嗓子，提高声调带着感情说：

> 在这里我愿意告诉台湾当局，不但孙中山先生的陵墓经过一再修葺，而且奉化茔墓修复一新，庐山美庐保养如故，其他国民党高级官员的老家和亲属都得到妥善安置。树高千丈，落叶归根。难道蒋经国先生就没有故乡之情？就不想把蒋介石先生的灵柩迁移到奉化蒋氏墓地来？
>
> 我今天愿以共产党负责人的身份，邀请蒋经国先生、谢东闵先生、孙运璇先生、蒋彦士先生、高魁元先生、蒋纬国先生、林洋港先生、邀请宋美龄女士、严家淦先生、张群先生、何应钦先生、陈立夫先生、黄杰先生、张学良先生，以及其他各位先生，邀请台湾

各界人士，亲自来大陆和故乡看一看。愿意谈谈心当然好，暂时不想谈也一样热烈欢迎。这对于蒋经国等先生和台湾各界同胞会有什么损失呢？

会场立时响起了雷鸣般的掌声。

这是中国共产党再次向国民党发出的又一重要的和解信息。

■ 寥廓海天，不归何待

在北京人民大会堂台湾厅，邓小平、叶剑英、邓颖超正在商量对台问题。

邓颖超说："剑英同志已代表全国人民向台湾宣布了九点建议，将对台政策进一步明确化、具体化了。"

邓小平说："对台问题有了好的政策，还得有合适的人去推行，不能落空哟！"

叶剑英说："廖承志！他是最合适的人选。"

邓颖超说："我提议小廖给蒋经国写信，阐明中共的主张，从私谊角度喻之以理，动之以情。"

邓小平高兴地说："要得！"他又深情回忆起来，"我跟经国还是莫斯科中山大学同学哩！那时他才十五岁，讲一口宁波话，跟我一样矮个子，才一米五多一点。他入了团，团小组长就是我。我们俩挺要好，寒冷天气还经常在操场上或莫斯科河边散步。"

叶剑英笑道："再请你的同学回来，在北京紫禁城散散步嘛！"

邓小平也笑了："要请，要请，让承志去请！"

1982年7月，蒋经国在悼念他父亲蒋介石的文章中，写到"切望父灵能回到家园与先人同在"，还表示自己"要把孝顺的心，扩大为民族感情，去敬

第31章
海峡两岸暖风频吹

爱民族,奉献于国家"。

身为中共对台工作领导小组组长的邓颖超,看到了蒋经国发表的这篇文章,文中思乡之情颇浓,令人感动。邓颖超立即召集对台小组开会研究,建议由副组长廖承志给当年莫斯科中山大学的同窗蒋经国写公开信。

她拿着这份她画了重点的报纸,对廖承志说:"承志,这份报纸登了蒋经国悼念他父亲蒋介石的一篇文章,里头有'切望父灵能回到家园与先人同在'的话,还表示自己'要把孝顺的心,扩大为民族感情,去敬爱民族,奉献于国家',感情还是真诚的。"

廖承志说:"邓大姐,这文章我反复看了多遍,挺感动的,也动脑筋想做做文章,回应回应。"

邓颖超说:"机会来了,要做就做篇大文章!你们从小熟悉,建议你给他写封情词恳切的信。"

廖承志慨然应诺:"好,我就回去写!"

邓颖超说:"你着笔前,先去跟小平同志商量一下。"

廖承志之父廖仲恺是蒋经国之父蒋介石的"同志",廖家与蒋家的渊源深厚。黄埔军校成立时,蒋介石任校长,廖仲恺则为国民党代表,其夫人何香凝为国民党中央委员。蒋介石与廖仲恺同为孙中山手下的得力干将,孙中山去世之后,国民党出现思想路线的严重分裂,左右两派一时水火难容,国民党亲共的"左派"人物廖仲恺惨遭右翼分子杀害。廖仲恺被害后,廖蒋两家关系依然没变,党内还是同志,但实存芥蒂。由这层家族关系,廖承志与蒋经国既是儿时的好友,又是莫斯科中山大学的同学。与蒋经国同时在中山大学就读的同学中,还有一批人后来成为了中国共产党的领导人,包括邓小平、乌兰夫等。此时,廖承志站出来写信,从个人角度显示了廖家的大度,杀父之仇是上辈人的事,可以暂时不论,民族大义却是不可不彰显的。

在廖承志家客厅西厢房,廖承志与对台办办公室主任杨荫东,正字斟句酌修改给蒋经国的信。廖承志念念有词推敲着:"经国吾弟:咫尺之隔,竟成海天之遥。幼时同胞,苏京把晤,往事历历在目。惟长年未通音问,此诚憾事……"

杨荫东说:"'寥廓江天,不归何待',这八个字最有光彩!"

廖承志笑说:"你真不给面子,其他都是我自己憋出来的,唯独这八个字是偷来的。"

杨荫东问:"偷的?偷谁的?"

廖承志说:"偷周总理的。还是50年代末,周总理修改张治中写给台湾朋友的信,提笔就加了这八个字。我当时在场,觉得加得精彩,就记住了。"

这时,经普椿推门进来,劝说:"你们憋了几个小时了,出来打几圈麻将,换换脑筋吧!"

廖承志神情兴奋地说:"好了,好了!这可不是一封平常的信,消耗了我多少脑细胞哟!报小平、小超审定后,想办法在香港刊登,通过秘密渠道送往台北!"

廖承志与杨斯德走进邓小平客厅,廖承志说:"邓公,根据您的意思,信已写好,请您批发吧。"

邓小平大笔一挥,批示"同意发表",并关注地说:"请斯德同志告诉中央对台办专职副主任汪锋,请他与广播电影电视部和《人民日报》等单位协调,研究以何种方式发表效果最好。"

廖承志问:"怎么送到蒋经国同学手里呢?"

邓小平说:"这你有办法,我就不管了。"

1982年7月24日,廖承志给台湾的蒋经国发出公开信——《廖承志致蒋经国先生信》。信是用电报发往台北的,并刊发在7月25日的《人民日报》上,引起海内外的瞩目。信是这样写的:

经国吾弟:

咫尺之隔,竟成海天之遥。南京匆匆一晤,瞬逾三十六载。幼

第31章
海峡两岸暖风频吹

时同袍，苏京把晤，往事历历在目，惟长年未通音问，此诚憾事。近闻政躬违和，深为悬念。人过七旬，多有病痛。至盼善自珍摄。

……

祖国和平统一，乃千秋功业。台湾终必回归祖国，早日解决对各方有利，台湾同胞可安居乐业，两岸各族人民可解骨肉分离之痛……当断不断，必受其乱。愿弟慎思。

……

吾弟一生坎坷，决非命运安排，一切操之在己。千秋功罪，系于一念之间。当今国际风云变幻莫测，台湾上下众议纷纭。岁月不居，来日苦短，夜长梦多，时不我与。盼弟善为抉择，未雨绸缪。"寥廓海天，不归何待？"

人到高年，愈加怀旧，如弟方便，余当束装就道，前往台北探望，并面聆诸长辈教益。"度尽劫波兄弟在，相逢一笑泯恩仇"。遥望南天，不禁神驰，书不尽言，诸希珍重，伫候复音。

老夫人前请代为问安。方良、纬国及诸侄不一。

顺祝

近祺！

廖承志
一九八二年七月二十四日

廖承志的信写得是文采斐然，古风扑面，温润酣畅，措辞遣句丝丝入扣，滴水不漏，确实令人耳目一新。在新中国成立三十多年，白话文一统天下之时，廖承志的这篇文言文公开信，对于还屡屡使用文言文的台湾，无疑有着较强的亲和力和可读性，成为特殊年代沟通海峡两岸的特殊文字力量。不仅如此，廖承志的行文也以同窗兄长的口吻对蒋经国进行鼓励和劝慰，甚至训斥，有不可替代的私谊力量。

人们都明白，廖承志致蒋经国的公开信虽是以个人名义，实际上代表的是中共中央。

廖承志这封公开信的发表并不突然，是中共对台工作步伐中的一个步骤，也是时任中共对台工作领导小组组长邓颖超按照邓小平的部署作出的一个对台工作大动作。

在北京廖承志住宅，廖承志与家人正在院里乘凉。廖承志妙语如珠，逗得孩子们咯咯地笑，连平日不苟言笑的经普椿也忍不住笑得呛咳起来。

女儿问："爸爸，你今天这么开心，吃了什么开心果呀？"

廖承志点点头，喜滋滋说："当然，大开心果！一个极大的胜利啊！"

小孙子催起来："什么开心果，爷爷，你快说，快说！"

廖承志慢悠悠说起来："先告诉我，我在报上发表的致蒋经国信，你们都看过吗？"

家人都点头。

经普椿催起来："好了，别卖关子了，快说吧，蒋经国能看到你的信吗？"

廖承志得意地说，"好，我告诉你们！这封信今天已经由香港报纸全文发表，送进台湾一千二百多份哪！说不定蒋经国正在看呢。"

啊嗬，真棒！家人们雀跃起来。

孙子问："爷爷，你要是去台湾，能不能带我们去呀？"

廖承志爽快地答应，当然带！

孩子们一片声嚷：当真？

会不会赖账？

敢不敢拉钩？

廖承志伸出小拇指，"拉钩就拉钩！"他边与孩子们拉钩边说："老爷爷一言九鼎，绝对不会赖账！"

奇妙的是，廖承志7月24日这封写给蒋经国的信，果真当天就落在了蒋经

第31章
海峡两岸暖风频吹

国的办公桌上。蒋经国坐在椅子上，戴着老花镜，仔细地读着廖承志的信。

"……依时顺势，负起历史责任，毅然和谈，达成国家统一……"

他拿着信站了起来，边踱边看，念出了声："……人到高年，愈加怀旧，如弟方便，余当束装就道，前往台北探望，并面聆诸长辈教益。'度尽劫波兄弟在，相逢一笑泯恩仇'。遥望南天，不禁神驰，书不尽言，请希珍重，伫候复音。老夫人前请代为问安。方良、纬国及诸侄不一……"

为情所动，蒋经国眼睛里闪着泪光。但他摇摇头，轻轻哀叹一声，把信放在一边，默不作声。

经蒋经国授意，台湾当局搬出时为国民党中常委的宋美龄，请她以长辈的名义给廖承志回信。

1982年8月17日，宋美龄亲自给廖承志写了一封回信，阐述自己对祖国统一的态度，她在信中说："经国主政，负有对我中华民国赓续之职责，故其一再声言'不接触，不谈判，不妥协'，乃是表达我中华民国、中华民族及中国国民党浩然正气使之然也。"

这封信自然是纠葛在国民党失败情绪中难以自拔，并借机攻击祖国大陆。宋美龄定了调，舆论跟着鼓噪。台湾《中央日报》发表文章诬称："廖仲恺是虎父，廖承志是犬子。"

有报纸还发表文章骂："廖承志只有投降，才可以来台湾！"

在北京廖承志住宅客厅，廖承志在接待台胞林宗义教授等人时，指着一沓台湾报纸一笑置之说："台湾把我骂了个狗血喷头。寒流久了冰冻得厚，需要慢慢地化冻。长期隔阂而产生的不信任感，需要慢慢消除。我希望台湾同大陆之间，不必把精力花在理论的争辩上，我们海峡两岸多进行些实际接触，以消除隔阂。在实际的行动上，把我们的民族感情表现出来！"

林宗义父亲被国民党杀害，他仇恨国民党，说："我父亲是被国民党杀害，我仇恨蒋政权。我对中共努力实现第三次国共合作，十分想不通。"

廖承志说："令尊是被国民党杀害的，我父亲也是被国民党右派指使暴徒杀害的，国民党杀过我们共产党无数党员，为什么还要提出实现'第三次国共合作'？为了实现统一祖国的大业，现在应该从大局着眼，考虑国家统一，个人恩怨比起国家统一来总是小事。"

林宗义敬重地说："能以国家利益消释杀父之仇，廖公的高风亮节使我感佩！"

廖承志说："我还愿意以当事人的身份，亲自为蒋介石洗清历史上的一桩公案，杀害我父亲的凶手不是蒋介石，而是另有其人。"

林宗义说："实现祖国统一，你们寄希望于蒋经国，可是他身体很差，重担子只怕难以挑下去。"

廖承志深情地说："我小时候与经国对门而居，看到一篇报道说他因为糖尿病而引发神经末梢炎，行动不便，感到难过。因为蒋先生有生之年，国共和谈机会较多，国家长期分裂的机会较少。经国先生是不会忘记我的，我也不会忘记他。我知道他是很思念故乡的，回乡的门打开着，我真希望在北京热烈欢迎他！"

在中南海西花厅，邓颖超召集廖承志、罗青长、童小鹏等开会。

邓颖超说："小廖给蒋经国的信，被宋美龄回信骂了一顿。这没有关系。我多次讲过，统一大业维艰，不可能一蹴而就，要立足长期的埋头苦干，要采取细水长流的办法，不要断。"

廖承志说："那样假以时日，就汇成江河大海了。"

邓颖超形象地说："同时要见缝插针，而且要插得有效果，不要把针插歪了，也不要插出了血。"

廖承志说："也不要拔不出来了。"

邓颖超最后说，要有耐心和韧性，埋头长期工作，不断细水长流。

细水长流，滴石可穿。邓颖超热情邀请台湾当局人士和台胞以各种身份，采取多种形式，来大陆看看，或者探视、访友、讲学、工作、就业、进修，欢迎他们就祖国统一问题提出宝贵意见和建议，如何实现和平统一，如

第31章
海峡两岸暖风频吹

何使我们提出的各项建议更加完善和逐步得到实施，应进行一些什么商讨，采取一些什么措施，提出一些什么设想等，"随时希望听到台湾当局"和"台湾人民的意见"。邓颖超顺潮流合民心的长久呼吁，终于得到宋美龄的复音。1984年2月16日，宋美龄给邓颖超来了封公开信。这是宋美龄首次主动给中共领导人写信。

宋美龄的公开信回忆了在重庆抗战时期，对邓颖超的能力和见识颇为推崇和由衷钦佩，认为当时邓对国家前途之展望，"识解超群""理解深透"，实为"当时女界有数人才"。国民党要员又是蒋介石夫人如此推崇中共领导人，还是头一次。当然信中也有不少不符合历史事实的谬误偏见，如称"中国国民党乃是中国共产党之保姆"，说两次国共合作铸成大错，教训惨痛，万不可搞第三次国共合作。还说20年代马克思主义被中国人民接受，是"凭借许多因素侥幸成功"，并由于一般知识分子沉醉于"时髦心理"所致。攻击中共实现"第三次国共合作"方针为"重袭统战故伎"。认为真要统一中国，使"大陆民众"过上"有希望、有前途之生活"，"唯一希望与力量"在台湾，"今日真正之中国乃在台湾"。

这封蒋介石遗孀写来的信比上次回廖承志的信还是有进步有可取之处的，再也没有提到"反攻大陆""回头是岸"等字眼。况且这是宋美龄主动写来的信，应看作是对台湾当局长期坚持的"三不"政策的一次突破，是海峡两岸有关领导人难得的第二次公开书信对话，值得在历史上留下一笔。

廖承志情真意切的公开信，虽然没有起到立竿见影的作用，却是细水长流，起到了潜移默化的作用。

自廖承志公开信发表之后，到1984年宋美龄主动给邓颖超来了公开信，到1986年10月，蒋经国的密使沈诚已经三度北上。他奉蒋经国之命，以香港商人的名义，进出祖国大陆，暗中传递海峡两岸的信息，特别是在最后一次，他得到了蒋经国明确指令，要加速与大陆最高领导层的沟通，因此，他得到了会晤叶剑英、邓颖超、杨尚昆、邓小平等中共最高领导人的宝贵机会。

第 32 章

第七次秘密接触

1979年4月的一天，蒋经国在官邸约见前机要秘书沈诚。

蒋经国说："坐。沈诚，你弃官从商，定居香港，一切都稳定下来了吗？"

沈诚说："一切都搞妥了，我出任《新香港报》的社长兼总编辑，已经开始工作了。"

沈诚是蒋经国的亲信，1921年出生于浙江，自国民党中央陆军军官学校毕业后，就成了蒋经国嫡系青年军中的一名师长，蒋经国担任国防部预备干部局长时，他曾担任蒋经国的随从参谋。他在台湾陆军大学参谋班毕业后，曾出任国民党陆军少将，后来又担任蒋经国的机要秘书。1979年前后，沈诚从军队退役，来到香港，出任《新香港报》社长兼总编辑，并兼商人。

蒋经国说："请你来，我是想听听你讲最近大陆的资讯，香港是个消息灵通的地方。"

沈诚说："大陆最近变化较大，而且这种变局对中国人民来说应该是好的、有利的变局，而对我们来说将是喜忧参半的局面。"

蒋经国反应极快地说："计利当计天下利。对人民有利就好了。"

沈诚说："总统胸怀就是比一般人大。在这个变局前夕，我们是否也应该以变应变，调整一下现在的大陆政策？"

蒋经国坚定地说："先总统不是要我们'处变不惊''慎谋能断'吗？"

沈诚继续进言："'三不政策'是否可以松动一下，活用一下？因为接触、谈判是手段，妥协才是原则。"

第32章
第七次秘密接触

蒋经国想了想，笑着说："时空在变，一切也在变的。"

沈诚高兴地说："这是我近十年来，第一次听到总统对大陆政策的定调。"

蒋经国又笑了："我没有定什么调呀。"

沈诚也笑了。

1981年10月，蒋经国再次约见沈诚。

沈诚坐下后说："蒋总统，香港一家国货公司负责人送来一份邀请书，邀请我参加辛亥革命七十周年纪念大会，时间是10月10日，署名是全国人民代表大会常务委员会委员长叶剑英。特来请示老长官，我能否前往？"

蒋经国说："我和台湾不少人都接到胡耀邦署名的邀请，请我们回大陆和家乡看一看，还表示：愿意谈谈心当然好，暂时不想谈也一样欢迎。我当然不会去。按政策去大陆是违法的，所以我不鼓励你去做违法的事。"

沈诚犹如兜头被浇了一盆冷水："那我就不去了？"

蒋经国改了口气："以你目前的身份，去看看未尝不可。"

沈诚说："那我就走一趟，您有什么吩咐吗？"

蒋经国吩咐道，你以党员的身份到中央党部陆工会向白万祥主任报备一下。

"好的。"沈诚说完欲告辞。

蒋经国又说："希望你能到溪口我老家故居去看看，看看那边的情形，最好能多拍些现场照片。"

沈诚答应道："我一定去，一定多拍照片。"

沈诚应邀到了北京。1981年10月的一天，全国人大常委会委员长叶剑英，在人民大会堂单独接见沈诚。

沈诚坐下说："我和叶帅在抗战胜利后，在北平军调部时期共过事，如今离那时差不多快三十五年了。"

叶剑英说："是啊，时间过得真快，我都老了，你也不年轻了。知道你常常来往港台两地，也知道你和经国先生关系深，特别邀请你来北京，也专门约你谈谈两岸情况。我前不久，向台湾当局提出台湾回归祖国，实现和平统一的'九条建议'，你都看过了吧？"

沈诚说："看过了，被外界简称'叶九条'。据我了解，蒋经国先生也看过了。"

叶剑英说："我们都知道，你是蒋经国先生的同乡，黄埔第十七期毕业生，曾在他的青年军中任过师长，到台湾后曾担任他的机要秘书，与经国先生渊源很深。我今天是专门跟你探讨国共和谈的可能性，并请你向经国先生转达中共和谈的诚意。"

沈诚说："经国先生对我此行是既不鼓励也不禁止，实际是同意我来北京的。"

叶剑英说："你说是我说的，兄弟之间没有不可以谈的，过去恩怨一笔勾销。"

沈诚感动地说："我会将叶委员长今天对我的谈话，原原本本转达给他。"

10月6日，邓颖超在人民大会堂接见沈诚。

邓颖超说："沈先生，我们今天的会面，主题是探讨国共和谈问题，请你不吝赐教。"

沈诚谨慎地暗示说："我来之前，拜访过蒋经国先生。据我判断，今天台北的气候，还不是谈判的时机。"

邓颖超说："请转告经国先生，要趁我们这些老人还在的时候，早作打算，早下决心，先把国家统一起来。"

邓颖超回到中南海西花厅，女秘书递给她一本《集邮》杂志说："邓大姐，这份《集邮》杂志，大量售到了台湾哩。"

邓颖超接过翻起来，高兴地说："对台工作遍地是黄金，要到处伸手去捡啊！"

第 32 章
第七次秘密接触

沈诚受蒋经国之托，专程去了奉化溪口。

天清气朗，艳阳高照。群山环列，翠松作屏。沈诚颈下悬着照相机，正在"蒋母之庐"前凭吊。

他对好焦距，拍下孙中山手书"蒋母之庐"及两厢对联。

这时，有人出面干涉。沈诚忙护住相机跑走了。

在北京廖承志住宅，廖承志对前来汇报的秘书说："干涉不好！让他照，他是蒋经国的亲信，叶剑英委员长都接见了他，怎么能阻拦他照相呢？以后不管哪儿来的都让照。我们自己也要照一套给蒋经国送去！"

秘书应声离去，廖承志喃喃道："我真想修书经国，劝他鼓起勇气回乡祭扫祖墓。"

在台北大直"总统"官邸，一套溪口蒋氏庐墓的照片摆在蒋经国的办公桌上。他正一张张仔细观赏着，一脸思乡念祖神情。

沈诚对他说，故居和祖宗坟墓都保护完好。

蒋经国认真看着这些照片，久违的故乡的一草一木又浮现在眼前。他感叹道，他们还是有心的。

沈诚说："中共元老叶剑英在人民大会堂单独接见了我，希望我向你转达，北京有和谈的诚意。"

蒋经国淡淡说一声："知道了。他的九点声明叫得太响了，引起党内极大反应。"

第 33 章
历史巨人向历史作交代

■ "时代在变,环境在变,潮流也在变"

蒋经国虽然与父亲蒋介石一样以"反共复国"为己任,但他强调"实践""向下扎根",经营好台湾这块地盘,作为"反共复国"的基地,因而被称为"民粹派"的领袖。特别是在他的晚年,飞速发展经济,大刀阔斧地进行"政治革新","向历史作交代",赢得了一些台湾民众的好感与海外舆论的好评。

蒋经国实际主持台湾工作近二十年,在这二十年的时间里,台湾的经济以奇迹般的速度发展。蒋经国于1974年提出振兴台湾的"十大建设",该计划虽有典型苏俄计划经济的长官意志色彩,而且部分项目已在今天被认为是败笔,但"十大建设"正好施行于台湾经济腾飞之时,无意中提供了基础设施准备。"十大建设"成为今日台湾人概括那个时代的最好象征。

1951年到1970年的二十年,台湾人均GDP仅从137美元上升到364美元,但从1970年到蒋经国离世的1989年,二十年间的人均GDP已变成7097美元。

蒋经国主政年代,台湾社会始终未出现贫富分化随经济增长而加剧的情形,在几乎整个1970年代和1980年代的大部分时期,台湾基尼系数一直低于0.3,为世界人均收入分配差距最小的社会之一,更是经济迅速发展阶段贫富差距控制在最小范畴的地区。

这是蒋经国能够大刀阔斧地实行"政治革新"的前提和保障。没有经济高速度发展而贫富差别较低的经济基础,蒋经国具有再大的权威、再大的愿

第 33 章
历史巨人向历史作交代

望,恐怕也难于推进民主改革的进程。

蒋经国晚年为推动全面革新,遏制以党内元老派为代表的保守势力,发表了一系列鼓吹革新的讲话。但同时又强调国民党的一党专制不能变,偏安政权的"法统"不能变,"反共"的基本"国策"不能变,"八时条款"和"宪法"不能变,"复国建国"的目标不能变。在"五不变"的限制下,他的"政治革新"大打折扣。但笼门既然打开,鸟儿的飞翔方向就由不得他了。

1979年8月,台湾《美丽岛》杂志问世时,提出了"培养新生代的生机、建立一个合理社会"的口号,以发行人黄信介名义发表的发刊词《共同来推动新生代政治运动!》说:

> 今年是决定我们未来道路和命运的历史关键时刻,动荡的世局和暗潮汹涌的台湾政治、社会变迁在逼使我们在一个新的世代来临之前抉择我们未来的道路。历史在试炼着我们!……

仅仅出了四期,《美丽岛》就随着高雄事件的发生而夭折了。

《美丽岛》及高雄事件爆发后,警方根据蒋经国的旨意高度克制,没有采用镇压手段而是维持秩序,以至于冲突中警方183人受伤,其中伤势较重者达四十七人(冲突中,群众专向手持对讲机的军官发动袭击,担任行动指挥的少将被人用破瓶砍伤手臂,负责前线指挥的指挥官则被火把打伤脑门),民众方面仅有四十多人受伤。事后,形成了岛内群众对闹事者皆曰可杀的舆论,蒋经国已从独裁体制的惯性思维中走出,亲自主导处理,无一人判死刑,仅施明德一人被判无期,其他均判十四年以下有期徒刑。开明的曙光照亮了台湾人的眼睛。

《美丽岛》这本民间的政论刊物,在短短几个月中曾激动过美丽岛上许多读者的心,也成为台湾民主化进程中的一个重要转折点,与此前的《自由

中国》《大学杂志》《台湾政论》一脉相承，却又有不同的时代特征，这是民间政治力量借助一个小小的刊物的一次集结。

1981年3月29日至4月5日，国民党在台北党部会议室召开了第十二次党员代表大会，蒋经国主持大会并讲话。

蒋经国说："建设台湾与统一中国是不可分的，唯有建设台湾，才能实现以三民主义统一中国；也唯有以三民主义统一中国，才能使台湾永远保持安定与进步。"

主政台湾的蒋经国（历史图片）

"我党要以三分军事，七分政治，三分敌前，七分敌后，和以政治为前导，以军事为后盾为最高指导原则。中华民国统一大陆的主要凭借是三民主义而非武力。光复大陆并非要靠军事手段才能实现，这完全是一个政治问题，统一将不是由武力完成，而是由政治、社会和经济方法来达成。"

蒋经国大谈特谈"三民主义统一中国"，显示国民党已经放弃了武力"反攻大陆，复兴建国"的大陆政策，并针对中国共产党和平统一祖国的方针，将其大陆政策调整为以"实现三民主义"的和平方式"统一中国"。

从1984年开始，蒋经国着手加速推进台湾民主改革。

大约在1985年，有一天，蒋经国突然问英文秘书马英九："'戒严'英文怎么讲？国际社会对台湾戒严有些什么舆论？"

马英九回答，"戒严"（martial law）的英文意义是"军事管制""没有法律"，国际社会上当然对此持有恶感，批评颇多。

蒋经国说："你去查一下还有没有别的意思。"

第33章
历史巨人向历史作交代

马英九认真地查了五种国际著名的参考书，回复蒋经国说："戒严就是全面的军事管制，有些资料认为'Martial law means no law at all.'（戒严就是没有法律）。"

蒋经国听后困惑地说："台湾并没有军事管制啊！"

蒋经国为什么会问这个问题呢？马英九敏锐地感到蒋经国可能有意要解除戒严。果然，1986年3月底，这一问题就纳入了"国家安全法令问题"的议题，其实这就是"解除戒严"的研究。

台湾党外势力的不断壮大和咄咄逼人的攻势，给国民党造成了极大压力。面对内外压力，蒋经国决定采取措施，变被动为主动。1986年3月国民党十二届三中全会后，国民党开始全面推行"政治革新"，蒋经国指定严家淦等十二人研究解除"戒严"与"党禁"的可能性。

与此同时，党外人士的组党步伐加快。1986年9月28日上午，台湾"1986年党外选举后援会"开会，首先讨论组党议案。会议采取了秘密会商的方式，游锡堃担任主席。突然有人站起来，提出干脆今天就成立新党。一时间，会场气氛十分热烈，与会人士心情极为兴奋，全场与会者站起一致鼓掌。主席游锡堃激动地宣布"民主进步党"即日成立。当晚，民进党召开记者招待会，宣布民进党成立。于是，戏剧性地诞生了台湾第一个在野党——民主进步党。

民进党成立后，执政的国民党并没有采取极端手段，而是决定采取宽容政策。

在民进党成立一个星期后，蒋经国在国民党中常会上说："时代在变，环境在变，潮流在变。因应这些变迁，执政党必须以新的观念，新的做法，在民主宪政的基础上，推动革新措施。唯有如此，才能与时代潮流相结合，才能和民众永远在一起。"

1986年10月7日下午4时，蒋经国接见美国《华盛顿邮报》董事长凯瑟琳·葛兰姆（Katherine C. Graham）女士及《新闻周刊》记者，突然而沉稳地告诉外宾："Graham女士，我正式告诉你，我们准备制定'国家安全法'后，解除戒严，开放党禁。"

当时在场负责翻译并做记录的马英九吓了一大跳，为什么找外国人宣布这么敏感的决定？马英九一字一句审慎地翻成英文，整个人如同遭电击般震撼，蒋经国讲完他才如释重负地吐了一口气。马英九明白了正是因为蒋经国知道，在国民党内"民主"讨论解除戒严或开放党禁报禁，一定通不过；只有诉诸人民、诉诸世界，形成内外舆论压力，才能实现民主改革。

当天晚上，马英九走出蒋经国官邸，仰望着深秋的天空，长长地吁了一口气，自言自语说："我们正在改写历史！"

蒋经国晚年，也承认国民党面临的非常局面不变不行了。为了以变革求生存，为了对历史有个交代，在1986年3月国民党召开的十二届三中全会上，蒋经国响亮地提出了"以党的革新带动全面的革新"的政治口号。

这次"革新"胆子很大，力度不小，主要包括解除戒严、开放党禁、充实"中央民意机构"，"地方自治法制化"，"革新党务"，"调整大陆政策"等。

10月15日，国民党中央常务会一致通过：1.戒严令即将解除；2.修改"非常时期人民团体组织法"两项政治改革方案。

以解严和开禁为标志，台湾进入了一个重要的政治转型期，各种社会力量重新组合，政治日趋多元化，国民党的专制统治有所松动。

搞"台独"的民进党也在这一年的9月28日成立，是由各个党外的组织以"党外后援会"的名义在圆山饭店开会，并宣布成立民主进步党的。很明显，民进党在成立之初，就是为了对抗国民党而对各个党外的团体组织所作的大整合，所以引起了当局和社会的高度政治紧张。

据说民进党一成立，当局情治部门立即呈上"反动分子"名单，蒋经国居然不批，还说："使用权力容易，难就难在晓得什么时候不去用它。"后来，蒋经国在"双十节"指示修订"人民团体组织法""选举罢免法""国家安全法",开启台湾民主"宪政"之门。国民党要人纷纷质疑说:"这样可能会使我们的党将来失去政权!"蒋经国开明地说:"世上没有永远的执政党。"后来有人评论说,国民党曾失去十年的执政地位,是在蒋经国预料之中的。

民进党成立伊始,民间欢欣鼓舞,老百姓并不一定是喜欢民进党,只是讨厌长期执政的国民党,希望换换新鲜口味。民进党成立之后,也给异议人士很大鼓舞,开始了海外异议人士的返乡潮。

这次革新的另外一个重要影响,是解除了大陆籍垄断权力的禁锢,加强了政权与台湾社会的关系,确保了蒋经国死后的社会稳定和权力的顺利交接。1987年国民党政权"五院院长"中的"两院院长","行政院"下属"八部"的五个"部长",都由台籍人士担任。

■ 蒋经国向历史作交代

蒋经国与其父蒋介石一样,一生奉行"一个中国"的立场。他多次说:"两岸毕竟是血脉同根,政治歧见,难道一直能够让台湾海峡成为阻隔民族来往的鸿沟吗?"特别是上世纪80年代后期,蒋经国身体每况愈下,深感时日无多的他,迫不及待要开启两岸和平统一的大门。蒋经国的"政治革新",使台湾摆脱了独裁统治,实现了经济的腾飞,突破了海峡两岸的隔绝,开启了海峡两岸人员和经济文化交往的大门,书写下两岸关系的光辉篇章。

在蒋经国为台湾这艘船拨转了航向的大背景下,在台北大直官邸,蒋经国再次接见沈诚。

沈诚说:"北京又邀请我去访问,不知蒋先生要我转达什么话否?"

蒋经国说:"小廖给我写了封信,统战的味道太强烈,海外媒体大做文章，引起宋老夫人警惕。她在台北发表《给廖承志的公开信》……"

沈诚说："我看到了。老夫人说第三次国共合作是梦呓，要廖承志敝屣自珍，幡然来归。"

蒋经国说："小廖是弄巧成拙，适得其反。"

台湾岛内与国际上一系列新的变化冲击着国民党"永不与中共谈判"的政策，其一意孤行的反共、拒和政策越来越受到孤立，国民党的独裁统治也受到了来自各方越来越多的批评。因此，蒋经国不得不改变"三不"政策，开始考虑与中共接触。

正在这一时期，一部电影起了催化剂的作用。

1986年4月，大型故事片电影《血战台儿庄》在香港首映。台湾"中央社"在香港的负责人谢忠侯先生看完影片后，兴奋地当晚给蒋经国打电话说："我刚才看了中共在香港上映的一个抗战影片，讲的是国军抗战打胜仗的，名叫《血战台儿庄》，里面出现了先总统的形象，跟他们以前的影片形象不同，这次形象是正面的。"

蒋经国听说后，大出意料，很是震惊，马上对谢忠侯说，找一个拷贝来看看。

谢忠侯找到了新华社香港分社负责人要拷贝。负责人很敏感，立即报告了中共中央，并很快得到总书记胡耀邦的批示同意。于是，广西电影制片厂复制了一盘录影带，通过新华社送给了谢忠侯。谢忠侯如获至宝，立即带着这盘录影带飞回台北。

1986年8月的一天，蒋经国与夫人蒋方良与儿子在官邸看《血战台儿庄》。

看完，蒋经国说："这个片子有几点是可以的：第一，共产党认为我们是抗日的；第二，对我父亲是正面报道，没有抹黑，没有歪曲他。看来，大陆的政策有所调整，我们相应也要作些调整。"

蒋方良说："阿母那边也打电话来要看呢。"

第33章
历史巨人向历史作交代

"我送去给她看,我还要推荐给中常委看。"蒋经国幽幽地说,"时代变了,潮流变了,形势变了,我们要对历史有所交代啊!台湾的大陆政策应该有变化了!"

蒋方良劝道:"你的身体一天不如一天,目前最要紧的是保重身体啊!"

虚弱无力的蒋经国慨叹:"我就像一盏灯一样,油已经干了,随时一阵风都会吹灭掉。"

蒋方良问:"医生开的药方,有一味药是福建武夷山的肉桂,怎么办?"

蒋经国说:"通过渠道向那边要吧,我相信他们会想办法的。"

这部影片往台湾国民党板结的上层透进了一丝新鲜空气。

1986年7月7日,是抗日战争胜利四十一周年纪念日。

在台湾"立法院"门前,一个老兵无声地抗议着。他身上的白衬衫上写着鲜红的大字,正面是"想家",背面是"妈妈,我好想念你,儿何文德"。鲜血的广告颜料象征着他的心头在滴血。

在何文德的带动下,老兵们不再沉默。几百名老兵聚集在国民党中央党部门前请愿。他们戴着军帽,打着"老兵没饭吃,回家找爹娘"的人性标语,喊着打动人心的口号。

20世纪80年代,在台湾的大陆籍退伍老兵约有十二万人,是退伍军人中生活最贫寒的一族。他们在20世纪60年代退伍,并成为国民党当局财政困窘的直接受害者,退伍时除了几百元的退伍金和一纸乌托邦式的"战士授田证"之外,他们一无所有。生活的艰难还可以勉强忍受,而思乡的情怀却日渐沉重,长久地缠绕在他们心间。他们的头发为之花白,面容为之憔悴,他们的眉目之间紧锁着的是对"回家"的无望与无奈。

1986年11月29日,老兵们以"大陆来台全体老兵"的名义,向台湾社会散发了不满"三不"政策的公开信,直接向蒋经国发出心灵的呼声:"我们的总统能做到至忠至孝,难道我们三军部下就不能做到至忠至孝吗?请求政府妥善处理我们这些可怜的人,感谢各位大恩大德。"

1987年5月2日，以大陆籍老兵为主，成立了"外省人返乡探亲促进会"，发起"自由返乡运动"，响应者有六千多人。他们走上街头，散发传单，为十二万个"自己"而控诉。11月7日，他们在《政治家周刊》上发表文章《抓我来当兵，送我回家去》，强烈要求台湾当局资助老兵还乡。文章最后写道："老来结伴好还乡！孤苦无依的老哥哥，来吧！赶在太阳下山之前，让我扶着你，你牵着我，他拉着我——心连心，手牵手地踏上我们等待将近四十年的返乡探亲之路吧！"

　　国民党老兵"想回家"的怒吼，彻底震动了台湾全岛。老兵们的呐喊和抗议声，也传到了蒋经国的耳朵里，最终触动了他的神经。他不止一次对亲近的马英九等人说："离开家乡三四十年的人，没有人不想家的，这是人之常情。政府对开放民众赴大陆探亲，应乐观其成。"

　　这一天，蒋经国站立在办公室的窗口，一动不动。

　　英文秘书、国民党中央副秘书长马英九送文件进来，他似乎没有看见。

　　马英九轻轻叫了声："总统……"

　　蒋经国转过身来，突然问马英九："英九，有没有什么事情？"

　　马英九报告道："最近赵少康、洪昭男等委员在'立法院'质询，建议政府开放老兵回大陆探亲。其实现在每年都有一两万人经由香港偷偷返回大陆探亲。但也有一些老兵不愿意违法，穿起身上写着'想家'的长袍游街请愿，很令人同情。"

　　对他和父亲带过来的老兵的呼声，蒋经国不能无动于衷。他喃喃地说："他们都是我带出来的，离乡背井那么多年，我怎好强压他们的请求呢？你去向张副秘书长报告。"

　　马英九立即去见国民党"中央副秘书长"张祖诒，张祖诒告诉马英九："经国先生已有指示，基于人道精神，政府应立即规划开放民众赴大陆探亲。"

　　1987年初春的一天，蒋经国将原英文秘书、现为国民党中央副秘书长的

第33章
历史巨人向历史作交代

马英九叫到办公室，说："我交给你一个任务，你找几个可靠的人，先作作调查，弄一份民众赴大陆探亲的可行性方案。"

马英九拿出随身携带的小本子，作着记录。

蒋经国嘱咐道，此事暂不能对外公开，要尽快完成任务。

年轻英俊、精明能干的马英九说："我一定尽快完成好任务。为了保密，我想将这一提案叫作'颍考专案'。"

蒋经国问："什么意思？"

马英九说，是《左传》中的一个典故，共叔段在其母亲的支持下，阴谋夺取其兄弟郑庄公的政权。郑庄公打败了共叔段，放逐了他的母亲。后来大夫颍考叔巧妙安排，使郑庄公与他的母亲团聚了。

蒋经国从莫斯科回国后，曾在父亲的督促下，在老家溪口关门恶补过古文，听马英九一说就明白了，点头说好，就叫"颍考专案"。

这一天，马英九拿着《民众赴大陆探亲问题之研析》走进蒋经国办公室，说："总统，你交给我的任务已完成。我们建议，应该尽快开放老兵回大陆探亲。"

蒋经国翻看着说："很好。我将这个方案提交国民党中常会讨论。老兵回大陆探亲的事，你赶紧制订一个可行性方案。"

过了不久，马英九在蒋经国的办公室处理完公务要离开时，听到身后蒋经国自言自语说："时代在变，环境在变，潮流也要变啊！"

马英九转过身去，惊愕地看着蒋经国的背影，猜度着"总统"将要改变什么。

正在蒋经国思想有所松动，感叹时代在变环境在变潮流也要变的时候，又发生了一件事，给他求变的思想加了砝码。

1987年初，外界风传蒋经国病入膏肓，将不久于人世。定居日内瓦的蒋孝武前妻汪长诗及其父亲汪德官，决定马上飞台湾看望，与曾是亲家的蒋经国作最后诀别。他们途经香港时，汪德官的老友、时任新华社香港分社台湾事务部部长的黄文放，来到宾馆探望。黄文放有备而来，临走托付汪德官父女一盘录像带，请他们当面交与蒋经国。父女俩没有多问一句，欣然接受委托，当了"民间特使"。

汪德官父女到了台北，蒋经国十分高兴，仍以"亲家公"与"儿媳"之礼待之，交谈甚欢。交谈中，汪德官瞅准一个最佳时机，将老友交托的敏感录像带亲手交给蒋经国，淡淡地说："这是那边一位朋友托我带给您的。"

蒋经国先是一愣，马上意识到老亲家本来与国共两边都有交情，又是一盘录像带，不会有什么风险，立即屏退左右，与汪德官父女一起观看。

录像带是家乡溪口的风景片。电视屏幕上出现一幕幕既熟悉又久违的场景，吸引着蒋经国的目光。

浙江奉化溪口镇，青山逶迤，碧水荡漾。溪口镇东口，是武岭门，门上"武岭"二字，仍为当年国民党元老于右任所留笔墨，只是重新油漆得更加醒目。蒋家老宅子丰镐房，蒋介石的出生地玉泰盐铺、武岭学校、蒋氏宗祠、蒋经国住过的小洋房，均原封不动保持完好，并且修葺一新。白岩山上蒋母墓地，墓碑上孙中山亲笔题写的"蒋母之墓"，丝毫未变。溪口镇北摩诃殿附近的蒋介石原配夫人、经国生母毛福梅的坟墓，也经过修葺，当年戴季陶题写的"蒋母毛太夫人之墓"，历历在目……

蒋经国看得目不转睛；汪德官父女看得眼睛挪不开画面。屋子里寂静无声。

一组组画面掠过，旁观者的汪德官父女心灵受到震撼。蒋家王朝被共产党推翻已近五十年，对立政权的政府还将其祖坟、旧居如此善待，这在历史上也极为罕见。汪德官用余光悄悄扫了蒋经国一眼，只见他屏声息气，双目紧盯画面，纹丝不动。当屏幕上出现当地官员和民众祭扫其祖母、母亲墓的镜头时，他的眼泪竟止不住流淌下来。

看完录像带，蒋经国对汪德官父女动情地说："共产党的情我领了！"

1987年7月15日，台湾当局发布了由"总统"蒋经国签署、"行政院长"

第33章
历史巨人向历史作代

俞国华、"国防部长"郑成元副署的"总统令",宣布台湾地区自7月15日零时起解除"戒严"。这意味着实行长达三十八年之久、为台湾人民深恶痛疾的"戒严令"终于被废除,关闭了数十年的"禁区"大门,终于被蒋经国小心翼翼地打开了一条缝隙。海峡两岸也由军事对峙状态逐渐转为非军事对峙状态。

10月15日,"内政部长"吴伯雄奉蒋经国之命宣布台湾民众赴大陆探亲的具体办法,决定于11月2日起施行。蒋经国批准的两岸开放政策,允许台湾非党、"政"、军人员赴大陆探亲、旅游,为冰封了近半个世纪的两岸关系打开了一个缺口。这个善举不但为两岸失去联系四十年的亲人提供了团圆的机会,也为两岸关系解冻踏出了历史性的第一步。

1987年12月25日,重病的蒋经国坐轮椅参加行宪纪念日大会,此时他已不能说话,"总统致辞"由"国大"秘书长何宜武宣读。会场秩序一片混乱,台下的民进党代表头缠布条,高举横幅大声抗议、喧哗。

蒋经国佝偻着坐在轮椅中,受多年糖尿病折磨,脸已浮肿得不成样子。突然,台下有人扯起白色横幅冲着他大声抗议,然后是更多的人响应起哄。他从没想到,重申推进民主改革决心的"总统致辞",得到的回应竟然是台下急不可耐的民主人士的喧哗。在被手下拥离主席台前,他孤寂无力的双眼朝着喧哗嘈杂的方向停留片刻,说不出一句话,缓缓别过头去,满脸的落寞茫然。

这是蒋经国留给世人的最后一个心酸镜头,十九天后,蒋经国病逝。当天,台湾全岛鲜花销售一空,成千上万的台湾人自发到街头列队向蒋经国致哀。

斯人已去,容音犹在,变革未停,正以巨大的惯性继续向前。

1991年4月,台湾"国民大会临时会"召开,制定"宪法增修条文",废止"动员戡乱时期临时条款"。

1992年5月,"阴谋内乱罪"和"言论内乱罪"被废止。

1994年,台湾"省长"直选,让台湾人民每人一票选举"省长"。

1996年,台湾举行有史以来的第一次"总统"民选。

台湾的民主改革,是蒋经国生前英勇无畏的政治举措,也是他成就的主要历史功绩。在改革之前,他不畏惧国民党内的反对势力,也不忧虑放开党禁报禁之后会导致天下大乱,甚至不担心国民党丢掉政权。

当国民党内许多人向蒋经国提出质疑,国民党大佬、"国策顾问"沈昌焕忧虑地对蒋经国说:"这样做,国民党将来可能失去政权的!"

似乎看破看透一切的蒋经国却淡淡地回答:"世上没有永远的执政党!"他的声音不大,语气轻微,但这句话让沈昌焕听了怔住了,如同万钧雷霆,振聋发聩。

上世纪80年代后期,蒋经国身体每况愈下,正被初期民主改革乱象迷眼的他,迫不及待要开启两岸和平统一的大门,以便向历史作出交代。第一步已经迈出,蒋经国打算把步子迈得更大一些。

他在莫斯科东方大学的老同学邓小平也迈出了步子。1981年7月,邓小平会见香港《明报》社长查良镛(金庸),借此向蒋经国释放信号,传递中共新的对台工作信息。因为金庸曾于1973年与蒋经国见面谈时政国事,比较"熟",能够传话。在邓小平的感召之下,蒋经国没有无动于衷。

这一天,蒋经国在大直官邸接见沈诚,开宗明义说:"你多次奔走于台湾和大陆之间,对中共的意见和我的意见都熟悉,你就先拟出一个第三次合作的方案来吧。"

沈诚说:"遵命!大陆那边的领导人,也希望我对海峡两岸尤其大陆方面的财经问题及国共合作问题提一些具体的意见,以书面陈述。蒋总统的意图我是熟悉的,由于多次接触,对中共的设想和建议也熟悉。"

蒋经国说:"那好,别回香港了,就在台北拟出来,交给我看。"

过了些日子,沈诚再次走进官邸,坐下后从口袋里取出一份文件说:

第33章
历史巨人向历史作交代

"受您之托,我已经将'国是建言'拟好,改题为'国是建议备忘录',于8月交给了中共方面。现特呈您审阅。"

蒋经国说:"我最近眼睛不好,你讲讲要点吧。"

沈诚说:"主要内容有六点:(1)分析两岸两党对当前'国是'在观点上的异同;(2)双方对意识形态上的差距和互相执着;(3)经济制度、社会结构的分歧;(4)如何在'国家至上、民族第一'的大目标下,共同为和平共存、国家统一而努力奋斗;(5)国家一定统一,手段必须和平;(6)实行国共两党第三次合作。"

蒋经国点点头,接过去放在一边。

沈诚的"备忘录"一经提出,立即得到中共高层领导人的高度重视。

1987年3月,中共中央在对"国是建议备忘录"进行充分商议的基础上,邀请沈诚到北京晤谈。赴京前,沈诚又一次去台湾向蒋经国请示。

沈诚说:"蒋总统,中共中央对'国是建议备忘录'进行了充分商议,大陆全国政协邀请我到北京晤谈,您有什么指示?"

蒋经国问:"你的'国事建议备忘录'是否已送北京?北京方面有何反应?"

沈诚说:"我确已送北京邓小平先生,反应还没有听到。"

蒋经国又问:"北京领导中心,到底谁说了算?只怕北京政治一反一复,找错了对手。"

沈诚说:"跟我接触的是'二邓三杨',邓小平、邓颖超、杨尚昆、杨斯德、杨拯民。"

蒋经国说:"那你就去吧。该说的我早都跟你说过了,你多听他们说什么。"

沈诚说:"为打破两岸关系僵局,我力主突破现行的'三不政策',否则就老在死胡同里徘徊。"

蒋经国思虑着摇头:"目前阶段暂时还只能采取'官民有别'政策,

对纯粹民间的接触、交流，政府新的'三不政策'是'不鼓励''不支持''不压制'。"

沈诚高兴地说："这实际上改变了原来死硬的'三不政策'，对两岸关系松动有利，我去大陆心里也有了点底。"

不几天，沈诚已在北京吃烤鸭。

是老朋友贾亦斌请他吃烤鸭。沈诚蘸着酱、卷着饼问："贾先生，我既是经国先生的部下，也曾是你的部下，请你直率告诉我，大陆对和谈有没有诚意？"

贾亦斌放下卷好的烤鸭卷饼说："确有诚意。请你回去转告我们的老上司经国先生。"

沈诚问："何以见得？"

贾亦斌回答说："第一，50年代初，我们的口号是'一定要解放台湾'，很明显是要用武力。后来，讲祖国统一有两种方式，一是武力，还有一种是和平。在十一届三中全会后，提出了'和平统一、一国两制'的对台政策，和平统一放在了前面，而且申明武力只在万不得已如'台湾独立'或外国入侵的情况下才会使用。"

沈诚点着头又问："还有呢？"

贾亦斌说："第二，你也许注意到了，大陆明确了今后要以发展经济为首要任务，这就必须要有一个和平的环境，怎么会在自家海峡两岸打起来呢？怎么可能一边打仗，一边搞建设呢？"

沈诚感兴趣地再问："第三呢？"

贾亦斌说："如果我们用武力解放台湾，就要渡海作战。现代的渡海作战武器，必定是现代化的杀伤力极强的武器，用起来不仅台湾会变成一片焦土，临近台湾的上海、浙江、福建、广东等沿海地区，必然遭到严重破坏。这可是大陆的经济发达地区啊！所以，和平统一是上策。"

头头是道，句句在理。沈诚重重地点头，烤鸭也放下不吃了："你愿不愿意沟通？"

贾亦斌坦诚地说："你是说我跟经国先生的旧日恩怨？统一是中华民族的大局，我会从大局出发，不会计较个人恩怨，经国先生虽然在我起义后曾派人来杀我，但他对我总的是恩大于怨。"

沈诚虽然是受邀请来的，但他不知道能不能见到中共最高领导人，于是又进一步问："你可不可以沟通？跟最高层沟通？"

贾亦斌说："我有些上层朋友，应该可以沟通。请问，经国先生有没有诚意？"

沈诚说："我肯定地回答你，经国先生有诚意。"

贾亦斌追问："诚意表现在什么地方？"

沈诚把椅子移动了一下，更加靠拢贾亦斌，交底说："一是美国人在压经国先生，想把他换掉。美国人觉得他跟他父亲一样不太听话，美国'抑蒋换马'的想法长年不散，经国与美国的矛盾始终不得缓解。"

现在掉换位置了，轮到贾亦斌一再问："还有呢？"

沈诚说："二是台湾内部也不太稳定。如'台独'势力不时嚣张，老兵要求返回大陆探亲愿望迫切，台北、台中闹得很凶，老兵们上街游行。经国先生说：'他们都是我带出来的，离乡背井那么多年，我怎好强压他们的请求呢！'这些都需要与大陆接触。所以，蒋先生确有诚意，是认真的。"

贾亦斌点头说："我会认真帮他沟通。你很快会见到高层人士。"

1987年3月14日，中华人民共和国主席杨尚昆在人民大会堂四川厅接见沈诚。

寒暄过后，杨尚昆询问沈诚："蒋经国先生对'国是建议备忘录'有什么反应？"

沈诚说："经国先生对于两岸、两党问题，深信必定能够在理念认同下求得解决。因此，他希望在求实、求同原则下能够突破。所以，他虽然看到我的'国是建议备忘录'后，还没正面表示什么意见，但从他那次找我谈话中，约略可以看到还是认可的。"

杨尚昆说："国共两党在历史上看来，合则两利、国家兴旺，分则两败俱伤、国家衰败。经国先生秉承蒋老先生之民族大义，坚定一个中国政策，我们十分钦佩，希望国共两党能够第三次合作，共创光明的前途。"

沈诚说："我要求中共方面拿出国共第三次合作的腹案，以便我向经国先生请示机宜。"

杨尚昆开宗明义说："请你转告蒋经国先生，中共中央关于两岸谈判的基本原则是：第一，双方谈判主体，中国共产党对中国国民党。因为今天以两个政府来谈，诸多不便，可能产生不对等的现象，你们可能有困难。而党对党谈起来就灵活多了。所以我们还特别说明，党对党还加以强调：一，中央层次；二，对等地位。"

沈诚重复以加强记忆："中央层次，对等地位？"

"对！"杨尚昆继续说，"这两点，是表示对你党的尊重。第二，谈判主题，先谈合作，后谈统一。我们的目的是希望两岸人民能由互相交流而团结起来，而各取所长，共同合作，如利用台湾财源、科技、智慧等来配合大陆资源、人力、市场，共同振兴实业，发展国家经济，慢慢再求政治上达成国家统一。"

沈诚高兴地说："明白了！这意见太好太重大了，我晚上就通过香港将杨主席的谈话报告蒋总统。"

两天后，杨尚昆再次在人民大会堂接见沈诚，杨斯德在座。

沈诚说："杨主席，我和香港联系后，派专人将我与你的谈话要点报告了经国先生，台北传来消息，蒋经国先生同意'两党对等谈判，中央层次'模式，但技术上还希望正式有个具体表达。"

杨尚昆问："什么样的具体表达呢？"

沈诚说："指的是书面表达，白纸黑字。"

杨尚昆点头：噢。

第33章
历史巨人向历史作交代

几天后，邓小平在人民大会堂亲自接见沈诚，在谈话中对蒋经国希望的技术上的"具体表达"作了完整的阐述，那就是"实行一国两制，完成祖国统一大业问题"。

沈诚问："邓先生，您对对等的和平谈判有什么设想？"

邓小平说："祖国大陆对两岸对等的和平谈判一直抱有诚意。我们裁减了一百万军队，撤销了台湾对面的福州军区，把福建直面台湾的沿海地区建成了现代化和平居住区。"

沈诚又问："对邓先生提出的'一国两制'，不知应该怎样理解？"

邓小平说："由于历史原因，台湾、香港、澳门一直没有回到祖国怀抱中来。实现祖国统一，本着从实际出发，尊重历史事实，我们提出了一个恰当的、双方都能接受的解决办法，就是采取'一个国家，两种制度'，所谓'一国两制'，就是在祖国统一后，台湾、香港、澳门可以实行同大陆不同的制度，他们可以搞资本主义，大陆搞社会主义，但是国家是一个统一的中华人民共和国。"

沈诚感动地说："对于邓先生和中共的胸怀，我是感动的。我会立即把消息反馈给台湾，我对国共两党对等谈判的开展十分有信心。"

3月28日，杨尚昆在人民大会堂四川厅再次接见沈诚，说："中共中央已经研究，认为我既是国家主席，又与经国先生是莫斯科中山大学时的同学，决定以我的名义致函经国先生，并由你秘密转至台湾，邀请国民党派代表到北京，举行和平谈判。"

沈诚接过信函高兴地说："那就好，我会亲自将杨主席的信函送到蒋总统手里，并向他面呈一切。"

杨尚昆指着信封说："没有封口，你可以打开先看看。"

沈诚说："谢谢信任！"

1987年3月31日，蒋经国在台湾慈湖官邸书房约见从北京回来的沈诚。蒋经国身穿毛巾睡袍，左眼因为白内障刚开刀，还蒙着纱布，坐在高背椅上，叫沈诚坐在旁边的椅子上，高兴地说："则明弟，你辛苦了！我要你7点以前到官邸，是因为秘书们此刻还未上班，我们两人可以密谈。"

沈诚问候："蒋总统，最近身体怎么样？"

蒋经国说："还撑得过去，左眼因为白内障刚做手术。"

沈诚汇报说："大陆的杨尚昆主席给您写了封信，要我转交。他为了郑重并使我安心，还亲自交代我，信未封口，准许我过目一下，再封上。"他从公文包里取出一个黄色牛皮纸封套着的信函，郑重交与蒋经国。封套上横列"中国共产党中央办公厅"十个红色简体字，信纸也用"中共中央办公厅"的公笺。

蒋经国并没有当场拆开看，只说："我在莫斯科留学时，就认识杨尚昆，当时他和王新衡跟我三个人，常常在一起聊天。上次见过你的邓小平，也是我的同学。"

沈诚又将《香港基本法》交与蒋经国，说："这是《香港基本法》。那边希望您看看有什么意见，有什么对台湾还可以更加变通的，尽可以提出来。"

门外有脚步声，蒋经国抬腕看表，已到8时。沈诚忙站起告退。

蒋经国说："你先回去休息吧，等我电话！"

忙了一天，蒋经国夜晚回到书房，在台灯下，打开中共杨尚昆的密函来看，并默读着密函内容：

经国先生大鉴：

近闻先生身体健朗，不胜欣慰！

沈君数次来访，道及先生于国家统一之设想，昆等印象良深。

祖国统一，民族振兴，诚我中华民族之崇高愿望，亦历史赋予国共两党之神圣使命，鉴此，我党主张通过两党平等谈判而谋其实现。

今自沈君得悉先生高瞻远瞩，吾人深为赞叹！唯愿能早付诸实施,使统一大业能在你我这一代人手中完成。

为早日实现双方领导人的直接谈判计,昆谨代表中共中央邀请贵党派出负责代表进行初步协商。望早日决断。书不尽意,临颖神驰,伫候佳音。

小平、紫阳、颖超先生嘱向老夫人、阁下,并纬国将军致意!

即颂

时祺

杨尚昆

一九八七年三月二十五日

4月4日,蒋经国在慈湖官邸书房对杨尚昆的信反复研读后,召见沈诚说:"我对他们的来函,已仔细看过,大致上他们还是有诚意的,不过还有一些问题想再问清楚一点。同时,像这样的大事,我必须报告老夫人,她明天会来慈湖。"

他停顿一下,又接着说:"毛周时代已经过去,邓杨应该比他们更能自主些吧。但愿大家记取过去血泪的教训,真正能做到诚意合作,让我们对历史有一个交代。"

沈诚问:"总统,你对杨信中所提原则和程式有什么意见?"

蒋经国说:"大原则,我明白,党对党是准确的,最重要的是大家认同大家的党中央,能以中央层次对等谈判,才不使双方有尊卑的感觉。至于时机上,他们好像操之过急。"

沈诚不解:"操之过急?他们说,双方主事人的年纪都不小了,要抓紧啊。"

蒋经国隐有苦衷地说:"真正要谈判,也要在我们自己党内求得共识,还要向老夫人报告一下。因为党内一部分人还持有反对态度,他们的理由是党对党谈,台湾人民不会赞成。我倒认为,执政党代表政府,应该不致有太大的问题。"

他想想又说："在党对党谈判的原则下，一定要保密，在双方没有取得一定的协议前，尽量不要赴会。视形势发展，为了配合两岸关系，我们一定会在政府部门成立一个协调党政工作的机构来运作。"

沈诚说："那我就将蒋总统的意见，通过稳妥渠道，向对方转达。"

也就是在1987年下半年，蒋经国下令在国民党中央设立大陆工作指导小组。

1987年7月14日，蒋经国签发了解除实施了三十八年的"戒严体制"，正式宣布废除国民党在台湾本岛和澎湖地区实施了长达三十八年的"戒严令"。同年11月，宣布正式开放台湾民众赴大陆探亲。

1987年9月的一天，下午4时，沈诚从香港赴台探视病魔缠身的蒋经国，他被叫进书房。

沈诚问道："我接到总统府的电话就赶来了。我带回的中共的那封信，打算怎么处理？"

蒋经国说："我正研究他们来的那封信的处理问题。信已给老夫人看过了，她表示好好研究一下再作出决策。我对于他们的来函，已仔细看过，大致上他们还是有诚意的，至于在时机上，他们好像操之过急。不过像这样的大事，多少要设想得周全一些才行。你的看法如何？"

老年蒋经国（历史图片）

沈诚建议道："是不是应该礼尚往来，给中共方面捎个回信，然后再作具体规划？"

蒋经国摇摇手说："今天的一切主动在他们，我看回不回信在其次，重要的是下一步的具体工作应如何开展？要考虑赴大陆与中共谈判的人选问题了。"

过了几天，沈诚又被召见。

蒋经国说："我预备第一波去北平的时间定在明年2月底至4月初这段时间。因为我也可能在明年3月召开本党十三大时，在党内秘密通过一下。虽说'党对党'无须经由政府立法部门，但也可能不通过党组织，由我指派代表去北平。"

沈诚赞同说："这样就更好，省却许多掣肘。"

蒋经国强调说："你们要全力以赴，一定要做到'只许成功，不许失败'的要求。"

过了半年，在北京邓小平住宅，邓小平询问主持对台事务的杨斯德："我们邀请国民党派代表到北京举行和平谈判的事，大半年过去了，为什么还没有结果？"

杨斯德说："台湾方面还没有正式回应。"

邓小平说："再问问看，台湾方面有什么看法。哎呀，看来蒋经国毕竟是个孝子。"

杨斯德说："据沈诚说，蒋经国也有说不出的苦衷。他需要说服蒋老夫人，取得她的同意和支持，还需要物色合适的谈判人选。"

10月初，有说不出苦衷的蒋经国又召见沈诚。

病恹恹的蒋经国说："大半年过去了，台湾对中共方面的提议仍然未置可否，十分失礼。你是不是再跑一趟北平，表示歉意？"

沈诚说，与其空手去，不如不去。最好能把第一波人事定下来，带着名单去征求意见，以表诚意。

蒋经国说，最快也要年底前落实名单。名单不好定啊，他们既要严守台湾立场，又要熟悉中共政治。

11月25日，蒋经国在国民党"中常会"上煞有介事地说："过去我们曾与中共有过多次和谈，得到了惨痛的教训，所以1949年以后决不再与中共和谈。"

"我党要始终坚持两大政策，一项是坚决不和共产党接触，一项是坚决反对'台独'的分离意识。今天我们要再一次强调这两大政策，并期勉全体同志，贯彻到底。"

说了这一套冠冕堂皇的话，他最后竟说："不过，大陆最近有一部电影《血战台儿庄》，值得一看。我推荐给中常委的同志看一看。"

12月7日早7点，蒋经国穿一件浅黄色夹克，深灰色长裤，在大直官邸约见沈诚。他的身体已经很差，脸部更显得浮肿，音调低哑。

沈诚问："蒋总统在'中常会'上怎么还那样说呀？这会引起中共的误会的。"

蒋经国说："公开的会上这样说，正是为了私下的接触减少阻力。"

沈诚急切地问："去北京谈判的人选考虑成熟了吗？"

蒋经国有信心地说："下一拨正式去北京的人选，大概在下个月初的党'中常会'中作决定。那时，你就可以作安排了。你在台北多待几天，过完元旦回香港吧。"

沈诚担心地说："我担心你的身体吃不消，慢慢来吧。"

蒋经国说："我已经答应过选派代表，必须遵守承诺。"

从廖承志的公开信，到杨尚昆的密信，再到蒋经国开放台湾民众回大陆探亲，海峡两岸暖风频吹，紧锣密鼓地开始了国共两党的高层交往，两党重新走向短距离接近。

然而，历史往往是在出乎人们设想的轨道上拐弯，意料之外的事发生了。1987年12月25日上午，台北市中山堂举行"行宪四十周年纪念"典礼，蒋经国坐着轮椅抵达会场。此时他已说话艰难，由秘书长何宜武代他宣读致辞。在座的十一个民进党"国大代表"突然站起来同声喊叫"全面改选"（指"国会"），随后又起身再次叫嚷"国会全面改选"，还拿出一面书写着"全面改选"的白布条当面攻击蒋经国。蒋经国的部属要严厉还击，被他

第33章
历史巨人向历史作交代

制止了。半个月后的1988年1月10日，蒋经国对着他的一个孩子忽然开口，很伤感地说："我一辈子为他们如此付出，等到我油尽灯枯时，还要给我这种羞辱，真是于心何忍？"三天后，即1988年1月8日，蒋经国突然咯血逝世，隐匿在蒋经国脑中的与大陆联系沟通的计划也就秘而不可宣地无法实施了。

令人遗憾的是，蒋经国开了禁，正要启动"三通"，正要派出赴北京进行国共对话的代表，他却"出师未捷身先死"。这个子承父业的台岛政治强人的去世，使秘密进行的两岸接触突然中断，两岸两党正式对等谈判的美好设想也因此搁浅，不由得令人扼腕长叹。

在北京邓小平住宅客厅，邓小平对对台办主任杨斯德说："蒋经国先生去世了，很遗憾。以中共中央的名义，发唁电去台北。"

杨斯德问："唁电对经国先生怎么评价？"

邓小平说："肯定他两条，一是他坚持一个中国，二是他反对台湾独立。"

邓小平立刻主持召开了中央政治局扩大会议，听取了国台办和对台工作小组的报告。邓小平表示，中国的统一是一件世界大事。邓小平还遗憾地说："若蒋经国健在，中国的统一就不会像现在这样困难和复杂。国民党和共产党过去有过两次合作，我不相信国共之间不会有第三次的合作。可惜，经国死得太早了！"

人亡政息，蒋经国的老同学邓小平也只能空叹息。

在蒋经国逝世的第二天，中共中央致电国民党中央吊唁，电文全文如下：

> 惊悉中国国民党主席蒋经国先生不幸逝世，深表哀悼，并向蒋经国先生的亲属表示诚挚慰问。

台湾《中国时报》称中共中央的唁电"电文仅有三十九个字，但被视为是近四十年来，两岸隔绝敌对下，共产党对国民党首次有较平和的直接反应，也是党与党之间对等地位作出反应"。合众国际社评说：中共领导人代表官方对蒋氏去世最初的反应，让人觉得他们犹如失去了亲人，对在晚年曾设法弥合近四十年分离状况的这样一位疏远了的亲戚的死表示哀悼。

蒋经国逝世后，台湾"高等法院检察处"以"意图非法变更国宪，颠覆政府"为由，将沈诚逮捕下狱，关押一年既不审也不判，最后竟然无所说明一放了之。

■ "台湾不能在任何人手里丢掉"

1983年的一天，耄耋之年的邓小平在人民大会堂对廖承志、童小鹏、罗青长、杨斯德等人深情地说："我们都是炎黄子孙，祖国要统一，不统一就没有出路。我们这些人岁数都不小了，都希望中华民族来一个真正的统一。前人没有完成的事业，我们来完成。我们的后人总会怀念我们的。如果不做这件事，后人写历史，总会责备我们的。这是大事，前人没有完成。我们有条件完成。"

廖承志有意问："怎么完成呢？"

邓小平说："一要从实际出发，二是不妥协让步不行。考虑问题要从人民的长远利益出发，牺牲一点暂时的利益是必要的。"

邓小平抽口烟，望一眼在场诸人，又意味深长地说："解决台湾问题决心要大，但不能操之过急。国家一定要统一，台湾不能在任何人手里丢掉，否则就是历史的罪人。清朝时期都没有丢掉台湾，在我们手里更不能丢掉。"

廖承志又问："如果台湾硬就不跟我们谈判怎么办？"

邓小平抽口烟，坚决地说："如果台湾永远不同我们谈判，怎么办？难道我们能够放弃国家统一吗？所以不能排除使用武力。我们要记住这一点，

第33章
历史巨人向历史作交代

我们的下一代要记住这一点!"

1983年6月21日,邓小平会见参加北京科技政策讨论会的美国新泽西州西东大学教授杨力宇时,说:"你们今年3月在美国旧金山举办'中国统一之展望'讨论会,做了一件很好的事。"

杨力宇问:"不知邓先生对祖国统一有什么展望?"

邓小平说:"问题的核心是祖国统一。在一个统一的国家内,有不同的社会制度,这是史无前例的。和平统一已成为国共两党的共同语言。但不是我吃掉你,也不是你吃掉我。我们希望国共两党完成民族统一,大家都对中华民族作出贡献。"

杨力宇说:"这就是说,台湾地方政府享有高度自治的权利,这些权利体现在哪里呢?"

邓小平详细阐述道:"我们承认台湾地方政府在对内政策上可以搞自己的一套。台湾作为特别行政区,虽是地方政府,但同其他省、市的地方政府以至自治区不同,可以有其他省、市、区所没有而为自己所独有的某些权力,条件是不能损害统一的国家利益。祖国统一后,台湾特别行政区可以有自己的独立性,可以实行同大陆不同的制度。司法独立,终审权不须到北京。台湾还可以有自己的军队,只是不能构成对大陆的威胁。大陆不派人驻台,不仅军队不去,行政人员也不去。台湾的党、政、军等系统,都由台湾自己来管。中央政府还要给台湾留出名额。"

杨力宇又问:"邓先生对蒋氏父子是怎样评价的?"

邓小平说:"我们是要完成前人没有完成的统一事业。如果国共两党能共同完成这件事,蒋氏父子他们的历史都会写得好一些。当然实现和平统一需要一定的时间。如果说不急,那是假的,我们上了年纪的人,总希望早日实现。要多接触,增进了解。我们随时可以派人去台湾,可以只看不谈。也欢迎他们派人来,保证安全、保密。我们讲话算数,不搞小动作。"

在人民大会堂会客厅,邓小平在接见美国教授林宗义时说:"现在两边虽然吵架，但都坚持只有一个中国，反对台湾独立的立场。在这一点上，我们两边是一致的。将来我们这边的老一辈人不在了，接我们班的人仍然会坚持这个立场，并且能够坚持下去。但他们那边的老人不在时，接他们班的人是否会坚持这个立场。如果坚持，客观上是否能坚持住，这些就很难说。因此，要趁我们这些老人还在的时候，早作打算，早下决心，先把国家统一起来。"

林宗义说："台湾领导人是主张用三民主义统一中国，不知邓先生怎么看？"

邓小平抽口烟说："你实行你的三民主义，我实行我的社会主义。我们不用我们的制度和思想统一台湾，台湾也不可拿它的制度和思想来统一大陆。只有在这样的基础上才可以谈合作，相互容纳。"

1984年4月28日，邓小平在人民大会堂会见美国总统里根，舒尔茨、温伯格在座。

邓小平说："和平是我们共同关心的首要问题。世界局势不稳定，但争取和平的前景良好。有资格发动世界战争的还是美苏两家。美国应从四个航空母舰的政策中走出来，否则将同世界上十几亿人口结成疙瘩。中美关系前一段吵了一架，近来是好的。但说中美关系已进入了成熟阶段，这种判断不准确。"

谈到中美关系的焦点问题台湾时，邓小平强调地说："中美关系的主要障碍还是台湾问题。希望里根总统和美国政府认真考虑中国人民的感情，不要做使蒋经国翘尾巴的事情。我们已经做了一切可能的事情，准备在不放弃主权原则的前提下，允许一个国家有两种制度。海峡两岸可以逐步增加接触、谈判，争取和平统一。如果美国按照杜勒斯的政策对待台湾，不知哪一天，台湾又成为爆炸性问题。"

里根听了翻译，不觉一怔。

1985年9月20日，邓小平在人民大会堂会见新加坡总理李光耀时，明确

第33章
历史巨人向历史作交代

说:"不管怎样,现在台湾和我们还有共同点,都认为只有一个中国。但如果蒋经国不在了,就可能真正出现两个中国。美国、日本都有一股势力支持台湾独立。我与里根、舒尔茨、温伯格都说过,中美关系的焦点是台湾问题。应该好好解决台湾问题。如果像美国国会那样干涉中国内政,将会在中美关系中引起冲突。蒋经国不在了,台湾出现独立怎么办?我们怎么能承诺不使用武力?我同他们谈得很坦率,确实存在台湾独立的可能性。我们不希望出现这种情况,但先把话讲明白好。"

进入晚年的邓小平,在一系列接见谈话中,提出"一国两制"的战略构想,而且越来越完整,越来越明晰,这正是他们这一代人对祖国、对历史的一种交代。

第 34 章
"九二共识"与"汪辜会谈"

■ "九二共识"铺路

两岸具有实际意义的直接接触、协商和谈判,始于1985年5月的"两航"(中国民航与台湾华航)谈判。此后,随着两岸各种交流的日益扩大及由此衍生问题的不断增多,两岸间围绕具体、个别的事件或问题进行接触、商谈也越来越频繁。例如,1990年7月,台湾海峡发生两起悲剧,台湾当局用船舱被钉死的小渔船驱返二十六名大陆偷渡渔民,其中二十五人被活活闷死;8月,又改用军舰押送大陆偷渡渔船,行驶到海峡中线时,军舰掉头返航,一下子把渔船撞沉了,二十一人淹死。四十六条人命促使两岸红十字会坐到一起,紧急商议遣返事宜,9月即签署《金门协议》。这是1949年以来两岸官方授权民间团体签订的第一个书面协议。1991年8月,中国红十字会总会代表曲折、庄仲希,及大陆两位新闻社记者范丽青、郭伟锋完成历史性的首次访台,化解了两岸在交涉处理"闽狮渔事件"过程中的僵持局面,使两岸关系跨出了一大步。

但是,这些就一时一事随机式处理的方式,很难适应两岸关系现实发展的需要。长期以来,由于缺乏有效的运作机制,两岸许多事务性问题得不到妥善处理。这样,呼唤建立有效交流、协商机制的"汪辜会谈"就应运而生了。

1990年4月,中国刚经历了一场政治风波,美国宣布对中国进行经济"制裁",海峡两岸的关系也较前显得紧张而转入冰点。正是在这时,华东师范

第34章
"九二共识"与"汪辜会谈"

大学哲学系接待了一位来自台湾地区的客人——台湾著名学者南怀瑾先生的弟子张尚德教授。张尚德是台湾地区著名的禅门宗师,此行有意在内地委托一家印刷厂印制禅学研究书籍,在祖国大陆进行交流。听说张先生还带有巨额投资意向,欲寻与上海市主要领导会面的机会。他是带着其师南怀瑾先生的嘱托而赴大陆推动两岸关系的接触的。

4月26日上午9时,张尚德教授在地处上海市中心附近的华侨饭店九楼松鹤厅作了整整一天的"禅的超越性"报告。下午4点半,在报告会接近尾声时,只见汪道涵轻车简从,仅带了方秘书一人从黑色的奥迪车上走出。华侨饭店即刻安排工作人员在最短的时间内将大宴会厅隔出一间小会客厅,并将汪道涵、张尚德教授引入会客厅。

两人进行了两岸历史性的对话,对话主旨从佛学、禅宗、投资到中国传统文化、天地、祖宗,再到孙中山、博爱、天下为公、制度、主义、信仰、和解,渐渐地进入了两岸关系……汪老谈得兴趣盎然,原打算一个小时的会见又延续了半个小时。最后,汪老风趣地笑吟了一首客家民谣赠张尚德先生的秘书(吴秘书祖籍系广东梅县客家人):"临别赠送酒一杯,望君早日衣锦归;路边花儿切莫采,家中还有一枝梅。"

这次上海会面之后,两岸加快了民间交往的步伐。张尚德回到台湾后发表在达摩出版社的回忆文章中提到,进入大陆前夕,在南怀瑾先生香港的寓所中,两岸密使已在接触。在一篇讲"汪辜会谈"台前幕后的文章中,张尚德的大陆之行被称为"汪辜会谈"的幕后举动。

1990年11月21日,台湾海峡交流基金会正式成立,并于翌年3月9日开始挂牌运作,作为台湾方面负责两岸交流的"民间中介机构"。前国民党中常委辜振甫先生出任该会首任董事长。

1991年12月16日,大陆海峡两岸关系协会宣告成立,这是以促进两岸交往、发展两岸关系、实现祖国和平统一为宗旨的民间团体。首任会长是曾任上海市长的汪道涵,名誉会长是荣毅仁。

1992年6月8日，成立不久的海协会即致函邀请台湾海基会董事长、副董事长、秘书长率团来访；8月4日，汪道涵会长再次向辜振甫先生发出邀请，希望"就当前经济发展、两会会务问题交换意见，洽商方案"。

8月12日，辜振甫先生正式回函接受邀请，这便是"汪辜会谈"的由来。消息传出，成了海内外舆论界的热门话题，一致认为两岸民间机构领导人的首次晤谈，是"两岸跨出正式会谈的第一步"。

随即，双方展开一系列会谈准备，函电、人员往来颇为频繁，新闻界也越炒越热，特别是为"汪辜会谈"作预备性磋商的两次"唐邱磋商"的成功，更是先声夺人，备受两岸瞩目。

这时候，一个"正名分"问题冒出来了。海峡两岸以什么基础和前提进行接触、对话、商谈呢？这关系到两岸关系的性质与和平统一的前景。虽然自1949年国民党政权迁到台湾后，两岸均一直坚持一个中国的原则和祖国必须实现统一的愿望，但是台湾在李登辉执政后，从1990年开始陆续提出了所谓"一国两府""两个对等政治实体""两岸分裂分治"等分裂国家主权的主张，在坚持一个中国原则方面的态度明显出现了变化。鉴于这种动向，大陆方面不得不提出，海峡两岸在事务性接触、对话与商谈中，首先必须明确如何坚持一个中国原则，以及海峡两岸必须坚持以一个国家的内部事务的立场来处理两岸在各种交流、交往与经贸活动中所衍生出来的问题。

为此，海协会与海基会在1992年里，就这一问题进行了近八个月的协商。1992年8月1日，台湾当局的"国家统一委员会"就两会商谈事务性协议时有关"一个中国"含义问题作出"结论"，内称："海峡两岸均坚持一个中国之原则，但双方所赋予之含义有所不同"；"台湾固为中国之一部分，但大陆亦为中国之一部分"；台湾当局"已制定国统纲领，开展统一步伐"。这份"结论"表明了台湾当局承认台湾是中国领土的一部分和"海峡两岸均坚持一个中国原则"、追求统一的立场。为进一步表明海协会的态度，为两会达成具体表述创造条件，8月27日，海协会负责人发表谈话，指

第34章
"九二共识"与"汪辜会谈"

出这份"结论"确认"海峡两岸均坚持一个中国之原则","明确这一点,对海峡两岸事务性商谈具有十分重要的意义,它表明,在事务性商谈中应坚持一个中国原则已成为海峡两岸的共识";同时,针对这份"结论"中祖国大陆方面不同意的内容,海协会负责人也明确表示:"我会不同意台湾有关方面对'一个中国'含义的理解。我们主张'和平统一、一国两制',反对'两个中国''一中一台''两个对等政治实体'的立场是一贯的。"

1992年10月28日至30日,海协会与海基会在香港就"两岸公证书使用"问题继续进行工作性商谈。对于如何在协议文本中表述坚持一个中国原则问题,双方各自提出五种文字方案,但未形成一致的意见。随后,海基会代表"建议在彼此可以接受的范围内,各自以口头方式说明立场",并又提出三种口头表述方案,其中第八案的表述内容是:"在海峡两岸共同努力谋求国家统一的过程中,双方虽均坚持一个中国的原则,但对于一个中国的含义,认知各有不同。"海协会研究了海基会的第八案,认为这个方案表明了台湾当局和海基会谋求统一、坚持一个中国原则的态度,虽然提出对"一个中国"的含义"认知各有不同",但没有出现具体涉及"一个中国"政治含义的文字,而海协会历来主张"在事务性商谈中只要表明坚持一个中国原则的态度,不讨论一个中国的政治含义"。在得到海基会11月3日来函作出"已征得主管机关同意,以口头声明方式各自表达"的正式答复后,11月16日,海协会致函海基会,表示同意以各自口头表述的方式表明坚持一个中国原则的态度,并提出海协会的口头表述要点为"海峡两岸都坚持一个中国的原则,努力谋求国家统一。但在海峡两岸事务性商谈中,不涉及一个中国的政治含义"。12月3日,海基会回函对此不表示异议。至此,双方达成了各自以口头方式表述"海峡两岸均坚持一个中国原则"的共识。这就是著名的处理海峡两岸关系的"九二共识"。这个共识一直成为两岸对话与谈判的基础。

"九二共识"的重要意义在于:这是两岸首次通过授权的半官方机构,以商谈的方式共同确认了"海峡两岸均坚持一个中国的原则"和"努力谋求国家统一"的政策主张。"九二共识"为两会商谈和两会会长的会晤,为1993年的"汪辜会谈"铺平了道路。

■ "汪辜会谈"——两岸首次高层对话

1993年4月7日,海基会秘书长邱进益率团乘机抵达北京,落榻北京贵宾楼饭店。4月8日,海协会常务副会长唐树备同邱进益相会于钓鱼台国宾馆,磋商"汪辜会谈"事宜,举行了两岸四十多年来第一次有代表性、突破性的对话。

经过四天会商,第一次"唐邱磋商"取得圆满成功,在钓鱼台国宾馆敲定了"汪辜会谈"的"三大议题",双方达成了八点共识。在双方当局认可后,于4月底举行的"汪辜会谈"中正式签署协议。并草签了《两岸公证书使用查证协议》和《两岸挂号函件查询、补偿事宜协议》。这两项协议将在4月底举行的"汪辜会谈"中,由海协会会长汪道涵和海基会董事长辜振甫进行正式签署,签署后三十天生效。

1993年4月25日,海峡两岸关系协会会长,原中顾委委员、上海市长、市委书记汪道涵抵达新加坡樟宜机场。

在中外百余名记者的包围下,汪道涵发表了热情洋溢的讲话:"……我们主张和平统一,我们双方都有发展两岸关系、实现和平统一的愿望,本人愿以满腔热忱,为维护两岸同胞正当权益,为发展两岸关系,竭尽绵薄之力……"

他继续说:"两岸同胞应更具前瞻性地去面对未来,把握住国际发展的趋势所赋予我们中国人的历史机遇,以宽阔的胸怀向前看,加强合作,携手努力,共同振兴中华。"

1993年4月26日下午,台湾海峡交流基金会董事长、台湾工商界巨头、国民党中常委辜振甫抵达新加坡樟宜机场。

辜振甫发表讲话说："海基会与海协会已跨出历史性的一步，希望这次会谈能使交流制度化，促进两岸关系的良性发展……纵观世界潮流，对抗已经为和解所替代，而和解也逐渐迈进互利互惠的阶段。今后，海峡两岸的中国人都应该扬弃'零和'的逻辑，秉持'双赢'的理念，相互扶持。"

新加坡亚历山大路海皇大厦四楼小会客室，在正式会谈之前，互相还不认识的汪道涵和辜振甫先在一间小会客室相见，双方寒暄了几句，温文尔雅的汪道涵便说，辜先生，我知道你喜欢京剧，我也有此一好。

辜振甫说，噢，那太好了！我们有共同的一好。

这种寒暄一下把彼此关系拉近了。

汪道涵又说，我带来一套中国文化部出的十套京剧音配像录像带，挑选的是中国历来最好的京剧唱段，其中还包括梅兰芳先生的作品，送给你欣赏。他从工作人员手中接过，亲手赠予辜振甫先生。

辜振甫接过珍贵礼物，感动地说，太宝贵了，我不但欣赏，还要好好收藏。谢谢！

汪道涵笑着说，我听说辜先生意气风发，不但自吟自唱，还经常登台演出？

辜振甫笑着说，这次会谈结束后，我还要赶回台北登台演唱京剧呢。

1993年4月27日上午10时，汪道涵和辜振甫面对面，隔着一个长方形会议桌，相互伸出手来，慢慢地有力地握在了一起，实现了海峡两岸授权民间团体首脑的首次握手。

会场响起热烈的掌声。中外记者手中的闪光灯亮成一片，将这一历史性的时刻记录了下来。

在现场采访的记者们热情高涨，一再呼唤："再握一次手！""再来一次！"

汪道涵和辜振甫相视微笑，面对镜头，和着记者呼唤的节拍，欣然而愉快地一次一次握手,连续握了四次手。而且,为了达到台湾方面要求的"对等",握手前两位老人必定起立,伸手隔桌互握,笑容可掬地面对一端的摄像机,再同时面对另一端的摄像机。这个镜头出现在电视上,就是两岸对等的经典画面。

闪光灯和快门响成一片,记者们纷纷抢拍下这一珍贵的历史镜头。

在这里举行的,便是被舆论界称为"两岸首次对话"的、备受世人关注的"汪辜会谈"。

会谈过程中,双方就两会会务、两岸经济交流和科技文化交流等三项议题,认真、坦率地交换了意见。在起草共同协议时,双方就名称问题一度争执不下,但汪、辜二人一见面,这个问题就迎刃而解了。这证明会谈代表层次越高,解决问题就越顺利;授权越大,解决的问题就越多。

"汪辜会谈"载入史册,辜振甫的名字从此广为人知。图为1971年,辜振甫与夫人严倬云从香港回到台湾。(历史图片)

1993年4月29日上午10时40分,海皇大厦四楼签字厅里记者云集,闪光灯闪烁。

两岸授权民间团体的最高领导人汪道涵、辜振甫,并肩走进摆满鲜花的签字厅,郑重地在《两岸公证书使用查证协议》《两岸挂号信函件查询、补偿协议》《两会联系与会谈制度协议》《汪辜会谈共同协议》等四份文件上签字。然后,他们缓缓地站起身,互换文本和签字笔,握手致意。因为依中国传统礼仪,座位以右为尊,为求"对等",汪辜两老在签约过程中还必须互换座位,以免任何一方独占签约桌子的右手尊位。

第34章
"九二共识"与"汪辜会谈"

两位古稀老人睿智的目光相互凝视，脸上露出了会心的笑容。

在新加坡海皇大厦四楼会议厅，汪道涵举行记者招待会。他对与会者说："我首先代表海协会对新加坡各界人士给予的大力支持和帮助，表示感谢！对关切和支持这次会议报道的中外记者深表谢意！"

他接着说："这次会议是两岸迈出的历史性的重要的一大步，两岸人民之间的联系虽然早已开始，但两岸正式会谈还是第一次。走出了这一步，对推动两岸继续接触、两岸关系继续发展，将起重要作用。"

在新加坡海皇大厦四楼会议厅，辜振甫举行记者招待会说："今天上午签署的四项协议，为两岸民间交流掀开了新的一页，为未来两岸关系发展打下了一个良好的基础。《两会联系与会谈制度协议》将搭起两岸沟通的桥梁，对发展两岸关系和两岸交流秩序化将是一座里程碑。"

见则两利，谈则双赢。"汪辜会谈"的成果是多方面的。除了签署了上述四个协议之外，双方通过两个阶段预备性磋商和两天半的正式会谈，还解决了一系列两岸多年来都在设法寻求解决的问题：双方确定1993年内将就"违反有关规定进入对方地区人员的遣返及相关问题"等五项议题进行事务性协商，双方同意就加强能源、资源的开发与交流进行磋商，双方还同意积极促进青少年互访交流、两岸新闻界交流以及科技交流。这是四十多年来两岸之间第一次写进双方协议之中的内容。

为庆祝会谈成功，汪道涵夫妇在董宫酒楼宴请辜振甫夫妇及台湾海基会一行。

这家酒楼中餐部经理拿着极具创意的菜单对汪、辜二人介绍说，汪先生，辜先生，衷心欢迎你们驾临赏光！请看我特为宴会设计的菜单，每一道菜都有别具意韵的菜名。

汪道涵接过菜单看后大为高兴，即兴念诵起来：情同手脚……琵琶琴瑟……喜庆团圆……万寿无疆……三元齐集……兄弟之谊……其实这一切都是汪老授意安排的。

他把菜单交与辜振甫，辜振甫也接过高兴地念下去：夜语华常……龙族一派……前程似锦……好，好！都有新意，都有深意。

中餐经理说，这是真诚的期待，期待两岸关系更上一层楼！

与席者鼓掌助兴。在掌声中，各道冠名菜陆续上席，大家争相欣赏、品味。

"汪辜会谈"是海峡两岸高层人士在长期隔绝之后的首次接触，是两岸走向和解的历史性突破，是两岸关系进程中的"重要里程碑"，被舆论称为"破冰之旅"。汪道涵和辜振甫分别以"互利"和"双赢"来评价这次会谈所取得的成果。它向世人表明，两岸之间完全可以在政治原则、立场和目标取向差距极大的情况下，通过坦诚、务实的接触与协商，找到双方利益的共同点。

第35章

开创两岸关系新未来

1998年10月，汪道涵和辜振甫在上海举行了第二次"汪辜会谈"，双方达成包括两岸继续进行政治对话，以及汪道涵应邀访问台湾的共识。此时两岸关系出现激烈动荡。1999年，李登辉抛出"两国论"，拆毁了两会商谈的政治基础。从此，台湾政权正式从主张统一的"蒋家王朝"，向主张"台独"的"李姓江山"转变了。2000年，陈水扁上台后变本加厉，拒不承认"一个中国"的原则，拒不承认两会达成的"九二共识"，动摇了两岸关系的基石，搞"一边一国""一中一台"，两岸关系持续陷入紧张僵局。两会无法再续协商，汪辜无法再度会晤，二老也带着遗憾先后离开了人世。

一切期待着新的变局！

历史的车轮驶入21世纪。在海峡两岸关系激烈动荡之际，海峡两岸国共两党的领导人为了捍卫中华民族的核心利益，为了两岸民众的共同命运，在坚持一个中国、反对"台独"的共同政治基础上，冲破了历史藩篱，实现了和解，共商维护台海和平之道。2005年，终于实现了分离六十年之后的再次握手，展开了新一轮的积极对话。

2005年4月26日，中国国民党主席连战率团访问大陆，历时八天七夜，与中共中央总书记胡锦涛进行了具有历史意义的会谈。2005年5月5日，与国民党同属"泛蓝阵营"的亲民党主席宋楚瑜又率团来到大陆，访问九天，与中共中央总书记胡锦涛会谈，为两岸对话铺路搭桥。

历史是很值得玩味的，当年剑拔弩张、你死我活的国共之争，已经变得沧桑而遥远。曾沦落为在野党的国民党又在台湾再度重新掌权。随着国共两

第 35 章
开创两岸关系新未来

党地位的变化,随着民进党在台湾搞"台独"这几年的折腾,国共两党的关系和感情也起了微妙的变化。对比搞"台独"的民进党,共产党同老政敌国民党在台海问题上的共同语言更多一些,交情更深一些。两党新一代领导人在北京的握手拥抱,引起两岸民众多么热切的期待和展望!

台湾当局领导人马英九上台以来一直重视和支持"九二共识"。2012年11月9日,"九二共识"二十周年学术研讨会在台北举行。马英九发言表示,"九二共识"的存在是白纸黑字的历史存在,是两岸交流互信的基础,当前更要宣示"九二共识"是确保两岸和平发展的关键。

讲话中,马英九详细回顾了自己当年在台湾两岸事务主管部门工作时,亲身见证了"九二共识"诞生的过程。他并强调,"九二共识"的出现不是口头的,不是凭空的,是白纸黑字,是函电往来。他说,"九二共识"代表的就是两岸搁置争议、正视现实的精神,以及务实解决两岸问题的态度。它促成了"汪辜会谈",为后来两岸两会制度性协商打下了非常坚实的基础。

2008年,"陆客来台"、两岸"三通"迅速促成,两岸关系迅速掀开了历史性的一页。海基会也从前八年除了事务性工作以外完全没有任何协商的状况下走了出来。两岸在一个中国原则基础上恢复制度性协商。2010年6月,两岸成功签署《海峡两岸经济合作框架协议》(ECFA),十八项协议为两岸经济合作和各领域交流创造了良好条件,为两岸互利双赢开辟了新天地,使两岸共同繁荣实现了大发展。

2013年1月1日,马英九以"奋起行动,扭转未来"为题发表2013年元旦祝词,描绘了两岸新年新前景:当局将加速《海峡两岸经济合作框架协议》后续协商,进一步放宽陆资与陆生来台及陆客自由行,近期内通盘检讨与修正《两岸人民关系条例》,取消不合时宜的限制与歧视性规定;也将积极推动两岸两会互设办事机构,照顾每年来往两岸间数百万广大民众,为两岸和平发展制度化打下更坚实的基础。马英九说,两岸领导人都应将确保台海永久和平当成首要之务,两岸交流越制度化,两岸的和平也就越巩固。

2013年2月26日,国家主席胡锦涛在人民大会堂会见了中国国民党荣誉主席连战和随访的台湾各界人士访问团。

胡锦涛指出,这些年来,两岸关系取得一系列重大进展,开创出和平发展的新局面。事实证明,推动两岸关系和平发展,符合两岸同胞的共同愿望,符合中华民族的整体利益。中共十八大报告关于两岸关系的政策主张,体现了我们对台工作大政方针的连续性和与时俱进。我们推动两岸关系和平发展、促进祖国和平统一的大政方针不会动摇,多年来行之有效的政策措施将会继续得到贯彻执行,两岸关系将会不断向前迈进,从而更好地造福两岸同胞。

中共十八大确定的两岸关系发展方向既为台湾提供了难得的历史机遇,同时也向台湾当局提出了挑战和考验。在国家统一问题上,两岸能否做到同步前进是一大考验。两岸关系归根结底是两岸政治问题,在未来两岸政治议题上,两岸能否有较大突破是一个重大挑战。十八大报告对两岸政治议题的进展提出了明确方向,这也是两岸关系发展的前景和目标。"希望双方共同努力,探讨国家尚未统一特殊情况下的两岸政治关系,作出合情合理安排",这一表述显示出大陆对台政策务实的一面,在语气上更加柔和,体现出对台的善意,展现了中共的政治胸怀。接下来两岸政治定位如何解决,需要两岸双方平等协商,需要两岸各界贡献智慧,需要两岸人民共同努力。

2014年初,继双方两岸事务主管部门负责人首次正式会面后,又有中国国民党荣誉主席、两岸和平发展基金会董事长连战率台湾各界人士访问团再次来北京参访。

继往开来,任重道远。回看六十多年,曾经的携手共赴国难,曾经的反目操戈,那些历史的硝烟早已散去,连1958年金门炮战的战壕里都长出了合抱之木。展望未来,尽管两岸关系和平发展会面临一定的阻力和挑战,但两岸交流合作深化的趋势不可逆转,两岸关系和平发展的制度框架将逐步建立和完善。国共两党展开良性互动,海峡两岸进入和平发展轨道,逐渐共识到

"两岸之间,唯和与合"。两岸同胞同根同源、同文同种,历来命运与共,是割舍不断的命运共同体。未来国共两党和两岸各民主党派在"未了"的棋局中,一定还会演绎新的故事,创造新的中华传奇。两岸新的政治家和炎黄子孙们,都希望这部传奇的总主题是经历"不独""不武"的漫长旅程,达到"和为贵""统为终"的终极目标。

1997年11月12日 初稿

2013年1月26日 二稿

2015年3月21日 改定

参考资料

1. 中央文献编辑室：《毛泽东传》（1949—1976）（上、下册），中央文献出版社2003年版。
2. 童小鹏：《风雨四十年》（上册），中央文献出版社1994年版。
3. 郭文韬，郭晨：《开国沧桑》，解放军出版社1993年版。
4. 郭文韬：《开国前后》，海南出版社1993年版。
5. 陈敦德：《归根：李宗仁与毛泽东周恩来握手》，解放军文艺出版社1991年版。
6. 吴冷西：《回忆毛主席》，新华出版社1995年版。
7. 李越然：《外交舞台上的新中国领袖》，解放军出版社1989年版。
8. 何仲山等：《毛泽东与蒋介石》，中国档案出版社1996年版。
9. 袁小伦：《周恩来与蒋介石》，光明日报出版社1994年版。
10. 范小方等：《国共谈判史纲》，武汉出版社1996年版。
11. 地久等：《潮涨潮落——国共角逐台湾海峡纪实》，中华工商联合出版社1996年版。
12. 李健：《两岸谋和足迹追踪》，华文出版社1996年版。
13. 鲁青等：《两岸关系秘闻录》，香港文汇出版社1996年版。

14. 何虎生：《蒋介石、宋美龄在台湾的日子》，华文出版社1999年版。
15. 马振犊：《台前幕后：1949—1989年的国共关系》，广东人民出版社2002年版。
16. 尹家民：《两岸惊涛中的毛泽东与蒋介石》，百花洲文艺出版社2004年版。
17. 胡彦林，陈国健：《台湾——海疆征战》，解放军出版社2004年版。
18. 李立：《目击台海风云》，华艺出版社2005年版。
19. 陈香梅：《陈香梅自传》，山东人民出版社2004年版。
20. 刘丕林：《1949—1979：国共对话秘录》，湖北人民出版社2006年版。
21. 魏承思：《两岸密使50年》，阳光环球出版香港有限公司2005年版。
22. 廖信忠：《我们台湾这些年：1977年至今》，重庆出版社2009年版。
23. 长弓，日月：《红色女特工》，《名人传记》1999年第04期。

除以上资料外，作者还参考了书中所涉及当事人如叶飞、王炳南、张治中、邵力子、章士钊、程潜、傅作义、李宗仁、程思远、屈武、陈诚、陈立夫、吴国桢、孙立人等的已公开出版的传记或回忆录、纪念专辑等书籍，并查阅了相关报刊、网络的文章等。

写在后面的话

我不是台海关系问题的实践者或研究者，只不过是个纪实文学作家。这本书虽然有自己的框架结构、叙述方式、观察视角、取舍选择和语言风格，但参考引用了许多实践者的回忆文字和研究者、写作者的著述评论文字。它们极大部分是大陆公开出版的书籍和文章，只有个别是海外出版物上的史料。本书虽然有集台海历史半个多世纪之大成的纪实内容，但严格说应该算是"编著"，只从纪实文学的记录、荟萃、评析、诠释、可读的角度，称其为著作也说得过去。

最早我是被一篇《参考消息》上头版刊载的两岸密使的早期来往文章引起兴趣的，十多年来一直关注下来，持续搜集有关素材，沿着两岸最高层派遣的"特使""密使"这条主线深入追踪挖掘。发现六十多年来各种"特使""密使"传闻不断，不少人还回忆著述成文，引起局外人包括我强烈的猎奇、搜寻、阅读、荟萃的兴趣。

自1949年以来，在两岸对峙的几十年中，真有不少人受两岸高层派遣或个人主动在私下沟通或传递讯息，或传递两岸当局和谈的愿望，或藉此避免因误会而造成不必要的冲突甚至战事，他们被叫作两岸"特使""密使""联络人""传话人"，有的甚至自谦为"两岸挑夫"。他们甘冒风险，为两岸沟通、和解和统一，穿梭往来，秘密奔走，只顾耕耘，难问收获。有蒙冤铁窗的，有无功而返的，有痛失时机功败垂成的，有机缘巧合建立了功业的，也有个别假冒伪劣蒙骗世人的。他们为改善两岸关系默默奔走，是功不可没的。他们为民族利益、同胞福祉，为反对和遏制"台独"，完成祖国统一大业，历艰披险，辛劳奔走，奉献智慧，提供谋略。不论功业大小，成就多少，他们的精神是值得感念的，他们的智慧是值得敬佩的，他们的传奇是值得记述的。

但是，沿着这条"特使""密使"线索追寻下去后，发现豁然开朗、别有洞天，呈现在眼前的是一幅新景象。我的视野开阔提升了，由瞄着人物搜寻素材，过渡到沿着台海历史与事件搜寻素材，既丰富又深邃。《统一大业》经过十多年的思思想想、修修改改，终于结构成目前这部形象的20世纪下半世纪、21世纪初的台海风云录，浓缩为海峡两岸和战历史巨篇。它展示了从1949年底至2014年间的台海风云，以及活跃在这片风云里的重要人物和重大事件。以大开大合大纪实的手法掀开海峡两岸昨天历史的神秘面纱，演绎海峡两岸关系变幻的波翻浪涌，危机与希望，机遇与失误，忍耐与等待，破冰与启航，风雨与初霁，为读者展示了更为开阔而鲜活的历史画卷。

感谢为两岸关系奔走效力的台海关系问题的实践者，他们创造了本书记述的辉煌而曲折的历史；感谢两岸关系历史进程的研究者和著述者，他们为本书的完成提供了参考素材。本书虽然想集其大成，但本人没有查阅历史档案的方便，遗漏、忽略在所难免，特向遗漏者、忽略者致歉！不过，统一大业现在还处于进行式，等最终到了真正完成时，所有为促进两岸和平统一做过贡献的人们，都将浮出水面，荣登史榜。

郭　晨

2015年12月16日